rowohlt
POLARIS

ANNE STERN

# DAS OPERNHAUS

# Rot das Feuer

HISTORISCHER ROMAN

Rowohlt Polaris

Originalausgabe
Veröffentlicht im Rowohlt Taschenbuch Verlag,
Hamburg, April 2024

Covergestaltung U1berlin, Patrizia Di Stefano
Coverabbildung Ginette Beaulieu, AdobeStock
Satz aus der Hoefler Text
bei Pinkuin Satz und Datentechnik, Berlin
Druck und Bindung CPI books GmbH, Leck
ISBN 978-3-499-01090-3

FSC
www.fsc.org
MIX
Papier | Fördert
gute Waldnutzung
FSC® C083411

*Heiter soll die Bühne sein,*
*denn das Leben selbst*
*ist finster und trübsinnig genug.*

Wilhelm Tieck, 1825

# Prolog

*Ein Dorf bei Leipzig, Oktober 1813*

Als die Soldaten weiterzogen, senkte sich Stille über den zerwühlten schwarzbraunen Acker, über die Katen und Scheunen des Dorfes. Eine große Qualmwolke hob sich in den herbstlichen Dunst hinein. Sie stieg langsam höher zum hellblauen Himmel, der sich ungerührt über das sächsische Land spannte, als wäre nicht soeben die größte Katastrophe über die Menschen hier hereingebrochen. Der Rauch wich jedoch nur langsam – zu gewaltig hatte das Feuer gewütet. Vielmehr schien die Luft zu schwelen, und im Gestühl der alten Kirche, deren Turm aus Holz erbaut war, knackten und prasselten noch lange die Flammen. Es klang, als feierten dort die Hexen ihr Fest.

Das Klagen und Jammern der Verwundeten erstarb nach und nach. Wen die französischen Soldaten nicht gleich getötet hatten, der hauchte im Laufe des Tages sein Leben aus, weil niemand die Wunden versorgte. Immer weniger menschliche Stimmen waren in dem zerstörten Dorf zu hören, bis alle verstummten.

Erst, als die gnädige Dämmerung sich über das Dorf senkte und die brennenden Überreste des Kirchturms mit einem letzten Seufzen in sich zusammenfielen, wagte Clementine, aus ihrem Versteck hervorzukriechen. Ihre Hände, Haare und Kleider starrten vor Schmutz, denn sie hatte sich im elterlichen Kräutergarten in die kleine Erdgrube eingegraben, die ihr Vater einst mit einem Spaten für Fleisch ausgehoben hatte, um es im Sommer zu kühlen. Die Grube hatte einen festen Holzdeckel, der mit Erde und Gras überwachsen war, und bot so die beste Tarnung. Die brandschatzenden Franzosen hatten Clementine nicht entdeckt. Starr vor Angst und mit vor den Mund gepressten Händen hatte sie dort in der Erde gekauert und verzweifelt auf die Schreie der Dorfbewohner gehorcht, bis einer nach dem anderen verstummte. Das Grauen nur zu hören, war für ein Mädchen wie sie, das eine lebhafte Vorstellungskraft hatte, beinahe schlimmer gewesen, als alles mit eigenen Augen zu verfolgen. Und noch stundenlang, nachdem Clementine ahnte, dass die Soldaten abgezogen waren, hatte sie sich nicht aus der Grube hervorgewagt. Sie war sicher, dass von ihrer Familie keiner verschont geblieben war. Niemand war zu retten.

Zitternd und stumm weinend hatte sie daher weiter ausgeharrt, um nicht doch noch einem der Soldaten, die plündernd durchs Dorf zogen, in die Hände zu fallen. Die versengte Haut an ihrer Wange und am Hals biss wie das Feuer, dem Clementine bei ihrer Flucht durch die schon brennende Kate zu nah gekommen war. Sie wagte nicht, die Wunden zu berühren. Doch selbst dieser Schmerz war nichts gegen den in ihrer Brust, der ihr den Atem nahm.

Endlich drückte sie mit letzter Kraft den Deckel nach oben und kletterte aus dem Loch.

Das Erste, was sie sah, war die Leiche ihrer Mutter. Sie lag mitten im Kerbel, den sie gemeinsam gezogen hatten, das Gesicht blicklos zum verrauchten, sich langsam violett färbenden Abendhimmel gerichtet. Clementine biss sich auf die Lippen, bis sie bluteten, doch sie konnte sich nicht überwinden, sich der Mutter zu nähern und sie zu berühren. Stattdessen schleppte sie sich langsam, wie im Schlaf, zur Hintertür der Kate, in der sie lebten. Clementine schlafwandelte nachts oft durch die Schlafstube, wie ihr die Eltern erzählt hatten, während sie sich am Morgen nicht daran erinnerte. Aber so, dachte sie jetzt, als sie einen Schritt vor den anderen setzte wie dieser Seiltänzer, der einmal ins Dorf gekommen war, musste sie dabei aussehen. Sie fühlte sich, als hätte sie den eigenen Körper verlassen und sähe sich aus großer Entfernung dabei zu, wie sie besinnungslos die Kate betrat.

Am Ofen kauerte ihr Vater, zusammengekrümmt in dem letzten verzweifelten Versuch, dem Bajonett der Angreifer zu entgehen. Seine Hände waren ausgestreckt, die Augen weit aufgerissen. Neben ihm lag die Großmutter in einer Lache aus Blut. Beide waren tot.

Clementine schluchzte auf und nahm Reißaus. Ihr älterer Bruder war irgendwo auf den Schlachtfeldern, sie wusste nicht, wo, wusste nicht, ob wenigstens er lebte. Vorerst war sie mutterseelenallein.

Stolpernd lief sie zur Vordertür der Kate hinaus und den dämmrigen Dorfweg entlang. Fast alle Häuser waren verbrannt, die kärglichen schwarzen Überreste glühten und rauchten noch immer. Überall lagen reglose Körper am Boden. Menschen, die am Morgen lebendig herumgelaufen waren, Menschen, die Clementine kannte, seit sie auf der Welt war – seit zwölf Jahren. Sie hatte das Dorf nur selten verlassen, kannte nur die große Stadt Leipzig, die wenige Stunden mit dem Eselskarren entfernt war. Ein paarmal im Jahr fuhren sie und der Vater zur Messe und verkauften, was sie in ihrem Garten zogen – Rüben, Kohl, Kartoffeln. Außerdem boten sie die Spankörbe, die ihre Mutter mit ihren geschickten Händen flocht, als Ware feil. Die Leipziger Messe war jedes Mal überwältigend mit all ihren Düften, Farben, den fremdländischen Händlern, die mit lauten Stimmen ihre Waren anpriesen. Stets war Clementine froh gewesen, in die Kate zurückzukehren. Sie war immer ihre Zuflucht, ein Ort, an dem sich nie etwas änderte außer den Jahreszeiten. Ein Ort, der ihr Schutz und Nahrung bot und an dem freundliche Menschen sie erwarteten. Doch das war jetzt vorbei. Innerhalb weniger Stunden war das Dorf ihrer Kindheit in Schutt und Asche gelegt und jede Seele, die sie auf Erden kannte, vernichtet worden.

Blind vor Tränen lief Clementine über die dunklen Felder, ließ die schwelenden Trümmer und den betäubenden Geruch nach brennendem Holz und menschlichem Fleisch hinter sich. Als sie das kleine Wäldchen erreichte, das einen Acker säumte, fiel sie auf die Knie. Sie krallte die Hände in das struppige, von der Sonne des vergangenen Sommers gebräunte Gras und übergab sich krampfhaft.

Währenddessen ging der Mond am schwarzblauen Abendhimmel auf, die ersten Sterne funkelten.

Endlich beruhigte sich ihr Magen, und sie ließ sich langsam auf den Rücken sinken, legte sich erschöpft auf die Erde und betrachtete die Sterne über sich. Einige Sternbilder hatte der Bruder ihr erklärt, sie folgte den gedachten Linien zwischen den einzelnen Punkten mit den Augen, bis sie blinzeln musste. Nichts wussten die Sterne von den Nöten der Menschen hier unten, sie waren beständig wie die Felsen, die uralten Erlen dort hinten und das Meer, von dem Clementine nur gehört hatte. Die anderen Kinder im Dorf hatten sie stets verspottet, weil sie sich mit den Sternen unterhielt, mit den Bäumen und dem Regen, doch Clementine war froh, dass diese vertrauten Elemente jetzt weiter zu ihr sprachen, wenn es schon keine Menschen mehr gab. Sie war immer anders gewesen als die anderen. Und jetzt waren alle tot – der kleine Hansi Knopp mit der Steinschleuder, Gitte, die immer alles besser wusste, und die schöne Julia, die Tochter des Schmieds, die alle Knaben heiraten wollten. Nur sie, Clementine Fuchs, war noch übrig. Das *Hexenbalg*, wie sie gerufen wurde, weil sie seltsame Sätze von sich gab und weil ihr Haar so ungewöhnlich war – nicht weizenblond oder braun wie das der anderen, sondern golden. Was sie wohl sagen würden, wenn sie wüssten, dass ausgerechnet dieses Mädchen mit den komischen Träumen und den phantastischen Geschichten die einzige Überlebende des kleinen Dorfes war?

Erst, als der Morgen graute, rappelte sich Clementine auf. Sie fror schrecklich, der Morgennebel war eiskalt. Ihre Wange brannte jetzt schier unerträglich, und sie hatte Durst – es war, als würde die rauchige Luft noch immer in ihrer Kehle ätzen. Der Winter stand vor der Tür. Was würde sie bloß anfangen, wohin sollte sie gehen? Der einzige Weg, den sie kannte, war der nach Leipzig. Sie musste versuchen, dorthin zu gelangen, sich unterwegs etwas zum Essen zu erbetteln und vielleicht ihren Bruder zu finden.

Sie warf einen letzten Blick zurück in Richtung des Dorfes. Es lag verlassen in der Morgenröte, ein schwelender, schwarzer Haufen inmitten der Schönheit eines Herbstmorgens, wie es ihn nur hier geben konnte. Sacht hob sich der Dunst, am frühen Himmel zogen Kraniche majestätisch dahin. Lieblich war das Land, durch das die fremden Soldaten gekommen waren, sanft und freigiebig. Doch sie hatten ihm tiefe Wunden geschlagen. Die Männer des Dorfes hatten, als sie von dem nahenden Heer des französischen Kaisers erfuhren, große Reden geschwungen, hatten sich mit

Spaten, Lanzen und ein paar alten Jagdgewehren bewaffnet, um die Frauen und Kinder zu schützen.

Clementine lächelte bitter bei diesem Gedanken. Männer kämpften, Männer führten Kriege, Männer redeten von großen, glorreichen Taten – doch am Ende waren ihre Worte nichts wert. Alle Frauen und Kinder hatten den Tod gefunden, den Tod von Männerhand, und niemand hatte es verhindern können.

Sie raffte sich auf, sah nicht länger zurück, sondern lief am Waldrand entlang und tauchte schließlich zwischen den Birkenstämmen in das Wäldchen ein. Wenn sie die nächste Lichtung überquerte, kam sie irgendwann zu dem breiten Weg, der in die große Stadt führte. Entschlossen und das Pochen in ihrer gemarterten Haut ignorierend, marschierte sie los, schlug sich mit den Armen gegen den Leib, um sich aufzuwärmen, und nahm sich vor, niemals wieder auf den Schutz von Männern zu vertrauen, sondern alle Zuversicht nur in sich selbst zu setzen. In sich und ihre Verbündeten – die Erde, die Bäume und die Gestirne über ihr.

# 1.

*Dresden, Mittwoch, 4. April 1849*

Geh nicht zu nah ans Wasser, Netty», rief Elise und eilte hinter ihrer Tochter her, von der sie nur wippende schwarze Locken und eine wehende Schleife am Rücken sah. Netty hatte die Enten an den Elbwiesen unten erspäht, für die sie, sooft ihre Mutter und das Kindermädchen sie auch deswegen schalten, stets Brotkrümel in ihren Kleidertaschen aufbewahrte.

«Denk daran, dass du neue Schuhe trägst!», rief Elise ihr hinterher. «Da unten ist es furchtbar schlammig.» Wie ein Aufblitzen zog eine Erinnerung an ihr vorbei – die Frau, die Netty geboren hatte, war kurz nach der Geburt des Mädchens nicht weit von dieser Stelle in die Elbe gegangen. Kurz danach war das nunmehr elternlose Kind als Adoptivtochter ins Haus der Jacobis gekommen.

Außer Atem kam Elise am Ufer an. Netty hockte bereits inmitten der Entenschar im Matsch und achtete nicht auf ihr hellblaues Kleid. Der Saum hing in den Pfützen, die der kalte Frühlingsregen dort hinterlassen hatte. Die Wasservögel, die vom Fluss heraufgekommen waren, quakten aufgeregt und umringten das Mädchen, um nur ja keinen der herrlichen Brothappen zu verpassen. Mit ihren gelben Schnäbeln scheuchten sie sich gegenseitig beiseite und schnappten nach den Krumen. Netty schlug die Hände begeistert in der Luft zusammen, warf Brot hierhin und dorthin und sprach energisch mit den aufgebrachten Tieren, als könnten sie jedes Wort verstehen.

«Kusch!», rief sie. «So seid doch nicht so ungeduldig. Es gibt für jede genug, seid artig! Nicht so schlingen!»

Elise blieb stehen und betrachtete liebevoll ihre Tochter. Sie hörte in Nettys Stimme ihre eigenen Worte, wenn sie bei Tisch versuchte, das ungestüme Kind zur Mäßigung zu rufen. Doch nichts an Netty war jemals gemäßigt oder zurückhaltend, sie war wie eine Naturgewalt, gegen die Elises mahnende Worte nichts ausrichten konnten. Groß gewachsen, mit langen, schlanken Gliedern schritt, nein, schwebte sie durch die Welt, mit ihren wilden dunklen Haaren und eindringlichen schwarzen Augen. Niemand, der sie sah, konnte annehmen, dass sie Elises leibliches Kind war – sie selbst sah mit ihrem honigfarbenen Haar und den blauen Augen ganz anders aus. Auch Adam, Elises Mann, hatte keine Ähnlichkeit mit Netty. Sein Haar war inzwischen gänzlich silbern, seine Augen funkelten nicht wie schwarze Edelsteine, sondern waren eher durchscheinend, und sein Gang steif und hölzern, vor allem, seitdem er an Gicht litt.

Die Jacobis hatten die kleine Annette an Kindes statt angenommen, als sie fast drei Jahre alt gewesen war. Elise hatte schon nach ein paar Tagen kaum noch daran gedacht, dass sie das Mädchen nicht selbst geboren hatte. Vergessen hatte sie es nicht, und das würde sie auch nie. Doch sie liebte Netty mehr, als sie es selbst fassen konnte. In Adams Miene aber bemerkte sie manchmal, wenn er sich unbeobachtet glaubte, ein leises Befremden. Er beäugte Netty so, als frage er sich, wer ihm dieses Kuckucksei ins Nest gelegt hatte. Trotzdem schien er ein stolzer Vater. In jedem Fall war er liebevoller im Umgang mit dem Mädchen, als Elise es ihm je zugetraut hätte. Sie sah ihm und Netty gern zu, wenn sie in seltenen Momenten gemeinsam über ein Buch gebeugt saßen und sich unterhielten, es brachte ihr den strengen, distanzierten Ehemann näher.

Eigene Kinder hatten sich in ihrer inzwischen sieben Jahre währenden Ehe nicht eingestellt, und Elise hatte aufgehört, darauf zu warten, dass sie schwanger würde. Manchmal befiel sie deswegen eine stille Traurigkeit. Sie hätte es gern erlebt, wie es wäre, ein Kind im eigenen Leib zu tragen, es zu gebären, es sofort danach in den Armen zu halten. Eigentlich wäre es für sie nicht zu spät – sie war noch immer eine junge Frau, keine dreißig Jahre alt. Doch sie fühlte sich manchmal bereits wie eine Matrone mit ihrer großen Tochter, die schon lange zur Schule ging, und in ihrer langjährigen Ehe mit einem deutlich älteren Mann.

Adam war inzwischen fast sechzig und kam in ein Alter, in dem er mehr Ruhepausen brauchte als zuvor, in dem er länger als früher über einem Artikel für die Zeitung brütete und oft tagelang nicht aus seiner Studierstube oder dem Musikzimmer kam, wo er am Klavier saß und komponierte. Alles fiel ihm zusehends schwerer, und Elise sorgte dafür, dass die Diener ihm viel abnahmen und ihn gut versorgten, damit er seine Kräfte schonen konnte.

Wie eine Glucke sei sie, spottete Adam manchmal, und Elise musste dann ihr Gesicht abwenden, damit er nicht ihre Verlegenheit sah. Wusste sie doch sehr wohl, dass ihre Sorge um ihren Mann nicht wirklicher Liebe entsprang, sondern eher der Ersatz für Liebe war – Fürsorge, freundliche Worte und zu viele teure Speisen für Adam anstelle von Leidenschaft, Hingabe, Seelenverwandtschaft. All das hatte es zwischen ihnen nie gegeben. Eine Ahnung solcher Gefühle kannte sie zwar auch – doch für Adam hatte Elise sie nie empfunden.

Ihr Blick wanderte über den silbrig grauen Fluss, über die mit noch spärlichem Hellgrün belaubten Bäume am Ufer bis zur Südseite der Stadt. Dort wanden sich die Treppen, Mauern und Geländer der Brühlschen Terrasse am anderen Ufer entlang. Weiter rechts ragte der Turm der Hofkirche auf, dahinter das Schloss. Und daneben lag, nein, thronte die Königliche Semperoper. Ihre goldenen Verzierungen schimmerten in der schwachen Frühlingssonne, und Elises Blick blieb wie immer daran hängen. Das prächtige Gebäude war seit jeher ein Sehnsuchtsort für sie. Nur allzu gern hätte sie dort einmal als Musikerin gewirkt. Und es gab noch einen Grund, weshalb ihr die Oper so viel bedeutete, doch dieser blieb ihr Geheimnis.

«Mama», sagte Netty, «mir ist kalt.»

Elise schrak aus ihren Gedanken auf. Ihre Tochter war von der schlammigen Wiese aufgestanden und mit verdrießlicher Miene zu ihr getreten. Sie hatte alles Brot verfüttert, und die Enten watschelten enttäuscht von dannen, nachdem sie sich überzeugt hatten, dass es nichts mehr geben würde. Nettys Kleid war nass, die Feuchtigkeit der Elbwiesen hatte den Taftstoff durchweicht und dunkle Flecken auf dem Hellblau hinterlassen.

«Komm», sagte Elise und zog sich ihren eigenen Umhang von den Schultern. Sie legte ihn der zitternden Tochter um, wickelte sie fest darin ein und sah kopfschüttelnd auf den dunklen Scheitel nieder. Auch das war typisch für Netty – sobald eine Attraktion vorüber war, ging ihre Euphorie innerhalb von Sekunden in Missmut über. Ihre Launen schwankten wie das unstete Frühlingswetter, und man wusste in ihrer Gegenwart nie, was als Nächstes kam. Sie war in allem so ganz anders als Elise, die, wenn man dem

Gerede der Leute Glauben schenkte, ein Ausbund an Beherrschtheit und Freundlichkeit war. Aber auch Elise hatte eine Zeit in ihrem Leben gekannt, in der sie ihren Gefühlen die Vorherrschaft über die Vernunft gegeben hatte. Und auch, wenn diese Zeit lange vorbei war, so spürte sie doch an manchen Tagen, wie sich unter dem glänzenden Taftstoff ihres Kleides in Herznähe eine Kraft zusammenballte und ausbrechen wollte.

«Bringen wir dich nach Hause», sagte sie zu ihrer Tochter, «dort kann Rosel dir eine heiße Schokolade kochen, damit du dich aufwärmst. Sicher bist du müde nach dem Unterricht.»

«Pah», sagte Netty, und ihre Augen funkelten schon wieder übermütig, «wieso denn müde? Ich weiß ja längst alles. Es ist nicht die Spur anstrengend in der Schule, Mama!»

«So?» Elise verbiss sich ein Lächeln. Die Lehrer in der Volksschule hinter dem Neustädter Markt, die Netty besuchte, hatten leider anderes zu berichten: Annette schwatze zu viel, sie sei unaufmerksam und neige zu Streitsucht – so wurde es den Jacobis tadelnd berichtet. Lediglich bei den Leibesübungen, die neuerdings auch mit den Mädchen durchgeführt wurden, glänze sie mit ihrem athletischen, biegsamen Körper und ihrem Talent zum Tanzen. «Aber Tanzen allein reicht nun einmal nicht», hatte der Lehrer grimmig erklärt. «Eine schöne Handschrift und Fleiß beim Sticken wären für ein Mädchen wichtiger, werte Frau Jacobi.»

Elise legte einen Arm um Netty. «Trotzdem, ab mit dir nach Hause. Du musst auch noch deine Klavierübungen machen, das weißt du ja.»

Nettys feine Brauen zogen sich zusammen. «Ich hasse

das Klavier», sagte sie leise. «Es klingt schrecklich, wenn ich darauf spiele. Ich verstehe nicht, warum du und Papa es so unbedingt wollt, dass ich mich damit abmühe.»

«Eine musikalische Bildung ist wertvoll», sagte Elise ernst. «Nichts in meinem Leben ist mir so wichtig wie die Musik, nichts macht mich glücklicher.»

«Außer ich!» Netty hüpfte unbekümmert neben ihr her vom Ufer fort, in Richtung Markt.

«Ja, außer du», bestätigte Elise und unterdrückte wieder ein Schmunzeln. Woher nahm ihre Tochter nur diesen unerschütterlichen Gauben an sich selbst? «Aber die Musik bringt unendliche Freude in unser Leben, auch in deines, Netty.»

«Wenn ich dir auf der Geige zuhöre, spüre ich ja auch die Freude», maulte Netty, «glaub mir, Mama! Nur wenn ich selbst Klavier spiele, klingt es, als schlüge jemand mit dem Hammer auf eine Katze ein.»

Elise musste zugeben, dass Netty recht hatte. Es klang wirklich schauerlich, wenn sie übte, auch noch nach Jahren des Klavierunterrichts wurde es einfach nicht besser. Auch das Singen gelang ihr nur leidlich. So musikalisch ihre Tochter war, wenn sie sich zur Musik bewegte – sobald sie selbst auf dem Klavierschemel hockte, fiel alle Musikalität von ihr ab. Es schien, dass alle Liebe zur Musik sich nur in Nettys Armen und Beinen befand. Eigentlich tanzte sie immer, sobald sie sich bewegte. Auch jetzt lief sie nicht, sondern tänzelte neben Elise über das Trottoir. Manchmal glaubte Elise, dass Netty nicht aus Fleisch und Blut bestand, sondern aus Luft und Blütenstaub, und dass sie immer ein Stück über dem Erdboden schwebte, als gälten die Gesetze der Schwerkraft nicht für sie.

«Sieh mal», rief Netty, und Elise blieb stehen und schaute in die Richtung, in die das Kind deutete.

Am Brückenkopf, direkt vor dem *Blockhaus*, wie die Neustädter Wache genannt wurde, hatte ein Straßenmaler seine Staffelei aufgestellt und einige fertige Gemälde an die Hausmauer gelehnt, damit die Passanten sie betrachten und, bei Gefallen, kaufen konnten. Es gab viele wie ihn in der Stadt, Dresden lud mit seiner herrschaftlichen Architektur inmitten der lieblichen Auenlandschaft entlang der Elbe buchstäblich dazu ein, es auf Gemälden zu verewigen. Nicht alle waren ein Canaletto, viele kamen mit ihren eher stümperhaften Erzeugnissen gerade so über die Runden.

Doch dieser Mann hier, sah Elise, beherrschte sein Handwerk. Die Bilder waren von einer zurückhaltenden Schönheit und übten durch ihre klaren Farben eine große Anziehungskraft auf die Betrachter aus. Netty hatte sich vor einem Schlachtengetümmel postiert und betrachtete es mit aufgerissenen Augen. Sie interessierte sich nicht für schöne Landschaften, sondern fühlte sich von allem, was mit Krieg, Feuersbrunst und Abenteuer verbunden war, magisch angezogen. So inbrünstig lauschte sie abends den Schauermärchen der Köchin in der Küche der Jacobis, dass Elise es Rosel schließlich hatte verbieten müssen, das Kind vor dem Schlafen unnötig aufzuregen. Netty hatte nach den Geschichten derart geglüht, dass Elise Angst hatte, sie würde zu fiebern anfangen und nachts von Albträumen geplagt werden – doch nichts davon war eingetreten. Mit hochroten Wangen war Netty sofort eingeschlafen und hatte wie ein Stein geruht, um am Morgen frisch und munter aus dem Bett zu springen. Alles perlte an diesem Kind ab, nichts Böses konnte ihm etwas anhaben. Netty kannte keine Angst. Elise dagegen, die unfreiwillig einige von Rosels Märchen mit angehört hatte, wälzte sich danach stundenlang schlaflos im Bett, weil sie die Vorstellung der doppelköpfigen Ungeheuer und der untoten Waldgeister, die darin vorkamen, verfolgte. Und die alten Kriegsgeschichten, die Rosel ebenfalls äußerst plastisch erzählte, obwohl sie damals noch ein kleines Kind gewesen sein musste, erinnerten Elise daran, dass das Land seit Jahren von einer Krise in die nächste stürzte und der Boden, auf dem sie wandelten, zu wanken schien.

«Johannes aus der Schule sagt, es wird bald wieder einen Krieg hier in Dresden geben», sagte Netty eifrig und verschlang die gemalte Schlacht mit den Augen – glänzende Hellebarden, schimmernde Rüstungen, spritzendes Blut und hellrote Flammen, die in einen düsteren Himmel schlugen. «Die Soldaten üben Exerzieren und Schießen im Ostra-Gehege unten in der Südstadt, um sich zu wappnen. Stimmt das? Eine richtige Revolution wird kommen, sagt Johannes – nicht so eine halbe wie im vergangenen Jahr.» Sie zog die Nase kraus. «Was genau war denn da im letzten Jahr, Mama?»

Elise trat zu ihrer Tochter. Sie nickte dem Maler freundlich zu, der ungerührt seine Palette säuberte und nur eine Verbeugung andeutete.

«Dein Schulkamerad meint die Märzrevolution», sagte sie leise zu Netty, «als sich überall im Land Menschen erhoben haben, um für eine liberale Regierung zu kämpfen.»

«Und?», fragte Netty und riss erneut die Augen auf. «Haben sie gesiegt?»

«Nun», sagte Elise und sah aus den Augenwinkeln zu dem Maler hinüber, der so tat, als hörte er nicht zu, und weiter emsig die Farben von seiner Palette kratzte, «so genau kann man das noch nicht sagen. Immerhin wurden die Märzkabinette eingesetzt, das schon. Und sogar eine Nationalversammlung wurde einberufen, sozusagen ein Parlament für alle Deutschen.»

«In der Frankfurter Paulskirche war das», ergänzte der Maler.

Elise blickte überrascht auf.

«Das ist eine der schönsten Kirchen des Reichs», fuhr der Mann fort. «Und die Herren Abgeordneten haben dort die erste deutsche Verfassung geschrieben, junge Dame. Kennst du denn schon die Farben der neuen deutschen Flagge?»

«Natürlich», sagte Netty und klatschte in die Hände. «Schwarz-Rot-Gold. Das sieht so fein aus!» Erneut betrachtete sie das Schlachtenbild, fasziniert glitten ihre Augen über die Menschen, die sich darauf in Qualen wanden. «Dann wird also kein Krieg kommen?», fragte sie mit leiser Enttäuschung.

Die Blicke von Elise und dem Mann kreuzten sich, er schob sich die Mütze ein Stück aus der Stirn und runzelte die Brauen. «Das weiß niemand», sagte er. «Es bleibt unruhig in den deutschen Landen, das ist gewiss. Nicht alle sind zufrieden mit dem, was die Revolutionäre erreicht haben.»

Elise nahm die Hand ihrer Tochter und zog sie von dem Gemälde fort. Ein Stück weiter lehnte eine kleinere Stadtansicht von Dresden. Sie zeigte genau den Blick, den Elise aus dem Erkerfenster der Jacobis über die Elbe bis in die Altstadt hatte. Doch auf dem Bild war kein schmutzig graues Aprilwetter wie heute, sondern bereits sonniger Frühsommer. Wie ein blaues Seidenband schlängelte sich der breite Fluss durch blühende Bäume und zerschnitt die Stadt

Dresden in zwei Teile – die südliche Altstadt, woher Elise stammte, und die nördliche Neustadt, in der die Jacobis seit der Hochzeit lebten. Im Hintergrund des Gemäldes erhob sich zart die Silhouette des beginnenden Elbsandsteingebirges in den hellblauen Himmel. Und davor leuchtete golden das Operngebäude.

«Guten Tag, Frau Jacobi», grüßte eine vorübereilende Frau und blieb kurz bei ihnen stehen.

Elise riss den Blick vom Bild los und sah die Dame an, die in einen kostbaren Pelzumhang gehüllt war und an der Leine ein Hündchen hinter sich herzog. Sie grüßte zurück.

Die Augen der Frau leuchteten. «Wir haben Sie vergangene Woche beim Salon im Landhaus Grahl spielen gehört, Frau Hofkompositeur. Es war ein unvergessliches Konzert.» Sie nickte Netty zu. «Deine Mutter ist eine große Geigerin», sagte sie freundlich, «du kannst stolz auf sie sein.»

«Ja, Madame», sagte Netty artig und sah zu der fremden Dame auf, als könnte sie kein Wässerchen trüben. Das Hündchen sprang begeistert an ihr hoch, und sie tätschelte nachlässig sein Fell. Auch dies war ein Talent des Mädchens – sie wickelte jeden, ob Mensch oder Tier, wortlos um den Finger. Wahrscheinlich lag es an der selbstbewussten Stärke, die Netty ausstrahlte, oder an ihren langen Wimpern, die wie mit Goldstaub überzogen waren.

«Vielen Dank», sagte Elise zu der fremden Dame, die noch einmal zum Abschied grüßend nickte und weitereilte.

Sie hatte im Landhaus der Familie Grahl Mozart-Sonaten gespielt, und es war tatsächlich ein besonders schönes Konzert gewesen. Adam hatte sie am Klavier begleitet. Und so wenig innig ihre Ehe auch sein mochte, beim Musizieren harmonierten sie hervorragend. Elise legte stets einen großen Akzent auf das Sentiment, verlor sich zuweilen fast in der Musik und in ihren Gefühlen beim Spiel, während Adam sie mit sanfter Strenge am Klavier wieder einfing und durch das Stück geleitete. Dabei drängte er sich nicht in den Vordergrund, er blieb Begleiter, jedoch einer mit einer eigenen Vision davon, wie das Stück zu klingen hatte. Nur wenn sie gemeinsam spielten, waren sie sich wirklich nah. Und ihre geteilte Hingabe an die Musik hatte ihnen in Dresden und in der Umgebung mit den Jahren einen guten Namen eingebracht. Man lud sie zu exquisiten Salons und bat Elise auch des Öfteren, bei Konzerten auf den Bühnen des Landes mitzuwirken. Es war mehr, als sie sich je als junges Mädchen hätte vorstellen können. Sie hatte so viel erreicht, hatte sich entwickelt und ihr Violinspiel perfektioniert – sie hätte wahrlich zufrieden sein können.

Aber leider stellte sich das Gefühl der Zufriedenheit dennoch nicht ein. Ein bisschen verhielt es sich mit ihr so wie mit den Revolutionären von 1848, dachte sie bitter und erinnerte sich an das kurze Gespräch mit dem Maler, der inzwischen eine leere Leinwand auf die Staffelei gestellt hatte und begann, sie mit den ersten Pinselstrichen eines zarten Blumenstilllebens zu füllen. Sie hatte mit ihrem Violinspiel einiges erstritten, mit List und Willenskraft erkämpft, hatte ihren Jungmädchentraum wahr gemacht und mehr erreicht, als es die meisten Frauen von sich sagen konnten. Denn so undenkbar es in ihrer Jugend gewesen war, dass eine Frau als Geigerin auf einer Bühne stand, so gefeiert war ihr Spiel heute in der Stadt und den umliegenden Orten. Doch es reichte nicht. Es war, wie der Maler über die halbherzigen Versuche, einen deutschen Staat zu erschaffen, geurteilt hatte, nur Flickwerk.

Plötzlich fiel ihr Blick auf den durchweichten Rocksaum ihrer Tochter, und sie gab sich einen Ruck.

«Wir müssen wirklich so schnell wie möglich nach Hause, Netty», sagte sie, griff nach der Hand des Mädchens und verabschiedete sich mit einem hastigen Nicken von dem Maler.

Ein letztes Mal sah sie zu dem kleinen Landschaftsbild hinüber. Ein Sonnenstrahl hatte sich durch die dicken Wolken am Himmel über ihren Köpfen gekämpft und ließ die Goldfarbe des Operngebäudes aufleuchten.

Elise tastete nach ihrer Geldbörse, die sie in der Tasche ihres Umhangs mit sich führte, bis ihr einfiel, dass dieses Kleidungsstück um die Schultern ihrer Tochter hing. Rasch griff sie in die Falten und förderte das Geld zutage.

«Aber vorher kaufe ich noch dieses kleine Bild dort», sagte sie zu dem Maler, der sofort innehielt, sich die Hände an seinem Kittel abwischte und sich verbeugte. Er wirkte höchst erfreut, allzu viel verkaufte er wohl nicht. Ehrerbietig bückte er sich nach dem Bild und wollte es in bereitliegendes Zeitungspapier einpacken, doch Elise winkte ab.

«Ich wohne gleich dort drüben», sagte sie und zeigte in die Richtung, in der das prächtige Stadthaus lag, in dem Adam kurz nach ihrer Hochzeit eine Wohnung für seine Schwester und seine zukünftige Familie gemietet hatte. Dass diese Familie kleiner geblieben war, als er und auch Elise es sich am Anfang ihrer Ehe vorgestellt hatten, war damals nicht zu ahnen gewesen.

Sie griff nach dem Bild und zahlte den genannten Preis, der erwartungsgemäß niedrig war.

«Können wir nicht lieber das da nehmen?», fragte Netty bittend und deutete auf das riesige Schlachtengetümmel.

Elise lächelte und schüttelte den Kopf. «Nein», sagte sie, «wir nehmen das mit der Oper und der Elbe. Ich werde es mir in den Musiksalon hängen, damit ich es beim Geigenspiel ansehen kann.»

«Die Oper ist das schönste Kleinod, das wir in der Stadt haben», sagte der Maler. «Und auch noch erbaut von Gottfried Semper, dessen Herz ebenfalls für die Sache der Revolution schlägt. Ich hoffe, der Anblick wird Ihnen beim Spielen Flügel wachsen lassen.» Er verbeugte sich ein letztes Mal, ehe er sich wieder seinem Stillleben zuwandte.

«Ganz sicher», sagte Elise mit belegter Stimme.

Sie nahm das Bild unter den Arm und zog Netty mit sich fort. Vor ihrem inneren Auge tauchte der vertraute prächtige Saal des Königlichen Theaters auf, der glitzernde Kronleuchter, die mit rotem Samt bespannten Sessel in den Logen. Und auch die Erinnerung an ein Gesicht stieg auf, doch sie ließ nicht zu, dass es sich in ihrer Phantasie allzu sehr ausbreitete. Sie war geübt darin, solche Gedanken wieder zu vertreiben oder sie zumindest so lange zurückzuhalten, bis sie allein war. Dann erst, während sie mit ihrer Geige am Kinn durch den leeren Salon ging und nur für sich spielte, erlaubte sie sich, an die Vergangenheit zu denken.

## 2.

*Dresden, Donnerstag, 5. April 1849*

So darf es nicht weitergehen!», rief Carl und hieb wütend mit der Faust auf die klebrige Tischplatte. «Wie lange sollen wir uns noch hinhalten lassen?»

«Bleib ruhig!», Christian legte dem Freund beschwichtigend eine Hand auf den Arm.

Einige Köpfe an den Nebentischen drehten sich nach ihnen um, doch niemand schien sich besonders zu wundern, dass sich einer der Arbeiter über seinem Bier echauffierte. Hier im *Goldenen Fass* war es seit einiger Zeit an der Tagesordnung, dass politische Reden und erhitzte Diskussionen geführt wurden. Und während dies noch vor ein paar Jahren mit verstohlenem Gemurmel und in aller Heimlichkeit geschehen musste, war es seit der Revolution im vergangenen Frühjahr ganz offen möglich. Die Pressefreiheit war eingeführt worden, politische Zeitungen und zahlreiche Vereine waren aus dem Boden geschossen, und man atmete freiere Luft. Zwar hatte der König vor vier Jahren alle politischen Vereine in Sachsen verboten, doch unter dem Mantel von neu entfachter Musik- und Turnbegeisterung fand man sich weiterhin recht unbehelligt zusammen, um auch das politische Tagesgeschehen zu diskutieren.

Aber Carl war nicht zufrieden. Und Christian musste ihm innerlich recht geben. Sie ließen sich hinhalten, mussten sich seit der Revolution mit Pfusch und halbherzigen Reformen begnügen. Es ging nicht voran mit dem großen deutschen Traum, auf den sie so viele Jahre hingearbeitet hatten – sie und viele andere, besonders hier in Dresden und dem nicht allzu weit entfernten Leipzig, wo es ebenfalls viele demokratische Vereine und Turnverbände gab, eine liberale Presse und engagierte Wortführer.

Er sah zu seinem Bekannten Bernhard Hirschel hinüber, der ein paar Tische weiter in der Nähe der dunklen Schanktheke mit zwei Männern vom *Dresdner Vaterlandsverein* saß. Seine kleinen Brillengläser funkelten, er sprach mit raschen, lebhaften Gesten auf seine beiden Zuhörer ein. Als die Bedienung kam und drei weitere Becher mit Bier auf dem Tisch ablud, sah Bernhard auf und bedankte sich höflich bei der jungen aschblonden Frau mit dem nachlässig geschnürten Mieder. Hirschel war ein Arzt aus bürgerlichem Hause, er hatte Manieren und war nicht aus solch grobem Holz geschnitzt wie Carl. Christian lächelte. Seit Kurzem war sein Bekannter sogar Vorsitzender des revolutionären Vereins, und das, obwohl er Jude war. Hatte Bernhard recht, standen sie in Sachsen wirklich kurz vor der Gleichstellung von Juden und Christen? Dann könnte sich nicht einmal mehr Carl weigern, mit Bernhard an einem Tisch zu sitzen, was er leider immer noch tat und womit er Christian schon ein ums andere Mal in Verlegenheit gebracht hatte.

«Hier steht es», knurrte Carl und deutete mit seinem schmutzigen Finger, unter dessen Nagel schwarzes Schmieröl von den Bühnenwagen des Königlichen Theaters klebte, auf einen Artikel in der *Dresdner Zeitung für sächsische und allgemeine deutsche Zustände*.

Christian riss seinen Blick von Bernhard los und beugte sich vor. Er ignorierte die fettigen Fingerabdrücke, die zahlreiche Leser des heutigen Tages auf dem Papier hinterlassen hatten. *Revolutionshimmel*, lautete die Überschrift. In seinem Artikel wetterte der berühmte russische Revolutionär Michail Bakunin, der häufig für die junge Zeitung schrieb, gegen die Schwachbrüstigkeit des Paulskirchenparlaments und beschwor eine neue, dringend benötigte Revolution herauf, um endlich ein sozialistisches Deutsches Reich zu errichten.

Christian schob das Blatt zurück zu Carl. «Vielleicht nimmt der preußische König ja doch noch die Kaiserwürde an», murmelte er. «Dann kann sich alles zum Guten wenden.»

Carl ließ zischend Luft aus seinem Mund entweichen, sein Atem roch nach Bier und Schnaps. Während Christian noch immer an seinem ersten Becher nippte, hatte sein Freund schon mehrfach Nachschub bestellt. «Aber wozu brauchen wir denn überhaupt noch einen Kaiser?», fragte er aufgebracht. «Wir sollten die Adligen allesamt zum Teufel jagen und endlich eine richtige Volksregierung errichten. Eine, die von uns Arbeitern geführt wird, verstehst du?» Er schnaubte unwillig. «Dafür sind schon viele aus unseren Reihen gestorben. Denk nur an Robert Blum, den sie im letzten November einfach so erschossen haben.»

Christian rutschte nervös auf seinem Schemel hin und her und betrachtete nachdenklich seine eigenen, farbverschmierten Hände. Längst war er vom sächsischen König, Friedrich August II., zum zweiten Dekorationsmaler neben seinem früheren Lehrer Anton Arrigoni ernannt worden, nachdem er seine Gesellenzeit beendet und sogar seine Meisterprüfung bestanden hatte. Er und der Maestro wirkten jetzt gemeinsam im Malersaal des Königlichen Theaters an den Kulissen und Festvorhängen für die Opern.

Und da Arrigoni langsam älter wurde, hatte sich Christian immer mehr Raum vor den Staffeleien und Holzkulissen erobert und traf eigene künstlerische Entscheidungen. Er war kein reiner Arbeiter mehr wie Carl und Fritz, die als Maschinenbauer arbeiteten, er gehörte nicht mehr zu ihrem Stand. Auch, wenn er ihnen trotz allem noch näher stand als den Bürgerlichen, den Gelehrten, den Bewohnern der schönen Stadthäuser rund um Neumarkt, Zwinger und Schloss.

Am ehesten fühlte er sich den Künstlern verbunden, doch auch das war eine Gruppe für sich, voller exaltierter Persönlichkeiten und Ehrgeizlingen, die ihn, Christian Hildebrand, Emporkömmling und ehemaliges Waisenkind, nicht für voll nahmen. Denn anders als die anderen Hofmaler hatte er niemals die Akademie besucht, hatte seine Fähigkeiten nur einem gewissen Talent, seinem Arbeitseifer und der Gunst der Mächtigen zu verdanken. Es würde für immer sein Schicksal sein, zwischen den Stühlen zu sitzen und nicht zu wissen, wohin er wirklich gehörte. Das machte ihn dem früheren Abgeordneten Robert Blum ähnlich, von dem Carl gerade gesprochen hatte. Auch Blum war von ganz unten gekommen und hatte sich hochgearbeitet. Doch anders als Christian hatte er nicht nur sein eigenes Wohl im Kopf gehabt, sondern vor allem das der deutschen Nation. Was ihm schließlich zum Verhängnis geworden war.

Seufzend wandte Christian sich erneut Carl zu. Die Augen seines Freundes glänzten glasig, und er schnippte schon wieder nach der Bedienung. Die fünfundzwanzigjährige Tochter des Wirts hantierte geschickt hinter der Theke und versorgte die durstigen Kehlen derer, die mehr oder weniger standfest am Holztresen lehnten. Hinter ihr hing das gerahmte Bild eines Segelschiffs. Es fuhr mit geblähten Segeln über ein Meer, das sich aus einer Weinbrandflasche ergoss.

«He, Line», rief Carl.

Die junge Frau blickte auf, strich sich eine Strähne aus dem Gesicht und kam zu ihnen. Ihr Rocksaum starrte vor Schmutz, sie war bereits seit Stunden im Gasthaus auf und ab gelaufen, um die Gäste an diesem Freitagabend zu bedienen. Ihre Wangen leuchteten von der Anstrengung und der Wärme im Schankraum.

«Noch eine Runde, Carli?», fragte sie und wischte sich die Hände am groben Stoff ihrer Schürze ab.

Carl nickte und hielt ihr den leeren Becher hin.

Christian konnte nicht verhindern, dass sein Blick einen Moment höher hinauf wanderte, dorthin, wo Line sich die Schnüre des Mieders knapp über der Brust zu einer Schleife gebunden hatte. Dort schimmerte ihre Haut bräunlich.

Line erwiderte frech seinen Blick, und Christian spürte ein bekanntes Kribbeln. Das Schankmädchen und er kannten sich schon lange und hatten sich immer gut leiden können. Einmal, vor etwa drei Jahren, hatte sie ihn spätnachts in den Hof hinter der Wirtschaft gezogen und geküsst, und seitdem kam sie ab und zu mit ihm in sein kleines Zimmerchen in dem Gasthof in der Ostra-Allee, in dem er schlief. Line war ein feiner Kerl und wusste überdies, wie man mit einsamen Männern umging. Und auch, wenn Christian sich nach ihren flüchtigen Begegnungen immer ein wenig schäbig vorkam, weil er ihr nichts zu bieten hatte, weder Liebe noch Sicherheit, dachte er doch in einsamen Stunden gern an sie. An ihre Grübchen, ihre kleine vorwitzige Nase und ihre weichen Hände, die wussten, was sie taten.

Auf einmal spürte er, dass er sie heute Nacht gern wieder bei sich im Bett haben wollte, das letzte Mal war lange her.

Er war selbst überrascht davon, wie forsch er nach Lines Hand griff. Sie war warm und ein wenig feucht vom Dunst im engen, überfüllten Schankraum.

Lines Augen funkelten, und Carl, der Christians eindeutige Geste richtig deutete, grinste breit. «Bring uns beiden Nachschub», befahl er der jungen Frau, wobei seine Aussprache schon recht undeutlich war, «ich halte deinen Liebsten hier bei Laune, bis du Feierabend machst, einverstanden?»

Line lächelte huldvoll und zog die kleine Nase entzückend kraus. «Ich weiß nicht, was du meinst, Carli», flötete sie, «bin ein anständiges Mädel.» Sie zwinkerte Christian fröhlich zu und trollte sich mit wiegenden Hüften und den beiden leeren Bechern in den Händen zur Theke, wo schon weitere Durstige nach ihr riefen.

Carl stieß Christian in die Seite. «Du hast dich ja zu einem richtigen Weiberhelden gemausert», brummte er anerkennend. «Früher haben Fritz und ich uns schon Sorgen um dich gemacht.» Seine Stimme kippte ins Heisere. «Dachten, du seist am Ende noch so ein seltsamer Vogel, der ...»

Christian unterbrach ihn. «Halt die Klappe, Carl. Ich hatte als junger Mann einfach Pech, das ist alles.»

«Tja, die Pechsträhne ist offensichtlich beendet», sagte Carl und sah zu Line hinüber, die in hohem Bogen einen Bierkrug füllte und dabei herzlich über die Zote eines Gastes lachte. «Line ist eine gute Partie, eines Tages gehört ihr das *Goldene Fass*.»

Christian schaute ihn überrascht an. «Ich habe aber nicht vor, sie zu heiraten, Carl.»

Carl riss die kleinen wässrigen Äuglein auf. «Bist du dir für eine Wirtin etwa zu schade?», fragte er spöttisch. «Strebst du jetzt, da du königlicher Dekorationsmaler bist, nach Höherem?» Er verstummte, als Line zwei volle Becher zu ihnen herüberbalancierte. Erst, als sie weg war, sprach er weiter: «Sei nicht dumm, Chrischan! So eine Schönheit bekommst du so schnell nicht wieder, noch dazu mit Haus und Hof als Erbe.»

Christian sah seinen Kumpan nachdenklich an. Hatte Carl recht? War es an der Zeit, sesshaft zu werden, ein hübsches, lustiges Mädel – und beides war Line ganz sicher – zur Frau zu nehmen und sich endlich ein Leben einzurichten? Ein bescheidenes Häuschen, vom Schwiegervater finanziert – das *Goldene Fass* lief gut, wie man heute Abend wieder sehen konnte, die Taler klimperten nur so in der Kasse. Ein Ehebett, ein Gemüsegarten, vielleicht ein paar Kinder, die durchs Haus tobten? Was wäre denn so schlecht daran? Sachsen steckte seit Jahren in einer tiefen Wirtschaftskrise, viele hungerten nach den Missernten der letzten Sommer oder hatten sogar alles verloren. Nur Christians Weg schien steil nach oben zu führen.

Aber je länger er versuchte, sich eine solche Existenz vorzustellen, desto weiter weg schwammen die Bilder. Es war nicht Line, mit der er die Tage und Nächte seines Lebens verbringen wollte. Ein paar flüchtige Berührungen von ihr genügten ihm vollauf. Und so wenig er sich dies eingestehen wollte – es lag noch immer, nach all den Jahren, an einer ganz bestimmten Frau: Elise. Die Zeit, als er der jungen Spielmann-Tochter nahegekommen war, als er die kleine Hoffnung genährt hatte, sie würde einst ihm angehören, war unwiederbringlich vorbei. Doch vergessen konnte er sie eben nicht. Manchmal hörte oder las er in einem Journal, dass sie öffentlich Violine spielte, und aufgrund seiner neuen Position gelang es ihm ab und zu, ein Billett zu bekommen. Dann schlich er sich in den Konzertsaal und lauschte Elise aus der letzten Reihe, peinlich darauf bedacht, dass sie ihn von der Bühne aus nicht sah. An solchen Abenden ließ er die Augen nicht von ihr, beobachtete ganz genau, wie sie sich zum Takt der Musik bewegte, sah ihre Hände über die Saiten des Instruments tanzen und war zerrissen zwischen der Sehnsucht nach ihr und der Freude, weil sie endlich das tun konnte, was sie glücklich machte. Es war ein Rest seiner alten Liebe, ein letztes Zögern, diese ganz und gar aufzugeben. Dabei wusste Christians Verstand schon lange, wie chancenlos er war.

Doch nicht nur der Gedanke an Elise hielt ihn zurück, eine Ehe mit Line einzugehen. Auch wollte er nicht als Gastwirt enden. Denn anders als Carl und Fritz zog es ihn heute nur noch selten zum Genuss von Bier und Schnaps, und er hätte wohl auch gänzlich darauf verzichten können. Oft stießen ihn die Betrunkenen ab, die lallend und bis oben hin *knill* auf den Schemeln hockten, stanken und wie von Sinnen grölten, und er mochte sich nicht vorstellen, sie jeden Abend zu bedienen.

Die Kunst war es, die er liebte, sie allein. Die Farben auf seiner Palette, die grobe Leinwand unter seinen Fingerspitzen, die Träume, die er mit seinen Pinselstrichen zum Leben erweckte. Auch die Gespräche mit dem alten Arrigoni über Mischungsverhältnisse, Tempera, Öle und Perspektiven begeisterten ihn. Und die unsterbliche Musik, die Abend für Abend von der großen Bühne der Semper'schen Oper ins Atelier hinüberschwebte. Das war seine Welt, nicht dieser dunkle, enge Schankraum hier, in dem gescheiterte Revolutionäre ihren nächsten Aufstand planten und einsame Männer den Huren und Harfenmädchen nachstiegen, die zu späterer Stunde hier anlandeten. Etwas Größeres war es, das Christian erreichen wollte, etwas, das über ihn als Einzelnen hinausging.

Im Geiste hörte er Ernestine über seinen Größenwahn spotten. Seine Schwester verstand es bestens, ihn von seinen galoppierenden Rössern herunterzuholen. Sie war ein paar Jahre älter als er, und obwohl Christian inzwischen auch um die dreißig war, trug sie ihm noch immer ungefragt ihren Dienst als Muttterersatz an. Dabei hatte sie, wie Christian zumindest ahnte, ebenfalls die Sehnsucht im Blut.

«Du hast recht, Carl», sagte er, «jeder Mensch braucht eine Leidenschaft, für die es sich zu kämpfen lohnt.» Er trank sein Bier aus. «Stimmt's, mein Lieber?»

Er stieß seinen Freund an, der seltsam ruhig neben ihm saß und in den Becher vor ihm starrte. Anstelle einer Antwort grunzte Carl nur und sackte langsam, ganz langsam mit dem Oberkörper nach vorn. Sein Kopf sank auf die Zeitung, das strohblonde abstehende Haar schmiegte sich ans Papier, und ein zufriedener Schnarcher kam aus seinem Mund. Er war bierselig eingeschlafen.

## 3.

*Dresden, Samstag, 7. April 1849*

Auf und nieder fuhr die *Ochsenzunge*, das schwere Bügeleisen mit dem hölzernen Griff. Bertha stand über den großen Zuschneidetisch in der Garderobe der Oper gebeugt und hielt mit einer Hand den Stoff des zerknitterten Chorknabengewandes fest, das sie gerade glättete. Mit der anderen ließ sie das Eisen immer wieder über den Kragen gleiten. Doch die gewünschte Wirkung blieb aus, der helle Stoff ließ sich nicht zähmen, das Bügeleisen wurde immer schwerer, und Bertha spürte, wie ihr der Schweiß ausbrach.

«Brauchen Sie eine neue *Zunge* für den *Ochsen*, Frau Heise?», fragte Ernestine Hildebrand, die am Ofen stand und mit einer verrußten Zange nach einer der Eisenplatten fischte, die in den glimmenden Kohlen lagen.

«Ja, Mädchen», sagte Bertha und richtete sich ächzend auf. Sie öffnete die Klappe, sodass die erkaltete Zunge aus dem Eisen herausfiel, hielt es der Requisitenbesorgerin hin und wischte sich mit dem Ärmel über die feuchte Stirn.

Ernestine schlug die Ofentür zu und trug mit der Zange vorsichtig eine neue glühende Eisenplatte herüber, die sie geschickt in die Öffnung des Bügeleisens schob, um die Sohle erneut zu erhitzen.

Mit einem besorgten Blick auf Berthas abgekämpftes Gesicht streckte sie die andere Hand aus.

«Lassen Sie mich weitermachen, bitte», sagte sie.

Bertha wollte erst ablehnen, überließ der jüngeren Frau

dann aber doch erleichtert das Bügeleisen. Erschöpft sank sie auf einen Schemel neben dem Tisch und griff nach einem der Fächer, die überall zum Ausbessern herumlagen. Sacht fächelte sie sich Luft zu und spürte, wie die Hitze langsam, sehr langsam aus ihrem Gesicht wich. War sie nicht allmählich aus dem Alter heraus, da sie diese Anfälle plagten? Viele Frauen kannten solcherlei Aufwallungen in den Jahren nach der Fruchtbarkeit, doch Bertha schien es, als hielten die Beschwerden ausgerechnet sie besonders lange in den Klauen. Immerhin ging sie auf ihr sechzigstes Jahr zu! Wäre es nicht an der Zeit, dass sie endlich von sämtlichen weiblichen Plagen erlöst würde und ihr hohes Alter in Ruhe genießen könnte?

Müde und dankbar verfolgte sie die scheinbar mühelosen Bewegungen ihrer fleißigen Helferin. Ernestine ließ das schwere Bügeleisen sanft und nachdrücklich zugleich über den Stoff gleiten, und im Nu fügte sich ihr das störrische weiße Gewebe des Kragens, sodass Ernestine das Gewand rasch beiseitehängen und nach dem nächsten greifen konnte. Bertha hatte etwa zwanzig Gewänder geschafft, aber noch mindestens dreißig warteten auf der langen Garderobenstange.

Stöhnend streckte sie die schmerzenden Füße von sich und massierte sich den Nacken. Dann stand sie auf, trat zu dem kleinen Schränkchen, in dem sie hinter Glas stets einen guten Tropfen aufbewahrte, und schenkte sich und Ernestine ein Schlückchen ein. Sie waren zwar im Dienst, doch niemand hier an der Oper, der jetzt durch die Tür in die Garderobe platzen könnte, würde es wagen, sie deswegen zu schelten. Bertha wusste, dass ihr Stand nach all den Jahren am Königlichen Theater so felsenfest war wie nie zuvor. Und seit ihr Mann, der Damenschneider Franz, kurz vor Weihnachten unerwartet an der Cholera verstorben war – die Bertha trotz aufopferungsvoller Pflege an ihm verschont hatte –, behandelte man sie mit noch größerer, ja mitfühlender Ehrerbietung.

Bertha ließ sich wieder auf den Schemel sinken und nippte an ihrem Glas, während sie mit den Tränen kämpfte, als sie an ihren guten Franz dachte. Sie hatten gemeinsam alt werden wollen, doch er war vor ihr gegangen und hatte sie zurückgelassen. Immerhin war es ein Trost, dachte sie, dass sie einen Platz in der Welt hatte, auch wenn diese Welt dort draußen auf einmal bebte und sogar zu bersten drohte. Hier aber, in der Oper, standen die Mauern fest wie eh und je.

Durch die angelehnte Tür drangen Orchesterklänge herein, und während Bertha aufmerksam lauschte, wischte sie sich die kleine Träne mit dem Handrücken von der Wange, ehe Ernestine etwas bemerkte. Man probte für *Die Zauberflöte*, eine berühmte Mozart-Oper, die nach langer Zeit wieder einmal gespielt werden sollte. Jetzt schon war klar, dass der Zuschauersaal am Premierenabend bis auf den letzten Platz gefüllt sein würde, Mozarts Musik war in Dresden beliebt und sorgte immer für ein ausverkauftes Haus. So würde es auch am heutigen Abend sein, da *Die Hochzeit des Figaro* gegeben wurde. Umso wichtiger war es, dass bei den Aufführungen alles glattging, dass die Arien ebenso gut saßen wie die Kostüme und dass die Musiker einwandfrei spielten. Doch das, was Bertha da hörte, klang noch ein wenig wacklig – so, als suchten die Instrumente zögernd ihre Noten. Der Tenor, der die Rolle des Prinzen Tamino sang, übte im Chaos der Kakophonie den Anfang seiner Arie. »*Dies Bildnis ist bezaubernd schön …*» Plötzlich brach seine Stimme mitten im hohen Ton ab und ging in ein lautes Husten über.

Ernestine blickte von ihrer Arbeit auf, ihr Blick traf auf den von Bertha. Beide Frauen lächelten. Bertha deutete vielsagend auf das volle Gläschen, und Ernestine stellte das Eisen ab, hängte ein weiteres gebügeltes Gewand sorgfältig auf und kam zu ihr. Sie prostete ihr zu und kippte den Likör rasch hinunter.

Bertha beobachtete sie unauffällig. Ihr war schon oft aufgefallen, dass Fräulein Hildebrand mit ihren rotblonden Haaren und dem zarten, aber entschlossenen Gesicht trank wie ein Bursche und nicht wie eine Dame.

«Das wird schon», sagte Ernestine und deutete mit dem Kopf in Richtung Tür, wo jetzt die zaghaften ersten Takte von Papagenos Auftritt als Vogelfänger begannen. «So ist es doch immer, erst klingt es grauenhaft, aber je näher die Aufführung rückt, desto mehr reißen sich alle zusammen.»

Bertha nickte. Sie hatten es beide mehr als einmal erlebt: Erst das Lampenfieber kurz vor dem großen Moment holte alles an Konzentration und Hingabe aus den Musikern, den Sängerinnen und nicht zuletzt dem Dirigenten heraus, was für eine makellose, ergreifende Oper nötig war.

«Wer ist der Kapellmeister für *Die Zauberflöte?*», fragte Ernestine.

«Richard Wagner.» Bertha leckte sich die Lippen, die leicht süß schmeckten.

«Er ist immer sehr leidenschaftlich», sagte Ernestine lächelnd, was ihr etwas herbes Gesicht verzauberte. «Das Orchester wird noch einiges zu hören bekommen, ehe alles stimmt.»

«Ich will mir das mal aus der Nähe ansehen», sagte Bertha. «Kommst du hier zurecht?»

«Gehen Sie ruhig auf einen Rundgang, ich halte die Stellung.» Ernestine ging zurück zum Zuschneidetisch. «Aber mein Eisen ist kalt, ich brauche eine neue Zunge.» Sie öffnete die Ofenklappe und hustete, als ihr der Kohlenstaub ins Gesicht wehte.

Bertha verließ die Garderobe und lief leise den schummrigen Korridor entlang, in dem nur einige Gasleuchten brannten. Wenn gerade keine Vorstellung gegeben wurde, musste man auch im Königlichen Theater sparen.

Zweimal bog sie ab, dann stieg sie ein paar Stufen hinauf, wobei ihre Tritte von den dicken Teppichen gedämpft wurden, und schlüpfte durch eine rote, seidenbespannte Tapetentür. Schon stand sie in einer der Logen im ersten Rang und konnte hinunter auf die Bühne sehen. Auch hier herrschte keine volle Beleuchtung, der riesige Kronleuchter, der aus Abertausenden geschliffenen Kristalltränen bestand, hing dunkel in der Mitte der hochgewölbten Decke. Nur die Vertiefung des Orchestergrabens, eine Neueinführung des Kapellmeisters Wagner, und der vordere Teil der Bühne bildeten kleine Inseln aus Licht im dämmrigen Saal.

Bertha sah Richard Wagner mit erhobenen Händen auf dem Dirigentenpult, den Stab in der Hand, die kleine Brille vor die Augen gepresst, während er das Orchester anfeuerte. Zart umschmeichelten die Streicher den Gesang des Solisten, des Baritons, der die Rolle des Papageno sang. Und nach dem anfänglichen Straucheln klang beides jetzt recht gut zusammen. Prinz Tamino lag scheinbar schlafend in einer Ecke der Bühne in der Nähe des Vorhangs – wo er sich laut Libretto verbergen sollte, als er den Vogelfänger pfeifen hörte. Papageno dagegen schritt leichtfüßig und nur in Strumpfhosen und Unterhemd gekleidet auf der Bühne auf und ab. Er machte sogar an den richtigen Stellen ein paar Tanzschritte und fröhliche Hopser, während er von den Vögeln sang, die er fangen wollte, und von den hübschen Mädchen, die ihm ebenfalls ins Netz gehen sollten.

Bertha musste sich ein Lächeln verkneifen, als sie sah, dass sich die große Zehe des Solisten durch den Strumpf bohrte und dass auf seinen Wangen ein Bartschatten lag – besonders verführerisch wirkte er in diesem Aufzug auf die Damenwelt eher nicht. Vermutlich hatte er einen zu großen Teil der vergangenen Nacht in einer Schänke verbracht, anstatt noch einmal die Partitur zu studieren. Auch sein fertiges Kostüm musste noch angepasst werden, es lag zusammen mit der Vogelkiepe und den anderen Masken und Requisiten in Berthas Garderobe. Doch das kam alles später, wenn in wenigen Wochen Premiere gefeiert würde. Nun ging es darum, der Musik Herr zu werden.

Wieder wurde Papageno mitten in seiner Arie von einem Hustenanfall geschüttelt. Wagner brach die Probe ab und hieb wütend aufs Pult. Der Darsteller des Tamino hob kurz den Kopf aus seiner geduckten Stellung, sah sich verschlafen um, gähnte und ließ den Kopf wieder fallen, als er erkannte, dass sein Auftritt sich verzögerte.

«Meine Herren!», rief Wagner aufgebracht den Geigern zu. «Das ist *forte,* nicht *mezzopiano*! Sie sind viel zu schüchtern, viel zu leise!» Er raufte sich das braune Haar und schob sich die Brille wieder hinauf, die ins Rutschen gekommen war. «Herr Spielmann», herrschte er den Violinisten an, der am ersten Pult saß, «solange Herr Schubert unpässlich ist, sind Sie der Konzertmeister! Machen Sie Ihren Mitstreitern etwas Feuer unter dem Hinterteil, wenn ich bitten darf!»

Georg Spielmann rappelte sich auf, Bertha sah von ihrem Beobachtungsposten, dass er weiß im Gesicht geworden war. «Sehr wohl, Herr Kapellmeister», raunte er und hob die Geige zum Kinn. «*Messieurs*, Sie haben es gehört», blaffte er die anderen Herren im Orchester an, und murrend setzten sich einige von ihnen aufrechter hin.

Papageno auf der Bühne bohrte in der Nase, wurde fündig und schnippte seine Beute hinunter in den Bühnengraben. Von Tamino kamen inzwischen leise Schnarchgeräusche, und Bertha konnte noch immer nicht sagen, ob der Sänger alles nur spielte oder ob er tatsächlich eingeschlummert war.

«*Da capo*!», schnauzte Wagner.

Das Orchester begann erneut zu spielen, der Gesang setzte ein. «*Der Vogelfänger bin ich ja, stets lustig, heißa hopsasa*», sang der Bariton und vollführte einen halbherzigen Sprung über einen liegen gebliebenen Blumenkranz aus der gestrigen Vorstellung. Prinz Tamino hob widerwillig den Kopf. Er war in keinem besseren Zustand als der abgerissen wirkende Vogelfänger, wie Bertha jetzt erkannte, doch er fühlte sich immerhin bemüßigt, sich aufzusetzen und nach dem Grund für Papagenos Aufenthalt an diesem felsigen, unwirtlichen Ort zu fragen, wie es das Libretto vorschrieb.

«*He da!*», rief er schwerfällig und gähnte erneut. «*Sag mir, du lustiger Freund, wer bist du?*»

«*Dumme Frage! Ich bin ein Mensch wie du*», gab Papageno zurück. «*Und wenn ich dich nun fragte, wer du seist?*»

«*Mein Vater ist Fürst, der über viele Menschen und Länder herrscht*», leierte Tamino seinen Text herunter. «*Darum nennt man mich Prinz.*» Er hickste leise.

Wagner auf dem Dirigentenpult schlug mit dem Taktstock gegen das Holz, und beide verstummten. «Bei allem Respekt», sagte der Kapellmeister so höhnisch, dass es seine Worte widerlegte, «aber das glaubt Ihnen beiden heute kein Mensch. Was ist denn los mit Ihnen? Ich hätte Lust, Ihnen eine Strafe aufzubrummen, weil Sie in einem solchen Zustand zu meiner Probe erscheinen.» Er schüttelte den Kopf. «Wir machen eine Pause. Trinken Sie einen Kaffee!» Er machte eine Geste, die das ganze Orchester einschloss. «Sie alle! Und danach nehme ich mit Ihnen das ganze erste Bild durch, gnade Ihnen Gott!»

Unter betretenem Gemurmel standen die Musiker auf, legten ihre Instrumente ab und trollten sich mit einigen Seitenblicken zu ihrem ungehaltenen Kapellmeister aus dem Saal. Die beiden Sänger standen noch einen Augenblick wie begossene Pudel auf der Bühne. Dann sagte Papageno leise, aber für Bertha oben in der Loge deutlich vernehmbar zu Tamino: «Komm, ich hab noch eine Flasche Roten hinten in der Herrengarderobe.»

Sie verschwanden Arm in Arm auf die Hinterbühne.

Da löst sich ein Herr im schwarzen Mantel und mit einem geschwungenen Schnurrbart aus seinem Sitz in der vordersten Reihe. Bertha hatte ihn bis eben nicht bemerkt. Er stieg in den Orchestergraben und trat zu Richard Wagner aufs Pult, der mit gerunzelter Stirn in der Partitur blätterte.

Nun waren nur noch die beiden Herren im Saal, und Bertha wollte sich eben zum Gehen wenden, als die Worte des Unbekannten sie aufhorchen ließen.

«*Die Zauberflöte!*», rief der Mann kopfschüttelnd. «Das ist ja gut und schön, aber es ist Vergangenheit.» Bertha dachte, dass sein Akzent russisch klang, wusste aber nicht, ob sie richtiglag. «Habt ihr nichts Wichtigeres, was ihr hier an der größten Oper des Landes zur Aufführung bringen solltet?» Er strich sich über das volle, dunkle Haar, das sich in seinen Kragen lockte.

«Komm schon, Michail», erwiderte Wagner und sah von den Noten hoch. «Immerhin ist der Gedanke in Mozarts Oper der einer Weltrepublik, errichtet von den Freimaurern.»

«Aber das ist doch alles viel zu zahm», rief der Mann aufgebracht in die Stille des Saals und legte einen Arm um Wagner. «Ein Theater hat die Pflicht, dem Volk die Wahrheit zu zeigen. Heinrich Heines Dramen solltet ihr spielen. Und Büchners Stücke! Meinetwegen auch Beethovens Neunte Symphonie, sie trägt den revolutionären Gedanken tief in sich. Und wenn unsere politischen Forderungen erst einmal durchgesetzt sind, können wir uns wieder der Schönheit der Kunst zuwenden und Mozart aufführen, findest du nicht, alter Freund?»

Bertha in der Loge hielt den Atem an. Was waren das für aufrührerische Reden, die der Fremde da führte? *Michail*, hatte Wagner ihn genannt, und plötzlich kam ihr ein Gedanke. Konnte das Michail Bakunin sein, der berühmte russische Redenführer der Revolution, der oft in Dresden zu Gast war? Seine Ideen standen in den großen Zeitungen des Landes, und seine unerschrockenen Forderungen nach der Freiheit der Bürger waren in aller Munde. Bertha wurde schwindlig. Was, wenn die Männer sie hier oben bemerkten? Wäre es nicht besser, endlich zu verschwinden? Aber sie hatte Angst, beim Hinaushuschen ein Geräusch zu machen, und so stand sie wie angewurzelt unter dem dunklen Kronleuchter und hörte unfreiwillig weiter zu.

Wagner nahm die Brille ab und putzte sie. «Du hast schon recht», sagte er und sah sich vorsichtig um, doch offenbar wähnte er sich mit seinem gleichgesinnten Freund allein. «Es muss etwas geschehen, darin sind wir uns ja einig. Du und ich, Semper, auch Röckel ... Wir wollen alle dasselbe. Freie Wahlen, eine starke Nationalversammlung. Eine deutsche Republik!»

«Und dafür braucht es eine neue Revolution», sagte Bakunin, «nachdem die letzte im vergangenen Jahr viel zu lammfromm war. Wir haben es den Fürsten einfach gemacht, an ihren Privilegien festzuhalten. Was sie Reformen nennen, ist ein schlechter Witz!» Er hieb aufs Pult, dass die Notenblätter flatterten. «Diesmal müssen wir uns die Bürgerrechte einfach nehmen, wir dürfen nicht länger darum bitten. Aber es geht nur mit Gewalt.»

Bertha biss sich auf die Lippen. Langsam, Zentimeter für Zentimeter, wich sie zurück und umklammerte mit den Händen die samtige Stuhllehne hinter sich. Gleich wäre sie an der Tür und könnte aus dem Saal gelangen.

«Ich stimme dir zu, das weißt du ja», sagte Wagner.

Die Stimmen der Männer drangen weiterhin glasklar zu Bertha hinauf in die Loge, und sie verfluchte in diesem Moment die gefeierte Akustik der Semper'schen Oper.

«Aber wir alle sind hier immer noch im Theater des Königs angestellt», fuhr Wagner fort. «So steht es in meiner Ernennungsurkunde: *Der Kapellmeister Seiner Majestät des Königs von Sachsen ist gehalten, diesem seinem allergnädigsten Herrn treu, gehorsam und ergeben zu sein.*» Wagner räusperte sich. «Du magst frei sein, Michail, aber wir anderen haben einen Eid geschworen, einen Eid, dass wir Seiner Majestät dienen werden. Ich weiß nicht, ob ich ihn einfach so brechen kann.»

«Brechen nicht, aber biegen», antwortete Bakunin. «Das müssen wir einfach. Jetzt ist die Stunde, Richard, jetzt oder nie! Freiheit besitzt man nicht einfach, man nimmt sie sich.»

«Aber es ist gefährlich», sagte Wagner heiser. «Denk an unseren Freund August Röckel, der hat unter seinem wahren Namen aufrührerische Artikel in den *Volksblättern* verfasst, und prompt hat Generaldirektor Lüttichau ihn im letzten Oktober entlassen.» Er sah Bakunin eindringlich an. «Ich kann die Oper nicht im Stich lassen», sagte er, «sie ist mein Leben! Und ich gerate ohnehin schon in eine Zerreißprobe nach der anderen. Alle meine Erneuerungsvorschläge werden abgetan, man legt mir andauernd Steine in den Weg. Kapellmeister Reißiger wirft mir sogar vor, ich wolle mich persönlich bereichern, indem ich nach Reformen des Theaters verlange, aber das ist Unsinn!» Er schüttelte den Kopf. «Alter Freund, ich arbeite gerade an einem neuen Stoff, den *Nibelungen* – die Komposition ist für mich das Wichtigste! Aber ich will die ganze Welt revolutionieren, die der Politik *und* die der Musik! Die Revolution muss alles von Grund auf erneuern, wie eine Flamme, die das Alte auslöscht und das Neue gebiert.»

«Du solltest wieder einmal etwas für die *Volksblätter* schreiben, mein Freund», sagte Bakunin, «die Leute wollen lesen, was du denkst. Auch, wenn du damit deine Stellung hier gefährdest, das bist du der Welt schuldig. Du ...»

Bertha machte einen letzten Schritt rückwärts, doch da verfing sich ihr Absatz in einer Teppichquaste. Sie stolperte, ihre alten Knie schmerzten, und sie stöhnte unterdrückt. Die Männerstimmen unten verstummten. Bertha fing sich und presste ihren Rücken an die seidene Tapetenwand der Loge, damit man sie von unten nicht sehen konnte. Ihr

Herz raste, und wie schon zuvor beim Bügeln brach ihr der Schweiß aus.

«Wer da?» Wagners Stimme schwang alarmiert durch den großen Saal, doch Bertha presste die Lippen zusammen, zwang sich, ruhig zu atmen, und machte keinen Mucks. Um keinen Preis wollte sie von den beiden Herren als Lauscherin enttarnt werden – nicht nach dem, was sie eben mit angehört hatte.

Vorsichtig tasteten ihre Hände nach der Tür, sie drückte sie lautlos auf. Zum Glück hatte der Hausinspektor kürzlich dafür gesorgt, dass sämtliche Scharniere geölt wurden. Mit wild pochendem Herzen glitt Bertha aus der Loge ins schützende Halbdunkel des Korridors, der den ersten Rang umspannte. So schnell sie es mit ihren schmerzenden Gelenken konnte, eilte sie fort von der Rotunde des Zuschauersaals und hinunter, zurück in die Garderobe zu den Kostümen, den Requisiten und zu Ernestine. Da, wo sie hingehörte.

## 4.

### *Aus dem Tagebuch des Königlich Sächsischen Hoftheaters, Schauspielfreunden zum Jahre 1848/49 gewidmet*

*Prolog zur zehnjährigen Gedächtnisfeier der Grundsteinlegung des Königlichen Theaters, vorgetragen von Fräulein Hortense Schneider.*

*Wo klingt so herrlich voll und tief der Ton?*
*Wo fliegt er, gleich der Schwalbe, durch die Lüfte?*
*Auf dass er, voller Liebreiz, doch zerschelle schon*
*an wilden Meeres schaumbekränzter Klüfte?*
*Wo klingt es voller Freude, spielt man auf*
*und singt die Ode an die Kunst?*
*Wohin strömt es in eilig freud'gem Lauf*
*zu huldigen der Schönheit voller Brunst?*
*Es ist der Ort, den hier in Dresden jeder kennt –*
*die Oper, welche die Musik ihr Eigen nennt.*

*Und was wir tun, und was wir auch erstreben,*
*der Ton klingt in uns allezeit.*
*Entfacht in uns das süße, heiße Leben*
*und macht uns für den Schicksalskampf bereit.*
*Wir huldigen ihm stets zu jeder Frist,*
*der unser aller Glück und Sehnsucht ist.*
*Wir preisen ihn, der unser Herz erquicket*
*und unsre Brust zu jeder Zeit beglücket.*
*Musik ist unser Labsal, alles Streben*
*geht nur zu ihr, solang wir leben.*

## 5.

*Dresden, Ostersonntag, 8. April 1849*

Das war eine exquisite Aufführung des *Figaro*», sagte Adam und geleitete Elise sorgsam am Arm über die Schwelle hinaus in die Nacht. «Auch, wenn das Sujet, wie ich gestehen muss, doch nicht ganz nach meinem Geschmack war.»

Der Opernplatz war hell erleuchtet, die Lichter der Laternen flimmerten im Nachthimmel wie Edelsteine auf schwarzem Samt. Mehrere Kutschen warteten, und überall standen und liefen Menschen umher. Handwerkermeister mit ihren Frauen in ausladenden Reifröcken und tiefen Ausschnitten, Familien mit weißen Schoßhündchen an der Leine, elegante Bürger mit schwarzen Zylindern und vornehme Damen, die in teuerste Brokatstoffe gekleidet waren und mit gezierten Bewegungen ihre spitzenbesetzten Röcke rafften, als sie über das Pflaster von der Oper fortstrebten.

Elise entzog sich dem Arm ihres Mannes und drehte sich um. Hinter ihnen lag das Königliche Theater, einer stolzen Regentin gleich, die am nächtlichen Elbufer thronte und huldvoll ihre Besucher entließ. Licht drang aus jedem der großen ovalen Fenster im Untergeschoss, während immer mehr Menschen hinter ihnen herausströmten. Doch schon erloschen in den oberen Etagen die Lampen. Thalia, die Muse des Theaters, war müde und wollte nach getaner Arbeit schlafen gehen.

Es gefiel Elise, sich vorzustellen, dass sich jetzt drinnen die vielen Arbeiter daranmachten, die Spuren des Opernabends zu beseitigen. Sie sammelten Kristallgläser ein, fegten die Bühne, hoben den Blumenschmuck auf, gossen Wasser auf die Glut in den Kaminen. Der gewaltige Kronleuchter im Saal versank im Dunkeln. Theaterdiener gingen mit silbernen Kerzenlöschern umher und erstickten die kleinen Flammen, die überall auf den unzähligen Marmorsimsen geflackert hatten, bis nur noch die notwendigste Beleuchtung brannte. Die Garderobiere hängte die Kostüme auf Kleiderbügel, der Friseur zog Haarnadeln aus den kunstvollen Frisuren der Darstellerinnen. Nach und nach verließen alle, die an der Oper mitgewirkt hatten, das Theater und gingen zu ihren Schlafstätten, oder, wenn sie Lust hatten, in die vielen Gasthäuser entlang der Elbe, um ihren Erfolg auf der Bühne mit ein paar Gläsern Wein zu feiern.

Und im Malersaal?, fragte sich Elise, während sie Adam langsam zu ihrer Kutsche folgte, die am Fuß der Augustusbrücke wartete. Wurde dort heute Nacht noch gearbeitet? Oder lag auch er jetzt still in der Dunkelheit und schlummerte dem neuen Tag entgegen, wenn es genug Tageslicht gab, um sich an eine neue Kulisse zu wagen?

Sie fröstelte im kühlen Wind, doch im Inneren war ihr warm, wenn sie an die Farbtöpfe dachte, den Geruch nach Leim und Malmitteln, die Leinwände, die überall herumstanden. Und an zwei bekleckste, kräftige Hände, die aus einem aufgekrempelten Malerkittel herauslugten ...

«Kommst du?», fragte Adam, und Elise stellte fest, dass sie stehen geblieben war und gedankenverloren aufs Pflaster starrte.

Sie sah auf und wurde im selben Moment von Geheimrat Menzel und seiner Gattin eingeholt. Die Frau war in eine ausladende Pelzmantille gehüllt und nickte Elise zum Gruß zu.

«Frau Jacobi!», rief ihr Mann und ergriff Elises Hand zum flüchtigen Kuss. «Wann haben wir die Ehre, Sie wieder einmal spielen zu hören?»

«In etwas mehr als einer Woche spiele ich im Salon der Bornstedts», erwiderte Elise, aber sie war nicht bei der Sache. Wieder wanderten ihre Augen zurück zur Oper, suchten die Fenster weiter hinten ab, wo sie den Malersaal wusste. Schimmerte dort nicht ein kleines Licht, ganz schwach und doch unverkennbar lebendig hinter der Fensterscheibe? Wer mochte dort noch sein?

Adam war die paar Schritte zu ihr zurückgegangen und begrüßte nun auch ihre Bekannten. «Wie hat Ihnen die Oper gefallen?», fragte er. «Kannten Sie *Die Hochzeit des Figaro* bereits?»

Geheimrat Menzel schüttelte den Kopf, er wirkte wenig erbaut. «Nun, die Musik von Mozart ist natürlich immer wieder betörend schön», sagte er. «Aber für meinen Geschmack war der Stoff ein wenig zu pikant, wenn Sie wissen, was ich meine. Diese Eifersuchtsgeschichten ... dieses Durcheinander! Alle sind in alle verliebt, alle küssen sich andauernd, selbst ein Mann küsst einen Mann! Hat man so etwas schon einmal gesehen?» Er unterbrach sich, sah in die Runde und wartete auf Bestätigung seiner Empörung, die Adam ihm sofort nickend zuteilwerden ließ. Erleichtert fuhr er fort, wobei sein buschiger Schnauzbart ein wenig zitterte. «Ich weiß nicht, weshalb ehrbare Bürger wie wir sich so etwas ansehen sollten. Es hat ja wenig mit uns zu tun, die wir in einer glücklichen Ehe leben, nicht wahr?» Er sah aus den Augenwinkeln zu seiner Gattin hinüber, doch die schien fasziniert von einem Spitz zu sein, der sich von seiner Leine losgerissen hatte und kläffend vorbeilief, bis er sich im Getümmel auf dem Opernplatz verlor.

«Kapellmeister Wagner dirigiert auf jeden Fall wie ein Wahnsinniger», sagte Adam, und Elise schien es, als wolle auch er lieber das heikle Thema wechseln.

«Wie man hört, ist er das auch», sagte Geheimrat Menzel und verzog die Lippen unter seinem Bart. «Ein Verrückter, wie er im Buche steht. Offensichtlich glaubt dieser Richard Wagner, wie man überall hört, er und seine Kumpane könnten den König stürzen – den König, der ihnen allen doch ihr Brot gibt. Ich bitte Sie! Das ist die Spitze des Undanks!»

«Ganz Ihrer Meinung, werter Freund», gab Adam zurück. Er berührte Elise, die noch immer in die Ferne starrte, am Arm, und endlich trennte sie sich vom Anblick der Oper und lauschte seinen Worten. «Wir haben es viel zu weit kommen lassen mit diesen kindischen Phantasien vom Umsturz, die überall wie eine Seuche grassieren. Erst kürzlich schrieb ich darüber einen Artikel in der *Kreuzzeitung*, die in Berlin erscheint. Wenn es Sie interessiert, lasse ich Ihnen eine Ausgabe schicken.»

«Sehr gern», sagte Geheimrat Menzel, «es ist immer ein Vergnügen, Ihre scharfe Feder zu lesen, Herr Jacobi. Die Presse wimmelt ja seit der Aufhebung der Zensur im letzten Jahr nur so von liberalen Blättchen, die alle naselang zur Revolution aufrufen. Da tut es gut, einmal eine besonnenere Meinung zu lesen.»

Elise trat von einem Bein auf das andere. Auch Frau Menzel schien ihren eigenen Gedanken nachzuhängen, sie lächelte abwesend, während sie immer wieder ihren Nerz streichelte, als wäre er ein geliebtes Haustier. Dann sah sie doch auf.

«Ja, schrecklich, diese Aufrührer», sagte sie mit dünner, hoher Stimme, «das sind alles nur abgerissene Schmutzfinke aus der Gosse und Juden. Leute, die in unserer Gesellschaft ihren Platz nicht finden und am liebsten überall Feuer legen würden, damit auch wir anderen leiden. Nicht wahr, Eugen?»

«Aber das ist doch Unsinn», platzte Elise heraus, die sich nicht länger zurückhalten konnte.

Drei Augenpaare richteten sich erstaunt auf sie. Der Abendwind zerrte an den Baumkronen am Fuß der Augustusbrücke, er fuhr unter Elises Rocksaum und ließ den Stoff wild aufrascheln. Schnell strich sie die Falten glatt.

«Erstens kann man es den Ärmsten der Armen in unserem Land wohl kaum verdenken, dass sie ihre bedauernswerte Lage verbessern wollen», erklärte sie, während sie spürte, wie ihr das Blut in die Wangen schoss. «Und zweitens sind längst nicht nur Arbeiter und Bauern für einen Umsturz. Viele aus unseren Kreisen, aus dem bürgerlichen Lager, haben sich der liberalen Sache längst angeschlossen – so wie Richard Wagner.»

«Woher willst du das wissen?», fragte Adam scharf. «Du hast ja keine Ahnung von Politik, Elise.»

«Ich lese auch die Zeitung», sagte sie und sah ihren Ehemann herausfordernd an. «Nicht nur deine *Kreuzzeitung* aus Preußen, sondern die Blätter hier aus der Stadt. Zum Beispiel die *Dresdner Abendzeitung*. Darin schreiben Richard Wagner und berühmte Schriftsteller über Kunst und Musik, aber auch über Politik.»

Adams Gesicht wirkte im Schein der Laternen plötzlich wie eine Maske, die Mienen des Ehepaars Menzel hingegen zeigten vor allem Verlegenheit und eine Spur Sensationslust.

«Sie müssen meine junge Frau entschuldigen», sagte Adam und zog Elise an sich. Es sollte wohl wie eine zärtliche Geste wirken, doch sein Griff um ihr Handgelenk war hart wie Eisen. «Elise ist immer so voller Mitgefühl für die Armen, Sie dürfen ihr das nicht übel nehmen. Das Herz meiner Frau schlägt für die Unglücklichen, die ohne Zweifel an Armut und Hunger leiden.» Er lächelte leise. «Was natürlich äußerst bedauerlich ist. Aber darum, mein Liebes», er strich väterlich über Elises Wange, «musst du dich nicht kümmern, das besorgen die Minister gemeinsam mit dem Landtag durch Reformen und Gesetze.»

Elise wollte etwas erwidern, aber die stählerne Warnung, die sie jetzt in Adams Gesichtsausdruck las, hielt sie zurück. So schluckte sie ihre Worte herunter und schwieg. Sie wusste, dass sie ohnehin schon zu weit gegangen war.

Einen Moment herrschte betretenes Schweigen.

«Nun, es gibt nichts Edleres als das mildtätige Herz einer schönen Frau», sagte Geheimrat Menzel schließlich schwach, und seine Gattin lächelte säuerlich. «Für uns ist es jetzt Zeit, nach Hause zu fahren, es ist spät. Wir wünschen Ihnen beiden einen angenehmen Abend.»

Mit diesen Worten zog der behäbige Herr seine Frau fort in Richtung der Kutschen. Ihre Schritte wirkten mit einem Mal hastig, als wären sie froh, gerade noch rechtzeitig einem drohenden Gewitter zu entgehen.

Adam hielt Elise noch immer fest, und obwohl sie versuchte, sich zu befreien, gelang es ihr nicht.

«Lass mich los», sagte sie, «du tust mir weh.»

«Du machst mich zum Narren mit solchen Reden, verstehst du das nicht?» Er umklammerte ihr Handgelenk noch fester, als hätte er sie nicht gehört. «Ich habe einen Ruf zu verlieren, Elise. Wann begreifst du das endlich? Auch dein Glück hängt davon ab, dass ich weiterhin in dieser Stadt geachtet bin. Nur dann bekomme ich Aufträge für Kompositionen und für gut bezahlte Artikel in den Journalen.»

«Und ich dachte, es gäbe eigentlich genug Aufträge», sagte sie scharf, «nur schaffst du es an vielen Tagen nicht einmal mehr, auch nur eine Note zu Papier zu bringen.»

Adam ließ sie so plötzlich los, als hätte er sich an ihr verbrannt. Fassungslos starrte er sie an. «Dass du mir so in den Rücken fällst», zischte er, «nach allem, was ich für dich getan habe, Elise! Das kränkt mich, ich gebe es zu.»

Elise spürte einen Stich. Sie wusste, dass sie zu hart gewesen war. Aber tatsächlich häuften sich die Tage, ja Wochen, in denen Adam kraftlos in seinem Studierzimmer vor sich hin brütete. Dennoch war es unrecht von ihr, es ihm vorzuhalten. Er hatte, wie er sagte, seit dem Tag ihrer Hochzeit gut für sie gesorgt. Für sie, für seine Schwester Theresia, die inzwischen reichlich gebrechlich war und in einem Nebenflügel des Stadtpalais lebte, und auch für Netty. Es fehlte Elise an nichts. Aber dass er ihr in Gesellschaft stets so geringschätzig begegnete, ihr jede Fähigkeit zum eigenständigen Denken absprach, traf sie jedes Mal aufs Neue. Und sie reagierte darauf stets wie eine Katze, die man am Schwanz gezogen hatte.

«Verzeih mir», sagte sie zähneknirschend. «Ich weiß, dass ich mich kindisch aufgeführt habe. Ich möchte dir nur so gern eine ebenbürtige Ehefrau sein. Weißt du, auch ich mache mir Gedanken, auch ich habe Ideen und Wünsche.»

«Das ist mir bekannt», sagte er spöttisch und rückte seinen Zylinder zurecht, den der Wind ein wenig schief geweht hatte. «Dein ganzer Charakter ist doch ein einziges Wünschen und Wollen, Elise. Manchmal macht es mich so müde, dieses ganze Wollen, diese unendlichen Ziele, die du stets verfolgst. Kann es nicht einmal genug sein? Reicht es dir nicht, dass du von mir gefördert wirst und auf den größten Bühnen des Landes spielen darfst? Noch dazu auf der Violine, was ich selbst vor einigen Jahren noch als undenkbar für eine Frau angenommen hätte.» Er schüttelte betrübt den Kopf. «Ist es dir nicht genug, dass du eine Mutter sein kannst, wie du es dir immer gewünscht hast? Dass du die schönsten Kleider trägst, von mir behütet wirst? Muss es jetzt also noch eine ganze Revolution sein? Willst du dem König etwa eigenhändig den Kopf abschlagen?»

Elise horchte überrascht auf. Adam war sonst meistens sehr beherrscht, manchmal wie versteinert. Selten ließ er so tief in seine Gedanken sehen wie jetzt eben. Zwar drohte ihr Gespräch in einen ernsthaften Disput zu münden, doch immerhin war Leben darin! Etwas Wahrhaftiges hatte sich in seine sonst so wohlgewählten Worte geschlichen, eine wirkliche Verzweiflung, ein echtes Gefühl. Und auf einmal berührte sie, was er sagte, und Gewissensbisse meldeten sich. Hatte er recht? War sie undankbar, war sie ihm eine schlechte Frau?

«Wollen wir nicht zu Fuß nach Hause gehen?», fragte sie aus einem Impuls heraus. «Der Kutscher kann den Wagen allein zurückfahren. Es ist ein kühler, aber schöner Abend, und es ist ja nicht weit.» Tatsächlich schimmerten die Fenster des prächtigen Stadtpalais vom anderen Ufer als sanfter, warmer Schein zu ihnen herüber. Netty schlief dort sicher in der Kinderstube, bewacht vom Dienstmädchen Merle.

Und Rosel hielt in der Küche noch eine Suppe bereit, damit die Herrschaften bei ihrer Rückkehr aus der Oper ein kleines Nachtmahl einnehmen konnten.

Wieder kam Elise der Gedanke, dass sie undankbar war.

Adams Gesichtsausdruck hatte sich geglättet. Er schob seinen Arm unter ihren und berührte mit seinen schmalen Lippen kurz ihre Wange. «Das ist eine gute Idee», sagte er und machte dem Kutscher, der auf dem Bock wartete, ein Zeichen, dass sie nicht mitfahren würden.

Gemächlich, weil Adam nicht allzu gut zu Fuß war, schritten sie auf die Augustusbrücke zu, deren breiter Mittelgang links und rechts von Laternen beschienen wurde. Vor und hinter ihnen liefen andere Besucher der Oper, die ebenfalls aus der Altstadt in die Neustadt zurückkehrten. Das dunkle Wasser der Elbe zog mit sanftem Rauschen unter ihnen hinweg, und am Himmel stand silbrig der Mond.

«War dir die Mozart-Oper wirklich so zuwider, wie du es den Menzels gegenüber behauptet hast?», fragte Elise, während sie neben Adam herging. Die Kälte des Frühlingsabends drang durch ihre dünnen Schuhsohlen, doch die frische Nachtluft schmeckte herrlich, und als sie den Blick hinauf zum Himmel richtete, sah sie das Funkeln der unzähligen Sterne über der Stadt.

«Zuwider sicher nicht», sagte Adam und klappte den Kragen seines Mantels nach oben, weil der Wind auf der Brücke daran zerrte, «die Musik ist ohne Zweifel hervorragend. Aber ich muss dem Geheimrat recht geben – das Libretto ist wirklich zu trivial.»

«Was ist an der Liebe denn trivial?», fragte Elise leise.

«Das ist doch keine Liebe!», sagte Adam empört. «Dieses Wechselspiel, jeder mit jedem, noch dazu andauernd in

Verkleidung, sodass man nicht mehr sagen kann, wer die Figuren eigentlich wirklich sind und ob sie es selbst noch wissen.»

«Ich fand es amüsant», sagte Elise, «und auch rührend, weil es am Ende für alle gut ausgeht.»

«Ich wüsste nicht, was daran gut ist, wenn man ein falsches Spiel treibt, einander betrügt und am Ende davonkommt», erklärte Adam heiser. «Beim *Figaro* geht es nun einmal nicht um Liebe, Elise, sondern um Wollust. Muss ich dir wirklich den Unterschied erklären?»

Elise schwieg. Sie näherten sich dem anderen Ende der Brücke, ihr Haus kam immer näher. «Nein», murmelte sie schließlich, «ich kenne den Unterschied.» Schweigend dachte sie, dass sie genau wusste, was Liebe, und auch, was Lust war. Und dass beides nicht zwangsläufig voneinander getrennt sein musste. Nein, im besten Fall gehörte beides zusammen. Doch davon war in ihrer Ehe mit Adam nichts zu spüren, war es nie gewesen, und darum schien es ihr besser, nicht weiter darüber zu sprechen.

Sie traten ins Haus. Merle nahm Adam Hut und Stock ab, und Elise konnte nicht anders, als noch einmal den Blick zurückzuwerfen – auf die dunklen Silhouetten des Schlosses, der Brühlschen Terrasse, der Hofkirche mit ihrem schlanken Turm, der in den grauen Nachthimmel schnitt. Und natürlich auf die sanft geschwungenen Linien des Königlichen Hoftheaters, in dem nun auch das letzte Licht gelöscht war, sodass das Gebäude aussah wie ein schlafendes, sacht atmendes Tier, dessen Flanken sich leise hoben und senkten, bis es mit den ersten Sonnenstrahlen wieder erwachen würde.

## 6.

*Dresden, Dienstag, 10. April 1849*

Die große Tafel im Esszimmer des Hauses in der Großen Frauengasse war festlich gedeckt, als Elise mit Netty an der Hand eintrat. Die Köchin ihrer Eltern, Alberta, hatte gemeinsam mit dem neuen Mädchen ganze Arbeit geleistet. Das weiße Damasttuch lag gebügelt auf dem Nussbaumholztisch. Das Silberbesteck mit dem eingravierten Monogramm, das Amalie Friederike, Elises Mutter, der Tochter als Aussteuer in die Ehe mitgegeben hatte, war auf Hochglanz poliert, frische Kerzen steckten in den glänzenden Haltern, und auf jeden Platz war eine handbestickte Serviette zum Meissener Porzellan gelegt worden. Zierlich schmiegten sich die geschnitzten Stühle an den Tisch und warteten auf die Tafelnden. Die Standuhr in der Ecke des Zimmers schlug mit einem hellen Ton die volle Stunde. Sechs Uhr – die Zeit, zu der im Hause Spielmann und in den meisten anderen Bürgerwohnungen Dresdens zu Abend gegessen wurde. Ein Duft nach geschmolzener Butter und Zwiebeln zog bereits heimelig aus der Küche in die Stube herein.

Nichts hatte sich verändert, seit sie ihr Elternhaus verlassen hatte, dachte Elise mit einer Mischung aus Wehmut und Ungeduld. Noch immer beherrschten fein gedrechselte Möbel und Zierrat die vielen Zimmer, und kostbare Teppiche dämpften den Schritt auf den polierten Holzdielen. Noch immer hingen dieselben Kupferstiche in den zarten Farben an den Wänden, die Jagdszenen, Stadtansichten und Porträts der Familie. Elises eigenes Gesicht blickte ihr aus einem goldenen Rahmen entgegen, jedoch etwa zehn Jahre jünger. Das eckige Kinn wirkte kindlicher als heute, die Wangen waren etwas voller, aber der Ausdruck in den hellen Augen war ernst, ja eine Spur misstrauisch, als argwöhnte die Porträtierte, dass der Maler hinter seiner Staffelei ihr mit dem Anfertigen ihres Abbilds etwas wegnehmen würde.

Elise musste lächeln. Ihr wurde von Adam oft Dickköpfigkeit und Trotz nachgesagt, und sie fürchtete, dass sie diese Eigenschaften schon als junges Mädchen besessen hatte. Doch immerhin konnte sie ihr Temperament inzwischen, als erwachsene Frau, meistens gut beherrschen.

«Du hast aber schönes Haar auf dem Bild, Mama», sagte Netty bewundernd. Sie machte sich aus Elises Griff los und lief zum Porträt hinüber. Andächtig stand sie da und betrachtete die goldbraunen Korkenzieherlocken der jugendlichen Elise mit Kennermiene. «Aber das schwarze Kleid ist furchtbar hässlich. Warum hat Großmutter es dir für das Bild angezogen?»

«Schwarz ist die Farbe der Ehre und des Anstands, Annette», sagte Amalie, die unbemerkt ins Zimmer getreten war. «Etwas, was jedem jungen Mädchen gut steht.»

Netty quietschte vergnügt und lief zu ihr, griff die Hand der Großmutter und küsste sie schmatzend auf die schmalen Finger. Seit sie bei den Jacobis lebte, hatte sie Elises Mutter fest ins Herz geschlossen, und Elise wusste, dass wiederum Netty in Amalies Herz einen festen Platz hatte – auch, wenn ihre Mutter keine Frau war, die Gefühlsregungen gern zeigte.

«Guten Abend, Mutter», sagte Elise und küsste Amalies Hand. «Ich danke Ihnen für die Einladung. Adam ist leider verhindert, er muss eine Sonate beenden. Aber er lässt Sie alle herzlich grüßen.»

Unauffällig musterte sie ihre Mutter. Amalies Züge wirkten verhärmter als bei ihrer letzten Begegnung. Diese war einige Wochen her, denn über Ostern waren die Eltern in Weißenfels bei der Verwandtschaft gewesen und erst gestern, am Ostermontag, zurück nach Dresden gekommen. Elise schien die Mutter durchsichtiger als zuvor, ihre Haut war wächsern, und ihre schönen Augen, die sonst von der etwas zu starken Nase ablenkten, lagen in tiefen Höhlen, sodass ihre Miene ungewohnt streng wirkte.

«Geht es Ihnen gut?», fragte Elise mit leiser Besorgnis und berührte die Mutter am seidenen Ärmel ihres blauen Kleids, dessen Stoff weit über die Handgelenke fiel, wie es jetzt Mode war.

«Gewiss», sagte Amalie hastig, «ich habe nur nicht gut geschlafen. Einer der Nachtwächter hatte wohl wieder zu tief ins Branntweinglas gesehen und nachts direkt vor meinem Fenster eine Arie um die andere geschmettert.» Sie versuchte zu lächeln, aber Elise fand, dass es eher wie eine Grimasse wirkte. Sie wusste, dass ihre Mutter seit vielen Jahren unter Schlafstörungen litt. Abends gelang es ihr oft stundenlang nicht, einzuschlafen, während sie morgens nicht aus den Federn fand. Dazu kamen ihre melancholischen Anwandlungen, vor denen sich die ganze Familie fürchtete – am allermeisten ihr Ehemann Georg. Doch so elend wie heute hatte sie niemals gewirkt.

Suchend sah Elise sich um. «Wo ist denn Vater?»

«Er kommt heute wohl wieder etwas später von der Probe», sagte Amalie. «Kapellmeister Wagner ist mit dem Einstudieren der neuen Oper besonders streng.»

Dumpf erklang die Türglocke, das Dienstmädchen Rosina würde den eintreffenden Gästen öffnen.

Elises Gesicht hellte sich auf, als kurz darauf Elises Bruder Eduard ins Zimmer trat, gefolgt von seiner Frau Thekla, die den kleinen Joseph Georg in den Armen trug. Das einjährige Kind schlief, seine dunklen Locken ringelten sich entzückend über Theklas bestickten Ärmel.

Die junge, ohnehin zarte Frau wirkte ebenfalls erschöpft, dachte Elise. Josephs Geburt war schwer gewesen, und Thekla war auch nach einem Jahr noch nicht wieder ganz hergestellt. Doch sie lächelte allen freundlich zu und ließ sich von Eduard einen Stuhl herbeirücken, auf den sie mit einem kleinen Seufzer niedersank, das schlafende Kind noch immer an sich gepresst.

Ein winziger Funke Neid flammte in Elise auf, als sie die Innigkeit der Berührungen zwischen Mutter und Kind sah. So lieb sie Netty auch hatte – diese Erfahrung blieb ihr versagt. Sie hatte niemals ein Baby in den Armen gehalten, wusste nicht, wie es duftete, wie weich seine Haut an ihrer Wange wäre. Schnell unterdrückte sie die ärgerliche Regung. Sie musste dankbarer sein, das hatte sie sich schließlich gerade erst vorgenommen.

Eduard zog Elise von hinten an einer Locke, und sie schnellte lachend herum und umarmte ihren Bruder. Er wirkte mit seinen bald fünfundzwanzig Jahren noch immer sehr jung, steckte mitten in den letzten Prüfungen seines Studiums der Jurisprudenz. Doch er hatte früh geheiratet, aus Liebe, wie Amalie nicht müde wurde zu betonen. Jedes Mal fühlte Elise dann einen kleinen Stich. Ihr, der ältesten Tochter, war eine Ehe aus Liebe nicht vergönnt gewesen, so etwas konnte sich nur ein Mann leisten, der auch nach seiner Heirat noch von den Eltern unterstützt wurde und am Ende das gesamte Vermögen erben würde.

«Schwesterherz», sagte Eduard, «wo ist denn dein Gatte?»

«Adam hat viel zu tun, er sitzt an den letzten Takten einer Sonate, die er fertigstellen muss. Ein Auftragswerk des Kardinals für ein Kirchenjubiläum.» Sie verschwieg, wie angespannt Adam in den vergangenen Tagen gewesen war, weil es ihm schwerfiel, sich zu konzentrieren und die richtigen Akkorde zu finden. Wie oft hatte sie sein verzweifeltes Stöhnen durch die geschlossene Tür gehört, gefolgt vom Ploppen eines Korkens, wenn er eine weitere Flasche Wein öffnete – was Gift für seine voranschreitende Gicht war.

Wieder wanderte ihr Blick hinüber zu Thekla, die das Köpfchen ihres schlummernden Söhnchens küsste. Eduard und Thekla waren blutjung und im Begriff, eine eigene Dynastie zu gründen, sie standen noch am Anfang ihres Lebens. Elise dagegen ging – obwohl sie nur vier Jahre älter als ihr Bruder war – auf die Mitte ihres Lebens zu, während ihr Mann bereits an dessen Ende stand.

«Onkel Eduard, zauberst du wieder?» Netty riss sie aus ihren trüben Gedanken.

Eduard lachte. Er trat auf seine Nichte zu, machte eine rasche Bewegung und zog einen Taler hinter ihrem Ohr hervor. Jauchzend griff Netty danach, sie liebte ihren jungen Onkel, der klug und lustig war und stets mit ihr spielte und scherzte. Ganz anders als ihr Vater, der den größten Teil des Tages im verschlossenen Studierzimmer saß und über Schriftstücken und Notenblättern brütete.

«Zu Tisch, meine Lieben», befahl Amalie. Ihre Wangen hatten etwas Farbe bekommen, wie immer heiterte sie der Anblick ihres einzigen Sohnes auf.

Elise bemühte sich, deswegen nicht eifersüchtig zu sein, schließlich liebte auch sie Eduard und konnte ihm wegen nichts lange böse sein.

In diesem Moment kam Georg herein. Schweiß glänzte nach dem eiligen Heimweg auf seiner Stirn unter dem grau werdenden Haar, doch seine Augen leuchteten, als er die versammelte Familie im Esszimmer sah. Er begrüßte seine Frau, dann die Kinder und Enkel und nahm am Kopfende der Tafel Platz, während sich alle anderen ringsum setzten. Der kleine Joseph wurde munter, und das Dienstmädchen nahm ihn seiner Mutter ab und trug ihn in die Küche, wo er gefüttert werden würde.

Alberta trug die Speisen auf – dampfende Schüsseln mit Kartoffelklößen, Sauerkraut, dicken Bohnen und Lerchen am Spieß, die Amalie liebte. Die Fastenzeit war vorbei, nun durfte man wieder schwelgen. Elise aber konnte den Anblick der kleinen, in Butter gebratenen Vögel nicht leiden und hielt sich an die Beilagen, was ihr einen scharfen Blick der Mutter einbrachte. Doch anders als früher, als Elise noch Tochter im Hause Spielmann gewesen war, wurde sie nicht ermahnt. Sie war jetzt eine erwachsene Frau, die sich von Amalie nichts mehr sagen lassen musste. Und Lerchen hatte sie daheim in der Neustadt längst vom Speiseplan gestrichen.

«Wo steckt denn eigentlich Barbara?», fragte sie zwischen zwei Bissen und stopfte Netty eine Serviette in den Kragen, damit die braunen Bohnen nicht ihr kariertes Baumwollkleid besudelten. Ihre jüngste Schwester lebte als Einzige noch zu Hause. Barbaras Zwillingsschwester Dorothea hatte nach Leipzig geheiratet und nahm nur noch selten an den gemeinsamen Abendessen teil.

Amalie und Georg tauschten einen Blick. Die flackernden Kerzen warfen tanzende Schatten aufs weiße Tischtuch.

«Sie ist ... bei einem Salon», sagte Georg schließlich und trank einen großen Schluck Wein. «Sie wird später dazustoßen, wenn das Essen vorbei ist.»

«Ein Salon?», fragte Elise. «Wo denn?»

Wieder bemerkte sie den Blick zwischen ihren Eltern, doch niemand antwortete. Eine unheilvolle Stille senkte sich über die Tafel. Zum Glück verschluckte sich Netty in diesem Moment an ihrem verdünnten Wein. Das Mädchen prustete und spuckte einen Teil der rötlichen Flüssigkeit quer über den Tisch, sodass alle aufsprangen.

Kopfschüttelnd begann Amalie mit ihrer Serviette an Netty herumzuwischen, und Alberta stürzte herein, um ein Handtuch und neuen Wein zu bringen.

Nach dem Tohuwabohu war von Barbara keine Rede mehr, man sprach vielmehr über die Oper, über die Fleischpreise, die in diesem Jahr erneut erhöht worden waren, und über das Kind, das Dorothea im fernen Leipzig erwartete.

«Ich möchte hinfahren, wenn es so weit ist, und ihr beistehen», sagte Amalie, und Georg stimmte ihr mit gütigem Lächeln zu. «Aber natürlich, meine Liebe», sagte er. «Niemand könnte das besser, niemand weiß mehr über Geburten als du.»

«Nun, es ist die wichtigste Stunde im Leben einer Frau», erklärte Amalie, «und die edelste Aufgabe unseres Geschlechts.»

Elise spürte, wie der Blick ihrer Mutter auf sie fiel, doch sie bemühte sich, ungerührt die Quarkspeise zu löffeln, die Alberta als Nachtisch gebracht hatte.

Eduard, der ihre Bedrängnis zu spüren schien, zupfte sich

zweimal am Ohr – das alte Zeichen aus ihrer Kindheit, mit dem sie sich heimlich verständigt hatten, wenn eines von ihnen von den Eltern ausgescholten wurde. *Ich bin auf deiner Seite*, hieß das, und Elise entspannte sich wieder und lächelte Eduard dankbar zu.

Kurze Zeit später flog die Tür auf, und im Rahmen stand Barbara. Alle sahen erstaunt von ihren Desserttellern auf. Barbara trug ein einfaches braunes Kleid, um die Schultern hatte sie sich ein rotes Tuch gebunden, und die goldblonden Haare, die sonst wirkten wie die eines Engels, waren vom Wind zerzaust – sie sah eher aus wie eine Dorfschullehrerin als die Tochter einer bürgerlichen Familie. Ihre himmelblauen Augen leuchteten, und ihre Wangen waren rosig, als sei sie gelaufen.

«Guten Abend», japste sie atemlos, «ich hoffe, ich habe nichts verpasst?»

«Nicht viel», sagte Elise und deutete auf den freien Stuhl neben ihr, denn Netty war, nachdem ihr Teller leer gegessen war, längst in der Küche verschwunden, ihrem Lieblingsort in der großelterlichen Wohnung. Dort bekam sie von Alberta kandierte Leckereien zugesteckt und konnte nach Herzenslust die Katze ärgern, die neuerdings bei der Familie Spielmann lebte.

Barbara ließ sich auf den Stuhl fallen und griff nach der Weinkaraffe. Sie schenkte sich großzügig ein und trank durstig. Georg räusperte sich missbilligend, dann tupfte er sich sorgsam Soßenreste mit der Serviette aus den Mundwinkeln und trommelte anschließend ungeduldig mit den Fingern auf dem Tischtuch.

«In welchem Salon warst du?», fragte Elise ihre Schwester.

Barbara lachte hell auf. «Ein Salon?» Spöttisch sah sie zu

den Eltern. «Haben Sie ihr das erzählt?», fragte sie und zog die kleine Nase kraus. Dann beugte sie sich zu Elise. «Nein, ich war bei einer Versammlung.»

«Was für eine Versammlung?», fragte Elise und kratzte den letzten Rest ihres Quarks vom Tellerchen.

«Eine Reihe von Gefährtinnen trifft sich regelmäßig bei der Frauenrechtlerin Louise Otto.» Barbara trank ihren Wein aus, schenkte sich selbstbewusst nach und ignorierte das erneute Räuspern ihres Vaters. «Louise möchte eine Zeitung gründen, in der wir öffentlich für unsere Sache eintreten können. Doch noch ist nicht klar, ob wir einen Verleger finden werden.»

«*Wir*?», fragte Elise erstaunt und ließ den Löffel sinken. «Seid ihr eine Art Verein oder so?»

«Noch nicht», sagte Barbara, «noch sind wir einfach eine Gruppe Gleichgesinnter, die etwas für die weibliche Sache tun wollen. Die Lage der Frauen verbessern, um genau zu sein.»

Amalie ließ mit zusammengekniffenen Lippen ihre Serviette fallen. Sie war erneut kreidebleich geworden, wie Elise bemerkte.

«Thekla», sagte sie mit mühsam beherrschter Stimme, «ich habe wieder meine Kopfschmerzen. Würdest du mich ins Schlafgemach begleiten?»

«Natürlich», sagte die junge Frau, die mit offenem Mund der Unterhaltung ihrer Schwägerinnen gelauscht hatte. Sie stand auf, nahm Amalies Arm und führte sie behutsam aus dem Esszimmer.

Georg erhob sich ebenfalls. «Bist du nun zufrieden?», herrschte er seine jüngste Tochter an. «Du hast Mutter wieder aufgeregt, und du weißt genau, dass das schlecht ist, in ihrem Zustand ...» Er unterbrach sich und atmete tief durch.

«Welcher Zustand?», fragte Elise und sah auf. «Ist Mutter also wirklich krank?»

Georg wand sich. «Noch wissen wir es nicht sicher», murmelte er schließlich, «die Ärzte beraten sich noch. Fest steht, dass Amalie sehr erschöpft ist und dringend Ruhe braucht. Ruhe für Körper und Seele. Barbara, das weißt du doch!»

«Verzeihung, Vater», sagte Barbara und wirkte nun tatsächlich zerknirscht. «Ich wollte Sie nicht verärgern und auch Mutter nicht aufregen. Es geht mir nur nicht in den Kopf, was so schlimm daran sein soll, dass ich mich für die Verbesserung der Situation armer Frauen einsetze. Haben Sie denn kein Mitleid mit diesen hungernden Müttern und all den Weberinnen und Klöpplerinnen, die ihre Kinder nicht satt bekommen und sich in der Fabrik bucklig schuften müssen – für nichts?»

«Natürlich!», rief Georg aufgebracht. Elise sah, wie eine Ader auf seiner Stirn anschwoll, wie immer, wenn er erregt war. «Aber was hast du denn damit zu tun? Hat es dir je an etwas gemangelt? Hast du nicht immer gut gegessen und musstest nie den Finger krumm machen? Wenn du nur endlich Vernunft annehmen würdest und einer Ehe mit Justizrat Töpfer zustimmtest, dann bräuchtest du dir nie wieder Sorgen um die Situation der Frauen zu machen.»

Barbara stand nun ebenfalls auf. Sie maß ihren Vater über den Tisch hinweg mit den Augen, und ihre zerknirschte Miene war wie weggeblasen. Jetzt schob sie die Unterlippe vor und funkelte ihn an. «Es geht doch nicht immer nur um uns oder um mich», sagte sie. «Begreifen Sie das denn nicht, Vater?» Sie zögerte. «Louise Otto will sich für das weibliche

Wahlrecht einsetzen», fuhr sie dann fort, «sie meint, wir Frauen haben ebenfalls ein Gehirn und einen politischen Willen. Und das sagen Sie ja selbst auch immer, Vater – jeder hat das Recht, nach Glück zu streben. Sie sind doch auch ein Liberaler, das weiß ich. Sie wollen freie Wahlen und einen Neuanfang in diesem Land.»

«Freilich», sagte Georg verwirrt. «Ich wünsche mir Glück und Freiheit für jedermann, in einem starken deutschen Staat. Aber was hat das mit diesem Frauenverein zu tun?»

Barbara lächelte. «Nichts weiter wollen wir auch. Aber wir finden, auch Frauen sollten einen Anteil an dieser neuen Freiheit haben. Und mein Glück, mit Verlaub, liegt nun einmal nicht in der Hand von Justizrat Töpfer.»

«Das werden wir sehen», knurrte Georg. Er fuhr sich mit fahriger Geste durch sein schütter werdendes Haar, und auf einmal schien er Elise alt und grau. «Ich habe noch zu tun», erklärte er und verließ den Esstisch. «Bald ist Premiere.»

Mit diesen Worten stampfte er hinaus, durchquerte das angrenzende Musikzimmer, riss die Flügeltür auf und verschwand im Studierzimmer. Kurz darauf hörten sie, wie seine Geige erklang, doch die Töne flossen nicht elegant und kraftvoll durch die Räume wie sonst, sondern wirkten abgehackt und freudlos.

Elise, Eduard und Barbara sahen einander stumm über den Tisch hinweg an. Die Kerzen waren beinahe heruntergebrannt, ihr Licht tanzte und flackerte immer wilder. Das schöne Damasttischtuch war von dunkler Soße und Wein besudelt.

«Hier ist ja einiges los», brach Elise schließlich das Schweigen. Sie legte Barbara eine Hand auf den Arm, die Haut ihrer Schwester war weich. «Sei vorsichtig», sagte sie eindringlich.

«Vater ist auf deiner Seite, wenn du zart mit ihm umgehst und ihm keine Sorgen bereitest. Aber er kann auch schnell dafür sorgen, dass du nicht mehr zu deiner Gruppe gehen kannst.»

«Ich habe keine Angst», sagte Barbara und zog den Arm weg. «Mich verheiratet niemand so schnell, ich mache nicht den gleichen Fehler wie du, Elise.»

Überrascht spürte Elise, wie Wut in ihr aufstieg. «Du hast leicht reden», sagte sie und schob ihren Stuhl zurück, «meine Stellung als Älteste war damals viel schwieriger, als deine es je sein wird. Aber ich will mich nicht mit dir streiten, ich bitte dich nur, vorsichtig zu sein.»

Sie nickte Eduard zu, der die Gunst der Stunde genutzt hatte und in aller Seelenruhe die zweite Weinkaraffe leerte, und ging in Richtung Küche.

Was für eine Frechheit von Barbara, dachte sie verbissen, ihrer älteren Schwester fehlendes Rückgrat vorzuwerfen, ohne je in ihrer Haut gesteckt zu haben. Aber sie selbst hatte leicht predigen – sie wusste ja nur zu genau, wie schnell man leichtsinnig wurde, wenn man eine brennende Leidenschaft empfand für etwas – oder jemand. Und wohin hatte sie ihr Verzicht gebracht? In eine lieblose, triste Verbindung, in der sie sich nur selten lebendig fühlte.

Aus der Küche drangen Gesang und lautes Lachen. Erstaunt öffnete Elise die Tür. Alberta hockte auf einem Schemel am groben Arbeitstisch, den kleinen Joseph auf dem Schoß, und sang aus Leibeskräften ein Volkslied. Sie klatschte dazu in die Hände, und auch Joseph patschte in seine dicken Fingerchen und krähte.

In der Mitte des Raumes wirbelte Netty herum, sie hatte Schuhe und Strümpfe ausgezogen und tanzte barfuß zum

Takt der schiefen Musik. Sie drehte sich wie ein Kreisel, schwenkte die Arme durch die Luft und warf das dunkle Haar hin und her. Es sah aus, als schwebte sie mehrere Zentimeter über dem Boden.

Als die Köchin Elise hereinkommen sah, brach sie das Lied ab und stemmte sich lachend hoch. Joseph auf der breiten Hüfte balancierend, trat sie ihr entgegen. «Fräulein Elise», japste sie und deutete auf Netty, «das Kind ist ein echter Tausendsassa. So etwas hab ich noch nicht gesehen.» Sie stemmte den linken Arm in die beschürzte Taille. «Wenn ich es nicht besser wüsste, würde ich sagen, in Annettes Adern fließt kein Blut, sondern Schaumwein.»

Elise betrachtete ihre hübsche, grazile Tochter, die sich ohne Albertas Gesang weiter zu einem Takt wiegte, den nur sie allein hören konnte. «Da könnten Sie recht haben, Alberta», sagte sie und schwankte zwischen Stolz und ängstlicher Vorahnung.

«Die landet mal an der Oper, das ist sicher», sagte Alberta. «Und dann gnade dort allen Gott, vor allem den Mannsbildern.» Mit dem kleinen Joseph auf der Hüfte klatschte sie in die Hände.

Da endlich schien Netty aus ihrer Trance zu erwachen, sie wirbelte in einer letzten Pirouette herum und kam vor ihrer Mutter zum Stehen. In einem wilden Aufjauchzen schlang sie beide Arme um Elise und drückte ihr das schwarzhaarige Köpfchen an die Brust. «Oh, Mama!», rief sie. «Ich bin ja heute so glücklich!»

Alberta und Elise sahen einander an und konnten sich ein heimliches Lachen nicht verbeißen.

«Das Talent zur Diva hat sie allemal», murmelte Elise der Köchin zu. Dann verabschiedete sie sich mit einem Zwinkern, gab Klein Joseph ein Küsschen auf den Scheitel und zog ihren ungebärdigen Spross aus der Küche zurück ins Esszimmer.

Nach einem kurzen Abschied von ihren Geschwistern trat sie zusammen mit Netty aus der elterlichen Wohnung hinaus auf die Große Frauengasse.

Ein Laternenanzünder ließ gerade ein Licht nach dem anderen auf der dunkelnden Straße angehen, während Elise und Netty in die Kutsche stiegen, die vor dem Gasthaus *Zum Kranich* wartete, um sie in die Neustadt zu bringen.

Kurz strich Elises Blick über den großen Stein neben der Tür, auf dem seit eh und je ein Blumengesteck in einem irdenen Topf stand – und sie lächelte versonnen. Es war vor Jahren die Stelle gewesen, an der sie und Christian ihre Briefe versteckt hatten, damit ihre junge und ganz und gar unmögliche Liebe nicht aufflog.

Erst, als der Wagen bereits über die Augustusbrücke rüttelte und Nettys Kopf schwer an Elises Schulter lag, fiel ihr wieder ein, was der Vater über Amalies Krankheit gesagt hatte. Und sie nahm sich vor, sobald wie möglich erneut in die Altstadt zu fahren, allein diesmal, und ihre Mutter geradeheraus zu fragen, was ihr wirklich fehlte.

## 7.

*Dresden, Mittwoch, 11. April 1849*

Elise ließ den Sonnenschirm aus schwarzer Spitze über sich kreiseln und sah hinauf in den Himmel. Sie genoss das Spiel aus Schatten und Lichtpunkten, die abwechselnd über ihr Gesicht wanderten. Heute war das Wetter endgültig frühlingshaft geworden. Die Luft duftete nach frischem Grün, ringsum in den Gärten lugten die Krokusse hervor, und eine vorwitzige Magnolie vor dem Rathaus zeigte schon erste rosa Knospen. Der Himmel war blau, so blau, und immer weiter drehte sich der Schirm, immer rundherum ...

«Guten Tag, Frau Jacobi», sagte eine Stimme, und Elise schrak zusammen.

Sie ließ das Schirmchen sinken. «Guten Tag», grüßte sie und sah der Bekannten nach. Es war die Frau des Schuldirektors, die in ihrem dunkelblauen Kleid bereits vorbeigeeilt war, über dem Arm einen Spankorb. Ebenso einen trug auch Elise bei sich, und sie besann sich, weshalb sie hier mitten am Tag auf dem Neustädter Markt herumstand und träumte. Richtig, Rosel hatte ihren freien Vormittag, und sie, Elise, hatte die Aufgabe übernommen, Brot zu kaufen. Netty war bis mittags in der Elementarschule und lernte dort gemeinsam mit den anderen Kindern – hoffentlich – lesen und schreiben. Allerdings hatte sie bereits am Morgen verkündet, dass sie sich ausschließlich auf die Turnstunde freute.

Elise seufzte. Manchmal fragte sie sich, ob es eine gute

Idee gewesen war, das Mädchen in eine gewöhnliche staatliche Volksschule zu schicken. Adam hatte sie natürlich in einem kirchlich geführten Privatinstitut anmelden wollen, doch Elise hatte sich durchgesetzt – wie meistens, wenn es um Netty ging. Mit Schaudern erinnerte sie sich an ihre eigene Schulbildung auf dem Töchterpensionat, die hauptsächlich aus Handarbeitsstunden und Benimmunterricht bestanden hatte. Von einer öffentlichen Schule erhoffte sie sich, dass Netty mit vielen verschiedenen Kindern in Kontakt kam und etwas mehr fürs Leben lernte, als dies in den meisten Privatschulen für Mädchen der Fall war. Auch hier bezahlten sie Schulgeld, es war keine Armenschule, sondern eine anerkannte Elementarschule, jedoch eine mit öffentlich bestelltem Lehrpersonal. Wenn ihre Tochter die nächsten zwei Jahre gut durchkam, könnte Netty anschließend auf eine höhere Mädchenschule gehen, an der sie sogar etwas Französisch und Mathematik lernen würde. Bisher allerdings zeigte Netty wenig Interesse an der Schule, und Elise befürchtete, dass ihr kleiner Wildfang selten länger als ein paar Minuten sittsam in der Bank saß. Der Drang nach Bewegung war in dem Mädchen einfach zu stark.

Sie wandte sich nach Norden, den Schirm über die Schulter gelegt. Das Reiterstandbild von August dem Starken in der Mitte des Marktplatzes glänzte golden in der Sonne. Die Vorderhufe des Pferdes, auf dem die feuervergoldete Statue saß, reckten sich lebensecht in die Luft, als setze das Tier soeben zum Sprung an. Dahinter, an der Stirnseite des Platzes, erhob sich das vierstöckige Neustädter Rathaus mit der Uhr auf dem hoch aufragenden Dachreiter. Elise ging weiter, an dem Gebäude vorbei. Hier begannen die barocken Bürgerhäuser mit ihren verzierten Fassaden und kleinen Läden im Erdgeschoss. Elise passierte ein prächtiges Stadthaus mit der Inschrift *An Gottes Segen ist alles gelegen*, in dem der berühmte Maler Gerhard von Kügelgen gelebt hatte, bis er im Jahr von Elises Geburt von einem Räuber erschlagen worden war. Dann gelangte sie zum Obergraben. Hier, in den vielen Geschäften und Höfen der Häuser entlang der Hauptstraße, herrschte am Vormittag stets ein reges Treiben.

Elise genoss den Duft nach frischem Brot, nach Schmalzgebackenem und Gewürzen, der die frühlingshafte Luft durchflocht. Sie schob sich zwischen den Frauen und Mägden, den Köchinnen und Dienstmädchen mit Kinderwagen hindurch, die unter den Lindenbäumen mit ihrem ersten zarten Grün promenierten, probierte an einem Straßenstand vor der Käserei ein Stück Butterkäse und bei einem fliegenden Händler eine getrocknete Pflaume. Kurz entschlossen kaufte sie ein Tütchen kandierten Ingwer für Adam, der die scharf-süße Leckerei liebte, obwohl sie jetzt schon ahnte, dass sie ihn damit nicht aus seiner Trübsal reißen würde. Jeden Tag brütete er in seinem Arbeitszimmer vor sich hin. Und wenn Elise neulich abends nach der Oper kurz geglaubt hatte, sie wäre ein Stück weit zu ihm durchgedrungen, ihm in ihrem Gespräch über Politik und Musik womöglich sogar nähergekommen, so hatten ihr die vergangenen Tage erneut gezeigt, dass dies Wunschdenken war. Adam und sie lebten auf verschiedenen Sternen, die einander im unendlichen All niemals begegneten. Und Elise hatte es satt, deswegen betrübt zu sein, schließlich ging es in vielen Ehen zu wie in der ihren. Ihre eigenen Eltern, ja, die hatten das Glück einer Liebesheirat erlebt und ihrer Tochter durch ihr Vorbild die Sehnsucht nach einer ähnlich innigen Verbindung eingepflanzt. Doch Amalie von Brühl und Georg Spielmann waren eine Ausnahme. In den meisten Haushalten lebten die Männer und Frauen in getrennten Sphären und vermieden es, dass sich ihre Wege unnötig kreuzten – der Mann ging seinem Broterwerb nach, besuchte Stadtversammlungen, Salons und Logentreffen. Die Frau führte den Haushalt, leitete die Angestellten an, verwaltete die Speisekammer, zu der nur sie allein den Schlüssel besaß, und kümmerte sich um die Erziehung der Kinder. Im Fall der Jacobis gab sie sogar Konzerte. Und nicht nur, wie meistens üblich, bei Privatsoireen in den geschützten eigenen vier Wänden, sondern auf den Bühnen der sächsischen Städte. Es war ein außerordentliches Privileg, das war Elise bewusst, und es musste für ein gutes, ausgefülltes Leben reichen.

Elise erinnerte sich mit leisem Frösteln, wie ihr all das vor Jahren um ein Haar entglitten wäre – so wie ihre Haube, die an einem längst vergangenen Abend, bei einem heimlichen Treffen mit Christian, geradewegs in die Elbe gesegelt war. Doch dann hatte sie eine Entscheidung getroffen, die alles besiegelt und Unheil von ihrer Familie abgewendet hatte.

Erst jetzt bemerkte Elise, dass sie längst beim Bäcker angelangt war. In der Auslage stapelten sich die Sauerteigbrote, während draußen auf dem Trottoir Körbe voller knuspriger Brötchen, Hefegebäck und Quarkkeulchen angeboten wurden. Die Schlange vor dem Geschäft war lang, und Elise stellte sich mit dem Korb am Arm hinter die letzte Wartende und ließ den Blick durch die Allee wandern. Eine Straßenecke weiter sah sie den Turm der Dreikönigskirche aufragen, die evangelische Pfarrkirche nördlich der Elbe.

Plötzlich frischte der Wind auf, und Elise klappte den Sonnenschirm zusammen, schob ihn sich unter den Arm und zog die Samtbänder ihres Umhangs fester. Ihre Unterröcke raschelten leise, und ringsum hielten auch die anderen Frauen ihre Hauben, Hüte und Röcke fest, weil ein Windstoß unerwartet stark daran zerrte. Eine Zeitung wehte über die Straße und wickelte sich um Elises Knöchel, doch ehe sie sich danach bücken konnte, flatterten die Blätter bereits weiter.

Elise sah ihnen nach. Die Zeitungsseiten fuhren über das Kopfsteinpflaster, sie wirbelten wie Derwische hierhin, dorthin, wurden erneut von einer Bö erfasst und entschwanden ihren Blicken. Plötzlich löste sich der rote Seidenschal, den Elise sich nachlässig um die Schultern gelegt hatte, riss sich los und wurde wie zuvor die Zeitung über die Straße geweht. Sie wollte noch danach greifen, doch es war zu spät. Hilflos sah sie zu, wie der dünne, durchscheinende Stoff in der wildgewordenen Frühlingsluft tanzte und schließlich geradewegs vor die Füße eines Paars flatterte. Die Frau, die über einem schlichten Kleid eine Schürze trug, umklammerte ihren Strohhut, weil der Wind drohte, ihn ihr ebenfalls von den rotblonden Haaren zu reißen. Da bückte sich der Mann, im einfachen dunklen Anzug mit offener Jacke und Schlapphut, nach Elises Schal und bekam das zarte Gewebe zu fassen. Er richtete sich auf und sah sich suchend zwischen den Lindenbäumen um, wobei er sich den braunen Schlapphut aus den Augen schob. Wie eine Fahne wehte der Schal in seiner Hand.

Elise stockte der Atem. Ihre Augen trafen die des Mannes, und durch seinen Körper schien ein Ruck zu gehen. Er ballte die Faust um Elises Schal.

Es war Christian.

Eben noch hatte sie an ihn gedacht, schoss es Elise durch

den Kopf. Doch andererseits – wann dachte sie denn eigentlich nicht an ihn? Daran hatte die Vernunft, auf die sie eben noch so stolz gewesen war, bis zum heutigen Tag nichts ändern können.

Er sagte etwas zu seiner Begleiterin, die nun ebenfalls zu Elise hinsah. Ein feines Lächeln spielte um ihre herben Züge.

Elise erkannte die Frau, es war Christians Schwester Ernestine, der sie einmal vor langer Zeit zufällig begegnet war. Doch sie hatten damals nicht miteinander gesprochen, und während Elise genau wusste, wer Mademoiselle Hildebrand war, hatte diese wahrscheinlich keine Ahnung, dass Elise existierte.

Aber als die beiden jetzt langsam auf sie zukamen, meinte Elise, in der abgeklärten Miene der Rotblonden zu lesen, dass dies ein Irrtum war. Hatte Christian seiner Schwester etwa damals von Elise und ihm erzählt? Der Gedanke machte sie stolz und unsicher zugleich.

«Ist das der Ihrige – Madame Jacobi?», fragte Christian mit verhaltenem Lächeln und hielt Elise den roten Seidenschal hin.

Zögernd griff sie danach, und eine winzige Sekunde lang berührten sich ihre Finger, dann zog Elise ihre Hand hastig zurück und schlang sich den Schal achtlos um den Hals. *Madame Jacobi*? Wollte er sie denn nicht mehr als Elise kennen? Verstohlen forschte sie in seinem Blick, doch sie konnte ihn nicht deuten. Es war seltsam, sein Gesicht schien ihr so vertraut, es erinnerte sie an die Zeit, als sie beide jung und einander nahe gewesen waren. Dennoch wirkte es heute kühl und distanziert.

«Danke, Herr Hildebrand», murmelte sie.

Christians Schwester musterte sie, nicht unfreundlich, aber mit einem verhaltenen, abwartenden Ausdruck. Sie schien nicht zu wissen, was sie von Elise halten sollte. Und Elise bemerkte erstaunt, wie sehr sie sich ein gewogenes Urteil von Christians Schwester herbeiwünschte. Im selben Moment erkannte sie, wie befremdlich das war: Sie, eine gut situierte Bürgersfrau und anerkannte Musikerin, wollte einer Requisitenbesorgerin gefallen, die weit unter ihrem Stand war?

«Willst du uns nicht vorstellen, Chrischan?», fragte Ernestine.

Er nickte und fasste seiner Schwester ritterlich an den Ellenbogen. «Das ist Fräulein Hildebrand», sagte er getragen zu Elise, «und das hier, Schwesterherz, ist Frau Hofkompositeur Elise Jacobi.»

Elise hielt der anderen Frau ihre Hand hin. «Angenehm, Ihre Bekanntschaft zu machen», sagte sie. Ernestines Händedruck war fester, als Elise es erwartet hatte.

«Ebenfalls», sagte die Frau, und ein winziger Spott blitzte in ihren hellen Augen auf, die denen ihres Bruders glichen. Das Lächeln schmeichelte ihren herben Gesichtszügen und milderte einen Moment die kleinen Falten, die in der zarten, sommersprossigen Haut ihrer Stirn sichtbar waren.

Aus irgendeinem Grund musste Elise plötzlich an das verhärmte, strenge Gesicht von Theresia Jacobi, ihrer Schwägerin, denken. Gerade heute Morgen hatte die alte Dame Elise wieder das Frühstück vergällt, weil sie mit allzu sauertöpfischer Miene am Tisch gesessen und nur lieblos darin herumgestochert hatte. Dabei setzte sie trotz des guten Essens im Hause Jacobi ohnehin niemals Fett an. Adams Schwester schien vielmehr mit jedem Jahr, das verging, mehr zu vertrocknen. Ganz so, als zehrte sie etwas von innen aus und vernichtete mehr und mehr jede freundliche Regung, die vielleicht vor langer Zeit einmal in Theresias Seele gewohnt haben mochte. Hätte Elise damals Christian geheiratet, wäre heute nicht dieses Schreckgespenst mit Spitzenkragen, sondern die patente, kräftige Ernestine mit dem Schalk in den Augen ihre Schwägerin. Mit ihr hätte sie sich vielleicht mehr zu sagen gehabt als mit Theresia?

Doch kaum hatte sie den Gedanken zu Ende gedacht, zuckte Elise zusammen. Als hätte eine Heirat mit dem unvermögenden, einfachen Malergesellen damals auch nur eine Sekunde zur Debatte gestanden!

Heimlich forschte Elise erneut in Christians Miene. Ein paar feine Sorgenlinien hatten sich auch in seine Stirn und um seinen Mund gegraben, doch noch immer haftete ihm etwas Jungenhaftes an. Trotzdem, fand sie, sah er männlich aus mit seinen kräftigen Schultern und den starken Wangenknochen. In seinem Blick aber fehlte die Wärme, die sie einst an ihm gekannt hatte. Sie versuchte, ihn nicht länger anzustarren.

Christian deutete mit einem Kopfnicken eine Verabschiedung an und schien mit seiner Schwester bereits weitergehen zu wollen. Doch Elise wollte ihn noch nicht fortlassen. Erst musste sie wissen, ob er wirklich so kühl, ja unnahbar war, wie er schien. Konnte es sein, dass sie die vielen Jahre über an ihn gedacht hatte, während er alles, was zwischen ihnen gewesen war, längst vergessen hatte?

«Ich wollte eben einen Laib Brot kaufen», sagte sie in dem zaghaften Versuch, eine angemessene Konversation zu beginnen. «Und was führt Sie beide her?»

«Meine Schwester hat ein Geschäft aufgetan, in dem gute

Farben zu günstigen Preisen verkauft werden», sagte er und stieß Ernestine anerkennend in die Seite. «Sie kennt jeden Winkel in der Stadt und weiß von jeder Gelegenheit.»

«Farben?», fragte Elise. «Haben Sie denn davon nicht genug in der Königlichen Oper?»

Christian zog die Brauen hoch. «Schon», sagte er knapp. «Aber ich übe mich seit einiger Zeit auch in meiner Freizeit im Malen. Zu Hause, in meiner Kammer.»

«Er ist wirklich richtig gut», sagte Ernestine und knuffte wiederum Christian in die Seite. «Aus meinem Bruder könnte noch etwas werden.»

«Ach, und ich dachte, dass bereits etwas aus mir geworden ist», sagte er mit gespielter Beleidigung. «Immerhin bin ich neben Arrigoni zum zweiten Dekorationsmaler der Oper ernannt worden, vom König persönlich.»

«Ich ziehe dich nur auf», brummte Ernestine. «Christian ist ein großes Talent», sagte sie zu Elise. «Sie sollten mal seine Porträts sehen! Und seine Kulissen sind in der ganzen Stadt begehrt und bewundert.»

«Ich weiß», platzte es aus Elise heraus, sie konnte sich einfach nicht mehr zurückhalten.

Ernestine zog erstaunt eine ihrer farblosen Augenbrauen hoch, und Elise spürte, wie ihr das Blut in die Wangen schoss. Christians Miene aber blieb beherrscht, und Elise musste sich zusammenreißen, um ihn nicht zu packen und zu schütteln, damit er sie endlich richtig ansah. Die Sehnsucht nach einem Zeichen von ihm wurde fast zu einem Schmerz. Wieder musterte sie ihn, seine einfache, aber gepflegte Kleidung, das nach wie vor leicht zerzauste blonde Haar unter dem Hut, in das sich – nur im Sonnenlicht sichtbar – an den Schläfen einzelne Silberfäden zu mischen schienen. Wie in ihr eigenes, dachte sie und strich sich unwillkürlich über ihre sorgfältige Flechtfrisur.

Nie, in all den Jahren, war sie ihm so nah gekommen wie heute. Dresden war nicht groß, und es war nicht ausgeblieben, dass sie einander ab und zu zufällig begegneten, doch mehr als ein zartes Nicken, einen verstohlenen Blick, hatten sie nicht tauschen können. Natürlich wusste Elise, dass Christian immer mal wieder in ihre Konzerte kam. Er versteckte sich dann in der letzten Reihe und dachte wohl, sie sähe ihn nicht, doch in Wahrheit suchte sie ihn stets mit den Augen, sobald sie die Bühne betrat. Sie wusste, dass sie nie besser spielte als an den Abenden, wenn sie ihn im Publikum wusste. Doch das war ein Geheimnis, das sie sorgsam vor der Welt hütete.

Und nun, da sie endlich voreinander standen, schien es Elise auf einmal wie ein schlechter Traum. Kam er etwa gar nicht ihretwegen zu den Konzerten? War das in all der Zeit nur eine Wunschvorstellung von ihr gewesen, die da gerade wie eine Seifenblase in der kühlen Luft platzte?

«Wann werden Sie denn das Königliche Theater wieder einmal mit Ihrer Anwesenheit beehren, Frau Jacobi?», fragte Christian.

«Ich war gerade da», sagte sie, «wir haben *Die Hochzeit des Figaro* gesehen.» Das *Wir* hing plötzlich in der Frühlingsluft wie ein Fehdehandschuh. Wenn Christian innerlich zusammengezuckt sein sollte, ließ er sich nichts anmerken. Aber Elise sah, dass aus seinem Lächeln eine höfliche Grimasse geworden war.

«Und?», fragte er kühl, «hat das Stück Ihre Zustimmung gefunden? Und die Ihres werten Gatten?»

«Durchaus», sagte sie, plötzlich ebenso befangen wie er.

«Und die Kulissen waren hervorragend gefertigt. Besonders im vierten Akt, der des Nachts im Garten spielt. Mir scheint, dass die Bilder, die dort die Pavillons und die verwunschenen Blattwerke herbeizauberten, aus Ihrem Pinsel stammen. Habe ich recht?»

«Ganz recht», sagte Christian, und nun färbten sich seine Wangen rosig. «Ich wollte mit meiner Kunst einen Ort heraufbeschwören, an dem die heimliche Liebe blühen kann.»

Es musste ein Trug sein, aber Elise hatte auf einmal das Gefühl, die Arie der Susanna im Ohr zu haben, die Adam vor einigen Tagen auf dem Theaterplatz als vulgär abgetan hatte: *Ach, komm, säume länger nicht, oh schöne Freude* ... Und duftete die Frühlingsluft nicht plötzlich besonders betörend, die zwischen den Bürgerhäusern und Geschäften ringsum waberte?

Erst ein Räuspern von Christians Schwester riss Elise aus ihrer Starre.

«Wir sollten weitergehen, Chrischan», sagte Ernestine. «In der Oper werden sie ungeduldig, wenn wir nicht bald zurück sind.»

«Sie sehen, Madame», sagte Christian zu Elise, «die Pflicht ruft.»

Elise nickte. «Ich wünsche Ihnen beiden einen guten Tag.» Die Worte lagen schwer in ihrem Mund und schmeckten so fad, wie sie in Christians Ohren klingen mussten. Doch sie konnte nichts anderes tun, als höflich zu lächeln und ihres Weges zu gehen. Wer wusste, wann und ob sie je wieder miteinander sprechen würden?

Hastig wandte sie sich um, wollte zurück Richtung Augustusbrücke eilen, denn auf einmal wollte sie keinesfalls diejenige sein, die hier länger herumstand und ihm nachsah.

«Elise?», sagte er da leise in ihrem Rücken, und sie fuhr herum.

Ernestine war bereits ein paar Schritte vorausgegangen, doch Christian war stehen geblieben und sah Elise mit warmen, leuchtenden Augen an. Der Wunsch, zu ihm zu treten und ihn in die Arme zu schließen, wurde unerträglich.

«Ja?», sagte sie, und ihr Herz pochte so sehr, dass sie dachte, jeder müsste es hören, der gerade vorüberging.

Christian deutete auf ihren Spankorb, der noch immer leer an ihrem Arm baumelte.

«Vergiss nicht das Brot», sagte er und machte wieder dieses hochmütige Gesicht. Dann tippte er sich an den Schlapphut, drehte sich um und war mit zwei Schritten bei seiner Schwester. Kurz darauf bogen beide in eine Gasse ab und waren verschwunden.

# 8.

*Brief von Louise Otto an den Schriftsteller August Peters*
*Meißen, den 12. April 1849*

*Lieber August,*

*ich bin entzückt, dass Sie sich bester Gesundheit erfreuen und so wohlauf sind. Auch ich kann nicht klagen und freue mich über Ihre liebenswürdige Nachfrage. Gott sei Dank ist meine Konstitution von jeher kräftig gewesen, was ein Glück ist, das meinen armen Eltern und den zwei älteren Geschwistern leider nicht vergönnt war. Umso dankbarer bin ich dafür, noch am Leben zu sein – und durch diesen Umstand auch Sie kennengelernt zu haben, was mich seit unserer Begegnung jeden Tag aufs Neue demütig und dankbar macht. Unsere Verbindung ist eine besondere Seligkeit, und ich ersehne den Tag, an dem wir uns wiedersehen und gemeinsam den Kampf aufnehmen können, den wir bisher getrennt voneinander mit der Feder führen müssen. Ihre Schriften dienen trefflich der Demokratie, lieber August, und es ist mir stets ein Antrieb, wenn ich sie lesen darf.*
*Was mich umtreibt und mich zwar nicht körperlich, aber doch seelisch krank macht, sind die Vorgänge in unserem Land und der mühselige Kampf um die Rechte von uns Frauen. Wie ich Ihnen bereits erzählte, habe ich vor Jahren gesehen, wie ein Aufstand ärmster Arbeiterinnen so blutig niedergeschlagen wurde, dass es viele Tote gab. Die Frauen und auch ihre Kinder hatten keinerlei Möglichkeit, sich gegen das Militär zu wehren – sie wurden hingemäht wie Gras. Seitdem brennt in mir der Wunsch, die*

*Situation der Frauen zu verbessern. Und Sie, mein werter August, bestärken mich darin, und dafür danke ich Ihnen von Herzen.*
*Ich weiß, dass dies in Ihren eigenen harten Erfahrungen als Kind begründet liegt, als auch Sie erfuhren, wie quälend der Hunger nach Bildung für einen jungen Menschen sein kann. Doch nicht alle Mannsbilder sind so großzügig und gewillt, den Anteil der Frauen an der Gesellschaft und der Revolution anzuerkennen. Täglich werden mir neue Steine in den Weg gelegt. Meine Bücher werden zensiert, ja, verboten, und ich werde behandelt, als wäre ich ein gefährliches Gift, das nicht in die Hände der Menschen geraten darf. Sogar mit Haft bedroht hat man mich, ich sehe bange in die Zukunft.*
*Aber ich lasse mich nicht verdrießen, vielmehr habe ich eine Gruppe von Schwestern im Geiste gegründet, die es sich zum Ziel gesetzt hat, eine eigene Frauenzeitung herauszubringen, in der wir die Forderungen unseres Geschlechts formulieren und verbreiten können. Doch glauben Sie, es sei leicht, eine Stelle für den Druck zu finden? Welcher Herausgeber – es sind ja alles Männer – begibt sich schon gern in die Gesellschaft der verhassten «Emancen»? Wer will sich schon gern öffentlich für uns aussprechen?*
*Das Wort «Emancipation» ist in den vergangenen Jahren derartig in Misskredit gebracht worden, dass es kaum möglich ist, es noch aufrichtig zu benutzen. Doch ich trete weiter für die Frauen ein – für bürgerliche ebenso wie für die Arbeiterinnen, die unser aller Solidarität bedürfen. So ist es mir unendlich wichtig, dass wir Arbeiterfrauen für unsere Zeitung gewinnen! Denn auch, wenn sie vielleicht nicht über einen geschliffenen Schreibstil verfügen, so sind sie doch viel eher als wir in der Lage, die Belange und Bedürfnisse ihres Standes zu formulieren. Nur mit ihrer Kraft können wir die abscheuliche Ungerechtigkeit überwinden, in der wir Frauen – alle Frauen! – feststecken. Wir müssen uns*

*derer annehmen, die in Armut, Unwissen und Elend schmachten und keine Stimme haben, um sie zu erheben – wir tun es für sie!*
*Der Kampf um Freiheit und Gerechtigkeit geht über alle Stände hinweg, er kennt keine Gesellschaftsschichten, keine Religionen, keine Geschlechter, sondern nur Gemeinschaft.*
*Sie, lieber Herzensfreund, verstehen das, Sie unterstützen mich darin, seit wir uns letztes Jahr kennenlernten. Und nur, weil ich Ihres Beistands gewiss bin, wage ich es, den Kampf weiterzuführen. Niemals verliere ich mein Ziel aus den Augen – dass auch wir Frauen Anteil haben müssen an der großen Befreiung durch die Revolution, dass auch wir Mündigkeit erlangen, Selbstständigkeit, das Recht zu wählen, uns zu bilden und unsere Töchter im Sinne dieser Freiheit zu erziehen. Und ich ruhe nicht eher, bis das erreicht ist, selbst, wenn es mich hinter Gitter bringen sollte.*
*Nun bekommen Sie sicher Angst, mein Freund, aber nur keine Sorge. Ich achte schon auf mich, ich habe trotz allem noch viele Freunde in Leipzig, Dresden und Meißen. Und vor allem habe ich die Unterstützung meiner vielen Schwestern, die mit mir gemeinsam in diesen Kampf ziehen. Bleiben auch Sie an meiner Seite, dann kann mir nichts geschehen.*

*Immer Ihre*
*Louise*

## 9.

*Dresden, Sonntag, 15. April 1849*

In den Sonnenstrahlen, die durch die niedrigen Fenster des Schulhauses ins Klassenzimmer fielen, tanzte der Staub. Und durch die halb geöffneten Flügel zog süßer Fliederduft von den allerersten Dolden herein, die vor wenigen Tagen aufgeblüht waren. Ernestine schloss kurz die Augen und sog ihn durch die Nase ein. Die lilafarbenen und weißen Blütenstände schmiegten sich in zarten Büscheln zwischen die grünen Blätter und umsäumten den alten Schulgarten. Wenn Ernestine sich auf ihrem Sitzplatz ein Stück vorlehnte, erhaschte sie einen Blick auf die knorrigen Apfelbäume mit den im Wind tanzenden Blättern, die im Herbst reiche Ernte bringen würden. Und bei dem Gedanken daran, im September in einen tiefroten Apfel hineinzubeißen, lief ihr das Wasser im Mund zusammen.

Ernestine unterdrückte ein Lächeln. Immer hatte sie nur Essen im Kopf! Das war schon so, seit sie ein Kind gewesen war. Stets drehte sich alles für sie um die nächste Mahlzeit, den nächsten Genuss – darum, ihren ungeheuren Appetit zu stillen. Aber war das ein Wunder, wenn man doch das halbe Leben mit Hungern verbracht hatte? Das Hungergedächtnis kannte kein Vergessen.

Unruhig rutschte Ernestine auf dem blank gescheuerten Holz der Bank hin und her und sah sich um. Tintenfässer und Schiefertafeln auf allen Tischchen und an der Wand eine vergilbte Karte des Heiligen Römischen Reichs, daneben eine Ansicht der Stadt Dresden. An der Stirnseite des Raums, neben der großen Tafel mit den sorgfältigen Kreidebuchstaben des Alphabets, ein gerahmtes Porträt von König Friedrich August II.

Ernestine spürte, wie sich ihr der Hals zuschnürte, als sie an ihre eigene Schulzeit dachte, als da auch ein König an der Wand hing, allerdings ein anderer. Wenige Jahre nur hatte sie zur Schule gehen können, doch es waren keine schönen Erinnerungen. Der prügelnde alte Lehrmeister hatte sich mit dem Stock Gehör unter den Waisenkindern verschafft, die zu bilden er als Geißel Gottes anzusehen schien. Ständig war eines der Kinder auf dem Pult eingenickt, weil es die halbe Nacht in der Teppichfabrik geschuftet hatte und nun keine Kraft mehr für Algebra und Wachstafel hatte. Dann hagelte es Beschimpfungen und Schläge, sodass der Duft nach Kreide, der auch hier und heute in dieser Schule in der Luft hing, Ernestine einen Schauder über die Haut jagte. Ihre Handinnenflächen kribbelten unheilvoll – dies war die Stelle, auf die der Lehrer am liebsten geschlagen hatte, bis die zarte Haut aufriss und blutete.

«Schwestern!», rief die Rednerin vorne am Katheder. «Hören Sie mich an!»

Ernestine zwang die dunklen Erinnerungen herunter und wandte ihre Aufmerksamkeit schnell wieder den Vorgängen hier im Klassenzimmer zu.

Vor ihnen stand Louise Otto und wetterte wild gestikulierend vom Kampf der Frauen, den sie alle nun aufnehmen würden. Sie sprach von der ersten Ausgabe einer Frauenzeitung, die bald erscheinen sollte und für die sie noch Artikelschreiberinnen suchte. Eine kleine Versammlung von etwa zwanzig Frauen hatte auf den hölzernen Bänken Platz genommen und verfolgte Louises Reden teils gebannt, teils kopfschüttelnd. Ernestine wusste selbst nicht recht, was sie von den hochfliegenden Plänen der Frau mit dem strengen Mund und den traurigen Augen halten sollte, die da in einem schwarzen Kleid mit weißem Spitzenkragen vor ihnen auf und ab schritt und aufrührerische Reden schwang. Dabei war Ernestine sicher, dass die anwesenden Zuhörerinnen Louise Otto im Kern recht gaben – sie alle wollten die Situation der Frauen verbessern. Sie alle begehrten gegen die grausame Armut auf, gegen die schlechte Mädchenbildung in Sachsen, gegen die unmenschlichen Zustände in den Fabriken und Spinnereien, die besonders Frauen trafen. Nur die Mittel, die sie auf dem Weg zur Verbesserung dieser Zustände guthießen, die unterschieden sich in den Vorstellungen der Einzelnen doch erheblich.

«Fräulein Otto», rief denn da auch eine der Anwesenden und sprang auf.

Sie trug ein graues Baumwollkleid, und um ihren schmalen Hals hing ein Rosenkranz. Doch Ernestine sah, dass sie keine Nonne war, sie trug keine Schwesternhaube. Ihr silberblondes Haar war streng gescheitelt und zu einem festen Knoten am Hinterkopf gebunden.

«Fanny Regensberg ist mein Name», sagte die Frau und griff sich unwillkürlich an den Rosenkranz. An ihrem Hals hatten sich hektische rote Flecken gebildet. «Ich bin Waisenhausvorsteherin hier in Dresden, und ich plädiere stark für eine Verbesserung der Bildung. Vor allem für die Mädchen, die leider nur zu oft zu einem Leben in Armut verdammt sind, weil sie weder rechnen noch schreiben lernen.» Zustimmendes Gemurmel erhob sich unter den Frauen. «Aber ich möchte doch zu bedenken geben, dass das, was

Sie fordern – eine Gleichstellung der Frauen mit den Männern, gar ein weibliches Wahlrecht …» Hier holten einige der Zuhörerinnen erschrocken Luft. «… ganz und gar gotteslästerlich ist.»

Louise Otto starrte die Frau an. «Und warum, wenn ich fragen darf?»

«Nun», sagte Fanny Regensberg nervös, und die Flecken an ihrem Hals wurden noch röter. «Schon bei *Epheser 5* steht, die Frau habe sich dem Manne genau so unterzuordnen wie Gott, dem Herrn.» Sie strich sich ein paar unsichtbare Härchen in ihrer Frisur zurecht. «Und beim heiligen Thomas von Aquin steht, wie auch schon bei Aristoteles, dass die Frau nichts als ein unvollkommener Mann sei – und diesem daher untertan.»

Gebannt sah Ernestine zwischen der Waisenhausvorsteherin und Louise Otto hin und her. Ähnlich ging es wohl den anderen Zuhörerinnen, denn es herrschte eine Stille, in der man eine Nadel hätte fallen hören können.

«Da Sie die Bibel ja so gut zu kennen scheinen», antwortete Louise Otto schließlich bedächtig, «und die Briefe des Apostels Paulus offenbar besonders, so ist Ihnen doch sicher auch geläufig, was in seinem Brief an die Galater steht?»

Fanny Regensberg blinzelte nervös. «Gewiss», sagte sie, «aber …»

«Ich sehe kein Aber», fiel ihr Louise Otto ins Wort. «Paulus sagt: *Hier ist nicht Jude noch Grieche, hier ist nicht Sklave noch Freier, hier ist nicht Mann noch Frau; denn ihr seid allesamt einer in Christus Jesus*.»

Ein Murmeln ging durch die Reihen. Röcke raschelten, zwei junge Frauen klatschten Beifall, verstummten aber schnell wieder und kicherten.

«*Hier ist nicht Mann noch Frau*», wiederholte Louise Otto und sah Fanny Regensberg herausfordernd an. «Damit halte auch ich es. Wir alle sind Kinder Gottes, ob Frau oder Mann, ob sächsisch, preußisch, jüdisch, katholisch, lutheranisch, ob schwarz oder weiß, arm oder reich. Und wir alle wollen teilhaben an der großen Welterlösung, die bevorsteht.» Sie hielt inne. «Bevorstehen muss! Daran glaube ich fest. Im ganzen Land herrscht weiterhin Unruhe, die Revolution ist nicht zu Ende, sie geht weiter. Irgendwann müssen unsere Ziele erfüllt werden. Und wir, die Frauen Sachsens, müssen weiter darum streiten. Wir müssen kämpfen, Seite an Seite mit den Männern, für mehr Gerechtigkeit und Wahlfreiheit, und Hand in Hand mit allen Schwestern für die Sache der Frauen. Mit unserem Verstand und der Schreibfeder als Waffen.»

«Sie meinen also ...», meldete sich eine leise Stimme, und alle drehten die Köpfe nach der blond gelockten jungen Frau um, die in einem karierten Kattunkleid und mit aufwendig geflochtener Frisur in der hintersten Reihe saß. «Sie meinen, die Sache der Frauen ist eigentlich die Sache aller Menschen, nicht wahr?»

«So ist es», sagte Louise Otto.

«Und es lohnt sich, dafür einzustehen, koste es, was es wolle?»

Nun lächelte Louise Otto zum ersten Mal. «Wie heißen Sie, liebes Fräulein?»

«Barbara», sagte die Blonde. «Mein Vater ist der Konzertmeister im Königlichen Theater, Georg Spielmann.»

Ernestine glaubte, dass sie die junge Frau bereits in der Oper gesehen hatte, als diese mit ihrer Familie eine Vorstellung besuchte, um den Vater spielen zu hören. Dann wurde ihr bewusst, dass sie außerdem die Schwester jener Frau war, die Christian ihr neulich am Markt in der Neustadt vorgestellt hatten. Madame Jacobi – deretwegen Christian den ganzen Tag lang aus dem Häuschen gewesen war, auch wenn er Ernestines spöttischen Nachfragen seitdem beharrlich auswich. Aber sie würde schon noch aus ihm herauskriegen, was da zwischen ihm und dieser Elise Jacobi vorgefallen war. Schließlich ging es um ihren Bruder, den wichtigsten Menschen, den sie auf Erden hatte.

«Ah, Mademoiselle Spielmann», sagte Louise Otto, die offensichtlich eine ähnliche Schlussfolgerung wie Ernestine gezogen hatte. «Sind Sie nicht auch die Schwägerin des Hofkompositeurs und Journalisten Adam Jacobi?»

«Er ist mit meiner ältesten Schwester vermählt», erklärte Barbara überraschend verlegen, «aber ich begegne ihm nicht oft.»

«Wissen Sie», sagte Louise Otto und sah sinnend aus dem Fenster mit dem zaghaft blühenden Flieder, «es ist für unsere Sache unverzichtbar, dass wir männliche Mitstreiter gewinnen. In unserer Frauenzeitung sollen auch Männer zu Wort kommen, umso ernster würde man uns nehmen. Meinen Sie, Sie könnten Herrn Jacobi von unserer Sache überzeugen und dafür gewinnen, einen Artikel in unserem Organ zu schreiben?»

Barbaras rundliches Gesicht lief rosig an. «Ich fürchte, das wird nicht möglich sein», sagte sie, «soweit ich von meiner Schwester weiß, ist er der Sache mit der Gleichberechtigung gegenüber skeptisch, ja feindlich eingestellt.»

«Ein Jammer», sagte Louise Otto und runzelte die Stirn. Dann hellte sich ihr Gesicht auf. «Und Ihr werter Vater?», fragte sie. «Er kennt doch Richard Wagner, Gottfried Semper, ja vielleicht sogar Bakunin? Steht *er* denn wenigstens auf unserer Seite?»

Barbaras Wangen wurden noch erhitzter. «Mein Vater ist zwar im Stillen auf Seiten der Republikaner», sagte sie und räusperte sich, «aber im Kampf der Frauen um mehr Freiheit wird er sicher keine öffentliche Rolle spielen wollen. Er sieht es auch nicht gern, dass ich zu diesen Versammlungen hier komme.» Sie biss sich auf die Lippen und sah aus wie ein trotziges Kind. «Doch ich lasse mich nicht einsperren, das habe ich ihm gesagt. Ich bin keine aufziehbare Nachtigall in einem hübschen Käfig, die nur die Lieder singt, die ihm gefallen.»

«Bravo», sagte Fanny Regensberg, die sich nach ihrem Wortwechsel mit Louise Otto wieder in die Bank gesetzt hatte. «Sie haben Mut, Fräulein, das lobe ich mir.»

Ernestine betrachtete Barbara neugierig. Die junge Frau war eine der Jüngsten im Raum, und obwohl sie offensichtlich versucht hatte, sich einfach und unauffällig zu kleiden, bemerkte Ernestines geübtes Auge doch die kostbaren Stickereien am Kleidersaum, den teuren Stoff und das weiche Leder ihrer Schuhe. Doch es war für Ernestine kein Grund zum Neid. Sie wusste, wie ungeheuer wichtig es war, dass sich bürgerliche, behütete Mädchen wie Barbara Spielmann ihrer Sache anschlossen. Nur, wenn sie über die Standesschranken hinweg zusammenhielten, konnte etwas aus ihren Forderungen werden.

Ernestine musste sich nicht fragen, wo sie stand. Sie war dankbar für ihre gute Stellung am Theater, doch sie war von ganz unten gekommen und fürchtete sich nicht, alle Brücken hinter sich abzubrechen, wenn es sein musste. Seit vielen Jahren schon beobachtete sie den Verfall im Land, das

Elend, das um sich griff. Etwas musste dagegen getan werden! Sie selbst würde zurechtkommen, egal, was geschah, sie hatte gelernt, immer wieder aufzustehen.

Dieses Unbeugsame in ihr, von dem sie nicht wusste, woher es kam, schlug immer wieder andere Menschen in die Flucht, das spürte sie. Einige sagten ihr Unweiblichkeit nach. Sie ahnte, was in den Schänken, in denen sie nachts manchmal einkehrte und die stärksten Männer unter den Tisch trank, hinter ihrem Rücken geflüstert wurde. Eine Frau ohne Beschützer, eine Frau, die sich oft aufführte wie ein Mann, das gab Anlass zu Gerede. Doch sie überhörte allen Tratsch geflissentlich. Nur wenige gab es, die mit ihrer Härte, ihrer Sturheit zurechtkamen, und diese waren ihr besonders teuer. Bertha Heise, die Garderobiere, war ihr seit vielen Jahren eine gute Gefährtin. Und ihr Bruder Christian stand zu ihr, wann immer sie ihn brauchte.

Ein paarmal war Ernestine angetragen worden, sich zu verheiraten, doch sie hatte jedes dieser ohnehin spärlichen Angebote ausgeschlagen. In ihrem Stand war es nun einmal nicht die Regel, eine Ehe einzugehen, das war ein Privileg der besitzenden Klassen, des Adels und des Bürgertums. Und nichts konnte sie anfangen mit diesen Männern, die womöglich auch noch das Bett mit ihr teilen wollten. Allein die Vorstellung, dass einer von ihnen sie berührte, rief eine Mischung aus Ekel und Belustigung in ihr hervor. Es schien ihr vollkommen widernatürlich, sich nackt mit einem von ihnen in den Laken zu wälzen. Sie verspürte keinerlei Sehnsucht danach. Und bedurfte sie etwa eines Mannes, der sie beschützte? Nein, es war besser, sich nur auf sich selbst zu verlassen, dann gab es auch keine bösen Überraschungen. In vielen Ehen, das sah sie ja, wurde aus Schutz schnell Tyrannei.

Ernestine seufzte und verschränkte ihre Finger im Schoß. Diese Versammlung dauerte ihr zu lange, es wurde Zeit, dass sie aufhörten herumzureden und anfingen, Beschlüsse zu fassen. Doch Louise Otto war wieder in ihren Vortrag zurückgefallen, und die meisten der Anwesenden hörten ihr gebannt zu, während sie über die Rechte der Frau in der Berufswelt sprach.

Ernestine musste wohl zu unruhig hin und her gerutscht sein, denn ihre Sitznachbarin, die sie bisher nur beim Eintreten kurz mit einem Kopfnicken begrüßt hatte, legte mit einem Mal beruhigend eine Hand auf Ernestines verkrampfte Finger. Es war nur eine flüchtige Berührung, ehe sie die Hand wieder fortzog.

Überrascht blickte Ernestine auf. Die Frau neben ihr schob sich das blaue Tuch, mit dem sie bisher die ihr zugewandte Seite des Gesichts verdeckt hatte, zur Seite und sah sie an. Ernestine holte erschrocken Luft – und versuchte in der nächsten Sekunde, sich nichts anmerken zu lassen.

Doch zu spät.

Die Frau strich sich über die vernarbten Stellen an Hals und Wange und lächelte spöttisch. Es mussten Brandwunden gewesen sein, die das Gewebe in der einen Hälfte ihres Gesichts derart zerstört hatten, dachte Ernestine.

«Keine Angst», flüsterte die Fremde, und Ernestine fiel ein rauchiges Timbre in ihrer Stimme auf. «Ich sehe aus wie ein Monstrum, bin aber keins.»

«Nicht wie ein Monstrum», erwiderte Ernestine schnell, die sich bereits gefasst hatte, «eher wie ein kampferprobter, edler Drache.»

Die Frau lachte heiser. «Das gefällt mir», sagte sie, «aber ich speie kein Feuer.»

Ernestine fielen die grünlichen, ganz und gar irisierenden Augen der Frau auf, die selbst die narbige Haut verblassen ließen. Sie hatte sich die Augenbrauen mit einem Kohlestück zu schwarzen Bögen gemalt.

Ernestine hätte gern gewusst, was der Frau widerfahren war, doch gleichzeitig scheute sie sich, direkt danach zu fragen. Sie hatte in ihrem Leben genug verunstaltete und versehrte Menschen gesehen, und sie kannte die Gefahren, denen besonders Frauen ausgesetzt waren. Erst recht, wenn sie aus armen Familien stammten. Schon als Kinder waren sie rechtelos, niemand machte sich die Mühe, sie zu schützen. Es gab zu viele von ihnen, und machte eines Ärger oder kam unter die Räder, vergaß man es wie einen ersoffenen Welpen und nahm sich das nächste – als Arbeiterin für den Webstuhl, als Küchenmagd, als Spielgefährtin fürs Bett.

Die Frau mit dem vernarbten Gesicht lächelte wieder auf ihre eigentümliche Art, und Ernestine beschlich der Eindruck, sie kenne alle ihre Geheimnisse, gebe aber selbst keines der ihren preis. Bei jedem anderen hätte dieses Gefühl Ernestine Unbehagen bereitet, doch bei dieser Frau löste es seltsamerweise ein warmes Empfinden aus, das von ihrem Bauch aufstieg und sich von dort aus über den Rücken bis hin zum Nacken ausbreitete.

Vorsichtig sah sie sich um, doch niemand nahm von ihnen Notiz, die anderen Frauen lauschten noch immer gebannt Louise Otto, die sich in Rage geredet hatte und erneut vor dem Katheder auf und ab schritt.

«Wie heißt du?», fragte die Fremde halblaut.

Die vertrauliche Anrede schien Ernestine kein bisschen fehl am Platz, sondern völlig folgerichtig. Schließlich waren sie ein Bund aus Schwestern.

«Ernestine Hildebrand», antwortete sie. «Und du?»

«Clementine Fuchs», war die Antwort. «Hast du noch nie von mir gehört? Manche nennen mich *Die Füchsin*.»

In Ernestines Gedächtnis dämmerte es. Jemand im *Hohlen Baum*, einer ihrer Lieblingskneipen, hatte einmal etwas von einer Wahrsagerin erzählt, die ihm aus der Hand gelesen hatte. «Sie wusste alles über mich», hatte der Mann erstaunt berichtet, und Ernestine hatte gelacht und seine Überzeugung auf die vielen Becher Weinbrand geschoben, die der Kerl getrunken hatte.

«Aha! Siehst du!», flüsterte Clementine, als sie die Erkenntnis in Ernestines Augen zu bemerken schien. Sie drückte noch einmal kurz ihre Hand. «Besuch mich doch mal», raunte sie, «ich habe einen Wagen auf dem Altmarkt. An Markttagen darf ich dort meinem Gewerbe nachgehen.»

«Ich will aber nicht in die Zukunft sehen», erwiderte Ernestine.

«Kluges Kind», murmelte Clementine, «klüger als so manch armer Tropf. Aber einen Tee darf ich dir vielleicht kochen?»

Ernestine machte sich nichts aus Tee. Und trotzdem wusste sie jetzt schon, dass sie den Wagen dieser Frau auf dem Altmarkt aufsuchen würde, sobald sie konnte. Etwas an Clementine nahm sie gefangen. Sie vermochte allerdings nicht zu sagen, was es war.

Beklommen nickte Ernestine. «Also gut», wisperte sie.

Da traf sie ein strenger Blick von Louise Otto, die das Flüstern in der hinteren Reihe bemerkt hatte, und sie schloss schnell den Mund und senkte verlegen den Blick, bis Louise Otto ihren Vortrag wieder aufnahm.

Ernestine bemühte sich von nun an, ihr zuzuhören.

«Meine lieben Schwestern», schloss die Frauenrechtlerin schließlich nach weiteren zehn Minuten ihrer Rede, «wir müssen für heute auseinandergehen. Bitte, melden Sie sich bei mir, wenn Sie Ideen für einen Artikel haben. Ich bin im Gespräch mit dem Buchdrucker Theodor Haffner in Großenhain, der vielleicht bereit ist, eine erste Ausgabe zu drucken und zu verbreiten. Unser Kampf nimmt also an Fahrt auf. Aber wir müssen vereinigt bleiben und dürfen nicht zurücksehen – nur vorwärts!»

Applaus war die Antwort, und Stimmengewirr erhob sich. Alle standen auf und traten aus den Schulbänken. Erst jetzt sah Ernestine den Rohrstock, der neben der Tafel in der Ecke lehnte. Daneben hing an einem Haken der schwarze Mantel des Schulmeisters wie ein unheilvoller Gruß und eine Erinnerung an die Züchtigungen, die ungehorsamen Mädchen drohte.

Ernestine fröstelte, und wieder kribbelten ihre Handflächen. Hilfe suchend sah sie zu Clementine hinüber. Doch der Platz in der Bank war leer, und zwischen den herumstehenden Frauen, die den Verlauf der Versammlung besprachen oder sich verabschiedeten, war nirgendwo mehr ein goldener Haarschopf zu sehen.

# 10.

*Dresden, Montag, 16. April 1849*

Sie sehen beide entzückend aus», flötete Clärenore Bornstedt und schlug geziert die ringgeschmückten Hände zusammen, ehe sie nach Elises Hand griff und diese schüttelte. «Sie gleichen ja einander wie ein Ei dem anderen. Nein, das ist zu herzig!»

Elise lächelte ihrer Tochter leicht verlegen zu. Tatsächlich trugen Netty und sie Kleider aus demselben dunkelroten, karierten Stoff, sogar die gestickten Borten an den Schultern und am Ausschnitt waren identisch. Elises Kleid jedoch reichte mit dem weit ausladenden Reifrock darunter bis zu ihren Schuhspitzen, Nettys Rock dagegen war, gemäß der Kindermode, nur knielang und ließ ihre pludrigen Spitzenhosen sehen, die an den Knöcheln allerdings schon eine Spur zu kurz wirkten – Netty wuchs einfach zu schnell. Elise trug unter dem Stoff außerdem eine enge Korsage um den Leib, denn die Mode erforderte eine schmale Taille, Netty bewahrte sie hingegen noch vor diesem Kleidungsstück. Sie selbst war daran gewöhnt, eingeschnürt zu sein, doch bei einem Kind im Wachstum konnte das Korsett bleibende Schäden anrichten, und das wollte Elise nicht riskieren. Dabei war ihre Tochter, wenn sie sich im Salon der Bornstedts umsah, eines der wenigen Kinder, die nicht geschnürt waren. Was wäre das für eine Qual für ihren kleinen Wildfang, der immerzu tanzen und springen wollte und nicht, wie die meisten Mädchen hier im Raum, still und sittsam, mit gekreuzten Füßen auf einem samtbezogenen Kanapee hocken konnte.

«Sie sind zu freundlich», sagte Elise und drückte der jungen Frau Bornstedt die schlanken, kalten Finger. «Ihr Kleid ist aber auch sehr hübsch.»

Frau Bornstedt kicherte und winkte ab. «Ich sehe aus wie ein Dampfschiff», sagte sie und strich sich über den vorgewölbten Bauch unter der grünen Seide. «In ein paar Wochen ist es so weit.» Sie strahlte, und ihr Gesicht wirkte auf einmal kindlich. «Ich kann es kaum erwarten, auch ein Kindchen zu haben, das ich ausstaffieren kann.»

Elise murmelte eine Gratulation. Ihr lag nichts daran, Netty auszustaffieren, und ebenso wenig wollte sie sich und ihren Sprössling derart einheitlich kleiden, als wären sie zwei Zirkuspferde mit identischem Schmuck. Aber Adam hatte den Auftrag zum Frühjahrsbeginn beim Schneider gegeben und persönlich darum gebeten, Mutter und Tochter ähnlich auszustatten. Elise hatte um des Friedens willen nachgegeben. Denn es gab Kämpfe, die auszufechten sich lohnte – zum Beispiel das um Nettys Korsett oder ihre Schule –, und andere, die man besser schnell beendete, weil sie ohnehin zu nichts führten. Und natürlich war es schmeichelhaft, dass Netty und sie heute Abend im Salon der Bornstedts wegen ihrer Kleider viele bewundernde Blicke ernteten.

Der Anblick der schwangeren Clärenore rief hingegen gemischte Gefühle bei Elise hervor. Major Bornstedt hatte sich vor Kurzem erneut verheiratet, nachdem seine zweite Ehefrau, die ebenso jung gewesen war wie diese dritte hier, im Kindbett gestorben war. Seine erste Frau dagegen, Aurora, war eine Schulfreundin von Elise gewesen, mit der sie gemeinsam im Töchterpensionat sticken und gärtnern gelernt hatte. Doch vor Jahren hatte der Major sie verstoßen und sich von ihr scheiden lassen, und Elise hatte Aurora seitdem nur noch einmal getroffen – in einer düsteren Dachkammer, die ihr Unterschlupf als gefallene Frau gewesen war. Ob sie heute noch immer in Dresden lebte oder längst woanders hingegangen war, wo man sie nicht kannte, wusste Elise nicht. Auroras damals noch sehr kleine Kinder hatten ihre Mutter jedenfalls nicht mehr wiedergesehen.

Sie standen jetzt neben der Kinderfrau am Fenster, um die Gäste zu begrüßen. Johann Augustin, der die Augen seiner Mutter geerbt hatte und inzwischen elf Jahre alt war, trug nicht länger einen Matrosenanzug wie die jüngeren Knaben, sondern stand steif mit Gehrock und Vatermörder unter dem Fensterkreuz. Er war bereits ein kleiner Mann. Neben ihm trippelte seine jüngere Schwester Agnes auf und ab und zupfte an ihrem weißen Spitzenkleid herum, in das sie heute Morgen vielleicht erstmals gesteckt worden war.

Elise fröstelte, als sie daran dachte, dass dieses Mädchen ihre Mutter bereits kurz nach der Geburt verloren hatte. Sie war noch ein Baby gewesen, als die kurze Liebesaffäre mit einem Offizier Aurora ins gesellschaftliche Aus und an den Bettelstab befördert hatte. Und auch Johann Augustin würde sich höchstens schemenhaft an die Frau erinnern, die ihn einst geboren hatte. Elise meinte, in seinen Zügen, die im Übergang vom Kind zum Erwachsenen waren, eine Verdrießlichkeit zu bemerken, die jedoch auch Einbildung sein konnte, da sie sein trauriges Schicksal kannte.

«Werden Sie heute für uns spielen, liebe Frau Jacobi?», fragte Clärenore Bornstedt.

Doch ehe Elise antworten konnte, kam ein Schwall neuer Gäste durch die Flügeltür in den Salon, und Clärenore lächelte Elise entschuldigend zu und ließ sie stehen, um die Neuankömmlinge zu begrüßen.

«Komm», sagte Elise zu Netty, «wir suchen deinen Vater.»

Sie drängte sich an den vielen anderen Besuchern vorbei, die im prächtigen Salon mit dem Stuck an den Decken und den zierlichen gedrechselten Möbeln herumstanden, und hielt nach Adam Ausschau. Endlich entdeckte sie ihn in der Nähe des Flügels, tief in ein Gespräch mit Geheimrat Knobel versunken. Beide Männer hielten Weingläser in den Händen und trugen schwarze, steife Cutaways mit hohen Kragen, in denen sie bis an die Ohren versanken, kunstvoll gebundene Krawatten und Handschuhe. Sie hatten die Köpfe zusammengesteckt, und ihre Mienen waren ernst.

«Und was, wenn er die Krone ablehnt?», hörte sie Adam mit gedämpfter Stimme fragen. Und dann die Antwort des Geheimrats: «Dann gnade uns allen hier Gott. Es wird einen erneuten Aufstand geben, das ist sicher. Diese verrückten Republikaner schrecken vor nichts zurück.»

«Adam?», sagte sie laut, und die beiden Männer fuhren auseinander. «Man erwartet gleich unser Spiel.»

«Richtig, ich komme sofort, Elise», sagte Adam und nickte dem Geheimrat zu. «Wir sprechen morgen weiter. Ich sehe Sie doch auch bei Hofe?»

«Natürlich», sagte Knobel. «Der Minister erwartet mich. Irgendjemand muss den Karren ja aus dem Dreck ziehen, nicht wahr?»

«Oder besser noch, dafür sorgen, dass er gar nicht erst im Morast stecken bleibt!» Adam prostete ihm noch einmal zu, dann begrüßte er seine Familie.

Netty biss an ihren Fingernägeln – eine Angewohnheit, die Elise ihrer Tochter bisher nicht hatte abgewöhnen können, noch nicht einmal mit bitterer Tinktur, die sie ihr auf die Nagelspitzen strich. «Weshalb sollte jemand eine Krone ablehnen?», fragte sie ihren Vater neugierig.

«Das ist kein Gesprächsthema für ein junges Mädchen», sagte er hastig und wechselte einen kurzen Blick mit Elise. Dann deutete er zu den Kindern des Majors hinüber. «Hast du schon Agnes begrüßt, Annette? Ihr kennt euch doch vom Gottesdienst.»

«Agnes ist fad», war Nettys blitzschnelles Urteil. «Sie macht sich nie schmutzig und will immer nur über Kleider und Lackschuhe sprechen.»

Tatsächlich hatte auch Elise beim Eintreten in den Salon gedacht, dass ein solches weißes Kleid, wie Auroras Tochter Agnes es trug, bei Netty keine Minute lang so makellos geblieben wäre. Irgendein Tintenfass wäre längst darüber ausgegossen worden, oder eine schlammige Pfütze hätte der feinen Saumstickerei den Garaus gemacht. Das Karierte aus dunkelrotem robustem Kattunstoff, das Netty trug, war für ihre Tochter eindeutig die bessere Wahl.

«Es kann dir nicht schaden, mit einem braven Mädchen wie Agnes zu verkehren», brummte Adam, doch er wusste genau wie Elise, dass es hoffnungslos war. Auch in der Schule spielte Netty, wie die Lehrer säuerlich berichteten, in den Pausen ausschließlich mit den Jungen aus der angrenzenden Knabenklasse Murmeln oder Reifentreiben.

Die junge Gastgeberin klatschte jetzt in die Hände, und die Gespräche ringsum erstarben.

«Verehrte Gäste», rief Clärenore mit heller Stimme, und Elise bemerkte die aufgeregte Röte, die auf ihre bleichen Wangen flog, «es ist mir eine Freude, Sie alle hier in unserem Salon zu begrüßen. Ich werde mir erlauben, Sie zunächst mit einem Lied zu erfreuen, bei dem mich meine Schwester am Flügel begleiten wird.» Sie deutete auf eine zierliche Frau mit Korkenzieherlocken in einem rosenfarbenen Kleid mit Reifrock, die bereits auf dem Klavierhocker saß. «Anschließend hören wir zu meiner größten Freude das Ehepaar Jacobi mit einer Sonate.»

Ein Raunen ging durch den Raum, der Name war allen geläufig, und mehrere Gäste prosteten Elise und Adam durch den Raum hinweg zu.

«Und schließlich habe ich noch etwas ganz Besonderes für heute Abend für Sie vorbereitet ... Aber das bleibt vorerst mein Geheimnis.»

Sie lächelte, während die Gäste freundlich applaudierten, und trat zum Flügel. Mit einer eleganten Krümmung ihres Armes stützte sie den Ellenbogen darauf und sah verträumt durch den Salon. Ihre Schwester ließ ein paar zarte Klaviertöne erklingen, dann sang die Gastgeberin. Sie hatte einen angenehmen, sanften Sopran, auch wenn durchaus zu hören war, dass sie keine Ausbildung besaß, doch es gelang ihr, diesen Umstand durch Talent und Gefühl auszugleichen.

«*Kennst du das Land, kennst du das Land, wo die Zitronen blühen ...*», sang Clärenore, und in Elise stiegen sofort Erinnerungen an ihre Reise mit Adam nach Italien auf, die sie vor einigen Jahren unternommen hatten. Netty, die damals erst fünf gewesen war, hatten sie solange in der Obhut einer Kinderfrau gelassen.

«*... im dunklen Laub die Goldorangen glühn ...*»

Elise dachte daran, wie sie neben Adam in der Kutsche gesessen und die herrlichen Hügel der Toskana mit den Augen schier verschlungen hatte.

«*Dahin, dahin, möcht ich mit dir, oh mein Geliebter, ziehn ...*»

Nun wanderten Elises Gedanken nach Rom, an den Trevibrunnen und in die Hitze in Trastevere. In dem Gasthaus dort reiften runde leuchtende Orangen direkt vor ihrem Fenster, die sie nur zu pflücken brauchte und deren süßer Geschmack die Sonne des Südens einschloss. Elise hätte ewig in diesem schönen Land bleiben mögen. Lediglich der Gedanke an Netty und ihre Sehnsucht nach dem Duft ihres Haars und ihrer sanften Kinderstimme hatten es ihr schließlich leicht gemacht, nach Wochen wieder die Kutsche Richtung Norden zu besteigen und nach Dresden zurückzukehren, wo sie unstetes Wetter und ein kalter Herbstwind erwarteten.

Seitdem träumte Elise oft von Italien und dem Duft nach Zitronenhainen und Hibiskus, und manchmal, wenn sie nicht achtgab, ging es ihr so wie der Stimme in dem Lied. Dann wünschte sie, sie hätte dieses Land der Träume mit einem anderen Mann bereisen können – einem, den sie liebte. Einem Mann, der das blaue Mittelmeer und die weißen Häuser der Poebene hätte malen können, während sie, Elise, neben ihm saß und Lieder komponierte. Lieder wie die der Komponistin, von der auch das eben Gehörte stammte: Fanny Mendelssohn. Oder auch bekannt als Fanny Hensel.

Als der Gesang verebbte, applaudierten die Gäste höflich und wandten sich wieder ihrem Rotwein und den wandernden Gesprächen zu.

Netty zupfte an Elises Hand.

«Das war aber schön», sagte sie mit leuchtenden Augen, «kanntest du das Lied, Mama?»

«Ja», sagte Elise leise zu ihrer Tochter. «Es stammt von Fanny Hensel, die vor zwei Jahren leider verstorben ist. Als jüngere Frau fuhr sie einmal nach Italien und komponierte daraufhin dieses herrliche Lied.»

Sie bemerkte, wie Adam neben ihnen die Stirn runzelte. Er hielt nach wie vor nichts von Frauen, die komponierten.

«Ich möchte auch einmal weit fortreisen», sagte Netty und biss erneut einen Splitter von ihrem Daumennagel ab, ehe Elise ihr die Hand vom Mund ziehen konnte. «Dorthin, wo uns niemand kennt, wo immer die Sonne auf uns niederlacht und man tun kann, was einem gefällt. Wo wir frei sein können.»

«Was für ein Unsinn, Annette», zischte Adam und sah sich um. «Das ist keine Freiheit, merk dir das! Freiheit ist Beständigkeit, Verlässlichkeit, ein sicheres Heim und ein guter Ruf. Schließlich bist du keine Vagabundin, sondern eine Jacobi.»

Elise sah ihren Mann verwundert an. Sie spürte einige Blicke, die auf sie gerichtet wurden, und legte beruhigend eine Hand auf seinen Arm. «Das können wir doch zu Hause besprechen, findest du nicht?», fragte sie gedämpft.

Adam brummte grimmig. «Ich kann es nicht leiden, wenn altehrwürdige Texte wie dieser hier von einer Frau verhunzt werden», murmelte er noch immer ungehalten. «Oder denkst du, es wäre in Goethes Sinne gewesen, dass seine Dichtung, sein Genie ...» Er ballte die Fäuste. «... derart verunstaltet werden?» Kopfschüttelnd fuhr er fort: «Mendelssohn hätte es seiner Schwester nie erlauben dürfen, ihre Musik zu veröffentlichen. Und der Ehemann dieser frechen Komponistin, Hensel, auch nicht. Es bringt nur Scherereien, wenn eine Frau sich öffentlich zur Schau stellt.»

«Aber Papa», sagte Netty, und ihr kleines Gesicht glühte, «die Worte und die Musik gehören doch zusammen. Es klang wunderbar, wie Frau Bornstedt gesungen hat.»

«Sie hat eine hübsche Stimme», mischte sich Elise ein, ehe Adam erneut auffahren konnte. «Und nun solltest du etwas Wasser trinken und dich beruhigen, Adam, denn als Nächstes sind wir dran.» Sie verzog den Mund. «Es sei denn, mein Konzert bei Freunden fällt für dich auch unter öffentliches Zurschaustellen.»

Adam erstarrte. «Natürlich nicht», brachte er schließlich heraus, «das habe ich nicht gemeint, Elise. Du weißt, wie stolz ich auf dein Spiel bin. Nur sollten alle Menschen wissen, wo ihr Platz ist.»

«Und der einer Frau ist nicht am Komponierpult ...», sagte Elise. «Ich habe dich schon verstanden.»

Sie dachte an die vielen beschriebenen Notenblätter, die sie in ihrem Sekretär verwahrte. Stets verschloss sie die Schublade sorgfältig mit dem kleinen Messingschlüssel, und bisher war ihr Adam nicht auf die Schliche gekommen. Doch wie lange würde es ihr noch gelingen, ihre Kompositionen vor ihm geheim zu halten? Und wie lange würde sie es aushalten, die Stücke und Lieder nie öffentlich zu spielen, sie nie aufgeführt zu hören? Doch seine Reaktion auf das kleine, unschuldige Liedchen von Fanny Hensel zeigte ihr, wie weit ihrer beider Vorstellungen in dieser Sache nach wie vor auseinanderklafften.

Rasch holte Elise ihre Geige, die seit ihrer Ankunft auf einem Samtsessel im Flur der Bornstedts bereitlag. Der Anblick eines gerahmten Kupferstichs ließ sie seufzend ein- und ausatmen – ein Stillleben mit Nüssen, Äpfeln und einer Mandoline, dessen Leblosigkeit und langweilige Farbgebung ihre Nerven beruhigte.

Als sie zurückkehrte, hatte es sich Netty mit gekreuzten Beinen auf einem Teppich bequem gemacht, wo auch schon zwei Königspudel saßen und sie anhimmelten. Sie flocht ihre Finger tief ins weiche Hundefell. Adam hatte seinen Gehrock nach hinten geschlagen und auf dem Klavierhocker Platz genommen. Elise stimmte ihre Geige, dann sah sie Adam an. Auf sein Zeichen begann sie zu spielen.

Die Gespräche ringsum verebbten, Elises Geige jubelte und sang. Zunächst spielten sie eine Mozart-Sonate, etwas, das die Dresdner Gesellschaft jederzeit gern hörte, und danach die deutlich schnellere *Tarantella* eines italienischen Komponisten, deren Virtuosität Elise herausforderte und gefiel. Ihre Finger schnellten über die Saiten, ihr Körper bewegte sich zur Musik, und Adams Hände glitten gekonnt über die Tasten des Instruments und begleiteten ihr Spiel mühelos. Für die wenigen Minuten, die sie gemeinsam spielten, wirkten sie wie in einem harmonischen Gleichgewicht.

Doch kaum waren die letzten Takte verklungen, fiel die sanfte Wärme des freundschaftlichen Spiels von Elise ab, und zurück blieb Ernüchterung. Den Beifall der Gäste im Salon ließ sie freundlich über sich ergehen, aber er bedeutete ihr nicht mehr dasselbe wie vor Jahren, als alles, was sie gewollt hatte, das hier gewesen war. Vor Publikum spielen zu dürfen, ihre Musik nach der Heirat mit Adam nicht ausblasen zu müssen wie eine flackernde Kerze, die heruntergebrannt war. Das war ihr großer Traum gewesen. Und er hatte sich bewahrheitet, sogar um ein Vielfaches vergrößert. Sie durfte spielen, durfte in der prächtigen Wohnung in der Neustadt üben, so viel sie wollte, durfte durch Sachsen reisen und in großen, berühmten Sälen auftreten. Ihr Name stand auf Konzertankündigungen, die überall in Dresden plakatiert waren. Doch auf einmal reichte es ihr nicht mehr, es war nicht genug.

Was war anders?, fragte sie sich, als sie vorsichtig die Bogenhaare entspannte und die Heberlein-Geige auf den geschlossenen Flügeldeckel legte, was hatte sich verändert?

Natürlich wusste sie es – die Begegnung mit Christian auf dem Markt hatte sie aus der Bahn geworfen. Aber durfte sie wieder an ihn denken? War sie etwa im Begriff, ihre Seelenruhe erneut zu gefährden?

Clärenore kam auf sie zu und küsste sie strahlend auf beide Wangen. «Wie wundervoll», rief sie, «vielen Dank, meine liebe Freundin.»

In Wahrheit kannten sich die beiden Frauen kaum, aber Adam Jacobi war ein wichtiger Mann in Dresden, und Major Bornstedt hatte seiner neuen Gattin sicherlich eingebläut, dass man sich um die Jacobis bemühen musste. Sofort schämte sich Elise, weil sie so schlecht von Clärenore dachte. Vielleicht brauchte die junge Frau auch einfach nur eine Vertraute? Es war sicher einsam in der großen Wohnung, wenn keine Gäste da waren, wenn der Mann bei seinem Regiment war, und die Kinder einer anderen Frau in Clärenores jugendlicher Obhut waren. Von Einsamkeit wusste Elise schließlich nicht nur ein Lied, sondern ein ganzes Konzert zu singen.

Warm drückte sie Clärenore die Hand und lächelte der jungen Schwangeren freundlich zu, die den Druck dankbar erwiderte.

«Und nun folgen Sie mir bitte ins Esszimmer», rief Clärenore. «Dort wartet die Überraschung auf Sie, von der ich sprach.»

Alle folgten ihr nach, und auch Elise zog Netty vom Teppich hoch und ging nach nebenan. Doch im Esszimmer war nicht etwa die Tafel gedeckt, sondern ein seltsamer mechanischer Apparat aufgebaut. Die Vorhänge vor den hohen Fenstern waren zugezogen, nur wenige kleine Lampen brannten und tauchten den großen Raum in schummriges Licht.

«Dies ist Dr. Martin Trensky», sagte Clärenore aufgeregt und deutete auf den unscheinbaren Mann an ihrer Seite. «Er ist ein begabter Fotograf und Mathematiker und wird Ihnen etwas Erstaunliches vorführen.»

Dr. Trensky, der eine Stirnglatze hatte und ein Monokel trug, verbeugte sich steif, als wäre er der Direktor eines Wanderzirkusses in der Manege, und warf sich in Position. Nachdem die Zuschauer einen Halbkreis um ihn gebildet hatten, entzündete er eine Kerze im Inneren seines trommelförmigen Apparats und schaltete einen Drehmechanismus an.

Ein *Ah* und *Oh* ging durch das Zimmer, als an der gegenüberliegenden Wand helle Lichtbilder erschienen, die sich zu bewegen schienen: ein Knabe mit einem Reifen, den er vor sich hertrieb, zwei Katzen, die miteinander rauften, ein Harlekin, der seine bunte Bommelmütze abnahm und wieder aufsetzte. Es wirkte lebensecht – und doch, sah Elise, waren es nur kleine gemalte Bilder, zwischen zwei Glasscheiben gepresst, die der Vorführer in seine Trommel einlegte und immer wieder erneuerte.

«Eine Laterna magica», flüsterte Elise ihrer Tochter zu, die wie gebannt auf die wechselnden, einander jagenden Bilder an der Wand starrte. «So etwas haben wir schon einmal auf dem Striezelmarkt gesehen, aber da bewegten sich die Bilder nicht.»

«Ja», flüsterte Netty zurück, «ich erinnere mich. Der Märchenerzähler!» Sie sah wieder zu den Bildern. «Aber das hier ist etwas ganz anderes», sagte sie. «Es sieht aus, als lebten die Abbildungen wirklich.»

Auch Elise konnte den Blick nicht von den Bildern der magischen Laterne lösen. Es war ihr, als sähe sie in eine neue, ferne Welt, die sich dort auf den hellen Tapeten der Bornstedts ausbreitete und sie mit sich ziehen wollte. Gleichzeitig musste sie an ihre alte Papierlaterne denken, die sie daheim aufbewahrte. Darauf waren Figuren aus der Oper *Fidelio* zu sehen, die sie so liebte. Die Bilder darauf bewegten sich nicht, doch sie waren ihr so teuer wie sonst fast nichts. Und anders als die Projektionen dieses Apparats hier wiesen sie nicht in eine ferne Zukunft, sondern in eine Vergangenheit – vor der sich Elise hüten musste, wollte sie nicht in den Strudel der Erinnerungen gezogen werden.

Es fiel ihr neuerdings schwerer als zuvor, ihren Geist vor den Tagträumen zu verschließen, die sie unerwartet überfielen. Und so folgte sie auch jetzt nur mühsam dem Rest des reizvollen Bilderspiels.

Als alle Gäste applaudierten, klatschte sie pflichtschuldig in die Hände und zückte dann ihren Fächer aus Seidenpapier und Fischbein, um sich etwas Kühlung zu verschaffen. Die Luft hier drinnen erschien ihr auf einmal stickig und staubig. Noch vor Kurzem hätte sie das Fortschrittliche und das Märchenhafte der Vorführung an der Wand des Bornstedt'schen Esszimmers begeistert und in den Bann gezogen. Doch seit ein paar Tagen schien ihr beinahe alles in ihrem Leben fade und leblos – alles außer Netty. Sie war der einzige Mensch, der sie aus ihrer Lethargie reißen konnte.

Mit einem leichten Frösteln dachte Elise an ihre eigene Mutter, die in der Erinnerung stets mit einem feuchten Tuch auf der Stirn im abgedunkelten Zimmer in der Großen

Frauengasse gelegen hatte – eingesponnen in eine Welt, in der sie niemand, nicht einmal ihre eigenen Kinder, erreichen konnte. Und Elise fragte sich, ob auch sie immer tiefer in diesen Strudel aus Melancholie gezogen würde, wenn sie nicht achtgab.

# 11.

*Dresden, Dienstag, 17. April 1849*

«Na, Hildebrand», brummte Anton Arrigoni und nahm Christian die ausgewaschenen Pinsel aus der Hand. «Was erwartet Sie heute nach Feierabend?»

Christian zuckte zusammen. Er war es immer noch nicht gewohnt, dass der alte Meister so vertraulich mit ihm sprach, obwohl sie nun schon viele Jahre lang Seite an Seite an den Kulissen des Königlichen Hoftheaters arbeiteten. Arrigoni würde für ihn immer eine Respektsperson sein. Er war sein Förderer gewesen, hatte Christian alles beigebracht, was er über Malerei wusste – über Farbauftrag und Lasur, über Leinwand und Craquelé, über das richtige Verhältnis von Öl und Pigment und über die Perspektive. Letztere war in Christians Augen das Wichtigste – die Perspektive formte aus Farben und Flächen erst eine plastische neue Welt, in die der Zuschauer im Opernsaal eintauchen konnte. Auf die Perspektive kam es an, ohne sie war alles andere nur Geschmiere und Tand.

«Ich weiß nicht, Maestro», erwiderte Christian und wischte sich die goldenen Farbsprenkel an seinen rissigen, geröteten Händen mit einem Leinentuch ab.

Der Alte hatte ihn aus seinen Gedanken gerissen, die ausnahmsweise einmal wenig mit der Kunst zu tun hatten. Sie drehten sich vielmehr um die unerwartete Begegnung mit Elise. Es ging ihm nicht aus dem Kopf, wie sie ihn angesehen hatte, so voller Wärme und – er fühlte sich schäbig –

so bittend, als warte sie auf ein langersehntes Zeichen von ihm. Gleichzeitig wusste er, dass er selbst steif, ja unnahbar gewirkt haben musste. Doch was hätte er tun sollen, mit Ernestine im Nacken und dem Gepäck der vergangenen Jahre auf den Schultern? Nichts hatte sich verändert. Was hätte es denn gebracht, wenn er ihr ein solches Zeichen der Verbundenheit gegeben hätte? Wäre es klug, alles wieder aufzuwirbeln?

Ach, sie hatte ihn einfach kalt erwischt, wie sie da allein und in verwehten Kleidern auf der Straße gestanden und ihm entgegengesehen hatte. Seine Gefühle für sie, die sofort wieder da gewesen waren, machten ihm Angst. Doch er wollte sich vor Arrigoni nichts anmerken lassen.

«Wahrscheinlich ein Bier drüben in *Helbig's Etablissement*», murmelte er unbestimmt. «Und dann früh in die Falle.»

Arrigoni betrachtete ihn und zwirbelte sich nachdenklich den Spitzbart. «Das kann doch nicht alles sein, was die Welt für ein junges Talent wie Sie zu bieten hat», sagte er und kniff die Augen zusammen. «Sie machen einfach nichts aus sich, Hildebrand, und das geht so nicht weiter. Sie haben wohl noch immer nicht bemerkt, dass die Lehrjahre vorbei sind. Sie sind kein Novize mehr, sondern ein Mann!»

«Ich verstehe nicht», sagte Christian, obwohl er genau wusste, was der Alte meinte. Doch die Richtung, in der das Gespräch ging, behagte ihm nicht. «Mache ich meine Sache etwa nicht gut?» Er deutete auf eine hoch aufragende Kulisse an der Wand, an der er heute den ganzen Tag gearbeitet hatte. Sie zeigte einen hell erleuchteten Ballsaal mit Marmorsäulen, schimmernden Kronleuchtern und goldfarbenen Gesimsen ringsum. Es war der Saal, in dem Don Giovanni aus der gleichlautenden Oper von Mozart in wenigen Tagen Zerlina verführen würde – natürlich nur auf den Bühnenbrettern, aber vor den Augen eines atemlosen Publikums. Christians Hände waren noch immer goldbefleckt von der Farbe, mit der er die Lichtpunkte auf die Kristalle des Leuchters gesetzt hatte.

«Nun, vielleicht ein bisschen zu gut», war Arrigonis rätselhafte Antwort. «Jedenfalls hier im Malersaal. Aber, mein Freund ...» Christian zuckte zusammen, weil Arrigonis Tonfall jetzt noch vertraulicher wurde. «Es geht bei der Kunst doch nicht nur um die Kunst selbst.»

«Sondern?»

«Um Politik», sagte der Alte, und ein leises Lächeln blitzte unter seinem Bart auf. «Und ums Geschäft. Es geht darum, sich und die eigene Kunst teuer zu verkaufen. Und das, mein Lieber, machen Sie leider ganz und gar nicht gut. Ich würde sogar sagen, so begabt, wie Sie mit dem Pinsel umgehen, so talentlos zeigen Sie sich darin, wichtige Kontakte in die Kunstwelt zu knüpfen. Aber das ist für einen Aufstieg unverzichtbar.»

Christian war verlegen. Arrigoni hatte recht, und er wusste es längst. Seitdem er kein Geselle mehr war, sondern zum königlichen Hofmaler aufgestiegen war, hatte sich zwar sein Gehalt verbessert, aber sein Leben war praktisch gleich geblieben. Er traf sich weiter mit den alten Freunden, mit Fritz und Carl und den anderen Maschinenbauern und Handwerksburschen. Bei ihnen wusste er, woran er war, bei ihnen musste er keine Rolle spielen. Und anstatt sich eine Frau zu suchen, die seiner neuen Rolle gerecht werden konnte und an seiner Seite präsentabel wirkte, traf er sich lieber weiterhin ab und an mit Line aus dem *Goldenen Fass*. Doch seit seiner aufwühlenden Begegnung mit Elise spürte er, wie sogar sein Interesse für die junge Wirtin erlahmt war. Nicht einmal in ihren Armen hatte er Elises Blick abschütteln können, und Line hatte eine spitze Bemerkung darüber gemacht, dass mit ihm heute nichts anzufangen sei.

Dabei ahnte Christian, dass eigentlich mehr von ihm erwartet wurde. Es war wichtig, sich einen Namen in Dresden zu machen, sich mit den anderen Malern, Künstlern, Komponisten und Bürgersleuten an einen Tisch zu setzen. Seinen neuen Platz unter ihnen mit erhobenem Kopf zu behaupten, um voranzukommen. Das Schicksal und vielleicht auch sein Talent, das der alte Meister immer wieder beschwor, hatten ihm unverhofft eine Tür geöffnet, die für viele seinesgleichen lebenslang verschlossen blieb. Er indessen hatte hindurchtreten dürfen, hatte das Licht dahinter voll auf seinem Gesicht gespürt, das andere nur durchs Schlüsselloch erspähten. Doch seine Schüchternheit stand ihm im Weg, und das Wissen, dass er von einer gesellschaftlichen Position kam, die dem Stand der meisten Künstler der Stadt weit unterlegen war. Sie alle hatten einen deutlichen Vorsprung vor ihm – dem Waisenknaben, Sohn einer Tagelöhnerin, dem Niemand namens Christian Hildebrand. Und daran änderte eben auch eine unverhoffte berufliche Entwicklung nichts.

«Ich bin ganz zufrieden, Meister», brachte er schließlich heraus und hörte selbst, wie wenig überzeugend es klang.

Der Alte lachte höhnisch auf. «Allein schon das», rief er, «dass Sie mich noch immer *Meister* rufen! Die Zeiten sind vorbei!» Er trat einen Schritt auf Christian zu, legte ihm seine Hand mit den langen Fingern auf die Schulter und schüttelte ihn sacht. «Aber Sie müssen vorsichtig sein», raunte er ihm zu. «Sie geben sich mit den falschen Leuten ab. Immerhin bekommen wir unser Brot noch immer von König Friedrich August! Auch, wenn einige hier am Theater das nicht zu würdigen wissen.»

«Welche falschen Leute meinen Sie?» Christian versuchte, sich hinter seiner Arglosigkeit zu verstecken. «Das sind alte Jugendfreunde, mehr nicht.»

«Mich führen Sie nicht mit Ihrer Unschuldsmiene an der Nase herum, Hildebrand», entrüstete sich Arrigoni. «Ich weiß genau, was die vorhaben, diese unzufriedenen Arbeiter und Studenten. Den König entthronen, am besten aufknüpfen, und seine Familie gleich mit. Eine Republik errichten!» Er schnaubte. «Lieber springe ich von der Brühlschen Terrasse, als in einem Land zu leben, das von solchen Kindsköpfen und Revoluzzern regiert wird. Habt ihr alle denn nichts aus dem Terror in Frankreich gelernt? Erst haben sie dem König und Marie Antoinette die Köpfe abgeschlagen, dann immer mehr unschuldige Menschen massakriert, und am Ende sind die Revolutionäre selbst unter der Guillotine gelandet. *Die Revolution frisst ihre Kinder*, an dem Merkspruch ist nichts veraltet.»

«Aber wollen Sie denn gar nichts ändern?», fragte Christian. «Sollen wir denn alle stillschweigen und zusehen, wie die Armen immer ärmer und hoffnungsloser werden und die Mächtigen immer reicher?»

Arrigoni ließ ihn los und sah ihn eindringlich an. In seiner Miene stand ein Ausdruck, den Christian nicht deuten konnte. Die Worte des Alten gegen die Revolutionäre hatten hart und abweisend geklungen, doch in seinen Augen, die zwischen Tausenden Fältchen lagen, meinte Christian, dennoch Sympathie für ihre Ideen zu lesen.

Doch Arrigoni machte eine wegwerfende Handbewegung.

«Ich weiß nur eins», sagte er barsch, «Sie sind der zweite Theatermaler Seiner Majestät, hier am Königlichen Hoftheater angestellt von Seiner Gnaden. Sie kommen gleich nach mir. Und wenn ich einmal nicht mehr bin ...»

Christian sah den Alten erschrocken an. «Was meinen Sie damit?», fragte er. «Sie sind doch kerngesund und haben die schärfsten Augen, die ich kenne.»

Arrigoni wiegte sein weißhaariges Haupt hin und her. «Alles geht einmal zu Ende», sagte er vage, «wann, weiß nur der Herrgott. Aber irgendwann kommt der Tag, an dem Anton Arrigoni abtreten muss, so wie wir alle irgendwann die Bühne verlassen müssen. Und dann braucht der König einen neuen Hauptdarsteller hier im Malersaal.»

«Mich?», fragte Christian und musste lachen. «Wohl kaum. Da warten doch schon andere. Maler mit größeren Namen als ich. Porträtisten des Hofes, Absolventen der Akademie.»

«Eben!», knurrte Arrigoni und fasste erneut mit Klammergriff nach Christians Schulter. «Und denen müssen Sie zuvorkommen, Hildebrand! Herrje, haben Sie denn keinen Funken Ehrgeiz im Leibe?» Wieder schüttelte er den Kopf, als verzweifelte er an Christians schwacher Auffassungsgabe. «Sie müssen sich vorher durchbeißen, müssen in aller Munde sein. Sie dürfen sich nicht länger hier oben im Saal hinter der Farbpalette verstecken, sondern müssen die Welt daran erinnern, dass Sie das größte Talent an der Elbe sind. Und dass Sie, wenn die Zeit gekommen ist, der einzige rechtmäßige Anwärter auf die Position sind.»

«Aber wie mache ich das?», fragte Christian und hob die Schultern.

Arrigoni ließ ihn los, doch sein Blick hielt Christian

fest. «Wir fangen heute Abend an», sagte er entschlossen. «Gleich, wenn wir hier aufgeräumt haben, nehme ich Sie mit ins *Russische Hotel*.»

«Zum Coselpalais?», fragte Christian verblüfft.

«Ganz recht.» Arrigoni nickte und trat zum Fenster. Er stieß es auf, und milde Frühlingsluft zog herein und mischte sich mit dem Geruch nach schwerem Öl und Terpentin. «Ein paar Freunde haben mich zum Abendessen eingeladen, und ich nehme Sie einfach mit, Hildebrand.» Eine Goldammer kam herbeigeflattert, setzte sich aufs Fensterbrett und begann zu singen, als hätte sie nur darauf gewartet, den beiden Malern ihr Lied präsentieren zu dürfen.

Christian musste lächeln. Wenn er selbst doch auch nur halb so viel Chuzpe hätte wie dieser kleine Vogel mit dem leuchtend gelben Köpfchen, seine Kunst in die Welt hinauszuposaunen!

«Also gut», stimmte er zu. «Ich komme mit Ihnen.»

«Sie brauchen allerdings einen Gehrock», sagte Arrigoni und betrachtete skeptisch das braungraue Häufchen am Boden – Christians Hemd, das er bei Dienstbeginn abgelegt hatte, um sich den Malerkittel überzuziehen. «Und einen Zylinder. Ohne standesgemäße Kleidung nehmen die im Coselpalais vor Ihnen Reißaus.»

«Tja, aber woher nehmen, wenn nicht stehlen?», fragte Christian und hob hilflos die Hände.

Draußen im Korridor waren in diesem Moment schlurfende Schritte zu hören.

«Das haben wir gleich», sagte Arrigoni. Er ging zur Tür und öffnete sie. «Ah, wusste ich's doch», sagte er in den Flur. «Auf Sie, alter Freund, ist stets Verlass, wenn man Sie braucht.»

Kurz darauf steckte Ehregott Wagner, der alte Theaterdiener, seine lange Nase herein.

«Womit kann ich dienen, die Herren?», näselte er. «Brauchen Sie noch mehr Feuerholz?» Er nickte zum Kamin hinüber.

Arrigoni winkte ab. «Wir haben das Feuer ausgehen lassen», sagte er, «die Tage sind schon mild genug. Und von der Arbeit wird uns warm, oder, Hildebrand?»

Christian nickte. Unsicher sah er zu Wagner, der ihm stets Ehrfurcht einflößte, obwohl er vom Rang her inzwischen sogar unter Christian stand.

Der alte Theaterdiener trug zufällig denselben Namen wie der Kapellmeister Richard Wagner, doch die beiden Männer hätten nicht unterschiedlicher sein können. Ehregott Wagner war stets in tiefes Schwarz gekleidet, er hatte einen gekrümmten Gang und nichts von der Stattlichkeit des gefeierten und skandalumwobenen Dirigenten und Komponisten. Doch in seinen großen, tiefen Augen schimmerte ein Stolz, der ihn majestätisch wirken ließ. Manchmal hatte Christian das Gefühl, der Mann sei der heimliche Regent hier am Theater. Doch er war eigentlich längst zu alt für die schwere Arbeit, weshalb ihm Direktor Lüttichau schon vor Jahren zwei weitere Diener zur Seite gestellt hatte. Aber die Herren Schmiedt und Stein spielten weiterhin die Zweitbesetzung, während Ehregott Wagner sich nicht aus seinem Kabuff unweit des Bühneneingangs vertreiben ließ.

«Unser junger Freund hier hat ein Anliegen», sagte Arrigoni, «er möchte heute Abend mit mir und meinen Bekannten im Coselpalais speisen.»

«Oho!» Das lange, glatt rasierte Gesicht des Dieners hellte sich bei diesem Namen auf. «Eine bomforzionöse Adresse, mein Herr. Ich denke gern an den Tag zurück, als auch ich einmal das Vergnügen hatte, dort zu tafeln – auf Einladung Seiner Exzellenz, des Direktors Lüttichau. Wir saßen im Rosensaal auf goldenen Stühlen, und es gab gefüllten Fasan und herrliche Thüringer Klöße mit buttriger Soße.» Sein Blick sagte, dass er es für selbstverständlich hielt, vom mächtigen Direktor der Königlichen Oper persönlich eingeladen zu werden. Und tatsächlich wussten alle im Haus, in welch hoher Gunst Wagner bei Lüttichau stand.

Doch schon schärfte sich sein Blick wieder, als er aus den Erinnerungen seiner Gaumenfreuden in die Gegenwart zurückkehrte.

«Worin besteht denn aber nun das Problem?», fragte er.

«Nun, meinem jungen Kollegen mangelt es ein wenig an der passenden Garderobe», sagte Arrigoni. Etwas Bittendes trat in sein zerfurchtes Gesicht mit dem weißen Spitzbart. «Könnten Sie ihm vielleicht aushelfen, guter Mann?»

Wagner schnalzte mit der Zunge. «Nu, freilich», sagte er und musterte Christian von Kopf bis Fuß. «Mir ist kein Berg zu hoch und keine Aufgabe zu groß, wie Sie wissen, solange ich der Kunst dienen kann.» Ein spöttisches Lächeln schlich sich in seine Mundwinkel. «Wir machen im Handumdrehen einen Edelmann aus Ihnen, junger Freund.» Er nickte Christian zu und bedeutete ihm, dass er ihm folgen solle. «Am besten, wir statten meiner Freundin Bertha Heise einen Besuch in der Garderobe ab. Sie wird Rat wissen. Denn wir wollen ja nicht, dass die erlauchten Gäste im Restaurant plötzlich ausrufen, dass der Kaiser – oder besser gesagt, das junge Talent – in Wahrheit nackt sei. Eine Fälschung sozusagen.» Seine runden, schönen Augen mit den langen Wimpern richteten sich auf Christian. «Nicht wahr?»

«Das wäre tatsächlich nicht in meinem Sinne», murmelte Christian und ärgerte sich, dass er von dem alten Theaterdiener aufs Korn genommen wurde. Doch er hatte keine Wahl, als sich ihm anzuvertrauen. Ohne Wagners Fürsprache würde die respektierte, aber strenge Garderobiere sicher keinen Frack für einen zweifelhaften Emporkömmling wie ihn herausgeben. Ernestine durfte die Kostüme in der Schneiderei nicht verleihen, sie war ausschließlich für die Requisiten zuständig, und nichts lag Christian ferner, als ihr Ärger zu bereiten, nur damit er heute elegant speisen konnte.

«Nun denn», sagte Arrigoni, «gehen Sie mit Wagner, Hildebrand. Wir beide treffen uns dann in einer halben Stunde auf dem Theaterplatz. Es sind ja nur wenige Schritte bis zum Coselpalais, die können wir zu Fuß gehen.»

Im Hinausgehen raunte Wagner dem alten Maler zu: «Schusters Rappen ist dem jungen Herrn wohl nur allzu vertraut. Für ihn müssen Sie nicht anspannen lassen, Arrigoni. Aus dem wird so schnell kein Prinz, selbst, wenn Madame Heise die blecherne Krone aus dem Kostümfundus herausrücken sollte.»

Mit diesen Worten verließ Wagner den Malersaal. Dann war nur noch sein Kichern auf dem Flur zu hören. Und nach einem letzten hilflosen Blick zu Arrigoni folgte Christian achselzuckend dem alten Theaterdiener.

## 12.

Grundrechte des deutschen Volks, Art. 1, Dezember 1848

§ 2

Jeder Deutsche hat das deutsche Reichsbürgerrecht.

§ 7

Vor dem Gesetze gilt kein Unterschied der Stände.
Die Deutschen sind vor dem Gesetze gleich.

§ 9

Die Todesstrafe (…) sowie die Strafen des Prangers, der Brandmarkung und der körperlichen Züchtigung sind abgeschafft.

# 13.

*Dresden, Mittwoch, 18. April 1849*

Bertha hatte das Gesicht in den Händen vergraben und lauschte den sanften Klängen des Orgelspiels, das über sie hinwegfloss. Dabei waren geschlossene Lider in der Frauenkirche eine Verschwendung, denn das Bauwerk war von außen wie von innen eine reine Augenweide.

Rasch wischte sich Bertha also das Tränchen fort und blinzelte zwischen den Fingern hindurch wieder ins Licht. Warm lag es auf den vergoldeten Ornamenten und den schlanken Marmorsäulen des Innenraums und ließ den kalten Stein aufleuchten, als wäre er lebendig.

Bertha kam gern in den Vormittagsstunden hierher in eine der bedeutendsten evangelischen Kirchen Dresdens, um einen Moment Ruhe zu finden, wenn ihre Anwesenheit im Theater noch nicht erforderlich war. Der Organist der Frauenkirche wiederum nutzte diese Zeit oft, um für den Gottesdienst zu üben, und Bertha genoss das private Konzert, das sich ihr unverhofft bot.

Das frühe Licht, das durch die vielen schönen Fenster hinter den Emporen hereinfiel, war mild und rein und verlieh dem Ort eine entrückte Atmosphäre. Unter der zentralen Kuppel, die sich über den Gemeindebänken wölbte, fühlte sich Bertha geborgen und frei zugleich. Und manchmal beschlich sie das Gefühl, der Seele ihres verstorbenen Franz hier besonders nah zu sein. Fast meinte sie, seine Stimme hören zu können, die flüsternd und wispernd zwischen den steinernen Evangelisten und den kunstvoll gemalten Allegorien an der Decke schwebte. Dabei wusste sie wie alle Dresdner, dass ebendiese Kuppel seit vielen Jahren ein Sorgenkind der Stadtväter war, weil sie wegen eindringender Feuchtigkeit immer wieder auseinanderzubrechen drohte. Daher waren andauernd Handwerker an Seilen und auf Gerüsten am Werk unter dem zweifellos schönen, aber mürben Gewölbe, um den größten Schaden abzuwehren – und ohne die Arbeit des verehrten und lange verstorbenen Architekten George Bähr in Misskredit zu bringen.

Doch in Berthas Augen waren derlei Mängel zweitrangig. Wenn die Frühlingssonne sich in den Glasfenstern brach und die Silbermann-Orgel so melodisch spielte wie heute Morgen, konnte sie das nicht bekümmern. Sie dachte an Franz, der auch so gern mit ihr hergekommen war und der nun auf dem Trinitatisfriedhof ruhte, wohin sie ihm irgendwann folgen würde.

Doch noch nicht heute, sagte sie sich und atmete tief ein, während sie der Bach-Kantate lauschte, die der Organist inzwischen angestimmt hatte. Noch wollte sie sich des Lebens erfreuen, solange sie konnte. Franz hätte das auch so gewollt.

Als der letzte Ton verklungen war, erhob sie sich, leise ächzend, weil ihr Rücken wie üblich schmerzte. Einen Moment betrachtete sie bewundernd den Barockaltar des Bildhauers Johann Christian Feige. Er zeigte Jesus, der einsam im Garten Gethsemane betete, während seine Häscher, die römischen Soldaten, sich bereits näherten. Wie immer, wenn Bertha die kunstvollen Figuren inspizierte, überkam sie der Wunsch, Jesus zu warnen. Doch natürlich wusste sie, dass es sinnlos war. Niemand entkam seinem Schicksal, nicht einmal Gottes Sohn.

Plötzlich wurde die betörende Stille in der Kirche durch laute Rufe von draußen gestört. Bertha sah sich überrascht zum Eingangsportal um. Nur wenige andere Menschen waren außer ihr so früh in die Frauenkirche gekommen, und auch sie schienen von dem Tumult aufgeschreckt. Alle strebten zum Ausgang, um zu sehen, was auf dem Neumarkt geschah.

Als Bertha hinaustrat, bot sich ihr ein verstörendes Bild. Mitten auf dem Platz hatte sich in der Vormittagssonne ein kleiner Menschenauflauf gebildet. Die Leute riefen durcheinander, und als Bertha näher kam, sah sie, was die Aufmerksamkeit der Passanten fesselte: Ein grobschlächtiger Mann im Bäckerkittel und mit weißer Mütze schlug mit einem Ofenschieber auf drei Kinder ein, die abgerissene Kleider trugen und verzweifelt versuchten, sich zur Wehr zu setzen. Doch der Holzschlegel traf sie immer wieder erbarmungslos, woraufhin sie jedes Mal jämmerlich aufschrien.

Bertha lief es kalt den Rücken herunter, als sie die jungen, verzerrten Gesichter sah. Eine andere, ebenfalls in ein weißes Bäckergewand gekleidete Gestalt lag reglos am Boden. Die Umstehenden – Frauen mit Einkaufskörben, ein Fleischergeselle mit blutbefleckter Schürze, einige ältere Männer mit Pfeife, die wohl am Brunnen in der Sonne gesessen hatten – gaben Ratschläge zum Besten, aber griffen nicht ein.

Bertha eilte näher. Eins der Kinder, ein kleinerer Junge, blutete heftig aus einer Stirnwunde, ein anderer, dem Rotzblasen aus der Nase kamen, schrie wie am Spieß. Das ältere Mädchen war neben dem Mann am Boden in die Knie gegangen und versuchte, die Schläge des wütenden Bäckermeisters abzuwehren und den ohnmächtig Daliegenden vor dessen rasender Wut zu schützen.

«He!», rief Bertha empört. «Was machen Sie denn da? Sehen Sie nicht, dass die Kinder verletzt sind?» Aufgebracht blickte sie sich um. «Warum hilft denn niemand?»

Eine Frau mit einer Haube aus Strohgeflecht winkte ab. «Mit Meister Uhlmann legt man sich besser nicht an», gab sie zurück und verschränkte die fleischigen Arme über der Brust.

«Da kommen schon die Gendarmen», mischte sich eine andere ein und deutete über den Neumarkt.

Tatsächlich eilten in diesem Moment zwei groß gewachsene Männer in blauer Uniform herbei.

«Aufhören!», riefen sie. «Im Namen des Königs, sofort aufhören!»

Einer packte den Bäcker am Arm, der daraufhin den Ofenschieber hob und nun gegen den Gendarmen richtete. Der Uniformierte duckte sich.

Als sein Kollege das Bajonett zückte, ließ der Bäcker wutschnaubend seine Waffe fallen und hob die Hände.

«Was ist hier los?», fragte der Gendarm mit dem Bajonett zackig.

Niemand antwortete, nur undeutliches Gemurmel war zu vernehmen. Bertha sah, dass sich die beiden Jungen langsam aufrappelten. Sie taumelten und hielten sich die Köpfe. Dem einen floss das Blut aus der Wunde übers Gesicht, und er wischte sich mit dem schmutzigen Ärmel seines Hemds über die Augen. Nur das Mädchen war sitzen geblieben. Die Kleine beugte sich über den reglosen Mann und schüttelte ihn.

«Hugo», rief sie, «steh auf. Ich bitte dich, steh auf!»

Sie weinte, und Berthas Mitleid wuchs.

«Also? Was ist das hier für ein Tumult?» Der Gendarm richtete die tödliche Spitze seiner Waffe auf die Brust des Bäckers. «Schildern Sie den Vorgang, Mann, ehe ich Sie in die Zelle abführe.»

«Diese Halunken wollten mich bestehlen», knurrte der Bäcker und rieb sich das rote, stoppelige Gesicht. Er sprach undeutlich, und Bertha ging auf, dass er angetrunken sein musste. «Kamen in meine Backstube und wollten Brot stehlen. Und mit meinem Gesellen, diesem Verräter da ...» Er deutete auf den Ohnmächtigen. «... stecken sie unter einer Decke. Er hat sie reingelassen. Und als ich sie in flagranti erwischt habe, sind sie geflohen. Aber ich habe sie doch gekriegt und gestellt.» Zufrieden warf er sich in die Brust.

«Wie ist Ihr Name?», fragte der Gendarm.

«Uhlmann», brummte der Bäckermeister. «Friedrich Uhlmann.»

Bertha kannte sein Geschäft, es lag nur wenige Schritte weiter am Neumarkt. Auch die Gendarmen mussten es eigentlich kennen, doch sie folgten ihrem Protokoll.

«Und der Name Ihres Gesellen?»

«Hugo Fischer.» Uhlmann kratzte sich am Kopf. «Seit einem Jahr bei mir in der Lehre. Hätte nie gedacht, was für eine Schlange ich da am Busen nähre.»

Die Gendarmen sahen einander an. Dann trat der eine zu dem Ohnmächtigen, untersuchte ihn kurz und blickte sich um. Er deutete auf eine Frau mit einem Korb am Arm.

«Sie», sagte er, «holen Sie einen Arzt.»

Die Frau wollte protestieren, doch dann schickte sie sich murrend und eilte über das Pflaster in Richtung Apotheke davon. Daneben lag die Arztpraxis.

Das Mädchen, das noch immer am Boden hockte, schluchzte auf. Der Gendarm packte die Kleine am Genick wie eine Katze und zerrte sie hoch.

«Was hattet ihr mit dem da zu schaffen?», fragte er barsch.

«Hugo hat uns immer geholfen», schluchzte sie, «er weiß, dass unser Vater im Gefängnis ist.»

«So?», fragte der Gendarm. «Weshalb sitzt er denn ein?»

«Wegen Aufrührerei», erwiderte sie leise, doch Bertha, die in ihrer Nähe stand, hörte es. «Er und seine Kameraden aus der Fabrik haben im Herbst gegen den Vorarbeiter aufbegehrt. Aber nur, weil der sie geschlagen hat», fuhr sie heiser fort und sah den Gendarmen beschwörend an. «Und jetzt haben wir kein Brot mehr zu essen daheim. Niemand von den Nachbarn will uns was geben. Vater wäre ein Dummkopf und ein Revolutionär, sagen sie, der allen in der Straße nur schadet.» Ein neuer Schluchzer schüttelte sie. «Mutter ist krank vor Sorge, sie liegt schon seit Tagen im Bett.»

«Sie sehen es ja», knurrte Bäcker Uhlmann, «was für ein Abschaum das ist. Drecksgesindel und arbeitsscheue Gestalten, die ehrliche Bürger bestehlen wollen.»

Die Kleine starrte ihn an. Ihre großen Augen schienen fast aus ihrem ausgemergelten Gesicht zu fallen. «Schämen Sie sich!», zischte sie.

Ihre jüngeren Geschwister drängten sich an sie, und Bertha schien es, als wollten die drei einander Halt geben. Sie bewunderte das Mädchen für seinen Mut, sich den Männern entgegenzustellen.

«Unser Schwesterchen ist im Winter gestorben», fuhr sie fort. «Mutter hatte vor lauter Hunger keine Milch für sie. Und Hugo sagt, das übrige Brot vom Vortag verfüttern

Sie lieber an die Hunde, als es den Armen zu spenden. Darum hat er es uns heimlich gegeben.»

«Was geht es dich an, was ich mit meinem Brot mache?», blaffte der Bäcker verächtlich. «Mein Geselle entscheidet nicht, wie ich meinen Betrieb führe. Sollte er wieder aufwachen, kann er sich eine neue Stelle suchen, von mir sieht er keinen Taler mehr.»

«Hugo hat also die Wahrheit gesagt», erwiderte das Mädchen trotzig. «Sie sind ein Grobian und scheren sich nicht um die Rechte anderer Leute.»

«Das musst du gerade sagen!», höhnte der Bäcker und sah sich Beifall heischend um. Aber die Leute begannen sich bereits zu zerstreuen, ihnen wurde das Schauspiel langweilig. Arme, hungernde Kinder waren kein Sujet, das interessant genug war, um den ganzen Vormittag auf einem Fleck herumzustehen.

Doch Bertha blieb. Sie hätte die Kinder gern getröstet, wagte es aber nicht und hätte auch gar nicht gewusst, wie. Die Frau, die den Arzt holen gegangen war, kam zurück, den Apotheker und zwei Gesellen im Schlepptau.

«Der Doktor ist nicht da», berichtete sie und wandte sich gleich wieder zum Gehen.

Der Apotheker beugte sich über den bewusstlosen jungen Mann und fühlte seinen Puls.

«Hat wohl ordentlich was auf den Kopf bekommen, aber das wird schon wieder», stellte er gleichmütig fest. «Wohin jetzt mit ihm?»

«Der Halunke hat ein Zimmer über der Backstube», sagte Uhlmann und deutete mit seinem dicken Daumen in die Richtung, wo die Bäckerei lag. «Ihr könnt ihn dort auf die Strohmatte legen. Er wird sich für den Schaden, den er mir bereitet hat, verantworten müssen, auf Heller und Pfennig.»

Die beiden Gesellen packten den reglosen Körper an Schultern und Füßen und schleppten ihn wortlos Richtung Backstube. Der Apotheker zog an seiner silbernen Uhrenkette und ließ die Taschenuhr aufspringen. Er runzelte die Stirn.

«Zeitverschwendung», murmelte er und eilte zurück zur Apotheke.

«Und die da?», fragte der Bäcker jetzt und deutete auf die drei Kinder, die noch immer zitternd und blutend dastanden. «Ich verlange, dass sie eine gerechte Strafe bekommen.»

Nun konnte Bertha nicht länger an sich halten. «Meine Herren, seien Sie doch vernünftig», bat sie und trat einen Schritt vor. Die drei Männer sahen sie überrascht an, bisher hatte niemand von ihr Notiz genommen. «Sehen Sie nicht, dass das ganz arme, verängstigte Kreaturen sind?»

«Wer sind Sie denn, dass Sie sich hier einmischen?», fragte der Bäcker wütend. «Bezahlen Sie mir etwa meine Brote?»

«Backen Sie doch einfach neue», sagte das Mädchen, ehe Bertha etwas erwidern konnte.

Der Bäcker holte aus und ohrfeigte die Kleine mit dem Handrücken. Es geschah so plötzlich, dass sie nicht ausweichen konnte, und die Wucht des Schlags warf ihren Kopf zur Seite. Sie stöhnte unterdrückt auf.

Bertha sog scharf die Luft ein, doch die Gendarmen rührten sich nicht, sie starrten gleichmütig vor sich hin, als wäre nichts geschehen. Das Mädchen hielt sich ungläubig die Wange, die sofort tiefrot anschwoll, während seine jüngeren Geschwister wieder begannen zu wimmern.

«Jetzt reicht es aber», rief Bertha. «Das ist Misshandlung,

ehrenwerte Herren! Körperliche Züchtigung ist gegen das Gesetz.»

«Gute Frau», sagte der Gendarm mit dem Bajonett gelangweilt, «das sind kleine, hinterhältige Diebe. Der Mann hier hat ganz recht, sein Eigentum zu verteidigen.»

Er tauschte einen Blick mit seinem Kollegen, dann nickte er und richtete sein Bajonett auf die Kinder.

«Mitkommen», sagte er, «zur Befragung auf der Wache. Wer weiß, wen ihr noch so alles bestohlen habt?»

Hilflos sah Bertha zu, wie die Kinder einander an der Hand fassten und mit hängenden Köpfen den Gendarmen folgten. Sie blieb allein mit dem Bäcker zurück.

Uhlmann bückte sich, griff nach seinem Ofenschieber und schulterte ihn wie ein Gewehr.

«Sie werden schon sehen», sagte er mürrisch zu Bertha, «wohin Sie mit Ihrem windelweichen Herzen noch kommen. Otterngezücht wie das da muss ausgerottet werden.» Er wandte sich ab und stapfte davon.

In diesem Moment begannen die vier Glocken im Turm der Frauenkirche zu läuten.

# 14.

*Moritzburg, Donnerstag, 19. April 1849*

Die eisenbeschlagenen Räder der Kutsche knirschten auf dem Kies, und ein scharfer Geruch nach Pferdemist zog durch das offen stehende Fenster zu Elise herein. Sie hielt das Gesicht in die Sonne, die warm und golden auf dem Land lag. Zu beiden Seiten schmiegten sich weite Wiesen und Felder entlang der schnurgeraden Straße, und am Wegesrand blühten Narzissen und Krokusse, gelbe und weiße Tupfen im saftigen Grün.

Amalie Friederike, die neben ihr auf der Bank in der Kutsche saß, hatte den Blick abgewandt und starrte unbewegt aus dem Fenster auf der anderen Seite. Elise sah nur das vertraute Profil ihrer Mutter. Das eckige Kinn, die starke Nase und das dichte Haar, das einst goldbraun gewesen war, heute aber beinahe vollständig silbern schimmerte.

Erneut fragte sich Elise, weshalb ihre Mutter darauf bestanden hatte, an einem ganz gewöhnlichen Tag mit ihrer ältesten Tochter eine Ausfahrt zu unternehmen. Als Elise vor einigen Tagen in der Großen Frauengasse vorstellig geworden war, um sich nach dem Gesundheitszustand ihrer Mutter zu erkundigen, hatte Amalie mit einem Handwedeln alle Fragen abgewehrt, als wäre dieses Thema unwichtig.

Vielmehr hatte Amalie sie beiseitegenommen und erklärt: «Ich fahre am Donnerstag nach Moritzburg.» Sie hatte das Kinn energisch nach vorn gereckt, als erwarte sie

Widerspruch und sei bereit, diesen sofort zu unterdrücken. «Und ich möchte, dass du mich begleitest.»

«Nach Moritzburg?», hatte Elise gefragt. «Es ist eine weite Fahrt, das ist viel zu anstrengend für dich. Was sagt denn Vater dazu?»

Amalie hatte kampfeslustig die Lippen aufeinandergepresst, was ihr etwas von einem Raubvogel verlieh. «Dein Vater wird in dieser Sache nicht gefragt», hatte sie in einem Ton gesagt, der keinen Widerspruch duldete. «Ich möchte das Schloss sehen. Um diese Jahreszeit ist es am schönsten dort.» Sie hatte die Hände in die Hüften gestemmt. «Wirst du mich nun begleiten oder nicht?»

Elise hatte schließlich zugestimmt, hin- und hergerissen zwischen ihrer Besorgnis, weil die immer noch blasse Mutter so kämpferisch, beinahe fiebrig wirkte, und der Vorfreude auf einen Tag in der Natur. Denn auch sie liebte das Wasserschloss in Moritzburg und seine malerische Umgebung nördlich von Dresden. Schon als Kind war sie gern dorthin gefahren, um das Schloss zu bewundern und ausgedehnte Spazierfahrten durch die lieblichen Wälder ringsum zu unternehmen. Stets waren es Ausflüge mit der ganzen Familie gewesen, und man hatte die Nacht in der *Kurfürstlichen Schenke* verbracht, bequem und von den Wirtsleuten umsorgt, um am nächsten Morgen mit einem guten Frühstück im Bauch zurück in die Stadt zu fahren. Diesmal aber würden nur Amalie und Elise den Weg auf sich nehmen. Am Abend wollten sie wieder zurück sein, Elise hauptsächlich wegen Netty – und Amalie? Elise wusste nicht genau, was ihre Mutter so rasch wieder nach Hause zog. Doch Amalie würde ihre Gründe haben.

Die Kutsche erreichte nun den Ort Moritzburg, erst

säumten vereinzelte Gehöfte links und rechts die Straße, dann waren es immer mehr Häuser, einige von sehr einfachem Bau, andere mit Säulen und stuckverzierten Fassaden. Vor einem Gasthaus saßen Mittagsgäste an den Tischen und aßen Kartoffelsuppe und Eierschecke, sie tranken Bier und genossen die wärmenden Sonnenstrahlen des herrlichen Frühlingstages. Elise sah weiter gespannt aus dem Fenster. Dann kam der Moment, den sie so liebte: Am Ende der Straße lief der Ort in den weiten Marktplatz aus, auf dem zahlreiche Pferde angebunden waren und etliche Kutschen der Ausflügler standen – und dahinter prangte das Schloss mit seinen vier imposanten Rundtürmen. Elegant und doch stark, einer kleinen Burg ähnlich, erhob es sich aus dem blau schimmernden Wasser, in dem sich die Dächer der Türme spiegelten.

Die Kutsche hielt mit knirschenden Rädern, und eine Staubwolke stieg auf. Endlich regte sich Amalie. Sie sah Elise an und griff nach ihrer Hand. «Das ist immer ein erhabener Moment, nicht wahr?» Sie drückte Elises Finger und nickte in Richtung Schloss.

Gerührt, weil sie und ihre Mutter offenbar die gleichen Empfindungen teilten, erwiderte Elise den Druck und nickte.

«Es ist wunderschön hier», stimmte sie zu.

«Ich erinnere mich noch, wie ich als junges Mädchen immer herkam», sagte Amalie, und ihre Lider flatterten. «Meine Eltern entstammten, wie du weißt, der entfernten Verwandtschaft der Grafen von Brühl, die einst eng verbunden mit August dem Starken gewesen waren. Und obwohl sie nur dem niederen Adel angehörten, waren sie doch in Moritzburg stets wohlgelitten. Man kannte uns hier. Einmal wurden wir sogar am Hofe von König Friedrich August I. empfangen, eine ungeheure Ehre. Habe ich dir die Geschichte schon einmal erzählt?»

Elise lächelte. Natürlich kannte sie die Erzählungen ihrer Mutter – wie Amalie wochenlang beim Schneider hatte sitzen müssen, bis das Kleid aus rosafarbener Seide wie angegossen passte. Wie die Köchin daheim zu weinen begonnen hatte, weil das *Amalchen* aussähe wie eine richtige Prinzessin. Wie die Königin dem jungen Fräulein dann zugelächelt hatte, als es seinen tausendmal geübten Knicks bei Hofe vollführte. Doch die bewegte Miene ihrer Mutter rührte Elise. Amalies Wangen schienen bei der Erinnerung plötzlich zu glühen, ihre Augen, die eben noch müde gewirkt hatten, leuchteten.

«Erzähl sie mir noch einmal, die Geschichte», bat sie daher, um Amalie eine Freude zu machen.

«Es war ein Jagdfest ...», begann die Mutter und sah erneut aus dem Kutschenfenster zum Schloss hinüber. «Vater durfte in diesem Jahr bei der Parforcejagd mitmachen. Der König gab sich volksnah und hatte auch Gäste eingeladen, die nicht nur zum engsten Kreis gehörten. Diese Jagdfeste waren damals legendär. Nicht so prächtig zwar wie zur Zeit August des Starken, das nicht, aber doch ein großer Tag. Wir sollten in den eleganten Gästezimmern des Schlosses unterkommen, wo für alles gesorgt war. Vater war schrecklich nervös.» Amalie lächelte versonnen. «Und als Mutter und ich in den Thronsaal geführt wurden, um den Majestäten unsere Aufwartung zu machen, war ich es plötzlich auch. Ich stolperte über meine Schleppe, denn es war ungewohnt für mich, damit zu laufen.»

Überrascht sah Elise ihre Mutter an. «Das hast du mir

noch nie erzählt», sagte sie staunend. «Du bist gestolpert? Im Saal? Vor dem König?»

Amalie kicherte mädchenhaft und strich sich eine silbrige Locke zurück unter die Haube. «Allerdings», sagte sie. «Und zwar vor dem König, der Königin, der Prinzessin Maria Augusta und allen erlauchten Gästen. Und beinahe wäre ich sogar hingefallen, direkt auf den polierten, spiegelglatten Marmorboden. Doch ich fing mich in letzter Sekunde, und dann stand ich schon vor der Königin. Ich wagte nicht, den Blick zu heben, da sprach sie mich gütig an. Sie hatte meinen Namen vom Zeremonienmeister vernommen. *Du trägst denselben Namen wie ich, Mädchen*, sagte sie, und es stimmte! Sie hieß ja Maria Amalie. Und dann ließ sie sich von mir die Hand küssen, als wäre nichts gewesen, und lächelte mich an. *Fallen ist nicht das Schlimmste*, flüsterte sie mir ins Ohr. *Wenn man nur gleich wieder aufsteht.*»

Elise war von den Worten der verstorbenen Herrscherin gerührt. «Das hat sie wirklich gesagt?»

«Ja», sagte Amalie. «Sie muss eine außergewöhnliche Frau gewesen sein. Wusstest du, dass sie vier Kinder gehabt hat, genau wie ich? Doch drei kamen tot zur Welt, nur die eine Tochter lebte.» Amalie strich sich hastig über die Stirn. «Königin Maria Amalie wusste wohl auch so einiges vom Fallen und Wiederaufstehen.»

Elise schwieg. Es war ungewohnt, dass ihre Mutter so offen zu ihr sprach. Es beglückte sie, und gleichzeitig spürte sie eine leise Beklemmung. Nie zuvor hatte die Mutter so deutlich zu Elise über die Leiden einer Frau gesprochen, und noch nie über die Gefühle einer Mutter für ihre Kinder.

«Madame Spielmann?», fragte der Kutscher durchs Fenster, und Amalie und Elise fuhren zusammen, als wären sie bei etwas ertappt worden. «Soll ich weiterfahren, oder wünschen Sie, hier auszusteigen?»

«Wir gehen ein Stück zu Fuß», bestimmte Amalie und ließ sich vom Kutscher aus dem Schlag helfen.

Elise glitt ebenfalls hinaus. Ihre Mutter spannte einen Sonnenschirm auf, denn der Tag war schon jetzt, am frühen Vormittag, warm und sonnig. Doch vom weitläufigen Schlossteich strich ein kühlender Wind heran und legte sich sanft auf Elises Haut. Zwei Schwäne zogen dicht am Ufer ihre Bahnen durch das Schilf, die schneeweißen Hälse sanft gekrümmt, mit leisen, kraftvollen Bewegungen.

Elise und Amalie wandten sich nach rechts. Sie ließen den Marktplatz und die Kutschen hinter sich und flanierten nebeneinander her am Schlossteich entlang. Auf der Brückenallee, die zum Schloss führte, standen die Rosskastanien dicht an dicht, und ihre hellgrünen Blätter spielten im Wind.

Zwei lustlose Soldaten lümmelten sich am Ende des Weges vor dem Eingang zum Schlossgelände in der Sonne.

Amalie seufzte tief, und erneut spürte Elise, wie diese ungewohnte Beklemmung sie befiel. Warum waren sie hier, nur sie beide, an einem ganz gewöhnlichen Tag? Suchte ihre Mutter Zerstreuung? Sehnte sie sich nach ein paar Stunden in der Natur? Elise war längst sicher, dass mehr hinter diesem Ausflug steckte, doch sie wusste nicht, wie sie das Gespräch darauf bringen sollte. Selten sprachen sie beide von Dingen, die Herz und Seele betrafen. Normalerweise tauschten sie Klatsch aus, beurteilten die Entwicklung der Kleinen, diskutierten neue Moden, Stoffe und Saumstickereien. Doch all dies schien Elise heute als Tand – Nebensächlichkeiten, die sie nicht ertragen würde.

Also nahm sie ihren Mut zusammen.

«Wollen Sie mir nicht den wahren Grund verraten, warum wir heute hier sind, Mutter?», fragte sie.

Amalies Blick blieb auf das Schloss gerichtet. Die Mauern schimmerten goldgelb im Licht, die Dächer der vier Rundtürme waren mit roten Ziegeln gedeckt, wie kugelförmige Hauben – viermal in den Himmel gereckt, viermal zitternd unten im Wasser. Der Teich schimmerte tiefblau, mit kleinen silbernen Wellen, die darüberperlten, wenn wieder ein Windstoß sein Spiel damit trieb. Und ganz sacht raschelte das Schilf, das hier entlang des Ufers in dichten Büscheln wuchs.

«Bist du glücklich, Elise?», fragte Amalie schließlich so leise, dass Elise sich einen Moment fragte, ob sie es sich nur eingebildet hatte.

«Glücklich?», fragte sie zurück und schluckte unbeholfen. «Natürlich, Mutter. Wie könnte ich es denn nicht sein?»

«Das war nicht die Frage.» Amalie sah sie endlich an, doch zwischen ihren Augen stand nun eine tiefe Falte. «Antworte mir bitte aufrichtig und nicht spitzfindig.»

«Das war nicht spitzfindig», sagte Elise erstaunt. «Ich meinte es völlig ernst – wie könnte ich nicht glücklich sein? Ich habe ein gutes Leben. Es ist von Musik erfüllt, und von Liebe.»

«Von der Liebe zu deiner Tochter», sagte Amalie, und ein zaghaftes Lächeln spielte um ihre spröden, seltsam blutleeren Lippen. «Ja, ich kann sehen, wie sehr du Annette liebst. Ich war zwar am Anfang nicht begeistert davon, dass ihr ein armes Waisenkind in eurer Familienmitte aufnehmen würdet, aber ich wurde eines Besseren belehrt. Annette ist ein Segen.» Ihr Gesicht wurde wieder ernst. «Doch was ist mit der Liebe zu deinem Mann?»

Elise biss sich auf die Lippen. «Ich achte ihn sehr», brachte sie schließlich heraus.

«Ja», sagte Amalie, und wieder seufzte sie. «Das spricht für dich, Elise. Und es muss wohl genug sein.»

Sie schwiegen beide eine Weile, gingen weiter am Ufer entlang, mit gemäßigten Schritten. Elise bemerkte, dass selbst diese kurze Strecke ihre Mutter ermüdete. Gerade wollte sie vorschlagen, zurück zur Kutsche zu gehen, als Amalie weitersprach.

«Vor vielen Jahren liebte ich einmal einen Mann», sagte sie. «Das ist auch so eine Geschichte, die du noch nicht kennen dürftest, meine Tochter.»

Elise blieb stehen und starrte ihre Mutter an.

«Meinen Sie Vater?», fragte sie in dem albernen Versuch, dem Gespräch die Brisanz zu nehmen.

Amalie lachte kurz auf. «Nein», sagte sie. «Obwohl ich auch Georg liebte, sehr sogar. Bis heute, trotz allem.» Sie führte nicht aus, was sie damit meinte. «Aber meine erste Liebe erfuhr ich viel früher, als junges Mädchen. Er war der Sohn des Gärtners, der bei meinen Eltern das Anwesen bewirtschaftete, und er ging seinem Vater zur Hand. Nie wieder habe ich solche Rosen blühen sehen!» Sie schüttelte sinnend den Kopf. «Wer weiß, vielleicht waren seine Rosen gar nichts Besonderes», sagte sie leise, wie zu sich. «Doch in meinen Augen kam nichts an sie heran, an ihre herrlichen Farben und ihren Duft.» Amalies Wangen leuchteten in ihrem bleichen Gesicht. «In diesem Sommer verweilte ich sehr oft im Garten und setzte mich am liebsten in die Rosenlaube, um ihm nahe zu sein.»

«Aber ...», stammelte Elise, «haben Sie ...?»

«Natürlich nicht», sagte Amalie, und auf einmal klang ihre

Stimme scharf. «Ich tat nichts, was meinen Eltern Kummer bereitet hätte. Doch meine Liebe, die war da. Sie ließ sich nicht wegreden, nicht verscheuchen. Und nicht täuschen! Sie war da, und sie marterte mich. Immer wieder dachte ich an den jungen Mann, immer stärker sehnte ich mich nach ihm. Eines Tages berührte er im Vorbeigehen meine Hand, und ich konnte die ganze Nacht nicht schlafen. Da wusste ich, dass es genug war. Ich ging zu meinem Vater und behauptete, der Gärtnerssohn habe sich mir unsittlich genähert. Am nächsten Tag waren sein Vater und er verschwunden, und ein neuer Gärtner – ein alter Mann, dessen Kinder weit weg lebten – kam ins Haus. Wir sprachen nie mehr davon.»

Elise spürte, wie ihr Herz pochte. «Aber ... das war eine Lüge», sagte sie. «Oder, Mutter?»

«Natürlich», erwidert Amalie hastig. «Doch sie war notwendig. Sie hat mich – und ihn – vor Schlimmerem bewahrt. Ich trauerte, und natürlich hatte ich ein schlechtes Gewissen. Aber ich wusste immer, was das Richtige war. Kurz darauf hielt Georg um meine Hand an. Er war ein respektabler Kandidat, talentiert, gebildet, ein Assessor am Gericht mit festem Gehalt und gutem Ruf. Nicht adlig wie wir, nicht vermögend, aber dennoch eine ehrbare Partie. Meine Eltern stimmten freudig zu, und ich ebenfalls. Ich lernte sogar, dass man mehrere Menschen lieben kann, wenn man nur will. Mit dem Willen lässt sich die ganze Welt aus den Angeln heben.» Amalie nickte heftig, und Elise kam nicht umhin, die innere Stärke ihrer Mutter zu bewundern. Gleichzeitig schien es ihr, als bemühe sich Amalie nach Kräften, ihren Worten selbst Glauben zu schenken – doch ganz überzeugend wirkte es nicht.

«Haben Sie ihn jemals wiedergesehen?», fragte sie. «Den jungen Gärtner?»

«Einmal», sagte Amalie. Ihre Lippen verzogen sich schmerzlich. «Ich bestellte den Blumenschmuck für das Grab meiner verstorbenen Eltern. Ein Unglück hatte sie unerwartet aus dem Leben gerissen, das weißt du ja. Und dort, in der Friedhofsgärtnerei, stand ich ihm verzweifelt und verweint, wie ich war, auf einmal gegenüber. Jahre waren vergangen, wir hatten uns beide verändert. Ich sah seine abgearbeiteten Hände, die tiefen Falten in seinem sonnenverbrannten Gesicht, und ich wusste, dass meine Entscheidung als junges Mädchen richtig gewesen war. Dies wäre nicht das Leben gewesen, für das ich bestimmt war.» Sie räusperte sich. «Und doch war er derselbe wie damals im Rosengarten meiner Kindheit. Sein Lächeln, seine Güte – es beeindruckte mich tief. Er kondolierte mir voller Wärme und erwähnte meinen Verrat von damals mit keiner Silbe. Obwohl er von niederem Stand war, hatte er ein edles Gemüt.»

«Warum erzählen Sie mir das, Mutter?», fragte Elise ahnungsvoll. Behutsam strich sie mit den Fingern durch das schwankende, flüsternde Schilf. Weshalb glaubte ihre Mutter, ihr nach so langer Zeit diese Geschichte erzählen zu müssen – wollte sie sich das Ganze von der Seele reden? Oder gab es noch einen anderen Grund, einen, der mit Elise selbst zu tun hatte?

«Weil ich weiß, dass auch du empfänglich bist für die Güte der Menschen», sagte da Amalie auch schon und bestätigte Elises Verdacht. «Für die Wärme, die ein Mann einer Frau geben kann, egal, woher er kommt. Und weil ich dich zwar immer ermuntert habe, nicht hochmütig gegenüber den Menschen zu sein – auch die, die nicht zu unserem bürgerlichen Stand gehören, verdienen unseren Respekt und unser Mitgefühl. Aber ich muss dich dennoch daran erinnern, dass für uns Frauen viel auf dem Spiel steht, wenn wir jemandem zu nahe kommen, der nicht für uns bestimmt ist.» Ihre Stimme war heiser und fast ein wenig aufgeregt. «Nicht viel, nein, alles, Elise!»

«Ich weiß.» Elise spürte, wie ein kleiner Trotz in ihr aufstieg. «Ich weiß es besser als die meisten, glauben Sie mir.»

«Und weil wiederum ich das weiß, will ich dich warnen», sagte Amalie und berührte Elise am Arm, während sie mit der anderen Hand den zierlichen Sonnenschirm umklammerte. Ihre Finger waren trotz der Frühlingssonne eiskalt. «Ich ahne, dass du einen hohen Preis bezahlt hast, um das Leben zu führen, das du verdienst. Und du solltest es nicht aufs Spiel setzen. Dein Vater erzählte mir kurz vor deiner Verlobung von einem Bild, das in der Oper aufgetaucht war – dein Gesicht auf der Kulisse eines jungen Malers, so sagte er. Georg verstand nicht, was es bedeutete, aber ich schon, ich habe es all die Jahre gewusst.»

Elise war zusammengezuckt. Es stimmte, vor langer Zeit hatte Christian, verliebt und unbedacht, einmal ihr Porträt auf eine Kulisse gemalt. Es hatte sie beide damals beinahe in Teufels Küche gebracht.

Sie riss sich zusammen und bemühte sich, ein unbeteiligtes Gesicht zu machen. «Das war eine Kinderei, mehr nicht», sagte sie schnell. «Ich habe es längst vergessen.»

Mit schlechtem Gewissen dachte sie an Christian, der bisweilen zwischen den anderen Zuhörern ihrer Konzerte auftauchte, an ihre Begegnung vor wenigen Tagen in der Neustadt. Nichts hatte sie vergessen, nichts war vorbei. Doch sie behielt es für sich.

Die Mutter beobachtete sie aufmerksam. «Nun, wenn du das sagst, bin ich beruhigt», beteuerte sie matt. Die Erschöpfung verdrängte nun die Erregung in ihrem Gesicht. Wieder flatterten ihre Lider, und Elise spürte, wie sich die kalten Finger ihrer Mutter einen Moment eng um ihr Handgelenk schlossen, als wolle sie Elise zurückhalten. Oder suchte sie nur Halt?

Der Sonnenschirm entglitt ihr und fiel ins hohe Gras neben dem Spazierweg. Amalie schien zu schwanken. Besorgt legte Elise ihr einen Arm um die Taille.

«Liebe Mutter», sagte sie eindringlich, «ich wünschte, Sie würden mir verraten, woran Sie leiden. Ich spüre doch, dass etwas nicht in Ordnung ist, und es ist sicher nicht nur die alte Schlaflosigkeit, die Sie bedrückte, als wir Kinder waren.»

«Nein», murmelte Amalie und lehnte sich an Elise an. Sie, die sonst stark und stattlich war, wirkte auf einmal zerbrechlich. Nicht biegsam und kräftig wie das Schilf, das jetzt geheimnisvoll raschelte und wisperte, sondern schwach, ja beinahe abgestorben wie der tote Baum, der am Wegesrand stand und dessen Stamm von einem Blitz gespalten worden war.

«Es ist nicht wie früher», fuhr Amalie fort. «Die Ärzte sagen, in mir wächst etwas, das mich krank und matt macht. Es breitet sich immer weiter in mir aus. Aber sie können mir nicht helfen. Nur Gott kann mir noch helfen.»

Erschrocken starrte Elise ihre Mutter an. Diese hatte die Augen geschlossen, die Mittagssonne malte helle Muster auf die weiche, bereits etwas welke Haut. Elise öffnete den Mund. So viel wollte sie fragen! Seit wann wusste Amalie davon? Was sagte Georg dazu? Wie viel Zeit blieb ihr noch?

Doch kein Laut kam über ihre Lippen. Stattdessen lehnte sie wie damals als Mädchen ihren Kopf an den ihrer Mutter, sog den vertrauten Duft nach Veilchenseife ein – und erschrak, weil ihr die Tränen kamen. Sofort kämpfte sie dagegen an. Wenn Amalie so gefasst mit dieser Schreckensnachricht umging, wollte Elise dieselbe Stärke beweisen.

Endlich lösten sie sich aus der halben Umarmung am Ufer des Schlossteichs. Elise hob den Sonnenschirm auf und reichte ihn ihrer Mutter.

«Bring mich nach Hause, Elise», sagte Amalie mit schwacher Stimme und stützte sich schwer auf sie. «Ich bin froh, dass ich diese Herrlichkeit noch einmal sehen durfte. Es ist ein wunderbarer Ort, ein Ort wie gemacht zum Träumen von früheren Zeiten. Ich habe immer so gern hier geträumt.»

Ein letztes Mal sah sie zum Schloss hinüber, dessen Glasfenster im grellen Mittagslicht blinkten. Wie geheime Zeichen schossen Lichtblitze über den See, auf dem noch immer das Schwanenpaar seine Kreise zog.

## 15.

*Joachim Heinrich Campe:*
*Väterlicher Rat für meine Tochter. Ein Gegenstück zum Theophron. Der erwachsenen weiblichen Jugend gewidmet, Tübingen 1789.*

*Schon manches kleine Buch schrieb ich bisher für junge Leute und für Kinder, welche nicht die meinigen waren; diesmal, meine einzige Tochter, schreibe ich zunächst für dich (...).*
*Das Erste und Nötigste, was ich dir, wofern du selbst es nicht schon längst bemerkt haben solltest, hier zu melden habe, ist: dass das Geschlecht, zu dem du gehörst, nach unserer dermaligen Weltverfassung, in einem abhängigen und auf geistige sowohl als körperliche Schwächung abzielenden Zustande lebt, und, solange jene Weltverfassung die nämliche bleibt, notwendig leben muss.*
*Das ist freilich keine angenehme, aber eine nötige Nachricht, die ich, wenn ich zu deinem großen Schaden dich nicht täuschen wollte, dir nicht verhehlen durfte. Aber lass dich dadurch nur nicht niederschlagen, mein Kind! (...)*

# 16.

*Dresden, Freitag, 20. April 1849*

Bereits von Weitem hörte Elise die Geräusche spielender Kinder über die Mauer der Volksschule in der Kasernenstraße. Einen Moment hielt sie inne und lauschte mit einem Lächeln dem fröhlichen Rufen und Lachen, in das sich das Tirilieren der Lerchen mischte. Der Frühlingshimmel wölbte sich hell über die Häuser und die zinnoberrote Schulmauer, über deren Steine zarte weiße Blüten fielen. Am Ende der Straße, neben der Schmiede, erhoben sich die Kasernen und das Kadettenhaus, ihre Dächer leuchteten in der Mittagssonne.

Mit einem leisen Seufzer schob sich Elise ihren Federhut ein wenig aus der Stirn und hielt das Gesicht in die wärmenden Strahlen, wohl wissend, dass ihre vornehme Blässe, die eine Frau des Bürgertums hüten musste, auf diese Weise gefährdet wurde. Doch sie konnte nicht widerstehen und genoss einen Moment die Liebkosungen der Sonne auf ihren Wangen.

Wie üblich würde Netty enttäuscht sein, dass ihre Mutter sie bereits jetzt abholte. Sie liebte es, nach dem Unterricht mit den anderen Kindern im Hof zu spielen, es waren ihr neben dem Turnunterricht die liebsten Stunden. Oft erlaubte Elise ihrer Tochter, noch zu bleiben und – wenn sie des Spielens überdrüssig war – allein nach Hause zu kommen. Der Weg durch die Kasernenstraße, vorbei an den Provianthäusern und bis zum Neustädter Markt war nicht weit, und Netty besaß einen guten Orientierungssinn. Sie war zwar in vielem ein Wildfang, dafür jedoch, wenn es darauf ankam, selbstständig und zuverlässig.

Doch heute Nachmittag wollte Elise, dass ihre Tochter sie zur Anprobe eines neuen Kleids zum Schneider begleitete. Der konnte dann gleich auch Maß bei Netty nehmen, die schon wieder aus allem herausgewachsen schien, weil sie emporschoss wie Bohnenkraut. Amalie hatte bereits spitz bemerkt, es schicke sich nicht für ein großes Mädchen wie Netty, dass unter den Pluderhosen die Knöchel aufblitzten. Und da Elise einen Streit mit ihrer Mutter gern vermeiden wollte – zumal sie sich seit ihrem Ausflug nach Moritzburg noch mehr um deren Gesundheit sorgte –, hatte sie beschlossen, lieber rechtzeitig zu handeln und so noch größeres Missfallen abzuwenden.

Sie rückte ihren Hut zurecht, sodass wieder ausreichend Schatten auf ihr Gesicht fiel, und trat durch das Tor in den Vorhof der Volksschule. Das Schulhaus war erst kürzlich erbaut worden, über der schweren Eingangstür waren auf einem verzierten Tympanon die Worte *Eruditioni virtuti ac exemplis sacra* eingraviert. Elise war des Lateins nicht mächtig, doch Adam hatte es ihr bei der Anmeldung der Tochter übersetzt, ehe sie ins Direktorenzimmer hinaufgestiegen waren: *Der Bildung, der Tugend und dem Beispiel geweiht*. Adam hatte gebrummt, dass es ihm lieber wäre, wenn die Schule der Tugend und dem Beispiel die vorderen Plätze in ihrer Aufmerksamkeit einräumte, dann komme die Bildung schon von ganz allein. Es sei entscheidend für ein junges Mädchen, meinte er, eng an der Kandare geführt zu werden, um es auf seinem Weg zur Frau in der Gesellschaft vorzubereiten. Elise und er hatten daraufhin einen kleinen Disput ausgetragen, weil sie ihm vorgeworfen hatte, er sei rückwärtsgewandt – die Situation junger Frauen habe sich seit seiner eigenen Jugend grundlegend geändert. Doch er hatte wieder nur seinen Lieblingsschriftsteller Joachim Heinrich Campe zitiert, dessen Schrift *Väterlicher Rat für meine Tochter* zwar aus dem vergangenen Jahrhundert stammte, für die meisten bürgerlichen Familienväter jedoch bis heute galt. Demnach seien Sanftmut, Geduld und Selbstverleugnung die wichtigsten Eigenschaften einer Frau, ohne die sie in ihrer natürlichen Rolle als Mutter und Ehefrau niemals glücklich werden könne.

Elise hatte heftig protestieren wollen, doch da war die Tür zum Amtszimmer geöffnet worden, und sie hatte ihre Worte heruntergeschluckt. Worte, die wie ein unsichtbares Gift durch ihre Kehle bis hinunter ins Herz gesickert waren und dort still, aber mit zunehmender Kraft weiter wirkten. Hatte Adam recht? Lag es an ihr, dass sie niemals zufrieden und glücklich sein konnte? Weil es ihr nicht gelang, ihre Erwartungen an das Leben anzupassen, das ihr nun einmal per Geburt vorherbestimmt war? Denn wenn Elise sich umsah, bemerkte sie, dass es vielen anderen Frauen ihres Standes besser zu gelingen schien, die Grenzen ihrer Existenz zu akzeptieren. Sich still in ihre Rolle zu fügen und darin aufzugehen. Doch sie kannte auch andere Beispiele: Was war mit Aurora Bornstedt, die für ein paar Stunden Freiheit, die sie sich damals genommen hatte, nun lebenslang bezahlte? Was mit der leiblichen Mutter von Netty, die, wenn man den Gerüchten Glauben schenken wollte, lieber von eigener Hand gestorben war, als ein Leben im Elend zu ertragen? Und – dies war für Elise die drängendste Frage – was wünschte sie sich für ihre eigene Tochter? Wäre es nicht besser, wie Adam sagte, Netty rechtzeitig die Flausen auszutreiben, um sie auf das Leben vorzubereiten, das auf sie wartete? Oder tat Elise recht daran, die Tochter in ihrem Freiheitsdrang zu bestärken – mit der Gefahr, dass Netty sich in wilden Gedanken und Träumen verlor, die doch zum Scheitern verurteilt waren?

Elise eilte über den leeren Vorplatz der Schule und um das massige Gebäude herum. Mit jedem Schritt wurden die Geräusche der Kinder lauter. Ein Knabe lachte laut und heiser auf, ein Mädchen rief eine Zote, dann polterte etwas Hölzernes zu Boden, gefolgt von Schmerzenslauten. Elise blickte besorgt um die Hausecke. Da hörte sie das Lachen ihrer Tochter. Unverkennbar klang es hell wie eine Glocke durch den Frühlingstag, voller Übermut. Ihr Herz zog sich zusammen vor Liebe, aber doch auch aus einer Furcht heraus, die sie nicht deuten konnte. Endlich sah sie Netty. Sie lief auf zwei hölzernen Stelzen und überragte damit ihre Mitschüler. Mühelos bewegte sie sich auf den staksigen Kunstbeinen über das Pflaster des Hofs, während rings um sie an die zehn Kinder – Jungen und Mädchen – standen und applaudierten. Ein paar Meter weiter saß ein Knabe am Boden und rieb sich das schmerzende Gesäß, neben ihm lagen zwei Stelzen, von denen er offenbar soeben heruntergesegelt war.

«Ne-tty, Ne-tty», feuerte eines der Mädchen sie an und klatschte rhythmisch in die Hände. Es trug einen einfachen Baumwollkittel, hatte eine struppige Zopffrisur und die typischen rachitischen Züge des Arbeiterstandes. «Los, zeig es Friedrich! Du bist viel schneller als er. Zeig ihm, wie du auf Stelzen tanzen kannst.»

Elise lehnte sich an die Mauer und gab sich nicht zu erkennen. Die Kinder hatten sie noch nicht bemerkt. Tatsächlich vollführte Netty auf ihren hohen Stelzen nun ein paar Tanzschritte. Sie wiegte sich in der Hüfte, dass ihr Spitzenrock nur so flog, und deutete schließlich sogar eine Verneigung an. Dabei wackelte sie nicht einmal. Es schien, als wäre die Luft ihr natürliches Element, das sie mühelos durchschritt.

«Hurra!», johlte ein kleiner rothaariger Junge. «Netty ist die Königin der Stelzen. Und Friedrich nur ihr Hofnarr.»

Der Junge am Boden ballte die Fäuste.

«Du bist eine Hexe!», rief er wütend zu Netty hinauf. «Nur deswegen fällst du nicht runter, Annette Jacobi. Oder soll ich besser sagen, Annette *Koch*?»

Elise zuckte zusammen und spürte, wie ihr etwas Kaltes das Rückgrat herabrieselte. Sie fragte sich, wo der Junge diesen Namen gehört hatte, doch dann musste sie sich eingestehen, dass solche Geschichten sich leider hartnäckig in der Stadt hielten. Schon wollte sie einschreiten, ehe Friedrich weitersprechen konnte, doch Netty war schneller.

Flink schoss sie auf den Stelzen zu dem Jungen hinüber, der sich lieber hastig hochrappelte, als er sie wie eine zwei Meter große Furie herankommen sah.

«Was sagst du da, du Lump?», fragte Netty von ihrem erhobenen Posten aus und schüttelte sich die dunklen Korkenzieherlocken aus den Augen. «Ich, eine Hexe?» Sie lachte wieder, doch diesmal war es kein fröhliches, sondern ein höhnisches Geräusch. «Dann pass nur auf, dass ich dich nicht verzaubere. Ich hexe dir eine Krankheit an den Leib, dann wird es dir leidtun.»

Friedrich wich zurück. «Das kannst du gar nicht», murmelte er. «Dazu reicht deine Macht nicht, da bin ich sicher.» Doch die Furcht in seinem Gesicht sprach Bände.

Die anderen Kinder blickten neugierig zwischen den beiden Kampfhähnen hin und her. Das Mädchen mit dem Zopf trat zu Friedrich und zupfte ihn am Ärmel. «Warum hast du sie *Koch* genannt?», fragte sie stirnrunzelnd und nickte zu Netty hinüber.

Er verzog das Gesicht zu einer Grimasse. «Mein Vater sagt, sie ist ein falscher Taler. Sie ist gar nicht wirklich die Tochter ihrer Eltern, sondern von einer ganz anderen Mamsell. Die Jacobis haben sie nur aus Barmherzigkeit genommen. Sonst wäre sie in der Gosse verreckt.»

Wieder verspürte Elise den Impuls, hinzuzustürzen und den Jungen zu schütteln, doch sie beherrschte sich. Um nichts in der Welt wollte sie ihre Tochter in Verlegenheit bringen.

Netty starrte aus luftiger Höhe zu ihrem Mitschüler hinunter. «Aus deinem Mund kommt nichts als Lüge», zischte sie. «Ich bin eine Jacobi, genauso wie du ein Mistkerl bist.» Plötzlich begann sie, ein kehliges Spottlied zu singen: «Fritze, Fritze, hat im Kopf nur Miste.»

Die anderen Kinder fielen ein, und Friedrichs Ohren färbten sich tiefrot. Er wich noch einen Schritt zurück.

«Es ist aber die Wahrheit», brummte er. Anklagend richtete er den Finger auf Netty. «Deine richtige Mutter war nichts weiter als eine Hure. Sie hat dich im Stich gelassen, das wissen doch alle.»

Elise entschied, dass es nun endgültig genug war. Sie richtete sich zu ihrer vollen Größe auf, strich sich die Röcke glatt und eilte mit schnellen Schritten auf den Hof.

Als die Kinder sie kommen sahen, wandelten sich die lachenden, feixenden Gesichter und machten unverhohlener Bestürzung Platz.

«Guten Tag, Frau ... Jacobi», stotterte der kleine Feuerschopf, und die anderen wiederholten murmelnd den Gruß.

Friedrichs Gesichtsfarbe wechselte von Rot zu blass, dann wieder zu Rot. «Guten Tag, Frau Hofkompositeur», hauchte er heiser, doch in seiner Miene blieb eine Spur Trotz zurück, so, als beharre er auf seinem Recht, die Wahrheit auszusprechen.

Elise nickte nur knapp und wandte sich an ihre Tochter.

«Komm sofort herunter», sagte sie und war selbst überrascht über die Schärfe in ihrer Stimme. Dabei konnte Netty nichts dafür, dass so über sie geredet wurde. Doch Elise spürte die Blicke der Kinder wie kleine Pfeilspitzen auf ihrer Haut und wollte nichts wie weg.

Mit einem raubtierhaften Satz sprang Netty von den Stelzen, die klappernd auf die Steine fielen. Leichtfüßig tänzelte sie auf Elise zu und ließ sich einen Kuss auf die Stirn geben.

«Guten Tag, Mama», sagte sie. «Ich wollte gerade nach Hause kommen.»

Elise kommentierte diese Notlüge nicht, hakte ihre Tochter unter und verließ mit ihr das Schulgelände. Wortlos traten sie durch das hohe Tor und ließen die Mauern der Volksschule mit den gewichtigen lateinischen Buchstaben und den kichernden Kindern im Hof hinter sich.

## 17.

*Dresden, Freitag, 20. April 1849, etwas später*

Gehen wir jetzt zum Schneider, Mama?», fragte Netty, während sie neben Elise durch die Kasernenstraße hüpfte.

Wieder einmal wunderte sich Elise über das gelassene Gemüt ihrer Tochter, die nach dem Streit mit ihrem Klassenkameraden wirkte, als könne nichts ihr etwas anhaben. Es waren noch ein paar Pfützen von einem nächtlichen Regenschauer übrig, in denen sich die Sonnenstrahlen brachen, und bei jedem Sprung von Netty spritzte das Wasser auf und durchnässte ihre zarten Seidenschuhe. Schließlich hatte Elise genug.

«Lauf vernünftig», fuhr sie ihre Tochter an, und Netty, die nicht oft von ihrer Mutter so barsch gescholten wurde, hielt erschrocken inne und bemühte sich, vorsichtigere Schritte zu machen.

Schon tat es Elise leid. Es war nicht die Schuld ihrer Tochter, dass sie selbst so aufgewühlt war. «Wir machen einen Spaziergang, du und ich», sagte sie mit ruhigerer Stimme. «Das Wetter ist heute so herrlich.»

«Und der Schneider?», fragte Netty, die zaghaft Fuß vor Fuß setzte und schon wieder ungewollt einen Hüpfer zwischendrin tat, den Elise nicht beachtete.

«Er kann bis morgen warten», gab Elise zurück. «Wir brauchen frische Luft.»

Sie waren ans untere Ende der Straße gelangt, wo das Elbufer begann. Rechts ging es in die Neustadt, zu ihrer Linken lagen die grünen Auen und die Stallwiese, auf der königliche Pferde grasten, sowie die dunklen Hecken des Großen Hoffmannseggschen Gartens. Graf Johann von Hoffmannsegg, ein Dresdner Botaniker und Gelehrter, hatte ihn anlegen lassen, und an manchen Tagen, wenn Elise spürte, dass sie rastlos und grüblerisch war, kam sie hierher und ließ sich über die Wege des botanischen Gartens treiben. Dann spürte sie, wie sie langsam wieder eins mit sich und der Natur wurde.

Sie bogen ab, und als Netty das Ziel ihrer Mutter erkannte, wurde ihr Gesicht lang.

«In den botanischen Garten?», stöhnte sie. «Dort ist es immer so langweilig.»

«Ich möchte dir ein paar seltene Pflanzen zeigen», sagte Elise, ohne Nettys Widerworte zu beachten. «Der Naturkundeunterricht an deiner Schule lässt meiner Meinung nach zu wünschen übrig. Außerdem möchte ich dir etwas erzählen.»

Sie spazierten nebeneinander über den Hauptweg des weitläufigen Gartens, der sich elbaufwärts entlang des fruchtbaren Flussufers erstreckte. Kunstvoll angelegte Beete und Rabatten säumten ihn, weiter hinten lagen gläserne Gewächshäuser, in denen exotische Pflanzen gezogen wurden. Man betrieb die Pflanzenzucht hier mit viel Ernst und Fachkenntnis, namhafte Botaniker legten an diesem Ort umfangreiche Forschungsarbeiten an. Doch um die Mittagszeit an einem Freitag war der Garten menschenleer, und Elise und Netty waren die einzigen Besucherinnen.

Sie schlenderten ein wenig herum, und Elise deutete hier und da auf eine Blume oder ein Kraut, zeigte Netty Anemonen, Hyazinthen, Krokusse und Löwenzahn und erklärte ihr, was sie über die Heilkräfte und Eigenschaften der Pflanzen wusste. Neblige Erinnerungen an ihre eigene Schulzeit auf dem Töchterpensionat überkamen sie. Unter strenger Aufsicht der Nonnen hatten sie im Garten gearbeitet und die Namen der Pflanzen und Blumen auswendig lernen müssen. Trotzdem zählten die Botanikstunden damals zu ihren liebsten. Wie viel mehr Freude hatte Elise daran gehabt, im dunklen Erdreich zu wühlen und die Sonne in ihrem Nacken zu spüren, als drinnen bei den Handarbeitsstunden über den Stickrahmen gebeugt zu sitzen. Bis heute zehrte sie von ihrer Liebe zur Natur, es rührte sie, wie die Flora ungeachtet der äußeren Umstände und des Weltenlaufs wuchs, gedieh und austrieb. Und auf einmal schien es ihr ungeheuer wichtig, diese Liebe auch ihrer Tochter mitzugeben.

Doch als sie in Nettys bildhübsches, aber offensichtlich gelangweiltes Gesicht blickte und sie dabei beobachtete, wie sie wieder an ihren Fingernägeln knabberte, musste Elise zugeben, dass es wohl bei dem Wunsch bleiben würde. Ihre Tochter ließ sich von anderen Dingen begeistern, von der Musik, dem Schauspiel und dem Tanz. Für Fingerkraut und Gänsekresse konnte sie sich nicht erwärmen.

Elises Herz wurde schwer, als sie erkannte, wie wenig man seinen Kindern mitgeben konnte. Sie waren eigenständige Persönlichkeiten, bereits mit einem ausgeprägten Charakter zur Welt gekommen, den man nur mit Gewalt hätte umformen können. Viele Pädagogen und auch Adam schienen daran zu glauben, dass Gewalt ein probates Mittel war, um den jungen Menschen die nötige Form zu verleihen, doch Elise widerstrebte dies. Zu gut erinnerte sie sich an ihre eigene Kindheit und wusste, dass sie selbst oft genug unter den Formungsversuchen ihrer Eltern und Lehrer gelitten hatte. Bis heute plagte sie sich mit den Bemühungen ihres Ehemanns, ihr Talent, wo es nur ging, zu beschneiden – wie diese Orchideen dort drüben, die bereits alle Blüten abgeworfen hatten. Dazu kam, dass Netty nicht einmal ihr eigenes Fleisch und Blut war, sondern von einer anderen Mutter geboren worden war. Den Ursprung dieses Samens kannte Elise also nicht wirklich, Netty war als junger Trieb in ihren Garten verpflanzt worden. Und seitdem wuchs sie der Sonne entgegen und gedieh prächtig, doch niemals würde Elise wissen, wo ihre eigentlichen Wurzeln lagen.

Diese Überlegungen brachten sie zu dem Grund, weshalb sie mit Netty hatte allein sein wollen.

«Setzen wir uns einen Moment», sagte sie und deutete auf eine zierliche gedrechselte Bank, die am Wegesrand stand.

Netty sah widerstrebend hinüber. Sie hatte gerade begonnen, behände auf dem schmiedeeisernen Geländer zu balancieren, das entlang eines Kräuterbeets verlief. Die Arme ausgebreitet wie eine Seiltänzerin, jede Faser ihres starken kindlichen Körpers im Seidenkleid gespannt, sodass die Muskeln an ihren Waden unter dem feinen Hosenstoff zu sehen waren, trippelte sie über die schmalen Eisenstreben.

Elise fächerte ihren Reifrock auf und setzte sich vorsichtig auf die Bank. Geduldig strich sie die Falten im Taftstoff glatt und kreuzte die Füße in den zierlichen Stiefeln. Wegen des engen Korsetts atmete sie im Sitzen flacher. Schließlich sah sie auffordernd zu Netty, die daraufhin mit einem leichten Flunsch eine Pirouette drehte und vom Geländer sprang. Sie hockte sich neben Elise – nicht, ohne sofort die Knie anzuziehen und sie mit ihren Kinderarmen zu umschlingen. Elise ließ es ihr durchgehen.

«Bist du böse auf mich, Mama?» Netty legte das Kinn auf ihre Knie und sah treuherzig zu Elise auf.

«Wieso denn das?», fragte Elise überrascht.

«Du bist so seltsam», sagte Netty, «so still und ernst, so kenne ich dich sonst gar nicht. Und ich weiß, dass du es nicht gutheißt, wie ich vorhin zu Friedrich gesprochen habe. Papa würde sehr mit mir schimpfen. Ich bin immer viel zu ungebärdig, sagt er.»

«Aber ich bin nicht Papa», sagte Elise bestimmt. «Und ich würde es zwar begrüßen, wenn du keine Spottverse auf andere Kinder singen würdest, aber dein Schulkamerad war auch nicht gerade sehr höflich zu dir.»

«Er nennt mich immer *Hexe*», sagte Netty, und obwohl sie versuchte, leichthin zu klingen, sah Elise doch die bekümmerten Falten auf der Kinderstirn. «Das ist nicht nett, oder?»

«Nein», sagte Elise, «ganz und gar nicht.»

«Und was meinte er mit diesem Namen?» Netty ließ nicht locker. «Koch? So heiße ich doch gar nicht.»

«Da hat Friedrich etwas verwechselt», sagte Elise so bestimmt, wie sie konnte. «Er hat ein loses Mundwerk, dieser Bengel. Ich werde mit den Lehrern sprechen.»

«Oh, nein!», rief Netty und hob den Kopf. «Bitte nicht, Mama. Ich muss mich selbst wehren können. Die anderen Mädchen tun das auch.»

Die anderen Mädchen waren unflätige Reden gewohnt, dachte Elise still bei sich, sie bekamen daheim sicher noch ganz andere Ausdrücke zu hören. Netty aber gehörte zu einem höheren Stand, sie war nicht vorbereitet auf die rauen Sitten der Arbeiterkinder. Elise seufzte. Hatte sie nicht genau das gewollt? Dass Netty die wirkliche Welt kennenlernen durfte, ungeschützt von Klostermauern und christlichen Unterweisungen, von Seide und Veilchenwasser? Oder war die Schulwahl doch ein Fehler gewesen, setzte sie ihre Tochter einer Umgebung aus, der diese nicht gewachsen war? Nachdenklich betrachtete sie die Kratzer auf Nettys weicher Haut am Arm und die blitzenden schwarzen Augen ihrer Tochter. Nein, niemand würde den Eindruck gewinnen, sie sei den anderen Kindern unterlegen. Spätestens die Szene auf den Stelzen im Schulhof hatte dies mehr als deutlich gezeigt. Netty wäre eindeutig als Siegerin aus dem Wettstreit hervorgegangen – wäre da nur nicht diese Verleumdung von Friedrich gewesen, die ihr den Wind aus den Segeln genommen hatte. Wobei es streng besehen gar keine Verleumdung war.

Elise holte erneut tief Luft. «Ich wollte dir eine Geschichte erzählen», begann sie.

«Ja!» Netty setzte sich aufrechter hin, aus dem Kummer in ihrem Gesicht wurde Vorfreude. Sie liebte jede Art von Geschichten, Märchen und Sagen. Doch ob diese hier nach ihrem Geschmack sein würde, bezweifelte Elise.

«Du weißt, dass ich dich sehr lieb habe, Annette, oder? Ich –» Elise biss sich auf die Zunge. Das war viel zu förmlich!

In Nettys Gesicht stand ein Fragezeichen. Sie nickte unsicher und zog die Nase kraus. «Natürlich, Mama», sagte sie. «Warum fragst du mich das?»

«Weil ich dir etwas erzählen muss und hoffe, dass du nicht daraus schließt, dass ich dich nicht wie eine Tochter liebe», sagte Elise und schüttelte schon wieder innerlich den Kopf über sich. Woher kamen nur diese ganzen steifen Floskeln, zu denen sie auf einmal Zuflucht nahm?

«Wie solltest du mich nicht wie eine Tochter lieben?»,

fragte Netty und kaute auf einer schwarzen Locke herum. «Ich *bin* doch deine Tochter.»

Elise schwieg. Wieder holte sie tief Luft. «Weißt du, ganz streng betrachtet warst du das nicht immer», sagte sie dann und fuhr hastig fort: «Dein Vater und ich, wir konnten keine Kinder bekommen, nachdem wir geheiratet hatten. Und schließlich entschieden wir uns, ein fremdes Kind bei uns zu Hause aufzunehmen.»

Nettys Augen wurden groß, sie hörte auf, an ihrem Haar zu kauen, und spie die Strähne aus.

«Ein fremdes Kind?», echote sie.

«Ja», sagte Elise, der trotz des frischen Winds, der vom Fluss heraufkam, der Schweiß ausbrach. Aus ihrem perlenbestickten Täschchen zog sie einen Fächer heraus und fächelte sich Luft zu, ehe sie weitersprach. «Du warst gerade drei Jahre alt, als du zu uns kamst. Deine Mutter war ... Nun, sie war gestorben, und man hatte dich in einem Waisenhaus untergebracht, wo es dir an nichts mangelte.»

Ein leiser Stich schoss durch Elises Brust bei dieser Lüge. Nettys Zustand war alles andere als zufriedenstellend gewesen, nachdem Adam und sie das Kind aus der Waiseneinrichtung von Frau Regensberg geholt hatten. Zwar sah man die redlichen Bemühungen der Frauen, die dort die Kinder pflegten, doch es mangelte, wie überall in den städtischen Fürsorgestellen, an Geld, um die Waisen gut zu kleiden und zu ernähren. Von Ansprache, Förderung und Bildung ganz zu schweigen. Elise schauderte bei dem Gedanken an Nettys Schicksal, wenn man sie dort gelassen hätte. Vermutlich würde sie heute längst in einer der zahlreichen Baumwollspinnfabriken des Landes arbeiten oder auf einem Hof in den umliegenden Dörfern in Stellung als Melkerin schuften.

Doch diese Zukunft war ihr erspart geblieben. Adams und Elises wegen!

Nettys Blick ging ins Leere, doch die dunklen Augen waren noch immer weit aufgerissen. «Manchmal habe ich einen seltsamen Traum», murmelte sie. «Darin liege ich in einem Bett aus Eisengittern, und neben mir ist noch ein Bett und daneben wieder eins. Überall in den Betten liegen Kinder, und der ganze Raum ist angefüllt mit Weinen und Wimmern.» Sie schien zu frösteln. «Ist das gar kein Traum, Mama? Ist das wirklich passiert?»

Elise legte vorsichtig einen Arm um ihre Tochter und zog sie dicht an sich heran.

«Es kann sein, dass dies eine frühe Erinnerung ist», sagte sie schweren Herzens, während sie sich die düstere Szene vorstellte, die offenbar tief in Nettys Gedächtnis versteckt gewesen war. «Aber du solltest nicht mehr daran denken, es ist schon lange vorbei. Heute schläfst du bei uns in deinem weichen Bett, und die Schutzengel wachen über dich.» Sie überlegte verzweifelt, wie sie Nettys düstere Gedanken mildern konnte. «Du warst von Anfang an mein größter Schatz», versicherte sie. «Ich vergaß schon bald, dass ich dich nicht selbst geboren hatte. Ich liebte dich wie mein eigenes Kind. Und das ist bis heute so, unverbrüchlich. Verstehst du?»

Ihre Tochter schien sich einen Moment gegen die Umarmung zu stemmen, doch dann schmiegte sie sich auf einmal in Elises Arme und legte den Kopf an ihre Brust. Tief atmete sie ein, ein Zittern ging durch ihren Körper.

«Dann hatte Friedrich, dieser Mistkerl, ja doch recht», zischte sie außer sich, und Elise schien es, dass vor allem dieser Umstand Netty zu schaffen machte.

Natürlich war das so, dachte Elise, Netty war ein Kind von kaum acht Jahren. Die ganze Tragweite der Geschichte, die ihr soeben offenbart wurde, war ihr nicht bewusst. Aber nun kannte sie die Wahrheit, die so schwer wie ein Felsbrocken auf Elises Brust gelegen hatte.

Erleichterung erfüllte Elise, und sie küsste wieder und wieder Nettys Scheitel und drückte fest ihre Hand. Das Band zwischen ihr und ihrer Tochter war nicht gerissen.

«Ja, dein Klassenkamerad hatte recht», sagte sie, «aber nur mit der Tatsache, dass du nicht unser leibliches Kind bist. Deine Mutter konnte sich leider nicht um dich kümmern und entschied zu deinem Besten. Sie wollte dich zu Menschen geben, die für dich sorgen konnten.» Sie lächelte. «Und das war unser Glück, denn wir hörten von dir und nahmen dich auf. So wurdest du zu unserem Kind.»

«Weiß Papa etwa auch davon?», fragte Netty erstaunt.

Elise unterdrückte ein Lächeln. «Natürlich», sagte sie. «Aber du musst nicht mit ihm darüber sprechen, wenn du nicht möchtest.»

Eine kleine Bangigkeit stieg in Elise auf, was Adam wohl davon hielte, dass sie Netty ins Bild gesetzt hatte. Doch was war ihr übrig geblieben? Über kurz oder lang hätte das Mädchen alles von anderen erfahren, von den Falschen womöglich. War es da nicht klug, dem zuvorzukommen? Adam musste das verstehen und gutheißen, da war sie sicher. Doch eine nagende Sorge blieb.

«Und warum hat Friedrich dieses Wort gesagt?», fragte Netty. Sie wiederholte es flüsternd: «*Hure*? Was ist das, Mama?»

Elise zuckte zusammen. «Das erkläre ich dir, wenn du älter bist», sagte sie schnell. «Frag nicht weiter nach und erwähne es um Himmels willen niemals gegenüber Papa. Es ist ein böses Wort, und es hat nichts mit uns zu tun.»

Netty nickte, offenbar beeindruckt von der Vehemenz, mit der Elise gesprochen hatte. Tatsächlich wusste Elise, dass sie auch diesen Teil der Wahrheit nicht für immer von ihrer Tochter fernhalten konnte. Die ledige Ballerina Magdalene Koch hatte sich mit einem verheirateten Mann eingelassen, war schwanger geworden und mit Schimpf und Schande aus dem Königlichen Theater verjagt worden. Von da an war ihr Leben den Bach hinuntergegangen, und kurz nach der Geburt von Netty musste sie sich in den Fluss gestürzt haben. Die wenigsten Mädchen lernten schwimmen, und so war die Ärmste sicher schnell ertrunken. Man hatte nur noch ihre Leiche bergen können. Doch dies war eine Geschichte, die Elise so lange wie möglich von Nettys unschuldigen Ohren fernhalten wollte.

Forschend betrachtete sie das Profil ihrer Tochter, in deren fein gezeichnetem Gesicht es zu arbeiten schien, und ihr wurde bang bei der Vorstellung, was noch für Fragen kommen würden. Und was sie mit ihrem Bekenntnis in der Seele des Mädchens angerichtet hatte.

«Darf ich jetzt wieder balancieren?», fragte Netty plötzlich und riss damit Elise aus ihren düsteren Gedanken.

Sie lächelte erstaunt. Für den Moment schien die Gefahr weiterer Fragen gebannt, und Erleichterung durchströmte sie, dass Netty die Neuigkeiten so gut aufnahm.

Sie blickte sich um. Die Tür zum Gewächshaus stand offen, und in den Gemüsebeeten entlang der gläsernen Gebäude arbeitete jetzt ein Gärtner so eifrig, dass die Erdbrocken nur so flogen. Die Sonne war über den Zenit hinausgewandert und machte sich auf ihren Weg Richtung Westen, sie wärmte noch mehr als zuvor, hatte einen tiefen goldenen Schimmer. Überall in den Büschen und Baumkronen zwitscherten die Spatzen, und der wohltönende Ruf eines Kuckucks war zu vernehmen.

«Geh nur, mein Schatz», sagte sie zu Netty. «Aber pass auf, dass du nicht herunterfällst.»

«Natürlich, Mama!» Das Mädchen gab ihr einen Kuss auf die Wange und sprang über den Weg zum eisernen Geländer hin.

Trotz der Wärme konnte Elise nicht verhindern, dass sie fröstelte. Würde sich herumsprechen, dass Nettys Mutter eine gefallene Frau war? Und wie würde Adam reagieren, wenn er hörte, dass die Schulkameraden seine Adoptivtochter das Kind einer Hure schimpften? Nichts ging ihm über gesellschaftliches Ansehen, über das Gefühl, die Oberhand zu behalten. Und nun musste Elise ihm beibringen, dass sie Netty reinen Wein eingeschenkt hatte, was ihre Herkunft anging, ohne ihn vorher zu konsultieren.

Sorgenvoll sah sie zu ihrer Tochter hinüber. Netty stand schon wieder auf der Umzäunung und breitete unbekümmert die Arme aus, als wollte sie in den Himmel hinauffliegen, dann tänzelte sie geschickt über das schmiedeeiserne Geländer. Leise singend und mit eleganten, sicheren Bewegungen vollführte sie ihren Seiltanz – so, als gäbe es die Abgründe links und rechts ihrer zarten Seidenschuhe gar nicht.

## 18.

*Dresden, Samstag, 21. April 1849*

Der Sauerbraten war eine Spur zu trocken, dachte Adam und schluckte mühsam an dem faserigen Fleisch herum. Schnell schob er sich ein Stück Kartoffel in den Mund und nahm dann einen kräftigen Schluck Wein, um alles hinunterzuspülen. Ein Spätburgunder von den Weingütern hinter Radebeul – der rote Wein gehörte zu seinen Lieblingssorten. Doch heute wollte er ihm nicht so recht schmecken. Die vergangenen Sommer in Sachsen waren kühl und teils verregnet, teils entsetzlich trocken gewesen, was auch die Weinlese empfindlich getroffen und viele Fässer verdorben hatte.

Lustlos stocherte Adam im Rotkraut. Eine Krise jagte in diesen Jahren die nächste, man hatte das Gefühl, der zermürbende Reigen aus Problemen und Herausforderungen endete nie – Überschwemmungen, Hungersnöte, Aufstände der Weber, der Republikaner, der Fabrikarbeiter. Überall Gewalt, Erschießungen, und ständig Neuwahlen, die einander jagten. Dann vor zwei Jahren die *Kartoffelrevolution*, die an vielen Orten Deutschlands aufgeflammt war – eine Hungerrevolte, weil die Preise für Kartoffeln und Weizen nach mehreren Missernten infolge eines Pilzes in ganz Europa sprunghaft angestiegen waren. Und dazu die Cholera, die sich wie eine Geißel über das Land legte und so viele Menschen dahinraffte, dass man sie kaum zählen konnte.

Ja, all dies bereitete Adam Kopfschmerzen. Er machte sich Sorgen, wie es weitergehen sollte. Oder waren das nur die Gedanken eines alternden, zunehmend kraftlosen Mannes, der spürte, wie ihm alles entglitt, was er sich aufgebaut hatte? Seit Langem quälte er sich beim Komponieren, die Gicht ließ seine Glieder zittern, und sein Kopf, in dem normalerweise ein scharfer Verstand arbeitete, war ihm oft schwer und wirkte wie ausgehöhlt. Er machte sich Sorgen um seine Reputation. Würde er bald zum alten Eisen gehören, um das sich niemand mehr scherte? War er nur noch ein Zausel, der nicht länger zum Rückgrat der Gesellschaft gehörte? Der sein eigenes Ende nahen sah?

«Darf ich den Herrschaften noch eine Flasche bringen?», fragte die junge Frau, die hier im *Russischen Hotel* des Coselpalais die Gäste am Mittagstisch bediente. Sie deutete auf die fast leere Weinflasche auf der weißen Tischdecke.

Adam sah auf. Fast hatte er vergessen, mit wem er hier im Rosensaal saß und speiste. So ging es ihm leider öfter, seine Geisteskraft war nicht mehr so wachsam und kämpferisch wie früher.

«Genehmigen wir uns noch ein Tröpfchen?», fragte Freiherr von Zedern und leckte sich begierig die Lippen.

Adam wollte ihm nichts abschlagen, er gab sich gern als großzügiger Gastgeber, auch wenn die Zeiten gerade eher mager waren.

«Bringen Sie noch eine Flasche», sagte er zur Bedienung, «aber besser einen anderen Jahrgang. Die Trauben von diesem hier waren viel zu sauer.»

Das Mädchen mit der Spitzenschürze über einem schwarzen Kleid zuckte die Schultern. «Die aus den Vorjahren sind noch fader», murmelte sie und sah durchs Fenster des Speisesaals hinauf in den Himmel, der sich über der Stadt spannte, als machte sie ihn für den verhagelten Wein verantwortlich.

Adam sah ihr auf ihrem Weg zurück in die Küche hinterher und schob dann seinen Teller von sich. Plötzlich ekelte er sich vor dem Fettrand des Fleisches und vor der erkalteten Soße, in der fahle Kartoffelstücke schwammen. Beklommen dachte er daran, dass er morgen wieder mit Schmerzen im Bett liegen würde, weil sein Gichtfuß ihn nach den ungesunden Speisen plagte.

«Also sind wir uns einig?» Sein Gegenüber hob fragend die buschigen Augenbrauen. Freiherr von Zedern war ein langer, dürrer Herr mit Ziegenbärtchen, der in einem grauen Gehrock steckte. «Wir wären sehr froh, Sie für unsere Sache gewinnen zu können.»

«Es ist mir eine Ehre, Freiherr von Zedern», sagte Adam und bemühte sich, den Minister anzulächeln. «Und es ist überaus erfrischend, endlich wieder einmal mit einem Gleichgesinnten zu speisen und Ihre geschätzte und hochinteressante Meinung zu den Vorgängen in unserem schönen Sachsen zu hören.»

«Tja, die Republikaner und Aufrührer führen das Wort zurzeit so laut, dass man sein eigenes kaum versteht», sagte der Freiherr und schob sich eine vollgehäufte Gabel gebratene Zwiebeln in den Mund. Geziert tupfte er sich anschließend die Mundwinkel mit der Leinenserviette, kaute und schluckte. «In den vergangenen Monaten haben diese demokratischen Freibeuter die Illusion gewonnen, sie seien im Recht und ihre tollkühnen Ideen würden angehört. Daran hat nicht zuletzt die Güte Seiner Majestät einen gewissen Anteil.» Er beugte sich vertraulich zu Adam über den Tisch. «Durch die unselige Wahlrechtsreform im letzten Jahr und die furchtbaren Wahlen besitzen die radikalen Demokraten nun eine erdrückende Mehrheit, und ein Regieren ist nicht mehr möglich.» Er seufzte und leerte seinen Wein. «Wir konservativen Minister sind in beiden Kammern in der Unterzahl. Und selbst die Liberalen fürchten, von den wildgewordenen Demokraten an die Wand gedrängt zu werden, auch, wenn sie das nicht gern zugeben, weil sie ja angeblich für dieselbe Sache kämpfen.»

Die junge Bedienung kam zurück an den Tisch und stellte eine bereits entkorkte Flasche Spätburgunder vor sie hin, knickste und verschwand wieder.

Adam rieb sich die Stirn. «Aber was können wir dagegen tun?», fragte er mutlos. «Wie soll dieses Land denn nur zur Besinnung kommen?»

Freiherr von Zedern verzog die Mundwinkel zu einem überlegenen Lächeln, als wisse er etwas, wovon Adam keine Ahnung hatte. «Ich bin sicher, alles wird sich finden», sagte er geheimnisvoll. «Die Aufrührer werden an ihrer Euphorie ersticken, sobald sie sehen, dass all ihre hochfahrenden Phantastereien von Freiheit und einer besseren Gesellschaftsordnung an der Realität zerplatzen. Jetzt sind alle wie von Sinnen, wie berauscht von den Umbrüchen und den gewonnenen Scharmützeln. Sie jubeln den Abgeordneten in Frankfurt zu, als wären diese Nationalhelden, und tragen sich mit der Hoffnung auf eine gesamtdeutsche demokratische Ordnung.»

Er schob sein Gesicht noch näher an das von Adam heran, sodass dieser im gelblichen Bart des Ministers die einzelnen silbernen Fäden erkennen konnte.

«Aber Sie wissen noch nicht, was ich weiß», wisperte Freiherr von Zedern und spuckte vor Eifer ein wenig Zwiebelsoße aufs Tischtuch. «Kürzlich hat Friedrich Wilhelm IV. im Berliner Schloss ja die Kaiserdeputation aus Frankfurt empfangen. So viel ist bekannt. Die Gesandten überbrachten ihm den Wunsch des Parlaments, die Kaiserkrone anzunehmen und als deutscher Kaiser mit ihnen als Nationalversammlung zu regieren. Aber wissen Sie was?»

Adam schüttelte den Kopf. Gedankenverloren goss er sich das Weinglas randvoll und stürzte die Hälfte hinunter. Dabei verzog er kurz das Gesicht – das Schankmädchen hatte recht gehabt, dieser zweite Wein schmeckte noch säuerlicher als der zuvor. Doch als Adam fühlte, wie der Alkohol ihm durch die Adern rann, entspannte er sich ein wenig.

«Der preußische König hat die Gesandten vertröstet», raunte von Zedern und schnalzte mit der Zunge. «Er hat sie nach Hause geschickt mit den Worten, er brauche zuerst das Einverständnis aller deutscher Fürsten und der freien Städte im Land, ehe er einen Entschluss fassen werde.» Der Minister packte Adam beim Ärmel. «Das ist der Anfang vom Ende!», zischte er heiser. «Der Preuße will die Krone nicht! Ich weiß doch, was diese Hinhaltetaktik bedeutet. Und wenn das erst einmal alle verstanden haben, geht es bergab mit der demokratischen Bewegung. Ohne Kaiser ist das Parlament nur ein Haufen verträumter Spinner. Bald werden sich alle wieder auf die gute alte Ordnung besinnen, die bis vor Kurzem geherrscht hat.»

Adam spürte, wie sich sein Puls beschleunigte. Dies waren tatsächlich einmal gute Nachrichten. «Darin gebe ich Ihnen recht, Minister», sagte er aufgeregt. «Hoffen wir, dass es so kommt. Dann wird auch in Sachsen endlich wieder die gebotene Ruhe einkehren.»

Freiherr von Zedern nickte beifällig. Er ließ Adams Arm

los, lehnte sich in seinem Stuhl zurück und zog aus der Tasche seines Gehrocks eine zierliche Meerschaumpfeife hervor. Bedächtig stopfte er sie und zündete sie an. Feine Rauchschwaden zogen über sein spitzes Gesicht und das Ziegenbärtchen. «Und dann brauchen wir mehr denn je Männer wie Sie, Herr Jacobi! Männer des geschliffenen Wortes, die das Volk mit der Feder an die Kandare nehmen und es durch die Untiefen des Aufruhrs in das ruhigere Wasser der Vernunft zurückgeleiten. Verstehen Sie?»

«Selbstverständlich», sagte Adam und zog ebenfalls seine Pfeife hervor. Bald war der Tisch im Gasthaus in bläuliche Rauchschwaden und den Duft nach Tabak gehüllt. «Sie können sich auf mich verlassen.»

«Das tue ich», sagte Freiherr von Zedern, «und nicht nur ich. Viele von uns alten Haudegen halten große Stücke auf Sie und Ihre Schriften. Kürzlich bestätigte mir dies der Dresdner Polizeipräsident, den Sie ja wohl kennen. Und natürlich haben Sie viele Getreue in Ihrer Loge.»

«Es ist immer schön, zu hören, dass man geschätzt wird», sagte Adam möglichst bescheiden. «Ich diene nur dem König und meinem Land, mehr nicht.»

Die Bedienung trat erneut an ihren Tisch und räumte die Teller ab. «Darf es noch etwas sein?», fragte sie.

Adams Appetit war zurückgekehrt, das Gespräch und die erfreuliche Richtung, die es nahm, hatten ihn belebt. «Bringen Sie eine große Kanne Kaffee für uns», sagte er. «Stark! Und zwei Stück Eierschecke.»

«Sehr wohl.» Das Mädchen nickte und ging, um das Gewünschte zu holen.

«Oh! Was will denn Ihre liebe Frau hier?», fragte da Freiherr von Zedern und deutete durchs Fenster.

Adam folgte seinem Finger und tatsächlich, da draußen ging Elise. Sie kam geradewegs auf das Coselpalais zu, in einem dunkelroten Kleid, dessen ausladender Rock bei jedem Schritt über das Pflaster des Neumarkts wippte. Hinter ihr ragte der Turm der Frauenkirche hell in den Frühlingshimmel.

Elise spähte suchend durchs Fenster herein, entdeckte ihn und hob die Hand zu einem Winken.

War etwas passiert? Adam spürte, wie ihn Sorge überfiel. Sonst war es nicht gerade Elises Art, seine Nähe zu suchen, im Gegenteil, sie hielt sich meistens lieber fern von ihm und seinen Geschäften.

«Ihre Gattin scheint Sie zu brauchen, Herr Jacobi.» Freiherr von Zedern zog eine goldene Taschenuhr aus der Westentasche und blickte darauf. «Himmel, die Zeit ist uns davongerannt. Ich muss längst bei einer Sitzung sein. Meine Empfehlung an die Frau Gemahlin, ich überlasse ihr ihren Ehemann – und auch die Eierschecke.» Er lächelte gekünstelt, klopfte seine Pfeife aus und stand auf. «Letzteres mit schwerem Herzen, versteht sich. Hier im *Russischen Hotel* mundet die Spezialität ganz besonders gut.»

Adam erhob sich von seinem Stuhl und nickte dem Minister zu. «Sehen wir uns am Dienstag beim Schumann-Liedertag im Großen Garten?»

«Ich werde sehen, ob ich es einrichten kann.» Mit diesen Worten eilte Freiherr von Zedern hinaus.

Da Adam die Einladung ins Coselpalais ausgesprochen hatte, würde er auch die Rechnung begleichen, das verstand sich von selbst, auch wenn er bei der Vorstellung der Summe ein wenig schlucken musste. Doch es war nun einmal notwendig, seine Beziehungen in der Stadt zu pflegen.

Elise und der Minister begegneten sich in der Tür, begrüßten sich höflich, dann kam Elise zu Adam an den Tisch. Er erhob sich wieder, küsste ihre Hand und rückte ihr den Stuhl zurecht.

«Ist etwas passiert?», fragte er.

Sie schüttelte den Kopf, nahm das Hütchen ab und ordnete sich die hellbraunen Locken. «Nein, keine Sorge», erwiderte sie. «Ich wollte dich gestern schon sprechen, aber du warst bis in die Nacht beschäftigt, sagte mir Merle. Und heute Abend gehe ich mit Barbara in die Oper, um Vater spielen zu hören.» Sie lächelte fröhlich bei dem Gedanken daran, und Adam spürte einen Stich, weil er ihre Vorfreude bemerkte, die ihn ausschloss. Er hatte an diesem Abend ein Treffen in der Freimaurerloge *Zum goldenen Apfel*, darum hatte er ihr und ihrer Schwester bereits vor Tagen Billetts für die *Zauberflöte* besorgt. Doch plötzlich ärgerte er sich, dass er außen vor blieb und es ihr offenbar nichts ausmachte.

Das Mädchen mit der Spitzenschürze trat mit einem Tablett heran und stellte eine dampfende Kaffeekanne, Tassen und Tellerchen mit Kuchen ab. Den Besucherwechsel am Tisch quittierte sie nur mit einem leeren Lächeln, machte Elise ein Kompliment zu ihrem Hut und trollte sich.

Adams Pfeife war ausgegangen, er legte sie beiseite. «Was wolltest du denn nun mit mir besprechen?», fragte er, während er zusah, wie Elise erst ihm, dann sich Kaffee einschenkte und mit Appetit ihre Gabel in die Eierschecke des Ministers bohrte. Sie schob sich den luftigen Happen mit der goldgelben Creme in den Mund, schloss einen Moment genießerisch die Augen und seufzte, während sie sich langsam die Lippen leckte.

Adam spürte, wie er unruhig wurde. Elise hatte den Hang,

in Momenten des Genusses die Welt um sich herum zu vergessen. Das war etwas, was ihm seit jeher suspekt und gleichzeitig anziehend vorgekommen war. Sie, die sonst meistens so beherrscht war, schien in solchen Augenblicken wie entrückt, sie wirkte dann plötzlich vollkommen gelöst, ja leidenschaftlich. Ihr dabei zuzusehen, weckte in Adam normalerweise den Wunsch, sie zu maßregeln. Doch heute fühlte er eine überraschende Lust, sie zu berühren. Dieser Teil ihres Ehelebens war nie sehr lebendig gewesen, aber in der ersten Zeit nach ihrer Hochzeit hatten sie das Bett dennoch häufig geteilt – vor allem natürlich, da sie sich beide ein Kind wünschten. Adam hatte allerdings immer gespürt, dass Elise sich ein Stück weit überwinden musste, was ihn nicht daran hinderte, sich zu nehmen, was ihm zustand. Er hatte ihre Zurückhaltung zuerst auf ihre Jugend und mangelnde Erfahrung und dann, später, auf den natürlichen Lauf einer langjährigen Ehe geschoben, in der die Leidenschaft eben langsam erkaltete. Inzwischen suchte er ihr Schlafgemach nur noch selten auf, weil er sich vor ihrer Zurückweisung ebenso fürchtete wie vor ihrer stillen Duldung seiner Zärtlichkeit. Außerdem nahm das Alter ihm mehr und mehr die Gier, die er als junger Mann auf den weiblichen Körper verspürt hatte. Doch als er Elise jetzt dabei beobachtete, wie sie in ihrem tief ausgeschnittenen roten Kleid genüsslich den süßen Kuchen aß, überkam ihn die Lust auf sie völlig unverhofft, und er musste die Fäuste unter der Tischplatte ballen, um sich nichts anmerken zu lassen.

Elise schien von seinem inneren Aufruhr nichts zu spüren. Sittsam wischte sie sich die Lippen mit der Serviette ab, nun wieder ganz die wohlerzogene Dame, und sah ihn aus ihren unergründlichen, klugen Augen an.

«Ich habe gestern mit Netty gesprochen», sagte sie ruhig, doch an einem winzigen Zucken ihres Augenlids erkannte Adam, dass auch sie erregt war – wenn auch sicher aus einem anderen Grund als er. «Ein Knabe aus ihrer Klasse hat unflätige Reden geschwungen und ihr auf den Kopf zugesagt, dass sie nicht unsere leibliche Tochter sei.»

Adam zuckte zusammen. Die angenehmen Phantasien von Elises nacktem Körper in seinen Armen zerplatzten wie eine Seifenblase. Zurück blieb das schale Gefühl einer unerfüllten Sehnsucht und die Gewissheit, dass sich in seinem Leben schon wieder eine neue Krise anbahnte.

«Ich hoffe sehr, dass du diesen Jungen beim Direktor gemeldet hast, damit er ein paar Hiebe mit dem Stock erhält», sagte er.

Elise schüttelte den Kopf. «Nein, das habe ich nicht», sagte sie. «Es würde nur noch mehr Aufmerksamkeit auf die Sache lenken. Außerdem kann der Junge im Grunde nichts dafür, er hat ja nicht gelogen.»

Adam starrte seine Frau empört an. «Dann hast du aber wenigstens Annette gesagt, dass sie nicht auf solches Gerede hören darf.» Er hörte selbst, dass er kaum an seine eigenen strengen Worte glaubte. Und er war nicht überrascht, als Elise erneut verneinte.

«Ich habe ihr die Wahrheit gesagt.» Sie hob die Kaffeetasse zum Mund.

Adam bemerkte, dass ihre Hand ganz leicht zitterte. In einem Aufwallen seiner Wut hieb er mit der Faust auf den Tisch, knapp neben sein unberührtes Stück Eierschecke. Elise zuckte zusammen, und ein wenig Kaffee spritzte aufs weiße Tischtuch und breitete sich mit hässlichen Flecken auf dem gebügelten Leinenstoff aus.

«Bist du des Wahnsinns?», rief er, und sofort spürte er, wie sich mehrere Augenpaare von den anderen Tischen des Rosensaals auf sie richteten. «Was soll das heißen?», fuhr er leiser fort. «Etwa die ganze Wahrheit?»

«Nein», flüsterte sie und sah ihn eindringlich an, als wolle sie ihn beruhigen. «Sie weiß nur, dass sie eine Waise ist und mit knapp drei Jahren zu uns kam. Alles andere habe ich ihr – und uns – erspart.»

Adam schwieg und starrte seine Frau lange an.

«Warum hast du das nur getan, Elise?», fragte er endlich. «Du bist noch immer wie ein Kind, so impulsiv, so naiv wie ein junges Schulmädchen.» Er stöhnte und vergrub seinen schmerzenden Kopf in den Händen. «Manchmal weiß ich wirklich nicht mehr weiter», murmelte er. «Man spricht doch nicht mit einem Kind über solche Dinge, Elise. Wir müssen Annette führen und lenken, aber wir dürfen ihr doch nicht solch schwierige Wahrheiten auftischen und ihren Geist überfordern.»

«Netty ist blitzgescheit», sagte Elise, und plötzlich schien Adam ihre Stimme schärfer als zuvor, die Nervosität war verschwunden. «Sie hat sehr gefasst reagiert und zeigte keine Spuren von Überforderung oder Erregung.» Damit erhob sie sich und sah auf Adam hinab, ihre Wangen leuchteten. «Ich wollte es dir nur so bald wie möglich sagen, damit Netty dich nicht mit ihren Fragen überrascht», sagte sie. «Ehrlich währt am längsten – so sagt man doch? Das freie Wort ist viel wert. Und wenn wir in unserer Ehe schon nicht offen miteinander sprechen können, Adam, dann will ich es doch wenigstens mit meiner Tochter tun.»

Mit erhobenem Kopf rückte sich Elise das Hütchen wieder zurecht und verließ das Lokal.

Adam sah ihr mit offenem Mund nach. Was hatten ihre letzten Worte zu bedeuten? Schon immer hatte er das Gefühl gehabt, sie verheimliche ihm etwas, und er ahnte auch, dass es mit diesem verhexten Theater zu tun hatte, das sie geradezu anbetete. Hatte sie ihm soeben eine Art Geständnis gemacht? Oder meinte sie wirklich nur den Umstand, dass es mit offenen Gesprächen in ihrer Verbindung nicht zum Besten stand? Nun, in diesem Punkt hätte sie leider recht.

Adam beobachtete, wie Elise auf den sonnigen Marktplatz trat, das Gesicht einen Moment ins Licht hielt wie eine Pflanze, die Energie speicherte. Dann straffte sie die Schultern und lief leichtfüßig an der Frauenkirche vorbei.

Vermutlich stattete sie ihrem Elternhaus einen Besuch ab, dachte er. Seit ihrer Ausfahrt mit Amalie Friederike nach Moritzburg ging sie beinahe jeden Tag in die Große Frauengasse, um ihrer kranken Mutter beizustehen.

Elises letzter Satz hallte in seinen Ohren nach – *mit meiner Tochter*, hatte sie gesagt. Es war unerhört!

Adam war als junger Mann mit der Gewissheit aufgewachsen, dass eine Frau ohne ihren Mann nichts wert war, gar nichts. Dass sie nichts besaß und nichts durfte, nichts tat und nichts liebte, das nicht ein Mann – ihr Vater, ihr Bruder, ihr Ehemann – für sie auswählte und guthieß. Doch Elise schien ihn nicht zu brauchen. Sie führte ein eigenes Leben, besuchte *ihre* Familie, erzog *ihre* Tochter, spielte *ihre* Musik, ging in *ihre* über alles geliebte Oper. Ausgerechnet in die Oper! Ohne ihn! Und das, obwohl er genau wusste ... nein, nicht wusste, aber ahnte, dass an diesem Ort etwas – oder jemand? – auf sie wartete, das auch zu diesem eigenständigen Leben der Elise Jacobi gehörte oder zumindest einst Teil davon gewesen war. Es hatte sicher auch etwas mit dieser unseligen Laterne zu tun, die sie daheim wie einen kostbaren Schatz bewachte. Einen Schatz, den ihr Vater ihr einst geschenkt hatte und der nur unbeholfen aus Papier geschnittene Figuren aus der Oper *Fidelio* zeigte. Adam hatte seine Frau mehr als einmal dabei beobachtet, wie sie davorstand und so zärtlich über das alte Ding strich, als wäre es lebendig. Doch er hatte nie gewagt, sie zu fragen, was die Laterne ihr wirklich bedeutete. Und ob sie etwas mit diesem namenlosen Maler zu tun hatte, der Elises Konterfei einst auf eine Kulisse gemalt hatte.

Ja, Elise hatte eine Vergangenheit, eine Gegenwart und eine Zukunft, die sie selbst weitgehend zu bestimmen schien. Während er, Adam, immer außen stand, ihr immer nur wie durch eine Glasscheibe zusah. So wie gerade jetzt, da er wie festgefroren auf seinem Stuhl saß, während sie von ihm fort hinaus in *ihr* Leben lief.

Wieder überkam ihn dieses ohnmächtige Verlangen von vorhin, und diesmal trieb es ihm Schweißperlen auf die Stirn. Er wollte sie besitzen, wollte ihr zeigen, wer der Herr im Haus war!

Adam ballte die Fäuste, goss sein Weinglas erneut randvoll und stürzte alles in einem großen Schwall herunter.

## 19.

*Dresden, Samstag, 21. April 1849, abends*

Das Opernhaus war bis auf den letzten Platz belegt, sogar auf den Stehplätzen in den oberen Rängen drängten sich jene Zuschauer am Sperrgitter, deren Mittel begrenzt waren. Durch die vielen Menschenleiber war es im Theater recht warm, obwohl die Abendluft draußen jetzt im April noch immer kühl war. In strengen Wintern, an besonders kalten Tagen, wurden die Dresdner Regimenter vor einer Vorstellung ins Haus geführt. Die Soldaten saßen dann einige Stunden in Habachtstellung auf den samtbezogenen Sitzen, bis sie mit ihren Körpern den Saal ausreichend erwärmt hatten. Dann erst durften sie aufstehen und durch einen geordneten Abzug den Zuschauern Platz machen, die sich bereits bibbernd vor den Türen drängten und dankbar auf den vorgewärmten Sitzen Platz nahmen.

Doch jetzt, im Frühling, war diese Maßnahme nicht nötig. Schon gar nicht nach Berthas Empfinden, die im Halbdunkel hinter der Bühne stand und schon wieder eine Welle der Hitze herankommen spürte. Sie zog ein Spitzentuch aus ihrem Mieder und tupfte sich schnaufend die Oberlippe. Verstohlen sah sie sich um, und als sie sicher war, dass sie niemand beobachtete, zerrte sie so lange an den Bändern ihres Korsetts, bis sie erleichtert spürte, dass es ein wenig nachgab.

In ihrem Alter konnte sie sich etwas Nachlässigkeit ruhig gönnen, dachte sie und kühlte sich die Wangen mit den

Handrücken, während sie auf das aufgeregte Summen und Stimmengewirr horchte, das aus dem Saal erscholl. Das Dresdner Publikum war bester Laune, wurde doch heute die beliebte Mozart-Oper *Die Zauberflöte* gespielt, worauf die Leute lange hatten warten müssen. Man unterhielt sich lautstark über die Logen und Ränge hinweg, lachte über den ein oder anderen zotigen Witz und stritt mit den Kindern, die nicht still sitzen wollten. Butterbrotpapier raschelte, Pralinenschachteln gingen hin und her, und der süßliche Tabakduft aus unzähligen brennenden Pfeifen waberte sogar bis zu Berthas Beobachtungsposten.

Von der Bühne her erklangen jetzt die ersten Takte der Ouvertüre, und für einen Moment verebbten die Geräusche der Zuschauer und machten der Musik Platz. Zuerst setzten die Bläser ein, kurz darauf flochten sich die weicheren Klänge der Celli und Geigen hinein.

Bertha schlich näher heran und spähte vorsichtig hinter einem Pfeiler hervor. Sie sah Kapellmeister Wagner, der mit hoch konzentrierter Miene auf dem Dirigentenpult stand. Hinter ihm dehnte sich scheinbar unendlich der dunkle Saal, aus dem von Berthas Platz aus nur die Gesichter der ersten Reihe aus der Schwärze heraufschimmerten. Denn der kristallene Kronleuchter, der den gewaltigen Raum zuvor mit Hunderten Lichtern erhellt hatte, war bei den ersten Takten von Mozarts Musik erloschen. Nur die Bühne blieb in Licht gehüllt.

Der erste Aufzug begann. Papageno und Tamino, die heute bei der Premiere zum Glück in besserer Form schienen als bei den Proben, tappten jeder für sich auf der Bühne herum und sangen ihre Arien. Sobald sie sich gefunden hatten, würden sie sich mit Glockenspiel und Zauberflöte auf den

Weg machen, um die unbekannte Königstochter Pamina aus den Fängen des dunklen Magiers Sarastro zu befreien. Doch zuerst mussten die drei Damen auftreten, die bereits in langen grauen Dienerinnengewändern hinter dem Vorhang auf das Zeichen des Inspizienten warteten.

Bertha schlich auf Zehenspitzen zurück zur Hinterbühne, wo ein paar kleine Gaslaternen flackerten und die Vorhänge dunkle Schatten auf die rohen Dielenbretter warfen. Auf einem Samtsessel thronte die Sopranistin Elisabeth Wächter, gekleidet in ein tiefblaues, silberdurchwirktes Kleid mit gewaltigem Reifrock, und schlürfte heißen Tee, um ihre Stimmbänder zu wärmen.

Ernestine kniete zu ihren Füßen und steckte mit fliegenden Fingern einen losen Saum an der zwei Meter langen Schleppe fest. Währenddessen zupfte Friedrich Reichhardt, der Theaterfriseur, an Elisabeths hoch aufgetürmten schwarzen Haaren herum – eine aufwendige Perücke, unter der ihr mausbraunes glattes Haar verborgen war. Reichhardt versenkte immer noch mehr schimmernde Perlen an langen Nadeln darin, das Fassungsvermögen der dunklen Pracht war enorm.

«Gleich ist es so weit», sagte Bertha halblaut.

Suchend sah sie sich nach dem Inspizienten um, doch von ihm war keine Spur zu sehen, und sie ahnte, dass er wieder einmal mit den Garderobendamen im Foyer schäkerte und Weinbrand trank, anstatt auf seinem Platz hinter der Bühne jedes Detail der Aufführung zu verfolgen und, wenn nötig, einzugreifen.

Es wurde immer schlimmer mit Monsieur Stange, dachte Bertha, und wenn es so weiterging, würde Lüttichau eine unliebsame Entscheidung treffen müssen. Es war schließlich nicht tolerabel, dass der Aufführungsleiter der Königlichen Oper die halbe Vorstellung im weinseligen Dämmer zwischen Pelzmänteln und Zylindern verschlief. Und wie sie gehört hatte, gab es bereits einen Anwärter auf den Posten, ein gewisser Herr Schmelzer aus Leipzig. Bald würden sie alle sich wohl an den Neuen gewöhnen müssen, und wahrscheinlich wäre es so am besten.

Reichhardt presste der Sängerin nun eine Krone aus blauem Samt und mit einem wippenden goldenen Halbmond auf die prachtvolle Frisur, trat einen Schritt zurück und betrachtete augenscheinlich zufrieden sein Werk. Er klatschte leise in die Hände.

«Meisterlich ...», flüsterte er andächtig, und es blieb offen, ob er seine Frisierkunst oder das Geschick meinte, mit dem der neue Schneidermeister dem Kleid von Elisabeth Wächter den letzten Schliff verpasst hatte. «Sie sehen wahrlich aus wie eine Königin, Madame.»

Elisabeth reichte Ernestine ihren Becher und erhob sich vorsichtig. Probehalber machte sie ein paar Schritte in ihrem ausladenden Kostüm und hielt die Schleppe hoch.

«Puh», seufzte sie, «die Majestäten bei Hofe sind nicht zu beneiden. Ich kann es jetzt schon kaum erwarten, diesen ganzen Plunder wieder loszuwerden.» Schmerzvoll rieb sie sich die Stirn, die offenbar unter der schweren Krone schmerzte. Dann setzte sie zu leisen Stimmübungen an. «Mi-mi-mi», begann sie zaghaft – und musste husten. «Herrje, es wird jedes Mal schwerer, die Rolle zu singen. In zwei Jahren werde ich fünfzig, und dann höre ich auf, das schwöre ich Ihnen.»

Bertha lächelte mitfühlend. «Aber das wäre ein Jammer für die Musikwelt, liebe Frau Wächter.» Sie trat näher und hauchte der Sängerin ein lautloses *Toi, toi, toi* über die Schulter. «Ihre Stimme ist noch immer makellos.»

Elisabeth Wächter seufzte erneut. «Es ist reizend von Ihnen», sagte sie, «aber ich weiß, dass sie nicht mehr so ist wie früher. Dieser Katarrh, den ich mir im letzten Winter zugezogen habe, hat mich fast meine Stimme gekostet. Es dauerte Monate, sie wieder aufzubauen, und ich klinge immer noch wie eine rostige Gießkanne.» Müde winkte sie ab. «Für alles gibt es eine Zeit, auch für den Abschied», sagte sie und sah sich scheu auf der Hinterbühne zwischen den abgestellten Kulissen um. «Aber er wird mir fehlen, dieser Kasten hier. Und natürlich Sie alle!» Sie lächelte Bertha und Ernestine an und ließ sich von Reichhardt die Hand küssen. «Und vor allem habe ich keine Ahnung, wovon ich dann leben soll. Mein Mann weilt ja nicht mehr unter uns. Und meine Tochter starb vor zwei Jahren bei der Geburt ihres Kindes, der Schwiegersohn hat sich bereits neu verheiratet ...»

Ihre Stimme zitterte, und Bertha sah sie bestürzt an. Sie hatte nicht gewusst, dass Elisabeth kürzlich ihre Tochter verloren hatte. Auf einmal schien es ihr grausam, dass ausgerechnet diese Frau den Part der Königin der Nacht übernehmen musste, deren berühmteste Arie den Verlust der geliebten Tochter beklagte.

«Aber was werden Sie dann tun?», flüsterte sie heiser und legte Elisabeth einen Moment die Hand auf die blau gewandete Schulter.

Die Sopranistin ergriff sie dankbar und drückte Berthas Finger. «Nun, ich werde wieder ins Haus meines ältesten Bruders nach Meißen ziehen müssen, damit er mich unterhält», wisperte sie achselzuckend. «Meine Pension wird klein ausfallen, und wie sollte eine Frau wie ich außerdem allein leben?»

Bertha schwieg und zog ihre Hand zurück. Verstohlen sah sie die anderen beiden an, die mit ihr um die Diva herumstanden, und sie erkannte das Mitgefühl auch in deren Augen.

«*Was? Steine soll ich fressen?*» Papagenos empörte Stimme drang jetzt von der Bühne zu ihnen.

Das Publikum brach in Lachsalven aus, als eine der drei Damen, wie Bertha wusste, ein großes Vorhängeschloss zückte und es dem vorlauten Flunkerer vors Maul hängte. Aus seinem durchdringenden Protest wurde nur noch ein ersticktes «*Hm! Hm!*». Nun würden die Damen ihm und Tamino gleich von der schönen Pamina und ihrem tragischen Schicksal berichten, worauf die nächste Szene mit Elisabeth Wächter in der Hauptrolle folgte.

«Rasch, noch einen Schluck», bat Elisabeth, und Ernestine reichte ihr den Becher zurück. «Ein wenig Honig darin wäre auch nicht schlecht gewesen», bemerkte die Diva mit einem huldvollen Augenaufschlag.

Bertha und Ernestine wechselten einen stummen Blick. Die Preise für Lebensmittel waren noch immer sehr viel höher als vor ein paar Jahren, und Zucker und Honig blieben für die meisten Menschen im Land Luxusware.

Berthas Cousine Griet, die in der Nähe von Tharandt in einem kleinen Weiler am Waldrand lebte, hatte ihr kürzlich wieder in einem herzzerreißenden Brief geschrieben, wie viele Kindlein sie dieses Jahr dort hatten beerdigen müssen, weil die Kleinen an Mangelernährung gestorben waren. Zwar war das Städtchen Tharandt südwestlich von Dresden wegen seiner Mineralquellen als Badeort und Sitz der Cotta'schen Forstlehranstalt in den vergangenen Jahren zu Wohlstand gelangt, doch in den angrenzenden Dörfern grassierten noch immer Hunger und Krankheit.

«Ich besorge bald wieder Honig», versprach Ernestine leise. «Außerdem werde ich Ehregott Wagner bitten, uns später in der Pause ein wenig von seinem berühmten Leipziger Kümmellikör abzuzweigen, damit Sie Ihre Stimmbänder pflegen können.»

Die Miene der Sängerin hellte sich auf. «Leipziger Allasch ist ein wahres Wundermittel», wisperte sie vergnügt und kratzte sich unter der Perücke. «Wohltuend für Körper und Seele. Aber jetzt erst einmal die Arbeit – und dann das Vergnügen.»

Sie warf sich in Positur und schlich vorsichtig Richtung Bühne, wobei sie darauf achtete, nicht auf die Schleppe zu treten. Aus dem Saal erklangen jetzt die ersten Takte von Taminos Arie, der soeben ein Bild von Pamina erhalten hatte und schmelzend von seiner frisch entbrannten Liebe zu der Unbekannten sang. *«Dies Bildnis ist bezaubernd schön»*, beteuerte er mit klingendem Tenor, *«wie noch kein Auge je gesehn.»*

Bertha ging Elisabeth Wächter leise nach. Sie beobachtete, wie die Sopranistin auf dem mit Goldfarbe bemalten Thron Platz nahm, der bereits hinter den Kulissen in der Mitte der Bühne stand. Noch konnte niemand aus dem Zuschauersaal sie sehen, weil die hohen Berge, die aus Holzwänden geschnitten und mit kunstvollen Schneekuppen verziert waren, sie vor der Sicht des Publikums vollständig verbargen.

Aus den Augenwinkeln sah Bertha wieder den Dirigenten auf seinem Pult, der dem Orchester jetzt ein Zeichen gab, woraufhin ein Donnerschlag aus Blech ertönte – die Beckenspieler hatten ihre metallenen Instrumente mit Kraft aneinandergeschlagen, sodass es klang wie plötzliches Gewittergrollen.

Aus dem Publikum kamen entsetzte Aufschreie, dann folgten Jubel und Applaus. Die Dresdner liebten gute Effekte im Theater und wussten außerdem, dass gleich eine ihrer Lieblingsarien folgen würde. Vier kräftige Maschinenarbeiter sprangen herbei und zogen an den Schnüren, die an den Holzbergen befestigt waren, bis sich das Bühnenbild nach und nach wandelte. Nun sahen die Zuschauer nicht länger die felsige, karge Berglandschaft, die der alte Arrigoni und sein zweiter Maler auf die ausgesägten Platten gezaubert hatten, sondern das in Dunkelblau gemalte Gemach der Königin der Nacht.

Über ihrem Thron wölbte sich ein Baldachin, der über und über mit goldenen Sternen verziert war. Sie blitzten und funkelten im Gaslicht, als handelte es sich tatsächlich um ein nächtliches Sternhimmelgewölbe. Ein Raunen ging durch den Zuschauersaal, und ein allgemeines Rascheln von Stoffen und Spitzenunterröcken zeigte an, dass sich alle aufrechter hinsetzten, um besser sehen und hören zu können, was sich nun auf der Bühne abspielen würde.

Der Kapellmeister hob die Hand, die Geigen begannen zu spielen, und die Königin der Nacht öffnete die Lippen und sang die ersten Worte ihrer Arie: «*Zum Leiden bin ich auserkoren, denn meine Tochter fehlet mir.*»

Bertha rieselte ein Schauder über den Rücken, als sie sich vorstellte, was der Sopranistin bei diesen Worten durch den Kopf gehen musste. Allein bei dem Gedanken, dass sie, Bertha, nach ihrem Mann auch noch einen ihrer Söhne verlieren könnte, wurde ihr angst und bange. Hastig bekreuzigte sie sich. Sie liebte ihre Kinder auch jetzt, da sie längst erwachsen waren, und Bertha hatte die Hoffnung, dass einer der beiden Söhne später für seine alte Mutter sorgen würde. Diesbezüglich war sie Elisabeth Wächter, die sich auf ihrem Thron aus Pappe gerade die Seele aus dem Leib sang, überlegen. Als Königin der Nacht klagte sie davon, wie ein Bösewicht ihre Tochter geraubt hatte und sie, die Mutter, ihr nicht hatte helfen können. Sie schluchzte melodisch, dass sie zu schwach gewesen sei, dass sie nichts hatte ausrichten können gegen die männliche Übermacht.

Währenddessen standen Prinz Tamino und der verstummte Papageno links und rechts vor ihrem Thron und hörten ihr anscheinend staunend zu.

Auch Bertha, in den Falten des Vorhangs versteckt, verfolgte jedes Wort atemlos, und sie war sicher, dass alle Menschen im Zuschauersaal ähnlich ergriffen waren wie sie.

Plötzlich wandelte sich die klagende Melodie, die Musiker im Orchester fielen in einen schnelleren Rhythmus, und die Sängerin erhob sich von ihrem Thron und baute sich in ihrem ausladenden Kostüm zu voller Größe auf. Mit gebieterischer Geste zeigte sie auf Tamino, der sogleich voller Respekt vor ihr auf die Knie ging.

«*Du!*», sang sie. «*Du wirst sie zu befreien gehen, du wirst der Tochter Retter sein.*» Tamino starrte sie an, es schien in seinem Kopf zu arbeiten. «*Und werd ich dich als Sieger sehen*», fuhr die Königin der Nacht fort, «*so sei sie dann auf ewig dein.*»

Jetzt strahlte Tamino und nickte voller Begeisterung bei der Aussicht, die junge Frau seiner Sehnsucht, die er freilich noch nie gesehen hatte, endlich zu besitzen.

Die Sopranistin breitete die Arme aus und holte tief Luft.

Es folgte der Teil, dessen Virtuosität der Arie ihre Unsterblichkeit verliehen hatte. Immer höher und höher schraubte sich Elisabeths Stimme, als sie die komplizierten Koloraturen in schwindelerregender Höhe zum Besten gab. Und obwohl sie zuvor behauptet hatte, sie sei nicht in Höchstform, so konnte Bertha nicht anders, als die Darbietung als makellos zu bewundern. Doch sie wusste auch, dass Elisabeth nach der Vorstellung Schmerzen leiden würde, denn für einen nicht ausgeheilten Stimmbandkatarrh war eine solche Verausgabung Gift. Solange aber der Vorhang geöffnet war, mussten die Darsteller alles geben, koste es, was es wolle. Die Illusion der Oper durfte auf keinen Fall von menschlichen Befindlichkeiten gestört werden, die Kunst musste immer siegen.

Das Publikum jubelte, als die Sängerin endete, und die Schlussakkorde des Orchesters gingen in Beifallsrufen und gellenden Pfiffen unter. Doch die Musiker waren nichts anderes gewohnt und spielten den Aufzug stoisch zu Ende.

Das Publikum der Dresdner Oper war lebhaft und davon überzeugt, dass jeder einzelne Zuschauer von ihnen im Grunde auch an der Vorstellung mitwirkte – ein ebenso wichtiges Rädchen im Getriebe des Theaters wie der Kapellmeister selbst, wie die Musiker, die Sängerinnen, die Kassenschreiber und jeder kleine Instrumententräger.

Schwer atmend trat die Königin der Nacht ab und fiel, sobald das Bühnenbild sie wieder vor den Augen der im Saal Sitzenden verbarg, Bertha auf der hinteren Bühne erleichtert um den Hals.

«Ich dachte, ich schaffe es nicht», japste sie, «ich dachte wirklich, es geht nicht. Aber wie immer ging es dann doch, irgendwie.»

«Sie haben meisterhaft gesungen», flüsterte Bertha ihr ins Ohr und geleitete die Frau mit der langen Schleppe vorsichtig hinter die Bühne, wo sie außer Hörweite waren. «Und nun haben Sie sich ein Schlückchen verdient, ehe sie noch einmal hinausmüssen.»

«Sie sagen es», stöhnte Elisabeth und hielt sich den Kopf mit dem schweren Schmuck. «Zumal die zweite Arie, die meine Rache verkündet, noch kniffliger ist. Aber eins nach dem anderen.» Sie trippelte neben Bertha her. «Jedes Mal tut es mir weh, dass ich meine Tochter dort oben verkaufen muss», flüsterte sie heiser. «Aber es ist ein schreckliches Schicksal, das die Königin der Nacht erleidet, finden Sie nicht? Erst verliert sie ihr geliebtes Kind, dann muss sie es an den Erstbesten verhökern, der ihr verspricht, das Mädchen außer Gefahr zu bringen. Aber woher weiß die Königin der Nacht denn, dass nicht auch Tamino ein Schwerenöter ist, der Unglück über Pamina bringen wird?»

«Aber das ist er doch nicht», protestierte Bertha und blieb stehen. «Er ist ein Prinz, der Mann ihrer Träume.»

Die Sängerin lächelte schwach, und im Halbdunkel meinte Bertha überraschend, eine Träne in ihrem Augenwinkel glitzern zu sehen.

«Ich finde es einfach furchtbar ...», sagte Elisabeth und stützte sich unerwartet schwer auf Bertha, «dass dieses junge Mädchen nicht einmal gefragt wird, was sie möchte. Wir Frauen müssen einfach immer darauf vertrauen, dass uns schon einer aus unserem Unglück errettet – nur, damit wir dann mit Haut und Haaren ihm gehören. Pamina geht von ihrer Gefangenschaft in eine erzwungene Verbindung mit dem Prinzen. Vom Regen in die Traufe, so sehe ich das.»

Sie sah Bertha mit einem melancholischen Ausdruck an.

Doch dann straffte sie sich und wischte sich energisch über die Augen.

«Ach, hören Sie nicht auf mich», murmelte sie. «Ich werde alt und sentimental. Es ist doch nur eine Oper!» Sie schüttelte vorsichtig den Kopf mit der schweren Krone darauf, sodass der goldene Halbmond schwankte. «Und nun zu den schönen Dingen des Lebens.» Elisabeth lächelte schief. «Wo ist der alte Wagner mit seinem Kümmellikör?»

## 20.

*Dresden, Samstag, 21. April 1849, spätabends*

Die Lichter im Königlichen Theater verlöschten nach und nach, nur in den Korridoren brannten noch ein paar Gasfunzeln und summten leise im Zwielicht. Die Mischung aus dem Stimmengewirr und dem Fußgetrappel der Zuschauer wurde leiser und verstummte schließlich ganz, als der letzte Gast durchs Foyer und am Kassenhäuschen vorbei nach draußen in die Dresdner Frühlingsnacht trat und die Saaldiener die Türen von innen verschlossen.

Christian stand in einer dunklen Loge und sah in den leeren Saal hinunter. Von der Bühne klang lautes Poltern herauf, die schweren Kulissen, die nicht mehr vonnöten waren, wurden über den Boden geschleift, und die Maschinenbauer riefen sich Kommandos zu, während sie die Spuren der Vorstellung beseitigten, Stühle und Requisiten hin und her trugen und die Notenpulte im Orchestergraben zusammenräumten. Am morgigen Abend würde hier auf derselben Bühne *Götz von Berlichingen* aufgeführt werden, ein beliebtes Ritterdrama von Johann Wolfgang von Goethe, bei dem die Kapelle nicht spielen würde.

«He, Chrischan!» Die vertraute Stimme von Carl klang aus dem staubigen Saal herauf. «Ich weiß doch, dass du da oben herumlungerst. Zeig dich!»

Christian zuckte zusammen, musste dann aber lächeln. Er trat zur Brüstung und lehnte sich vor, damit Carl, der gerade eine Säule vom Sonnentempel des Sarastro über die

Bühne schleppte, sein Gesicht im spärlichen Licht erkennen konnte. Der Freund kannte ihn gut genug, um von seinem Versteck zu wissen, von dem aus Christian die Opern verfolgte, wann immer es möglich war.

«Was willst du?», fragte Christian lachend hinunter.

Carl schob sich die speckige Mütze in den Nacken und sah zu ihm hoch. Er lehnte sich an das Säulenkapitell mit den zierlichen Schneckenformen, die Christian und Arrigoni sorgfältig mit goldener Ölfarbe aufgemalt hatten.

«Ich bin durstig!», rief er halblaut nach oben. «Wir treffen uns bei dir im Malersaal mit den anderen, in einer halben Stunde. Ich bringe ein paar Flaschen mit. Einverstanden?»

Christian wollte protestieren, denn ein Saufgelage im Malersaal konnte er eigentlich nicht verantworten, doch Carl warf sich schon wieder die Säule über die Schulter und schwankte hinter die Bühne.

Christian zuckte die Achseln. Er stieß sich von der Brüstung ab, verließ die Loge durch die bespannte Tapetentür und trabte durch den düsteren Korridor, der den Saal im zweiten Rang umgab. Dicke Teppiche verschluckten seine Schritte. Und noch immer klang Mozarts Musik in ihm nach, während er sich durch das stille dunkle Theater zurück in den Malersaal schlich. *Ach, ich fühl's, es ist verschwunden, ewig hin der Liebe Glück*, hatte Pamina gesungen, als sie dachte, die Liebe des Prinzen Tamino für immer verloren zu haben. *Nimmer kommt ihr Wonnestunde meinem Herzen mehr zurück!*

Christian kannte dieses Gefühl nur zu gut. An den meisten Tagen wurde die Wehmut zwar von der Gleichförmigkeit seiner Tage gedämpft, sie war sogar manchmal wie verschüttet, während er seiner Arbeit nachging, mit den Freunden scherzte, sich mit Line traf. Doch dann wieder, so wie heute Abend, da er heimlich der *Zauberflöte* gelauscht hatte, kehrte das Gefühl mit aller Macht zurück. Dann war ihm, als sprächen die Sängerinnen und Sänger unten auf der Bühne mit ihren Arien nur zu ihm. Als erzählten sie dem Publikum der Königlichen Oper die Geschichte *seiner* unerfüllten Liebe, die er auch nach Jahren nicht vergessen konnte.

Dabei hatte er es wirklich versucht. Aber immer, wenn er glaubte, er habe sich endgültg von Elise losgerissen, fing ihn eine zufällige Erinnerung an sie wieder ein. Es konnte eine fremde Frau sein, die mit einer ähnlich goldbraunen Haarfarbe an ihm vorüberging, ein Musikstück, das er zufällig hörte und das ihn an Elises Gesang erinnerte, oder ein Gedanke über die Verwandtschaft von Kunst und Musik, der ihm unversehens kam und der Elises Worten ähnlich war, als sie einmal davon gesprochen hatte.

Ob ihn das niemals loslassen würde?, fragte er sich und stieß die Tür zum Malersaal verärgert mit dem Fuß auf. Ob er sein ganzes Leben in dieser unseligen Sehnsucht gefangen bleiben musste?

Christian trat zu einem der Fenster. Die Luft im Raum war nach einem langen Arbeitstag stickig, es roch nach Terpentin und Ölfarbe, nach Lack und Holzspänen vom Aussägen der Platten für die Kulissen. Mit schnellen Bewegungen stieß er die beiden Fensterflügel auf und lehnte sich hinaus. Draußen stand die Nacht, nur schwach erhellt von den Kandelabern auf dem Opernplatz. Die feuchte Luft zog kühl von den Wiesen herein, und das leise Rauschen der dunklen Elbe mischte sich mit dem Rufen einer Nachtigall, die in den Büschen des nahen Ostra-Geheges rief.

Silbriges Mondlicht tropfte aufs Fensterbrett. Christian dachte an Elise, an ihren Blick bei der Begegnung in der Neustädter Hauptstraße, mit dem sie ihn halb erschrocken, halb herausfordernd angesehen hatte. Sie war noch immer dieselbe, wenn auch gereift, eine Frau und kein Mädchen mehr, doch noch immer schön, ja, vielleicht schöner als früher. Er dachte an den plötzlichen Wind, der an ihrem Tuch gezerrt und es ihm vor die Füße gewirbelt hatte. Und an ihren Geruch – denn als er den Stoff aufhob, war ihm Elises zartes Parfum in die Nase gestiegen, wie eine vertraute und doch so ferne, fast fremdartige Erinnerung, dass ihm die Knie weich geworden waren.

Wieder ertönte der Ruf der Nachtigall, es war eine Mischung aus Locken und sehnsüchtigem Gesang, der Christian ins Herz schnitt. Er lauschte, sog den Geruch nach feuchtem Gras und sumpfigem Flussufer ein und wünschte sich, Elise wäre jetzt hier bei ihm in der Stille der Nacht und würde nicht fortgehen, bis der Morgen dämmerte.

Kurz glaubte Christian, etwas hinter sich zu hören. Doch als er sich erschrocken umsah, war niemand da, nur die Kulissen und riesigen Holzrahmen ragten an den Wänden empor, und die schwere eiserne Leiter glänzte im Mondlicht auf.

Da hörte er die Freunde draußen heranpoltern. Ihre Schritte in den schweren Stiefeln näherten sich durch den Flur, dann flog die Tür auf.

«Ist die Luft rein?», fragte Carl, der, vom Flurlicht schwach beleuchtet, im Türrahmen stehen geblieben war. Hinter ihm drängten sich vier weitere Männer in Arbeitskleidung. Darunter war auch Fritz.

«Ich hoffe, der alte Arrigoni ist längst in den Federn», sagte er. «Er hat es ja nicht so mit der Revolution, ich hab schon das ein oder andere Mal mit ihm deswegen gestritten.»

Die Männer lachten.

«Diese ewig Gestrigen, die der Reaktion anhängen, werden schon sehen, was ihnen blüht», sagte Carl grimmig. «Der Revolution entkommt keiner. Wir werden uns endlich nehmen, was unser ist.»

Christian schüttelte sich kurz wie ein nasser Hund, dann ging er ihnen entgegen.

«Immer herein, wenn's kein Schneider ist», sagte er bemüht fröhlich, um die Schatten loszuwerden, die ihn umfangen gehalten hatten. «Wir sind unter uns.»

Die Freunde stapften in den Saal und ließen sich im Halbkreis auf dem Boden zwischen Farbtöpfen und bekleckssten Staffeleien nieder. Christian entzündete eine Petroleumlampe, die den Raum in sanftes gelbes Licht hüllte, und setzte sich zu den anderen. Lange Schatten tanzten jetzt über die Wände und die Malereien.

Carl zog zwei gefüllte Branntweinflaschen hervor, die er unter seiner Arbeitsweste getragen hatte. Er entkorkte eine und setzte sie an die Lippen. Danach ließ er sie kreisen, und jeder der fünf trank durstig.

«Das tut gut», sagte ein älterer Mann mit Fistelstimme. Er hieß Robert und war Klavierstimmer. Christian kannte ihn nur flüchtig. «Die Luft im Theater ist immer so staubig, das ist Gift für meine Lungen.»

«Du hast gut reden», knurrte ein anderer Mann, der Gottfried hieß, und rieb sich das Kreuz. «Lange macht mein Rücken die Arbeit als Abräumer nicht mehr mit. Schon als Kinder haben wir drüben in Loschwitz als Bomätscher-Gehilfen geschuftet. Seitdem bin ich die Rückenschmerzen nie mehr losgeworden.»

«Bomätscher?», fragte Fritz, der nicht aus der Gegend

stammte, und nahm einen weiteren tiefen Zug aus der Flasche. Er verzog das Gesicht, als das scharfe Getränk durch seine Kehle floss.

«Treidler oder Schiffszieher», sagte Gottfried und kniff die Augen zusammen, als sähe er die Bilder seiner Vergangenheit vor sich. «Schon unser Vater und unser Großvater waren Treidler. Sie zogen die schweren Elbkähne an Leinen stromaufwärts, und wir mussten mitmachen, sobald wir laufen konnten. Es war eine höllische Arbeit. Nicht selten wurde einer von uns Bomätschern dabei ins Wasser gerissen und tauchte unter den schweren Schiffen nicht wieder auf, so wie unser Onkel Gustav.» Er griff nach der Flasche und trank einen großen Schluck. «Er war einfach weg, in den Strudeln des aufgepeitschten Flusses verschwunden.» Wieder trank er. «Unsere Tante ging kurz danach selbst ins Wasser, sie konnte es nicht ertragen. Und unsere Eltern, die Mitleid hatten, nahmen ihre drei Kinder zu uns ins Haus. Von da an hatten wir noch weniger zu essen.» Er stellte die Flasche ab, krempelte ein Hosenbein auf und zeigte den Freunden im Flackern der Lampe einen verkrüppelten Fuß. «Die *Englische Krankheit*, die vom Hunger kommt», sagte er.

Die Freunde starrten einander dumpf an, sie alle hatten ähnliche Geschichten zu erzählen.

Christian dachte an Ernestines und seine eigene Kindheit als Waisen, an die lieblosen Pflegefamilien, in denen ihnen mit dem Stock der Willen ausgetrieben worden war, an die Plackerei in der Fabrik, an die Schmerzen in ihren kleinen Fingern, wenn sie zwölf, vierzehn Stunden ohne Pause Garn zu kunstvollen Teppichen geknüpft hatten.

Er stieß Carl in die Seite. «Öffnen wir auch die zweite Flasche?», fragte er.

Sein Freund reichte ihm die andere Branntweinflasche mit einem stummen Nicken. Christian öffnete sie, trank und spürte dankbar, wie der Schnaps durch seine Glieder rann und ihn entspannte.

«Das Schlimme ist ja», sagte der Klavierstimmer düster, «dass es heute nicht besser ist. Wir machen uns weiter den Buckel krumm für die da oben, und unsere Kinder, vor allem draußen vor den Städten, hungern wieder. Sogar schlimmer als wir damals, fürchte ich.»

«Über dem Land liegt ein Fluch», murmelte Fritz, «die vielen Missernten beweisen es. Nichts gedeiht hier mehr. Aber die Adligen, der König und die reichen Bürger der Stadt lassen es sich trotzdem gut gehen. Niemand von ihnen weiß doch, was Hunger ist. Das ist einfach nicht gerecht.»

«Und niemand tut etwas», fuhr Carl dazwischen. «Hier ein Reförmchen, da ein klitzekleines Zugeständnis an den Landtag, damit das Volk glaubt, seine demokratischen Forderungen seien längst erfüllt. Aber in Wahrheit liegt weiterhin alle Macht in den Händen des Königs und seiner treuen Minister. Und alles Geld besitzen sie auch weiterhin und geben es für Prunk und Feste aus, anstatt es für Schulen und die Lösung der sozialen Missstände zu verwenden.»

«Dann müssen *wir* eben etwas tun!» Christian hatte mit der Faust auf den Boden geschlagen.

Verwundert sahen ihn die Freunde an, dann legte ihm Carl lachend einen Arm um die Schultern.

«Chrischan, so hitzig kenne ich dich ja gar nicht», spottete er, und die anderen stimmten in das Gelächter ein.

Fritz schnappte sich die Flasche, aus der Christian inzwischen mehrere tiefe Züge genommen hatte, und roch mit einem Augenzwinkern an der Öffnung. «Das scheint guter

Stoff zu sein», höhnte er, «unser Schöngeist Hildebrand ist erwacht und will endlich für die Sache der Armen kämpfen. Das wurde ja auch Zeit.»

«Es ist doch wahr», sagte Christian beleidigt. Er merkte, dass seine Aussprache ein wenig undeutlich war, doch es war ihm egal. «Ihr sagt es ja selbst, niemand tut etwas. Dann müssen wir die Sache eben endlich in die Hand nehmen.»

«Aber wie?», fragte Gottfried.

«Wir brauchen Waffen», sagte Fritz bestimmt. «Es geht nur mit Gewalt.»

Christian machte große Augen. War es wirklich das, was er wollte?

«Und woher nehmen wir die?», fragte Gottfried.

«Nun ... Wo in der Stadt gibt es denn Waffen, mein Freund?», fragte Fritz zurück und sah herausfordernd in die Runde. «Strengt eure Köpfe mal an. Natürlich im Zeughaus!»

Carl pfiff leise durch die Zähne. «Bist du verrückt geworden, Fritzchen?», fragte er. «Wie willst du denn da hineinkommen? Da ist alles doppelt und dreifach bewacht.»

«Wir brauchen Verbündete und einen günstigen Moment», beharrte Fritz. «Die Leute vom Turnerverein sind gute Schützen, die sollten wir fragen. Außerdem ist die Stadt doch voller raufllustiger Studenten. Ein paar Revolver müssten fürs Erste aufzutreiben sein, und wenn wir dann einmal im Zeughaus sind, fallen uns die Schätze nur so in die Hände. Da gibt es Bajonette, Schießgewehre, ja sogar Kanonen.»

Robert, der ältere Klavierstimmer, hob beschwichtigend die Hände. «Langsam, ihr Hitzköpfe», mahnte er. «Was soll das denn bringen? Wollt ihr alle Minister erschießen und den König und seine Familie meucheln wie in Frankreich anno 1793?»

«So weit muss es nicht kommen», gab Fritz zu bedenken. «Du vergisst, dass die Franzosen ihre Könige auch danach mehrfach zum Teufel gejagt, sie aber nicht getötet haben. Karl X. und danach Louis-Philippe konnten fliehen, und Frankreich wurde letztes Jahr zur Republik erklärt.» In seinen Augen lag jetzt ein Funkeln. «Ich meine, eine richtige Republik! Mit einem Staatspräsidenten, und ohne dass ein sogenannter König von Gottes Gnaden weiter sein Spiel treiben kann. Das könnten wir doch hier in Deutschland genauso machen, oder?» Er lachte heiser. «Dass ich noch mal ein gutes Haar an den verteufelten Franzosen lasse, müsste man im Kalender anstreichen», brummte er. «Aber wie man die Mächtigen stürzt, das wussten sie schon immer.»

Christian spürte, dass ihn die Idee berauschte und begeisterte. Es war wagemutig, das Zeughaus zu stürmen, es wäre ganz sicher auch gefährlich. Doch die Starre, die ihn in den letzten Jahren immer wieder in die Knie gezwungen hatte, schien bei dem Gedanken an eine neuerliche Revolution von ihm abzufallen. Oder war das nur der Schnaps, der durch seine Adern schoss? Er hatte heute schon mehr getrunken als normalerweise. Aber er sehnte sich eben auch danach, dass endlich einmal etwas geschah. Er wollte wieder spüren, dass er am Leben war.

«Die Idee mit den Verbündeten ist vielleicht gar nicht so schlecht», sagte Robert widerstrebend und rieb sich die faltige Stirn. «Wir kleinen Leute könnten es allein nicht mit den Truppen der Regierung aufnehmen.» Er hob die Hände. «Ich rede nur so ins Blaue hinein, nicht dass ihr denkt, ich greife gleich nach dem Gewehr. Aber was wäre, wenn wir die Bürgerlichen, die Demokraten mit ins Boot holen? Einige von ihnen würden mit uns gemeinsame Sache machen, das weiß ich. Ich gehe ja in den Bürgerhäusern ein und aus, weil ich den Söhnen und Töchtern Klavierunterricht gebe. Viele Männer dort sympathisieren mit unseren Ideen, das weiß ich genau.» Er seufzte. «Ich werde mich mal umhören.»

«Wir sollten auch Kontakt zur Turnerbewegung aufnehmen», sagte Gottfried. «Das mache ich, ich kenne ein paar Kerle dort.»

«Und ich spreche noch mit dem Leiter des Männergesangsvereins», sagte Robert eifrig. «Er ist mein Schwager. In seinem Klub sind viele für eine Republik und für ein einziges großes Deutschland.»

«Habt ihr übrigens das hier gesehen?», fragte Gottfried und zog eine zerknüllte Zeitung aus seinem Hemdausschnitt. «Der alte Diener Wagner hat es mir vorhin in die Hand gedrückt. Offenbar sind jetzt auch die Frauen hier in Dresden aufgewacht und wollen sich unserer Sache anschließen.»

Carl lachte höhnisch auf. «Frauenzimmer?», rief er und schlug sich verächtlich an die Stirn. «Wenn unsere Bewegung vom schwachen Geschlecht abhängt, dann gnade uns Gott.»

«Lies doch erst mal», sagte Gottfried, «da schreiben ein paar ganz kluge Köpfe, scheint mir. Und nicht nur Damen, die sich über Spitzenklöppelei und Kindererziehung auslassen. Ich sage dir, die haben Haare auf den Zähnen.»

Christian griff nach den zerknitterten Zeitungsseiten und beugte sich über den Artikel, auf den Gottfried deutete. *Schwestern der Revolution*, lautete die Überschrift, und darunter folgten wohlformulierte Thesen, weshalb der Kampf um Freiheit und Wahlrecht auch Frauen mit einschließe.

Ganz unten stand der Name der Verfasserin. Christian stutzte. *Barbara Spielmann*?

Er ließ die Zeitung sinken.

«Donnerwetter», murmelte er. Es musste die Schwester von Elise sein, sie waren die einzige Familie dieses Namens in Dresden. Und Elise hatte ihm einmal von ihrer jüngsten Schwester erzählt, die sich nicht in ihre Rolle fügte und ein Wildfang sei. Doch dass sie nun öffentlich in einer Zeitung für die Sache der Frauen und der Revolution schrieb, war ungeheuerlich und würde ihr sicher Ärger einbringen.

Was wohl Elise darüber dachte? Ob sie sich Sorgen wegen der aufrührerischen Schwester machte oder es vielmehr guthieß, dass Barbara für die Zeitung schrieb?

Ein erster Impuls von Christian war, ihr gleich zu schreiben und sie zu fragen, bis ihm einfiel, dass das nicht ging. So geschah es häufig – wenn er etwas las oder hörte, von dem er meinte, es könnte Elise interessieren, verspürte er sofort das Bedürfnis, mit ihr darüber zu sprechen. Als wären sie eben erst von dieser Bank im Ostra-Gehege aufgestanden, auf der sie einst an einem denkwürdigen Sommertag vor acht Jahren miteinander gesessen hatten. Doch im nächsten Augenblick erkannte er jedes Mal die Sinnlosigkeit dieses Wunsches. Sein inneres Empfinden, die Illusion von Nähe und Vertrautheit war nur ein Trugbild und hatte mit der Wirklichkeit nichts gemeinsam.

Die kurze Euphorie, die Christian bei dem Gespräch mit den Freunden überkommen hatte, verebbte und fiel wie die Asche eines ausbrennenden Feuers in sich zusammen. Den weiteren Verlauf der Diskussion darüber, ob Frauen ernst zu nehmende Verbündete sein konnten oder eher nur für das eine gut waren, verfolgte er nur noch mit halbem Ohr.

In den Händen hielt er weiterhin die Zeitung. Selbstvergessen strich er mit den Fingern über die Druckerschwärze der Buchstaben, die den Namen *Spielmann* bildeten.

## 21.

*Brief von Clementine Fuchs an Ernestine Hildebrand, Dresden, Sonntag, 22. April 1849*

*Teure Freundin!*

*Gern würde ich behaupten, dass mir die Karten oder gar die Sterne unser Aufeinandertreffen angezeigt hätten, aber das wäre eine Lüge. Und ich bin schon lange genug im Geschäft und weiß, dass es einem schlecht bekommt, wenn man eine falsche Wahrheit behauptet. Nein, es ist nicht Schicksal, sondern Zufall gewesen, dass wir einander im Schulhaus begegneten. Zufall, dass wir nebeneinandersaßen und ich Dich mit wenigen Worten überzeugen konnte, dass es unser gegenseitiges Glück wäre, uns wiederzusehen. Seitdem Du zu mir kamst und wir in meinem alten Wagen beisammensaßen und Tee tranken und redeten – und wohl auch schwiegen, ja, beredt schwiegen und uns nur immerfort ansahen … Seitdem geht mir nicht mehr aus dem Kopf, wie sehr der Zufall doch unser Leben bestimmt. Und wie gern wir ihn – besonders ich mit meiner Profession – Schicksal nennen würden, weil das Leben dann die Bedeutungsschwere bekäme, nach der wir uns alle sehnen. Denn da das Leben doch für uns alle irgendwann wieder endet, meistens früher als erwünscht, würden wir ihm gern eine Zutat beimischen, die der Ewigkeit abgetrotzt ist, damit wir uns im Spiegel der Bedeutsamkeit bewundern können. Wenigstens ein paar Mal, ehe schon wieder alles mit uns zu Ende geht.*

*Aber nun kenne ich Dich, liebe Freundin, und ich gestehe, dass mir mein bisheriges Wünschen und Sehnen und Streben*

*seltsam durchscheinend vorkommt, wie ein fernes Echo früherer Passionen.*
*Etwas Neues ist in die Mitte meines Daseins getreten, seitdem Du Deine hübsche Nase durch die Zeltbahn an meinem Wagen stecktest und fragtest, ob hier eine gewisse Clementine Fuchs ihr Gewerbe treibe. Etwas anderes hat sich in meine Umlaufbahn geschoben, eine neue Sonne, die heller als je zuvor auf mich niederbrennt, ist aufgegangen. Du, liebe Freundin, wenn ich das so rundheraus schreiben darf, hast mich ganz eingenommen. Mit Deiner schönen Stimme und Deiner Klugheit und Deiner Unerschrockenheit, die mich wieder daran erinnert hat, wofür es sich zu leben lohnt. Nicht Rache ist es, die uns Menschen vorantreibt, wie ich lange Zeit dachte. Und auch nicht blanker Eigennutz, um sich selbst zu erhalten, was ich stets als mein höchstes Ziel gesehen habe. Nein, da gibt es noch etwas anderes, das die Welt zusammenhält und uns Menschen erfüllt – ja, erst zu Menschenwesen macht. Und ich bin froh, so froh und glücklich, dass ich es endlich wieder erinnert habe, nachdem ich es lange vergessen hatte.*
*Hoffentlich wird uns ein Treffen des Vereins bald erneut zusammenführen, wenn wir die zweite Ausgabe der Frauenzeitung besprechen. Ist die erste, die vor zwei Tagen endlich erschien, nicht prachtvoll geworden? Wenn ich die vielen bedruckten Blätter in den Händen halte und die Stimmen der Frauen lese, durchströmt mich nichts als Stolz und Ehrfurcht, wenn ich betrachte, was wir geschaffen haben. Gemeinsam geschaffen. Jede für alle – so steht es ja auch gleich auf der ersten Seite. Und so will ich es halten, auch und vor allem mit Dir.*
*Du schreibst in Deinem Brief, dass Du einen Artikel zur Frauenbildung verfasst hast, den Du Fanny Regensberg zeigen möchtest. Ich begleite dich gern ins Waisenhausstift, wenn es Dir*

*recht ist. Und keine Sorge, ich verliere unseren Zweck, unsere Arbeit für die Frauen nicht aus den Augen. Aber etwas anderes strahlt dazwischen, darüber, und es wärmt mich und gibt mir Kraft. Du, Ernestine!*

*Immer die Deine*
*Clementine*

## 22.

*Dresden, Dienstag, 24. April 1849*

Adams Finger umklammerten Elises Hand im weißen Spitzenhandschuh, und als sie versuchte, sie ihm vorsichtig zu entziehen, hielt er sie nur noch fester. Dabei sah er mit unbewegtem Gesicht nach vorn auf die kleine Bühne, auf der gerade ein Männergesangsverein Aufstellung nahm. Der Dirigent schwitzte im Frack, seine Halbglatze glänzte in der Frühlingssonne, während er herumfuchtelte und die Bässe, Tenöre und Baritone, sämtlich bis zum Kinn in schwarzem Gehrock und gestärktem Hemd, auf der Bühne hin und her schob und wie menschliche Orgelpfeifen anordnete.

Elise versuchte, auf dem hölzernen Stuhl des Gasthauses eine bequemere Position zu finden, ohne dass ihr ausladender Reifrock aus grüner Seide allzu sehr zerdrückt wurde. Sie und Adam saßen genau wie die anderen Gäste aus Dresden, die zum heutigen Frühlingskonzert des Gesangsvereins *Liederkranz* gekommen waren, an den kleinen Tischen der Gastwirtschaft im Großen Garten, tranken Kaffee und löffelten tiefviolette Holundersuppe aus den Beeren des letzten Herbstes, in der helle Grießklößchen schwammen. Viele der Herren genehmigten sich auch ein Bier und den ein oder anderen Schnaps, die Damen hielten sich zumeist an den zarten Porzellantassen mit goldenem Rand fest, in denen heißer Kaffee dampfte.

Elise ließ den Blick schweifen. Die barocke Gartenanlage aus den Tagen Augusts des Starken grünte in diesen Tagen so herrlich, dass man den herannahenden Sommer bereits spüren konnte. Entlang der Spazierwege wuchsen Fliederbüsche, die noch immer leicht an ihren ersten weißen und violetten Blütendolden trugen. Schimmernde Statuen aus Marmor bewachten die Blumenrabatten, in denen helle Krokusse, tiefblaue Hyazinthen und gelbe Narzissen um die Wette blühten. Ein Reiher saß majestätisch am anderen Ufer des kleinen Sees und sah unbewegt auf das silbrig blaue Wasser hinaus, als wäre er ebenfalls eine kunstvoll gefertigte Statuette.

Endlich gelang es Elise, ihrem Ehemann die Hand zu entziehen. Sie rieb sich verstohlen die Fingerspitzen, in denen das Blut durch Adams festen Griff aufgehört hatte zu fließen.

Seit einigen Tagen, seit ihrem Gespräch über Netty, schien er verändert. Etwas Verbissenes hatte sich in seine ohnehin oft strenge Miene geschlichen, das Elise nicht deuten konnte. Sie hatten nicht mehr über ihren Streit im Coselpalais gesprochen, doch heute Morgen hatte Adam sich neben ihr aufgebaut, ihr eine Zeitung auf den Frühstückstisch geknallt und mit dem Finger auf einen Artikel gedeutet.

«Deine Schwester ist jetzt also unter die Revolutionäre gegangen?», hatte er gezischt. «Das kann uns allen erheblich schaden, weiß sie das denn nicht?»

Elise hatte den Artikel überflogen, der mit Barbaras Namen unterschrieben war. Und obwohl sie Adams Wut spürte, regte sich in ihr Stolz auf ihre jüngere Schwester, auf ihren Mut. Doch Elise sagte nichts, legte stattdessen beschwichtigend eine Hand auf die ihres Mannes.

«Ich werde mit Barbara reden», versprach sie halbherzig. Aber sie sah, dass Adam ihr nicht glaubte.

«Am besten hältst du dich fern von ihr», knurrte er und

zerknüllte die Zeitung. «Es reicht, dass man sich in der ganzen Stadt über Annette das Maul zerreißt, da muss jetzt nicht auch noch jeder Spatz von den Dächern pfeifen, dass die Frauen der Familie Spielmann außer Rand und Band geraten sind.»

Elise hatte es vorgezogen, ihn nicht darauf hinzuweisen, dass sie selbst sich nichts zuschulden hatte kommen lassen, und nur noch geschwiegen, genau wie Adam. Ein eisiges Schweigen war es gewesen, das bis weit über den Morgen hinausreichte und die hellen Räume der Neustädter Wohnung füllte wie Nebel.

Auch deswegen hatte sie vorgeschlagen, die Einladung zum heutigen Nachmittagskonzert im Großen Garten anzunehmen, denn vielleicht würden sie beide dadurch auf andere Gedanken kommen? Elise hatte Netty, die nicht lange genug still sitzen konnte, mit Merle auf einen Spaziergang durch den Park geschickt. Sie wusste schon jetzt, dass das Kind – den Argusaugen seiner Eltern endlich entkommen – sicherlich die Gelegenheit nutzte, nach Herzenslust zu tanzen und zu springen, über jedes Mäuerchen zu hüpfen und den Kaninchen nachzujagen, die auf den weitläufigen Rasenflächen herumhoppelten. Es würde ihrer Tochter guttun. Und Elise hatte ein wenig Zeit, ihre Gedanken zu ordnen, während sie der Musik lauschte.

Adam brummte unwirsch etwas vor sich hin und schnippte nach einem der Kellner, um eine Karaffe Rotwein und Kuchen zu ordern. Elise musste sich zurückhalten, um ihn nicht zu ermahnen, es langsam angehen zu lassen. Sie wusste, dass ihm schwerer Alkohol und reichhaltige Buttercreme zusetzten und einen neuerlichen Gichtanfall auslösen konnten. Aber sie biss sich auf die Zungenspitze und schwieg.

Würde Adam die nächsten Tage das Bett hüten müssen, sollte es nicht ihre Sorge sein. Im Gegenteil, es würde ihr sogar etwas Atemluft verschaffen.

Und die hatte sie, dachte Elise und zückte trotz des noch kühlen Aprilwinds ihren Fächer, wahrhaft nötig.

Die Gespräche ringsum verstummten, als der Dirigent auf der Bühne den Taktstock hob und der Männerchor anfing zu singen. Elise sah den Stolz in den Mienen der Sänger, ihre aufrechte Haltung. In den langen Jahren der Restauration waren viele solcher Sängervereine, aber auch die republikanisch geprägten Turnvereine, verboten gewesen, doch nun wehte eine etwas freiheitlichere Luft. Besonders die Komponisten der Romantik hatten es den Chören angetan, und so wunderte es Elise auch nicht, als sie nach den ersten Takten ein Stück von Robert Schumann erkannte. Es war eine getragene, sanfte Melodie, die von einer nächtlichen Szenerie erzählte: *In stiller Bucht, bei finstrer Nacht schläft tief die Welt im Grunde*, sangen die Männer.

Elise lehnte sich auf ihrem Stuhl so weit zurück, wie es ihr Korsett erlaubte. Sie ließ den Fächer langsam auf und ab gehen und betrachtete die Gesichter der Sänger, die inbrünstig und konzentriert ihrem Dirigenten folgten. Einige rissen die Münder weit auf, andere spitzten sie wie Fischmäuler, aber in allen Augen stand Hingabe – und das war schließlich die Hauptsache in der Kunst.

Ringsum an den kleinen Tischen des Gasthauses klimperten Silberlöffel auf Porzellan und wurden Gläser mit leisem Klirren abgestellt. Ein Dackel, der an einer Leine auf dem angrenzenden Parkweg entlanggeführt wurde, kläffte aufgeregt dazwischen. Doch das tat der Schönheit des Liedes keinen Abbruch.

Der Männerchor sang noch zwei weitere Stücke. Alles stand heute im Namen Schumanns, des Leipziger Komponisten, der seit einigen Jahren mit seiner Familie in der Waisenhausstraße hier in Dresden nicht weit von der Wohnung der Spielmanns lebte.

Elise liebte seine Musik sehr, ganz besonders, seit sie einmal vor fünf Jahren Clara Schumann bei einem Konzert im *Hôtel de Saxe* erleben durfte, die das Klavierkonzert a-Moll ihres Ehemanns gespielt hatte. Von jeher fühlte sich Elise Clara Schumann, geborene Wieck, auf eigentümliche Weise nahe. Sie beide verband die Liebe zur Musik ebenso wie der Wunsch nach öffentlicher Anerkennung als Musikerin. Doch Elise hatte niemals länger mit der anderen Frau gesprochen, obwohl sie einander freundlich grüßten und sich nach einem Konzert auch ab und an ein paar höfliche Zeilen auf einem Billett zukommen ließen. Es gab wenig Raum für eine Frauenfreundschaft, die nicht die gemeinsame Sorge um die Kinder zum Inhalt hatte, sondern eine geteilte Leidenschaft für die Künste. Solche Freundschaften pflegten in Elises Welt vor allem die Männer.

Applaus brandete auf. Die Sänger traten zu einer Pause ab, und Adam erhob sich steifbeinig. Er hielt Elise die Hand hin.

«Lass uns ein paar Schritte gehen», sagte er und verzog schmerzlich das Gesicht, als er seinen schlimmen Fuß belasten musste. «Wenn ich die ganze Zeit hier herumsitze, komme ich nachher gar nicht mehr hoch.»

Er bemühte sich sehr, dass niemand sein Humpeln bemerkte, und Elise half ihm, indem sie so tat, als ließe sie sich fürsorglich von ihm führen, während es eigentlich sie war, die Adam stützte.

Eine Weile gingen sie auf dem Spazierweg entlang, bewunderten die Schwäne und Enten auf dem See und grüßten höflich in alle Richtungen. Am Ende des Wegs stand eine herrliche Marmorskulptur des Bildhauers Antonio Corradini, und Elise blieb stehen und trat näher heran. Ein alter Mann mit kunstvoll gelocktem Bart riss einer jungen Frau einen Schleier vom Gesicht, seine Finger waren in ihren Marmorbauch gepresst. Unwillkürlich tastete Elise nach ihren eigenen Rippen, die schon allein beim Anblick dieser groben Geste schmerzten. Die steinerne Frau hatte ihre Finger in die Haare des Alten geflochten, und Elise schien es, als wehre sie sich verzweifelt dagegen, dass er ihr Gesicht mit Gewalt vor aller Augen entblößen wollte.

«*Die Zeit enthüllt die Wahrheit*», sagte Adam, der neben sie getreten war, heiser.

Elise spürte, wie er nach ihr griff und ihr einen Arm um die Taille legte. Nie zuvor war ihr – obwohl sie doch oft hier durch den Großen Garten spazierte – die Bedeutung hinter dem Titel dieses Kunstwerks so bewusst geworden wie heute. Sie musterte Adam mit einer neuen Fremdheit, als sähe sie ihn zum ersten Mal. Die silbernen Strähnen seines Haars leuchteten unter dem Zylinder fahl in der Sonne, und die Furchen in seinem Gesicht schienen ihr heute besonders tief.

Sie spürte jetzt seinen Atem auf ihrem Gesicht, so nah war er ihr.

«Wird die Zeit auch für uns eine Wahrheit enthüllen, die wir jetzt noch nicht kennen?», fragte er leise, aber mit stählerner Stimme. «Oder bleibt sie für immer verborgen? Das wäre dir wohl das Liebste, oder?»

Was meinte er nur?, fragte sie sich beklommen, doch sie

hatte keine Zeit, weiter darüber nachzudenken. Denn seine Finger krallten sich in ihre Taille, so schmerzhaft, dass sie sich Adams Griff erneut entziehen wollte. Ganz so, als wäre sie die weibliche Marmorfigur, mit der sie eben noch mitgefühlt hatte. Adam packte sie jetzt noch fester und versuchte sogar, sie zu küssen – etwas, was am helllichten Tag an einem öffentlichen Ort selbst unter Eheleuten unüblich war. Er presste seine Lippen unerbittlich auf ihre, und Elise blieb nichts anderes übrig, als seinen überraschend ungestümen Kuss über sich ergehen zu lassen. Wie immer war sie eher abgestoßen als entflammt von Adams Nähe, aber sie war auch geübt darin, das zu verbergen. Daher überließ sie sich einen Moment seiner groben Zärtlichkeit – ehe er ganz plötzlich wieder von ihr abließ, sich umdrehte und ohne ein weiteres Wort zum Gasthaus zurückhumpelte.

Irritiert sah sie ihm nach. Seine Unberechenbarkeit machte ihr zunehmend Sorgen. Schon früher war ihr an Adam aufgefallen, dass er zwei Gesichter zu haben schien, und nun, je älter er wurde, prägte sich dieser unstete Wesenszug immer stärker aus.

Die grüne Seide ihres Rocks raschelte über dem weißen Kies, als sie Adam langsam folgte. Über ihr zog eine grauweiße Wolke vor die Sonne und tauchte den Park in tiefen Schatten, nur um gleich darauf wieder fortgeweht zu werden, worauf das Licht zurückkehrte und grell aufleuchtete wie einer der Scheinwerfer, der die Bühne der Semper'schen Oper beleuchtete.

Da sah sie ihn. Christian. Er lief keine zehn Meter entfernt durch den Großen Garten, am Arm eine junge Frau in einem einfachen, etwas zu tief ausgeschnittenen Kleid. Sie flüsterte ihm gerade etwas ins Ohr, und Christian lachte amüsiert. Er zog die Fremde weiter über den Weg auf der anderen Seite der Rasenfläche, wo Elise eben noch gegangen war.

Wie angewurzelt blieb sie stehen. Ihr Herz pochte wild, und sie fürchtete, dass jeder ihr den Schreck ansehen konnte. Doch zum Glück achtete niemand auf sie. Adam war bereits an ihren Tisch auf der Terrasse des Gasthauses zurückgekehrt und leerte soeben den Rest Wein aus der Karaffe in sein Glas. Auf der Bühne hatte der Männerchor erneut Aufstellung genommen. Der Dirigent hob die Arme, und die Sänger begannen wieder, Schumann vorzutragen. *Zittr', oh Erde, dunkle Macht bis zum Abgrund nieder*, sangen sie diesmal. Es war das *Freiheitslied*, das seit dem letzten Jahr jeder kannte und dessen Botschaft – dass der entfesselte Gedanke den Menschen zum Freiheitskampf riefe – auch Elise immer wieder aufs Neue bewegte. Aber diesmal dachte sie bei den Zeilen nicht an die Revolution der Deutschen, sondern an ihre eigene Situation: *Wie des Kerkers Fuge kracht, wenn von einem Blitze, dem, der drinnen liegt in Nacht, wird gezeigt die Ritze, wie das Haupt die Hoffnung hebt, und der Geist zur Freiheit strebt.*

Sie dachte an ihren eigenen Kerker und fragte sich, ob in dessen Mauerwerk irgendwann eine Ritze aufklaffen und den Schimmer des Lichts hineinlassen würde.

Etwas rauschte in ihrem Kopf so laut, dass ihr schwindlig wurde, während sie Christian und der fremden Frau nachsah. Jetzt legte diese mit vertrauter Geste ihren Kopf an seine Schulter und ließ sich weiter von ihm durch den Park ziehen. Und gerade, als Elise sich aus ihrer Starre lösen und so schnell wie möglich an ihren Tisch zurückkehren wollte, drehte sich Christian unvermittelt um – so, als hätte er gewusst, dass sie hier stand. Sein Blick traf ihren, und auch er zuckte zusammen und starrte sie einen Moment an.

Schon einmal hatten sie einander so angesehen, erinnerte sich Elise. Es war am Tag ihrer Hochzeit gewesen, als er plötzlich wie aus dem Nichts vor der Hofkirche aufgetaucht war und die Welt für eine Sekunde stillgestanden hatte. Nur, um sich gleich darauf noch schneller weiterzudrehen.

So schien es auch jetzt. Der Moment gefror, und Elise und Christian hielten einander mit Blicken über die grüne Wiese und die schwankenden Narzissen hinweg fest. Unmerklich schüttelte er den Kopf, als wolle er sie zum Schweigen mahnen. Dann wandte er sich ab.

Die Fremde war ebenfalls stehen geblieben und sah Christian stirnrunzelnd an.

Sie war eine unauffällige Schönheit, dachte Elise, mit dichtem Haar und einem gefälligen Mädchengesicht, dazu kräftig, ja üppig gebaut. Unwillkürlich zog Elise den Seidenstoff ihres eigenen Kleides über ihrem Ausschnitt zurecht. Immer sagte man ihr, sie sei zu dünn, wirke eckig und nicht fraulich genug. Und nun, gegenüber Christians Begleitung, schenkte sie all diesen Stimmen auf einmal Glauben.

Sie löste sich endlich und stapfte eilig durch den Kies fort, sodass die Steinchen aufspritzten. Es war lächerlich, dachte sie wütend, sie war eine erwachsene Frau, eine Frau von Stand und Namen, eine bekannte Musikerin, die ganze Konzertsäle füllte. Sollte sich Christian doch vergnügen, mit wem er wollte, ihr konnte es ganz egal sein.

Hastig setzte sich Elise auf ihren Platz, mit noch immer klopfendem Herzen, und sah unauffällig ein letztes Mal zu dem Paar hinüber, das jetzt Arm in Arm weiterging und kurz darauf hinter einer gestutzten Hecke verschwand. Krampfhaft versuchte sie, sich wieder auf die Musik zu konzentrieren.

Die letzte Strophe lautete: *Wie im Arm der Buhlerin einer liegt versunken, durch den lustberauschten Sinn plötzlich zuckt ein Funken, dass er dort, wo Engel geh'n, sieht die reine Liebe steh'n, die ihn aufwärts winket!*

Elise fröstelte. War sie gar nie die reine Liebe von Christian gewesen? War es vielmehr diese Frau mit dem nachlässig geschnürten Mieder, über deren Worte er so herzlich gelacht hatte? War Elise am Ende nur die *Buhlerin*, die sich einst *lustberauscht* der Schwärmerei hingegeben hatte und nun zeitlebens deswegen leiden musste?

Fahrig griff sie nach dem Weinglas von Adam, der sie erstaunt ansah. Er sagte jedoch nichts, als sie zwei tiefe Züge nahm, um das Toben in ihrem Inneren zum Verstummen zu bringen. Angestrengt blinzelte sie in den Frühlingstag hinein und kämpfte mit den Tränen.

«Frau Jacobi?», raunte da jemand hinter ihr, und sie zuckte zusammen.

Einer der Kellner stand da, in der Hand ein Kuvert, das er ihr hinhielt. Erstaunt griff sie danach, brach das Siegel und öffnete das Briefchen. Sie zwinkerte ihre Tränen fort, überflog die hastig hingeworfenen Zeilen in Eduards Handschrift und stand abrupt auf.

«Was ist?», fragte Adam und blickte überrascht zu ihr auf.

«Ich muss nach Hause», flüsterte sie, «meine Mutter ... Sie braucht mich.»

Und ohne ein weiteres Wort raffte sie ihren Reifrock und lief los.

## 23.

*Dresden, Dienstag, 24. April 1849, zur gleichen Zeit*

Georg spürte, wie ihm der Schweiß bei der erneuten Wiederholung der Ouvertüre über das Gesicht lief und in seinem weißen Kragen versickerte. Doch er ließ sich nicht beirren und umklammerte den Geigenbogen mit der Rechten, während die Finger der linken Hand die Läufe auf den Saiten griffen.

Schon der virtuos komponierte Beginn der beliebten Mozart-Oper verlangte besonders den Streichern, den Geigern, Cellisten und Bratschisten alles an Können und Fingerfertigkeit ab. Die Musik schien vom ersten Takt an zu schäumen und zu brodeln. Und die Turbulenzen, die sich während des Operngeschehens auf der Bühne abspielen würden, zeigten sich schon hier – ein Vorgeschmack auf das bunte, flirrende Verwirrspiel, das man den Zuschauern während der nächsten Stunden darbieten würde.

Nach der letzten Aufführung von *Figaros Hochzeit*, bei der den Mitwirkenden einige Patzer unterlaufen waren, hatte der Kapellmeister getobt und gewettert, dass er nicht nach Dresden gekommen sei, um mit einem Haufen Stümper Provinztheater zu machen. Deshalb hatte er für den Nachmittag vor der nächsten Vorstellung eine zusätzliche Hauptprobe anberaumt, in der er laut seiner wortreichen und lautstarken Ankündigung besonders das Orchester auf Spur bringen wollte. Die Solisten dagegen wagte er nicht zu kritisieren, er wusste wohl, dass es sich dabei um Größen handelte, die weit über Sachsens Grenzen hinaus ihresgleichen suchten.

Dass das Dresdner Publikum schon bei der Premiere des *Figaro* begeistert gewesen war, dass die Zuschauer getrampelt, gepfiffen und sich heiser geschrien hatten, bis der Vorhang zum neunten Mal fiel, und dass die Kritiken in den Zeitungen überschäumend gewesen waren, hatte Richard Wagner nicht gelten lassen. Alle wussten, dass er selbst an einem neuen Opernstoff saß, dessentwegen er sich bereits mit Direktor Lüttichau angelegt hatte und daher zunehmend übellaunig war. Offenbar sahen die Herren Direktoren den Sagenstoff des *Lohengrin*, der Wagner für eine Oper vorschwebte, nicht als besonders geeignet an, um das deutsche Nationaltheater, das Wagners Herzenssache war, zu neuen Höhenflügen zu bringen. Oft genug hatte er sich darüber in den Probenpausen im kleineren Kreis bei seinen Vertrauten beschwert. Georg hatte es mit angehört und dem Kapellmeister insgeheim zugestimmt. Die Ideen dieses Mannes waren streitbar, aber immerhin frisch und in Georgs Augen genau das, was die Oper in Dresden brauchte. Doch er war nur ein kleiner Geiger und hatte keine Ambitionen, geschweige denn das Recht, sich in die Diskussionen einzumischen – er musste spielen, was ihm vorgesetzt wurde. Und das war heute mal wieder Mozart.

Schwitzend strich er auf seinem Instrument herum und sah zu Wagner auf, wie er am Dirigentenpult herumtänzelte, die Musiker mit seinem Taktstock anstachelte und das Stück noch einmal und noch einmal wiederholen ließ, sodass nicht nur Georg am ersten Violinpult der Schweiß troff.

Endlich war die Ouvertüre vorbei, in einigen fulminanten Schlussakkorden gelangten sie zum Ende. Wagner klopfte mit dem Stock auf das Pult, und alle ließen erleichtert die Instrumente sinken und wischten sich verstohlen Stirn und Finger an den schwarzen Jacken ab. Doch schon hob der Kapellmeister erneut die Hände. Alle setzten sich aufrechter hin und spielten die erste Nummer, das Duett zwischen Susanna und Figaro. Beide Solisten standen vorne auf der Bühne, jedoch ohne Kostüm und Bühnenbild. Sie schlichen umeinander her und probten die Szene, wie Figaro das Zimmer für sich und seine Zukünftige ausmisst und Susanna währenddessen vor dem Spiegel einen Hut für die Hochzeit anprobiert.

Georg konnte jetzt ein wenig durchschnaufen, weil in diesem Teil der Partitur der Gesang im Vordergrund stand und das Orchester nur begleitende Funktion hatte. Tatsächlich musste er sogar lächeln bei den Neckereien zwischen den Verlobten: der verzweifelte Versuch Figaros, die Maße nicht durcheinanderzubringen, sein wiederholtes Zählen – *Cinque! Dieci! Venti!* – und Susannas aufdringliches Buhlen um Komplimente zu ihrem Aussehen, mit dem sie Figaro in den Wahnsinn treibt.

Es erinnerte ihn an seine eigene Verlobungszeit mit Amalie. Wie jung sie da gewesen waren!, dachte er und rief sich die Wochen vor ihrer Vermählung ins Gedächtnis, die Aufregung und die akribischen Vorbereitungen der Brauteltern. Auf dem Landsitz der alten von Brühls hatten er und Amalie Hochzeit gefeiert. Wie gestern schien es ihm, als ihm kurz vor der Trauung in der Hofkirche ein Knopf an seinem Frack abgesprungen war. Amalie, die trotz ihrer Nervosität als junge Braut einen kühlen Kopf bewahrte, hatte Rat gewusst und ihm rasch aus etwas Garn, das sie für solche Zwecke in einem Brusttüchlein mitführte, eine Schlaufe gebunden und die Jacke wieder geschlossen. Schon damals hatte Georg endgültig gewusst, dass sie die Richtige war – trotz ihrer großen Nase. Und ganz sicher war sie nicht nur wegen der noch größeren Erbschaft, die sie mitbrachte, die Richtige, sondern vor allem, weil sie stets wusste, was zu tun war. Und obwohl diese Stärke über die Jahre immer wieder empfindlich von ihren melancholischen Anwandlungen gestört wurde, war sie nie versiegt und hatte ihm ebenfalls Kraft gegeben. Amalie und er konnten stolz auf ihr Lebenswerk sein, auf ihre gut geratenen Kinder – Georg vermied den Gedanken an Barbara, deren Lebenswandel ihm Sorgen bereitete – und auf ihre mustergültige Ehe.

Doch als er daran dachte, wie schwach Amalie in letzter Zeit geworden war, wie dünn und müde sie stets schien, zog sich sein Herz erneut sorgenvoll zusammen. Beinahe hätte er seinen Einsatz für die zweite Nummer der Oper verpasst. In letzter Sekunde stieß ihn sein Sitznachbar zur Rechten, der wieder genesene Herr Schubert, mit der Bogenspitze in die Seite. Georg zuckte zusammen und hob dankbar die Geige – gerade noch rechtzeitig für den ersten Takt des Rezitativs.

Richard Wagner sah vom Pult streng durch seine Brillengläser auf ihn herab und runzelte die Stirn, dirigierte aber die Nummer ungerührt zu Ende.

Schon folgte ein weiteres Duett von Figaro und Susanna und dann der Auftritt der Solisten in den Rollen des Arztes Dr. Bartolo und der Haushälterin Marcellina, die durch eine Geldschuld mit Figaro verstrickt und Susannas Rivalin war.

Die Kapelle gab alles, die Holzbläser säuselten, die Geiger strichelten und schmeichelten, das Blech trompetete, und Wagner am Dirigentenpult trieb sie alle voran wie ein

Hirte seine Schafherde. Bartolo beschwor seine Rache – *La vendetta, oh, la vendetta!* –, Marcellina warf in ihrem Duett mit Susanna wütend die Arme in die Höhe, und beide Frauen verunglimpften sich aufs Schönste in trillerndem Italienisch: *La sposa novella, das niedliche Bräutchen, la dama d'onore, die würd'ge Matrone.*

Im Orchester war trotz des konzentrierten Spiels hier und da ein Lachen und Prusten zu hören. Dieses Duett liebten alle, es war lustig und lebendig, und die beiden Solistinnen hatten sichtlich Spaß daran, sich wild spuckend und fauchend mit ihren Singstimmen gegenseitig aufs Korn zu nehmen. Dabei wussten alle, dass sich die beiden Sängerinnen auch im echten Leben spinnefeind waren, seitdem ein unerfahrener Theaterdiener kürzlich einer der beiden als Erster den Wagen gerufen hatte, der sie nach Hause brachte, während die andere lange auf ihre Kutsche hatte warten müssen. Derlei Kleinigkeiten brachten das Fass oft zum Überlaufen, das durch scharfe Konkurrenz am Theater Tropfen für Tropfen gefüllt wurde. Oft war die Oper nur ein hübsches Spiel aus Masken und Illusionen, doch manchmal gerieten die Räume auf und hinter der Bühne durcheinander, schoben sich schier ineinander, sodass niemand mehr mit Sicherheit sagen konnte, was das wirkliche Drama war.

Wutschnaubend traten endlich beide Sopranistinnen nach ihrem letzten Triller in entgegengesetzter Richtung von der Bühne ab. Sie hatten sich beim Singen abreagiert und würden erst im zweiten Akt erneut aufeinandertreffen. In einem wilden Tremolo verebbte auch die Orchestermusik, und Wagner klopfte energisch auf sein Pult und entließ die Musiker nach dem Schlussakkord für eine fünfminütige Pause.

Erleichtert fächelte sich Georg ein wenig Luft ins nass geschwitzte Gesicht. Er entspannte die Haare seines Bogens und lehnte sich aufatmend in seinem Stuhl zurück.

«Sind Sie mit den Gedanken heute woanders, werter Herr Kollege?», fragte Schubert, nachdem er sich erhoben und seine Geige auf den Stuhl hinter sich gelegt hatte. Er wirkte blasser als sonst.

«Nicht doch», wehrte Georg ab, «nur eine kurze Mattigkeit, nichts weiter.» Er hatte wenig Lust, den Männern aus dem Orchester von seinen Ängsten um Amalie zu berichten. Lieber hielt er sein Privatleben aus dem Opernhaus heraus. Die heimische Sphäre war Sache der Familie. Hier dagegen, im Semper'schen Theater, regierte der Beruf, die eigentliche Bestimmung des Mannes. Und in Georgs Fall war es glücklicherweise gleichzeitig eine Berufung, auch wenn er sich wünschte, es gäbe endlich einmal eine Gehaltserhöhung, damit ihn die gottlosen Preise für Brot, Butter und Kartoffeln nicht mehr so sehr schmerzen würden wie jetzt. Aber alle litten unter der Entwertung des Geldes und der Verteuerung der Lebensmittel, obwohl es einen Orchestermusikus wie ihn, mit einer festen Anstellung und einem Vermögen im Rücken, natürlich nicht so empfindlich traf wie manch armen Schlucker.

«Wenn das so ist», sagte Schubert und zückte einen kleinen Flachmann, den er unter seiner Orchesterjacke trug, «weiß ich schnelle Abhilfe.» Er schraubte den Verschluss auf, setzte den Hals des Glasflakons an die Lippen und trank, dann reichte er ihn Georg. «Wohl bekomm's!»

Er leckte sich die Lippen und sah sich verstohlen um, denn Trunkenheit wurde im Theater mit zwei Talern Strafe belegt. Allerdings kam es selten vor, dass jemand wirklich belangt wurde, denn natürlich tranken viele vor und während der Proben das ein oder andere Schlückchen. Doch solange niemand weinselig vom Hocker rutschte oder ausfallend wurde, ließen es die Kapellmeister und der Direktor durchgehen.

Die Herren, dachte Georg schmunzelnd, hätten das Theater gleich dichtmachen können, wenn sie so weltfremd wären, darauf zu bestehen, ausschließlich mit stocknüchternen Musikern zu arbeiten.

Hastig nippte er an der Flasche und stöpselte sie anschließend sorgfältig zu. Schubert klopfte ihm auf die Schulter, nahm ihm den Flakon ab und ließ ihn wieder unter seinem Revers verschwinden.

«Die Natur ruft», murmelte er und verschwand durch den Orchestergraben.

Georg war sicher, dass der Flachmann leer sein würde, wenn Schubert zurückkehrte. Er selbst ging ein paar Schritte auf und ab, grüßte hierhin und dorthin und sah auf seine Taschenuhr. Zu Hause wartete man mit dem Abendessen auf ihn, er hatte der Köchin aufgetragen, einen Braten zuzubereiten, weil Dorothea mit ihrem Gatten in Dresden zu Besuch war. Georg hatte sie gebeten zu kommen, weil Amalies Zustand besorgniserregend war und sie überdies Gesellschaft brauchte. Seine Frau würde am Abend, so fürchtete Georg, wieder nur im Essen herumstochern und so wenig zu sich nehmen wie ein Vögelchen, wohingegen er selbst sich auf das deftige Nachtmahl mit seiner Leibspeise freute. Und da der Braten riesig war, bliebe sicherlich eine ordentliche Portion Fleisch übrig, die ihm Alberta morgen kalt aufschneiden und mit zur Probe geben würde – eine herrliche Aussicht.

«Herr Spielmann», schnarrte plötzlich eine Stimme hinter ihm, und Georg drehte sich um.

Der alte Theaterdiener Wagner stand da, nicht sein Namensvetter, der Dirigent. Ehregott Wagner hatte die Eigenschaft, sich nahezu lautlos zu bewegen und unvermittelt aufzutauchen, ohne dass man ihn kommen hörte. Immer fühlte sich Georg in der Gegenwart des Alten seltsam befangen, denn er würde nie vergessen, dass es vor Jahren Wagner gewesen war, der bei Direktor Lüttichau nach Georgs verpatztem Antrittsdirigat ein gutes Wort für ihn eingelegt hatte. Doch obwohl der Theaterdiener mit den durchdringenden Augen und den tiefen Stirnfalten damals dafür plädiert hatte, den *Spielmann* in der Königlichen Kapelle als Geiger anzustellen, war Georg nie sicher, was der Mann wirklich von ihm hielt. Und mehr noch als diese Unsicherheit beunruhigte Georg die Tatsache, dass es ihm überhaupt wichtig war, was ein fast schon greises Faktotum des Theaters von ihm hielt. Sollte es ihm nicht eigentlich egal sein?

«Ja?» Georg blickte Ehregott Wagner fragend an.

«Eine Nachricht für Sie, Monsieur», brummte der Alte.

Georg erwartete, dass der Mann ihm ein Briefchen reichte, doch Wagners Hände waren leer. Stattdessen beugte Wagner sich dicht an Georgs Ohr, um ihm etwas zuzuflüstern. Ein scharfer Geruch nach Rasierseife und Leipziger Allasch stieg Georg in die Nase. Als er die Nachricht vernahm, wurde ihm ganz kalt.

«Hat der Arzt Sie geschickt?», fragte er heiser.

Wagner schüttelte den Kopf. «Ihr Fräulein Tochter, die Jüngste ...», murmelte er. «Ganz in Auflösung begriffen, kam sie geeilt. Sie wartet draußen in der Kutsche.»

«Verstehe. Bitte empfehlen Sie mich beim Kapellmeister», brachte Georg hervor. Der Schweiß, der ihm kurz zuvor auf die Haut getreten war, lag unangenehm kalt auf seinem Nacken. Etwas Schweres, einem Feldstein gleich, schien ihm in den Magen zu sinken.

Kopflos griff Georg nach seiner Geige und dem Bogen, wusste dann aber nicht, wohin damit. Hilflos sah er zu Wagner.

Der Diener seufzte, streckte die Hände aus und nahm Georg das Instrument und den Bogen ab.

«Ich bewahre die Geige in meinem Kabuff für Sie auf», sagte er, und in seinen Augen mit den langen Wimpern schien ein Mitleidsfunke aufzuglimmen. «Gehen Sie schon, Mann! Gehen Sie nach Hause zu Ihrer Familie. Und beeilen Sie sich!»

Georg schluckte. Es würgte ihn in der Kehle, als er sich stumm einen Weg durch abgestellte Celli, Stühle, Pulte und herumstehende Musiker bahnte. Er erreichte die Saaltüren, hastete durch den Korridor des Theaters und begann dann zu rennen. Seine Schritte hallten gespenstisch von den Wänden wider, und in seinem Kopf hämmerte nur ein Gedanke: *Bitte, lieber Herrgott, lass es nicht zu spät sein.*

## 24.

*Dresden, Dienstag, 24. April 1849, später Nachmittag*

In dem Zimmer, in dem Amalie auf hohen weißen Kissen gebettet lag, tanzten die Schatten. Die Vorhänge waren zugezogen und sperrten das Tageslicht aus. Im Raum hatte man überall Kerzen angezündet, die sanft flackerten, als Elise die Tür aufriss.

Die Gesichter wandten sich ihr zu, Eduard legte mahnend einen Finger auf die Lippen, und Elise bemühte sich, ihren Schritt zu dämpfen. Leise trat sie ein.

Alle Spielmanns hatten sich um das Bett versammelt. Georg saß auf einem hohen Lehnstuhl dicht am Kopfende und knetete nervös seine Hände, Eduard und Thekla standen an dem Fußende mit den geschnitzten Figuren. Dorothea hatte in einem zierlichen Sessel Platz genommen und den bereits gerundeten Bauch von sich gestreckt, während ihr Mann sich schräg hinter ihr postiert hatte. Und Barbara kniete an der Seite des Bettes und hielt die Hand ihrer Mutter.

Amalie, das Gesicht gelblich wächsern auf dem Weiß der Kissen, hatte die Augen geschlossen und atmete rasselnd ein und aus.

Elise umarmte Eduard, dann trat sie zu ihrem Vater und gab ihm einen Kuss auf die Stirn. Er nahm sie aber kaum wahr, starrte nur vor sich hin und schien ängstlich auf Amalies schwere Atemzüge zu lauschen.

Stumm nickte Elise Barbara zu, die sie erst kürzlich gesehen hatte, dann ging sie zu Dorothea, fiel der Schwester um den Hals und vergrub ihr Gesicht in den blonden Locken, die offen um ihre Schultern fielen.

«Du bist hier?», wisperte sie.

Dorothea nickte. «August und ich sind gestern Abend eingetroffen», erklärte sie und nahm Elises Hand. «Vater hatte nach uns schicken lassen. Er schrieb, dass sich Mutter über unseren Besuch freuen würde, und da hat August gleich zwei Billetts für die Eisenbahn gekauft.» Sie seufzte und strich sich über den Bauch. «Ich habe Todesängste ausgestanden, weil das Ungetüm wie ein Rauch spuckender Drache durch die Landschaft rast. Man hat wirklich das Gefühl, das Hirn wird einem im Kopf zerdrückt, wie alle Zeitungen schreiben. Aber es war dennoch gut, dass wir so schnell kommen konnten.» Sie deutete vielsagend auf Amalie. «Mit der Kutsche hätte es vielleicht zu lange gedauert.»

Elise sah zu ihrem Vater. «Also wissen Sie schon länger, dass es Mutter schlechter geht?», fragte sie leise. «Warum haben Sie mich dann nicht auch schon gestern benachrichtigt?»

«Der Weg aus Leipzig ist zu weit für schnelle Entscheidungen», murmelte er und hielt den Blick noch immer gesenkt. «Und gestern schien die Lage noch nicht so dramatisch wie heute.» Er hustete. «Aber jetzt bist du ja hier.»

«Was ist denn überhaupt passiert?», fragte Elise.

In Georgs Miene kämpften die Gefühle und drohten ihn zu überwältigen. Er wandte sich ab.

Eduard räusperte sich. «Der Arzt war gerade da», sagte er anstelle seines Vaters, «und er hat uns erklärt, dass die Gewächse in Mutters Leib inzwischen wichtige Organe zerfressen haben.» Er fuhr sich über die nassen Augen, und auch über die Wange seiner Frau Thekla rann eine Träne. «Es steht sehr schlecht um sie», fügte Eduard leise hinzu. «Doktor Baumann hat gesagt, wir sollten uns wohl besser auf das Schlimmste gefasst machen.»

Elise fröstelte, ihr stockte der Atem. Sie nickte ihrem Bruder befangen zu.

«Wann kommt der Arzt zurück?», fragte sie, doch ihre Stimme gehorchte ihr kaum.

«In etwa einer Stunde», sagte Eduard. «Dann wissen wir mehr, behauptet er.»

Schweigen breitete sich aus. Elise sah sich beklommen um. Ihr Blick fuhr über die gerahmten Porträts der Familie und die schönen Kupferstiche von Landschaften, die in Amalies Zimmer hingen, seit Elise denken konnte. Auch der Duft im Raum war ihr vertraut, es roch nach Veilchen und Talkumpuder. Doch heute lag auch noch ein anderer Geruch darüber, der den zarten Blumenduft mit Gewalt zu verdrängen schien. Es war der Geruch des Todes, erkannte Elise mit Schrecken und presste Dorotheas Hand so sehr, dass diese leise aufstöhnte.

Alle sahen wieder zu Amalie, deren Brust sich weiterhin so schwer hob und senkte, als kämpfe sie um jeden Atemzug.

Elise stand einen Augenblick verloren da und schlang die Arme um ihren Leib, wie um sich selbst festzuhalten. Dann gab sie sich einen Ruck, ging zum Bett und setzte sich auf den Boden neben Barbara. Kurz streifte sie der Gedanke an Adam, und sie überlegte, ob sie doch noch nach ihm schicken lassen sollte, weil auch die anderen Ehepartner ihrer Geschwister anwesend waren.

Da seufzte Amalie plötzlich tief auf und öffnete die Augen. Mit milder Verwunderung sah sie sich um.

«Ihr seid alle da ...», murmelte sie. «Georg ... und meine lieben Kinder. Wie gut, euch um mich zu haben!»

Barbara griff nach einer feuchten Kompresse und legte sie Amalie sanft auf die Stirn. «Haben Sie Durst, Mutter?», fragte sie.

Amalie verzog verneinend die Lippen. «Ich brauche nichts», sagte sie. «Dass ihr bei mir seid, hilft mir mehr, als ihr ahnt.»

Nach diesen Worten schien sie wieder wegzudämmern, sie atmete langsam und schwer.

Georg lehnte sich vor und streichelte die eingefallene Wange seiner Frau. Dann strich er ihr eine verschwitzte, grau melierte Strähne aus der Stirn. «Verlass mich nicht, mein Liebling», bat er tonlos, und Elise musste sich abwenden, weil es die intimsten und gleichzeitig verzweifeltsten Worte waren, die sie je aus dem Mund ihres Vaters gehört hatte. Ihr schien es plötzlich ungehörig, ihn dabei zu beobachten, wie er litt. Gleichzeitig wünschte sie sich, zu ihm gehen und ihn in die Arme ziehen zu dürfen, doch eine solche vertraute Geste war ihnen beiden seit jeher fremd.

Stattdessen löste sich Eduard von Thekla und ging zu Georg hinüber. Er legte dem Vater eine Hand auf die Schulter, und Georg griff danach und schluchzte auf.

«Wir stehen dir bei, Vater», sagte Eduard. In seiner Stimme schwang neben der Trauer auch ein neuer Stolz mit. Er als einziger Sohn konnte nun, in der Krise, beweisen, dass er aus dem richtigen Holz geschnitzt war. Und tatsächlich schien ein wenig von der Stärke seines Sohnes auf Georg überzugehen, denn dieser richtete sich jetzt auf, straffte den Rücken, und etwas Leben kehrte in seine versteinerte Miene zurück. Dankbar drückte er Eduards Hand, erhob sich und umarmte den Sohn innig.

Elise beobachtete die beiden von ihrer knienden Position aus und wunderte sich, weshalb sie Neid verspürte – selbst jetzt, in dieser traurigen Stunde, konnte sie dem jüngeren Bruder nicht verzeihen, dass er mit dem richtigen Geschlecht gesegnet und der unanfechtbare Stammhalter der Familie Spielmann war. Es war kleinlich von ihr, erkannte sie und senkte schuldbewusst den Blick. Doch sie konnte es nicht ändern. Wie gern wäre sie diejenige gewesen, die Georg als Älteste selbstverständlich in seinem Kummer beistehen durfte.

Es klopfte, und Alberta steckte ihren Kopf zur Tür herein. Ihre Augen wirkten verweint, und sie hatte die roten, abgearbeiteten Hände über der Schürze gefaltet, als schritte sie zum Gebet.

«Ich wollte nur fragen, ob die Herrschaften etwas brauchen», sagte sie. «In der Küche habe ich heißen Kaffee gekocht. Wollen Sie nicht alle eine Tasse trinken?»

Die Spielmanns sahen einander an, doch niemand wagte es, der Köchin zuzustimmen.

«Geht euch nur stärken», sagte Elise. «Barbara und ich halten die Stellung hier bei Mutter, nicht wahr?»

Die Schwester nickte, und Georg ließ sich von Eduard aus dem Zimmer führen. Die anderen folgten ihnen, und Alberta schloss die Tür wieder hinter sich.

Nun war nur noch das Rasseln von Amalies Atemzügen zu hören und das Ticken der kleinen goldenen Barockuhr auf dem Sims. *Tick, tick, tick* machte sie, und Elise hatte das Gefühl, als wären die vertrauten Schläge des metallenen Mechanismus eigentlich Herzschläge.

Barbara fuhr fort, die Stirn der Mutter mit Kompressen zu kühlen, und Elise stand leise auf und trat ans Fenster. Vorsichtig schob sie den schweren Stoff zur Seite und blickte durch die Glasscheibe hinaus in den Frühlingsabend. Die Dämmerung hatte eingesetzt und saugte die Farben aus allem. Die Welt dort draußen sah aus wie immer, und doch schien alles unwirklich, fast gespenstisch – die dunklen Baumwipfel vor dem graublauen Himmel, die sich leise im Wind bewegten, und das blecherne Schild des Wirtshauses, das mit gedämpftem Klappern gegen die Hausmauer schlug. So, als warteten da draußen unstete Seelen auf Amalie, um sich mit der ihren vereinigen zu können.

«Es ist so still», murmelte Amalie, die wieder kurz aus ihrem Fieberschlaf aufgewacht war. «Warum ist es hier so totenstill? Wo sind denn alle?»

Elise drehte sich vom Fenster weg und trat wieder zum Bett. Die Mutter hatte die Augen nur kurz geöffnet, ihre Hände tasteten unruhig über die Decke. Die Wangen waren jetzt nicht länger gelblich blass, sondern leuchteten fieberrot.

«Die anderen sind bei Alberta in der Küche, Mutter», sagte Elise. «Soll ich sie hereinrufen?»

«Nein», flüsterte Amalie, «dein Vater benötigt dringend eine Stärkung. Er hat seit Tagen nicht geschlafen. Und dabei braucht er doch die Nachtruhe für seine große Aufgabe in der Oper.» Sie atmete rasselnd. «Ihr müsst euch um ihn kümmern, hört ihr, Mädchen? Ihr müsst dafür sorgen, dass es ihm an nichts fehlt.»

Elise und Barbara wechselten einen Blick.

«Natürlich», sagte Barbara und streichelte Amalies Hand, «das werden wir tun. Wir versprechen es.»

«Ja», sagte Elise, «machen Sie sich keine Sorgen, Mutter.»

Amalie nickte kaum merklich. «Ihr beide seid meine Sorgenkinder», hauchte sie, «aber ihr müsst jetzt brav sein, Mädchen, hört ihr?» Sie tastete nach ihnen, bis sie von jeder Tochter eine Hand hielt. «Ich kann nicht länger über euch wachen, das müsst in Zukunft ihr selbst tun.»

Wieder wechselten Barbara und Elise einen unbehaglichen Blick.

«Versprecht mir, dass ihr stark seid und tut, was ihr tun müsst.» Amalie öffnete die Augen einen Spaltbreit.

«Wir versprechen es», sagte Elise hastig, doch sie bemerkte, dass Barbara sich trotzig auf die Lippen biss und schwieg. Die Mutter schien es nicht zu bemerken, sie war in einen unruhigen Schlummer zurückgeglitten. «Es ... ist so ... still», stammelte sie. «Ich fürchte mich. Kannst du mir nicht etwas vorsingen, Elise?»

Elise schluckte und hielt sich am Kopfende des Bettes fest. «Natürlich», sagte sie leise, «was wollen Sie denn hören?»

«Die Osterkantate von Bach», flüsterte Amalie, «die ich euch als Kinder abends immer vorgesungen habe, wenn ihr nicht einschlafen konntet.»

Elise stellte sich aufrechter hin und räusperte sich. Zuerst dachte sie, sie würde vor Angst und Trauer nicht singen können, doch überraschenderweise kamen die Töne mühelos.

*«Bleib bei uns»*, sang sie und horchte der klaren, tröstlichen Melodie nach, *«denn es will Abend werden.»*

Die Zeile wiederholte sich mehrmals, und jedes Mal, wenn Elise sie sang, wurde sie sicherer und zuversichtlicher.

Barbara, die sich auf den Bettrand gesetzt hatte, sah zu ihr auf, während Amalie in die Kissen zurückgesunken war und wieder zu schlafen schien. Ihre Brust hob und senkte sich langsam und ruhig, und Elise sang immer weiter. Sie bemerkte kaum, dass die Tür leise wieder aufging und Georg, Eduard und Dorothea hereinkamen. Sie stellten sich im Halbkreis um das Bett, und alle drei fielen in die Kantate mit ein.

«*Bleib bei uns*», sangen sie und sahen einander an, «*denn es will Abend werden, und der Tag hat sich geneigt.*»

Ihre Stimmen verschmolzen, und Elise erinnerte sich daran, wie sie früher alle zusammen Hausmusik gemacht hatten. Nur Barbara wollte nie mitsingen, sie war nicht so musikalisch wie der Rest der Familie. Auch jetzt schwieg sie als Einzige, saß nur stumm auf der Bettkante und nahm wieder die Hand der Mutter.

Die Musik erfüllte den Raum, sie schwebte im warmen Licht, während der Rauch einer erloschenen Kerze als Säule zur Decke aufstieg.

Elise fühlte sich seltsam getröstet, und für einen Moment vergaß sie, warum sie so traurig gewesen war. Sie genoss die Gemeinschaft mit ihren Eltern und Geschwistern.

Als der letzte Ton verklang, schrie Barbara leise auf und deutete auf Amalie. Die Mutter lag jetzt ganz still da wie eine Puppe.

Alle drängten sich noch näher um das Bett, begannen zu weinen und zu wehklagen – alle außer Elise, die stocksteif dastand und sich nicht rühren konnte. Sie sah zur kleinen goldenen Uhr hinüber, sah so lange hin, bis ihre Augen tränten. Die Uhr indes ging unermüdlich weiter, das ewige *Tick, tick, tick* hielt nicht einmal der Tod auf.

## 25.

*Dresden, Dienstag, 24. April 1849, nachts*

Elise wusste kaum noch, wie sie zurück in die Neustadt gekommen war. Alberta hatte sie, als es nichts mehr zu sagen, nichts mehr zu tun gab, zur Kutsche geführt und ihr zum Trost zärtlich die Hand geküsst. Vor ihrem Elternhaus hatte die kühle Nachtluft Elise dann angefallen wie ein Tier mit spitzen Zähnen, denn noch immer trug sie nur ihr Seidenkleid und ein dünnes Schultertuch vom Tag, doch mit der Dunkelheit war die Kälte der Frühlingsnacht über die Dächer Dresdens hereingebrochen.

Benommen und zitternd war sie in den Wagen gestiegen und hatte durch das Fenster in die nächtliche Stadt gestarrt, die draußen vorbeizog, während die Kutsche gemächlich über das unebene Pflaster nach Norden ratterte. Der Turm der Frauenkirche leuchtete gespenstisch im Laternenschein, das dunkle Schloss tauchte auf. Da lagen die Oper und der benachbarte Zwinger. Dann endlich gelangten sie an den Fluss mit der breiten, steinernen Augustusbrücke.

Alles schien verwandelt. Als hätte sich die Welt auf den Kopf gedreht, innerhalb weniger Stunden in ihr Gegenteil verkehrt. Was vorher hell und freundlich schien, wirkte nun düster und verzerrt, was zierlich und anmutig gewesen war, sah für Elise plötzlich grob und unförmig aus. War das noch ihre Stadt da draußen, der vertraute Ort ihrer Kindheit?

Natürlich wusste sie, dass diese unbeschwerte Zeit längst

vergangen war, doch heute Abend kam es ihr vor, als sei ein endgültiger Schnitt gemacht worden – und nichts konnte jemals wieder zurückgewonnen werden von dem, was sie heute Abend verloren hatte.

Nur die Sterne, die über der Elbe am dunklen Nachthimmel standen, leuchteten wie immer. Auch der Mond, dessen silbrige Sichel als Spiegelbild im Wasser lag, sah vertraut und beruhigend aus. Wie oft hatte die Mutter ihnen früher mit ihrer schönen Singstimme das Lied vom Mond gesungen, mit den Worten von Matthias Claudius aus dem *Musenalmanach*? Unzählige Male hatten sie Amalie gelauscht, in dem Wissen, dass sie in ihren Betten in Sicherheit waren, dass der gute Mond über ihren Schlaf wachte und sie am nächsten Morgen wieder behütet und gestärkt aufstehen würden. Mutter und Vater hatten sie beschützt, ihnen ein Heim voller Musik gegeben. Und obwohl Elise seit ihrer Hochzeit mit Adam den Eltern bisweilen gegrollt hatte, ihnen in dunklen Momenten stumm vorwarf, die älteste Tochter verkauft zu haben – sie hatte doch immer gewusst, dass sie ihr vieles mitgegeben hatten, was unbezahlbar war. Die Liebe zur Musik, das Violinspiel, einen Platz im Leben. Das Wissen, wer sie war und wohin sie letztlich gehörte. Die Stimme ihrer Mutter hatte sie geleitet.

Doch nun würde Elise sie nie wieder hören.

Sie schluchzte und legte das Gesicht an die dünne Glasscheibe des Kutschenfensters, sah hinauf, während sie leise die sanfte Musik des Abendlieds summte und dabei an ihren Tränen schluckte. Über ihr funkelten die Gestirne, unendlich in ihrer Zahl, unerreichbar in ihrer Entfernung zur Erde. Sie wussten nichts über das Leid der Menschen, nichts von der Gleichzeitigkeit von Glück und Qual, denen die Bewohner dieses Planeten täglich ausgesetzt waren. Sie kümmerten sich nicht darum, sondern leuchteten unbeirrt weiter durch die Schwärze. Es war, trotz allem, ein tröstlicher Anblick.

Als die Kutsche vor dem Stadtpalais der Familie Jacobi hielt, taumelte Elise auf die Straße hinaus. Der Kutscher, dessen Gesicht versteinert wirkte, grüßte stumm, ließ die Peitsche knallen und wendete, um zurück zu den Spielmanns zu fahren. Er war seit so vielen Jahren bei ihnen, schon seit Elises Kindheit, und obwohl er nur ein Bediensteter war, glaubte Elise in seinem Gesicht einen ähnlichen Gram wegen Amalies Tod zu sehen, wie sie ihn selbst fühlte. Während die Diener am Leben ihrer Herrschaft teilnahmen und sogar bis zu einem gewissen Grad deren Schmerz mitfühlten, wussten die Spielmanns und die Jacobis kaum etwas über das Leben der einfachen Leute in Küche und Remise. Ein wenig tat es Elise jetzt leid, dass sie dem Mann nicht die Hand gedrückt und ihm für die Heimfahrt gedankt hatte. Doch die Kutsche war längst in der Dunkelheit verschwunden.

Langsam ging sie ins Haus. Drinnen brannte kein Licht mehr, und sie atmete erleichtert auf. Um nichts in der Welt wollte sie jetzt in ihren Gedanken gestört werden. Gleichzeitig wunderte sie sich, dass Adam zu Bett gegangen war, ohne auf sie zu warten. Doch sie hatte ihm ja keine Nachricht zukommen lassen, ihn nicht wissen lassen, wie schlimm es um ihre Mutter stand. Erst jetzt ging ihr auf, wie ungeheuerlich das war. Hatte er als ihr Ehemann, als Amalies Schwiegersohn und langjähriger Freund der Familie nicht auch das Recht, an Amalies Sterbebett zu treten? Doch während der Stunden im Schlafgemach in der Großen Frauengasse war in

Elises Gedanken kaum Platz für ihn gewesen, all ihr Denken und Fühlen war nur auf die Mutter gerichtet, auf die eigene Trauer und den armen Vater. Auch an Netty hatte sie nicht gedacht. Sicher hatte Merle sich um sie gekümmert, sie in Adams Kutsche aus dem Großen Garten nach Hause und später zu Bett gebracht.

Im Angesicht des Todes ihrer Mutter hatte Elise kurz vergessen, dass sie eine Ehefrau, ja dass sie selbst Mutter war. Sie war wieder zu dem Kind geworden, das sie einst gewesen war. Ein letztes Mal waren sie, Barbara, Eduard und Dorothea als Geschwister mit ihrer Mutter wie früher vereint. So, wie es nun nie mehr sein würde.

Elise schlich über die mit dicken Teppichen bespannten Dielen durch den dunklen Flur und hielt sich die Hand vor den Mund, um ein Schluchzen zurückzudrängen.

Warum war Adam ihr eigentlich nicht nachgefahren, fragte sie sich jetzt. Warum hatte er nicht nachgeforscht, weshalb sie kopflos davongerannt war? Ein Bote hätte seine Nachricht überbringen können, oder Adam hätte mit der Kutsche selbst in die Altstadt nachkommen können, um nach dem Rechten zu sehen. Doch er hatte es nicht getan. Und nun war es totenstill hinter der Tür seiner Gemächer. Alle im Haus, auch ihre Schwägerin Theresia und das Personal, schienen zu schlafen.

Die Tür zum Kinderzimmer war nur angelehnt, und ein Streifen fahles Licht fiel heraus. Vorsichtig drückte Elise die Tür weiter auf und trat ein. Nettys dunkles Haar lag wie in einer dichten Wolke auf dem weißen, spitzenbesetzten Kissen. Eine kleine Nachtlampe glühte in der Ecke des Zimmers. Das gedrechselte Schaukelpferd blickte Elise aus hölzernen, mit weißer Farbe aufgemalten Augen an.

Leise trat sie zum Bett und kniete daneben nieder. Sie strich über Nettys Wange, und das Kind regte sich im Schlaf, murmelte ein Wort, das Elise nicht verstehen konnte, dann drehte sich die Tochter zu ihr auf die Seite. Ihre kleine Hand hielt eine Holzfigur umklammert, die sie stets zum Schlafen mit ins Bett nahm. Es war eine schmale geschnitzte Ballerina mit einem weiten Tutu, die sich auf einem winzigen Podest in einer eingefrorenen Pirouette drehte.

Elise schluckte, eine Träne lief ihre Wange herab. Der Verlust der Mutter und ihre unendliche Liebe zu diesem schlafenden Geschöpf wurden eins, vermischten sich zu einem allumfassenden Schmerz, und ließen Elises Hand erneut zu Nettys Gesicht wandern. Behutsam strich sie ihrer Tochter eine Locke aus der Stirn, beugte sich über das Köpfchen und küsste sie. Der zarte Kindergeruch, nach dem glücklichen Spiel des Tages und nach Schlaf, stieg ihr in die Nase und tröstete sie.

Vorsichtig erhob sich Elise wieder, blieb noch kurz stehen und sah durchs Zimmer. Sie war furchtbar erschöpft, aber kein bisschen müde. Vielmehr fürchtete sie den Moment, da sie allein in ihrem Bett liegen und ihren Gedanken ausgeliefert sein würde.

Da hörte sie draußen im Flur leise Schritte. Unverkennbar war es Adam, der sich leicht humpelnd näherte. Seufzend ging sie zur Tür und schlüpfte in den Flur, um ihm zu berichten, was vorgefallen war.

«Da bist du ja», murmelte Adam, der aus den Schatten zu ihr kam.

Elise hörte, dass er noch mehr getrunken haben musste, denn seine Stimme war heiser und die Worte wirkten holprig.

«Ja, da bin ich», sagte sie so beherrscht wie möglich. «Ich dachte, du seist bereits zu Bett gegangen.»

Er machte einen Schritt auf sie zu und griff nach ihrem Arm. Im Halbdunkel wirkte sein Gesicht undeutlich verzerrt. «Wie soll ich schlafen, wenn meine Frau verschwunden ist und nichts von sich hören lässt?», polterte er.

Elise sah sich erschrocken nach der Kinderzimmertür um.

«Psst», wisperte sie, «du weckst Netty auf.»

«Wo warst du?», fragte Adam mit etwas gedämpfterer Stimme. «Wie kannst du es wagen, einfach die halbe Nacht nicht nach Hause zu kommen?»

«Du weißt doch, dass ich bei meinen Eltern war», flüsterte sie und versuchte, sich aus seinem harten Griff zu winden, doch vergeblich. Adam war nicht mehr jung, aber er war noch immer kräftiger als sie.

«Bis weit nach Mitternacht?», fragte er aufgebracht. «Erzähl doch keine Märchen, Elise.»

«Hör mir zu», sagte sie und legte ihm eine Hand auf die Brust, um ihn zu besänftigen. Ihre Stimme zitterte, und sie fühlte, wie erneut Tränen in ihr aufstiegen. «Ich muss dir etwas sagen.»

Jetzt wirkte er alarmiert. «Was ist geschehen?»

«Meine Mutter ...», begann Elise, doch dann brach ihre Stimme, sie konnte nicht weitersprechen.

Plötzlich schienen auch ihre Beine nachzugeben, und sie sank an Adams Brust. Er legte seine Arme um sie, und obwohl Elise es nicht erwartet hatte, war sie doch kurz dankbar für den Halt, den er ihr gab. Sie lehnte ihr Gesicht einen Moment an seine Schulter.

Wann hatten sie je so zusammen gestanden, in so vertrauter Haltung?, dachte Elise verwundert, während sie spürte, wie seine Bartstoppeln an ihrer Stirn kratzten. Ein Mann, der seiner Frau in ihrem Kummer beistand – so sollte es sein, so war es in einer Ehe bestimmt. Aber warum nur fühlte sich die Berührung falsch an? Warum nur ertrug sie den Geruch nach Tabak und Schnaps, der von Adam ausging, nicht länger?

Sie holte tief Luft, der Augenblick der Schwäche war vorüber, und sie rappelte sich auf.

Adam ließ sie los und sah sie forschend an. «Was ist mit Amalie?», fragte er. «Sag schon!»

«Du weißt, dass sie krank war», flüsterte Elise, «ich habe es dir erzählt.»

«Krank ... *war*?» Jetzt packte Adam sie bei den Schultern und schüttelte sie leicht. «Red endlich, Elise, was ist passiert?»

«Meine Mutter ist tot», sagte sie tonlos.

Sie horchte den eigenen Worten hinterher, als hätte nicht sie, sondern eine andere sie ausgesprochen. Der Sinn des Gesagten blieb ihr verschlossen, der Satz kam ihr merkwürdig inhaltsleer vor. Es konnte nicht sein. Ihre Mutter, ihre schöne, starke Mutter – tot?

Auch Adam schien verunsichert.

«Tot?», wiederholte er und lehnte sich einen Moment an die Wand. Er fuhr sich mit der Faust über die Augen, als hingen dort Spinnweben, die er verjagen wollte. «So schnell? So plötzlich? Sagtest du nicht, sie sei nur ein wenig schwach und müsse sich schonen?»

Elise schluckte. «Ich wollte dich nicht beunruhigen», flüsterte sie unter Tränen. Sie hatte es einfach selbst nicht wahrhaben wollen. «Aber ich wusste, dass es schlimm um sie stand, sie hat es mir erzählt, als wir in Moritzburg waren. Die Krankheit muss schon sehr weit fortgeschritten gewesen sein. Und heute Abend ...» Sie räusperte sich, rang nach Fassung. «Der Arzt meinte, ihre Organe haben versagt, und dann blieb ihr Herz stehen.» Sie vergrub ihr Gesicht in den Händen und schluchzte auf.

Adams Finger gruben sich wieder in ihre Schulter. «Warum hast du mir das nicht erzählt?», fragte er, und auf einmal wirkte seine Stimme wieder ungeduldig, ja beinahe wütend. «Ich hätte heute mitkommen sollen, ich hätte mir ihren Segen abholen müssen.» Elise hob ihr Gesicht und starrte ihn irritiert an, er schüttelte fassungslos den Kopf. «Was wird Georg sagen? Was werden die Leute denken, dass ich, als dein Ehemann, nicht mit dir an ihrem Sterbebett war? Wie konntest du mir das nur antun, Elise?»

«Aber ... Es geht hier doch nicht um dich», sagte Elise scharf. «Ich habe heute meine Mutter verloren. Nichts anderes zählt.»

Adams Griff wurde fester, er tat ihr weh. «Natürlich», zischte er eisig. «Nichts anderes zählt für dich als deine zartbesaitete Seele, Elise. Nichts als deine Gefühle, die du immer über alles stellst. Aber für uns andere ...» Seine Stimme war undeutlich, er lallte. «... sind Dinge wie Anstand, Ansehen, Familienehre wichtig. Du hast mich nicht benachrichtigt, hast mich ausgeschlossen, und da gibt es keinen Weg mehr zurück. Du verhältst dich, als gehörte ich nicht zu deiner Familie, Elise. Das hast du schon immer getan. Du machst mich zum Gespött!»

Eine ungeahnte Wut wallte in Elise auf und verdrängte die Traurigkeit.

So war das also?, dachte sie. Sie saß am Sterbebett ihrer

Mutter, und ihr Ehemann betrank sich und bemitleidete sich selbst?

Es war beinahe eine Erleichterung, wütend auf Adam sein zu können, und sie gab ihrem Gefühl seinen Lauf.

«Du hättest mir eben nachkommen sollen», flüsterte sie heiser, «ein liebender Ehemann wäre nicht einfach nach Hause gegangen, sondern hätte nachgeforscht. Aber du hast es vorgezogen, dich beleidigt hier zu verkriechen und offenbar sämtliche Weinbrandvorräte zu vernichten.»

Sie sah die plötzliche Bewegung nicht kommen. Ohne Vorwarnung schlug Adam ihr mit dem Handrücken mit voller Wucht ins Gesicht. Sofort schmeckte sie Blut auf der Lippe. Sie hielt sich die brennende Wange, während sie ihn fassungslos anstarrte. Niemals zuvor hatte er sie geschlagen. Er hatte sie eingeschüchtert, das ja, ihr gedroht, manchmal subtil, manchmal ganz direkt, doch niemals hatte er gewagt, seine Hand gegen sie zu erheben. Natürlich wusste sie, dass er jedes Recht dazu hatte. Ein Ehemann durfte seine Frau züchtigen, und viele Frauen trugen auf der Straße Tücher und hohe Kragen, um die Spuren der häuslichen Prügel zu verbergen. Doch niemals hätte Elise gedacht, dass auch Adam einmal diese unsichtbare Grenze überschreiten würde. Sie hatte sich eingeredet, dass er sie respektierte, doch das schien ein Trugschluss gewesen zu sein.

Wortlos wollte sie sich an ihm vorbeidrängen und in ihr Schlafgemach fliehen. Nur fort von ihm! Sie wollte den Rest dieser ohnehin schrecklichen Nacht allein verbringen. Doch er hielt sie fest, riss an ihrem Arm und zog sie zurück.

«Du bleibst hier», knurrte er, «ich bin noch nicht fertig mit dir.»

Jetzt bekam Elise Angst. So hatte sie Adam noch nie erlebt, so unbeherrscht und wütend. Betrunken war er manchmal gewesen, in letzter Zeit sogar immer öfter, aber niemals gewalttätig. Und doch, erinnerte sie sich, hatte es auch in der Vergangenheit Situationen gegeben, in denen Adam die Maske des wohlerzogenen Bürgers abgestreift hatte. Momente, in denen sie Angst vor seiner Härte bekommen hatte. Zwar hatte er stets versucht, sie zu beherrschen, aber nun, da er offenbar spürte, dass es ihm nicht gelang, fand er Zuflucht zur körperlichen Gewalt.

Sein Gesicht lag im Schatten, und Elise konnte seinen Ausdruck nicht deuten. Was hatte ihn nur so rasend gemacht? Verdiente sie nicht Mitleid und Schonung nach dem schrecklichen Verlust, den sie soeben erlitten hatte?

«Bitte», flüsterte sie, «lass mich los, Adam. Es tut mir leid, wenn ich dich gegen mich aufgebracht habe. Der Abend war furchtbar, und mein Herz ist schwer. Ich will nichts als schlafen.»

«Später», sagte er, und dann spürte sie zu ihrem Erschrecken, dass er ihr mit einer Hand ans Mieder griff.

«Adam», flehte sie, «bitte nicht. Nicht hier! Was, wenn Netty aufwacht? Oder wenn uns deine Schwester überrascht?»

«Immer diese Ausflüchte, Elise!» Er zog an den Schnüren ihres Mieders und hob ihre Röcke. Seine Finger fuhren unter den Stoff und zerrten grob an ihrem Strumpfband. «Aber du bist meine Frau, und ich habe ein Recht auf dich. Du sollst nicht denken, dass du dir alles erlauben kannst! Mir Hörner aufsetzen, mich vor der Welt bloßstellen.»

Elise versuchte, sich loszumachen und wegzudrehen, doch er hielt sie fest.

«Aber da irrst du dich», knurrte er. «Du kannst nicht einfach dein Leben so führen, wie es dir beliebt. Allein bist du ein Niemand! Nur durch mich bist du, was du bist, Elise Jacobi. Und was gäbe es Natürlicheres auf der Welt, als dass dir dein Mann heute Nacht beisteht und dich auf andere Gedanken bringt?»

«Ich will nicht», wimmerte Elise, als er sie schmerzhaft gegen die Wand drückte und sich an sie presste. «Bitte, lass mich los, lass uns morgen über alles reden. Das hier ist nicht richtig, Adam, das weißt du genau.»

«Red, so viel du willst», sagte er verächtlich und schob seinen Nachtmantel zur Seite, um sich zu entblößen. «Aber hier in diesem Hause bestimme ich!»

Elise schloss die Augen.

«Und wer weiß?», murmelte Adam und griff erneut nach ihr. «Vielleicht schenkst du mir ja doch noch einen Erben. Vielleicht ist ein bisschen männliche Überzeugungskraft alles, was du brauchst.»

Sie wusste, dass sie verloren hatte. Wenn sie jetzt schrie, würde Netty aufwachen und das hier mit ansehen müssen. Merle käme gelaufen und würde Zeugin von Elises Erniedrigung. Also fügte sie sich, wie es von ihr erwartet wurde.

Doch Adams Bewegungen wurden erst fahrig, dann hektisch, als sich bei ihm offenbar nicht die gewünschte Wirkung einstellte. Er stöhnte unterdrückt auf, ohne sein Werk zu vollenden, ließ plötzlich von ihr ab, schlang sich den Mantel um und verschwand ohne ein Wort.

Elise ordnete mechanisch ihre Röcke, dann sank sie, den Rücken noch immer an die Wand gelehnt, langsam zu Boden und legte den Kopf auf die Knie. Sie weinte. Um ihre Mutter weinte sie, um das endgültige Ende ihrer Jugend, und um ein Leben in Freiheit und Liebe, das sie sich wünschte, aber niemals haben würde.

## 26.

*Dresden, Donnerstag, 26. April 1849*

Ein unsteter Sprühregen trommelte leise ans Fenster der Amtsstube von Fanny Regensberg, und ebenso nervös trommelte sie drinnen mit den Fingerspitzen auf der ledernen Schreibunterlage herum. Draußen zogen dichte Wolken in schneller Fahrt über den Himmel, gejagt von einem kühlen Wind. Fanny kräuselte unwillig die Lippen. Sie würde Schwester Eusebia nachher daran erinnern müssen, die Laken aus der Wäscherei nicht wie geplant im Garten aufzuhängen, sondern sie in den Wäschekeller zu tragen. Dort trockneten sie zwar nur langsam und entwickelten einen etwas modrigen, klammen Geruch, doch es half nichts. Das Aprilwetter machte ihnen einen Strich durch die Rechnung, aber davon ließ sich eine Frau wie Fanny Regensberg nicht verdrießen. Sie war schon mit ganz anderen Widrigkeiten fertiggeworden!

Wie immer saß sie in einem grauen Kleid aus grober Baumwolle, den Rosenkranz um den Hals baumelnd, an ihrem Arbeitsplatz und versuchte, einen Bittbrief an den Stadtrat zu beenden. Es war ihr verhasst, vor Höherstehenden zu Kreuze zu kriechen, doch es ließ sich nicht vermeiden. Das Waisenhausstift in der Äußeren Neustadt, dem sie vorstand, benötigte dringend mehr Unterstützung der Stadt Dresden, um weiterhin die vielen elternlosen Kinder satt zu bekommen, die es unter seinem mildtätigen Dach beherbergte. Die Missernten und die daraus erwachsene Verteuerung der Lebensmittel hatten in den vergangenen

Jahren dafür gesorgt, dass fast alle Kinder in ihrer Obhut mangelernährt waren. Sie und die Schwestern hatten die Essensportionen an den langen Tischen im Speisesaal kürzen müssen – was Fanny nicht nur wegen ihres guten Rufes gegen den Strich ging, sondern vor allem in der Seele wehtat. Sie wusste, was Kalziummangel und zu wenig Fett in der Nahrung an einem kindlichen Knochengerüst anrichteten, sie war schon lange im Geschäft und hatte alles gesehen. Auch sie selbst litt seit ihrer Kindheit an Arthrose, denn sie und ihre Geschwister hatten es nach dem plötzlichen Tod des Vaters nicht immer leicht gehabt, und ihre Teller waren an vielen Abenden leer geblieben, was unheilbaren Schaden an Fannys Knochen herbeigeführt hatte.

Seit jener Zeit hatte sie sich vorgenommen, als Erwachsene anderen Kindern beizustehen und für sie zu sorgen, so gut sie konnte. Aber obwohl sie und ihr Institut eine ausgezeichnete Reputation bei den Stadtvätern genossen und man ihr, sooft es ging, entgegenkam, konnte auch eine Fanny Regensberg keine wundersame Brotvermehrung herbeizaubern. Zwar erzählte sie den Kindern gern von diesen Wundern, die der Herr Jesus einst am See Genezareth vollbracht hatte, doch meistens knurrte ihren Schützlingen danach noch lauter der Magen, weil die Geschichten mit Unmengen von Brot und Fisch darin sie hungrig gemacht hatten. Seelische Nahrung war wichtig, gewiss, deswegen hielt Fanny große Stücke auf die morgendlichen Andachten und sorgfältigen Belehrungen, aber eben nicht genug, um zu überleben. Nicht einmal in einer christlichen Einrichtung wie der ihren.

Entschlossen tauchte Fanny erneut die Feder ins Tintenfass und schrieb.

*... ist es doch die Pflicht und Freude eines jeden Christenmenschen, für das Wohl der Ärmsten unter uns, der heimatlosen Kindlein, zu sorgen. Und so erbitt ich, werte Herren, untertänigst dero mildtätige Gaben ...*

Als es an der Tür klopfte, zuckte Fanny unwillkürlich zusammen. Ein dunkelblauer Tintenklecks breitete sich auf dem Dokument vor ihr aus und lief in zartblauen Schlieren bis zum Rand des Papiers.

«Herein», rief Fanny ungeduldig und blickte unwillig auf ihren halb fertigen und nun auch noch durch Tinte verhunzten Brief. Das Schreiben war nicht mehr zu retten, sie würde von vorn beginnen müssen. Doch vielleicht war es besser so. Einige Formulierungen könnte sie noch geschliffener anbringen, ein paar Wendungen rhetorisch geschickter einführen. Wenn man Perfektion wollte, musste man sich die Zeit dafür nehmen, und am Ende würde es womöglich einen Unterschied von Hunderten von Talern machen, wenn sie sich Mühe gab.

Sie nahm den Zwicker ab. Die Tür wurde leise aufgedrückt, und eine Frau mit rotblonden Haaren in einfacher Kleidung stand im Türrahmen. Sie nickte Fanny zu.

«Guten Tag, Fräulein Regensberg», sagte sie. «Darf ich hereinkommen?»

Fannys Blick ging zur Uhr, die in der Ecke ihres Schreibzimmers stand. Es war genau zwölf. Wie zur Bestätigung läuteten draußen jetzt die Kirchenglocken.

«Kommen Sie nur, Fräulein Hildebrand», sagte sie. «Sie haben Ihren Besuch ja angekündigt.»

Ernestine schob sich ins Zimmer. «Ich habe Verstärkung mitgebracht.» Sie deutete auf eine zweite Frau hinter sich, deren Gesicht von einer tief in die Stirn gezogenen Kapuze beschattet wurde. Goldene Haarsträhnen ringelten sich unter dem Stoff hervor.

Fanny musste sich zügeln, um nicht zurückzufahren, als sie trotz der notdürftigen Verhüllung das vernarbte Gesicht wiedererkannte. Richtig, dachte sie, auch diese Frau hatte sie schon bei den Versammlungen mit Louise Otto gesehen. Doch es war etwas anderes, ob eine derart entstellte Person bei einer Versammlung mit im Raum saß, oder ob sie einfach so in Fannys Waisenhaus marschierte, wo jeder ihr merkwürdiges Gesicht sehen konnte. Was würden die Schwestern denken, wer diese Besucherin war? Ohnehin schienen Fanny ihre Glaubensgenossinnen manchmal kleingeistiger und beschränkter als sie selbst. Sie hatte immerhin schon mehr von der Welt gesehen als die Dresdner Neustadt – und sie war nicht sicher, was die Schwestern zu dem Aufzug der Frau sagen würden.

Die beiden Besucherinnen traten aus dem Flur ins Zimmer.

«Mein Name ist Clementine Fuchs», sagte die Begleiterin von Ernestine Hildebrand. «Ich möchte auch dabei sein, wenn es um die Zukunft der Frauen in unserem Land geht.»

Sie trug einen dunkelblauen Samtumhang und spitze Schnabelschuhe, auf die mit goldenem Garn seltsame Muster gestickt waren. Wenn Fanny sich recht erinnerte, so betrieb die Frau auf dem Altmarkt eine Art Wahrsagerbude. Und ausgerechnet sie wollte sich für die Zukunft der Frauen engagieren?

«Nun», sagte Fanny säuerlich und erhob sich halb, «schön, dass Sie beide den Weg zu mir gefunden haben.»

Mit knapper Geste deutete sie auf zwei Holzstühle, die vor ihrem Schreibtisch standen. Die beiden Frauen kamen näher und setzten sich. Clementine zog die Kapuze, die ihr Haar fast gänzlich bedeckt hatte, fort, und die goldene Lockenpracht ergoss sich sogleich über ihre Schultern.

Wieder musste Fanny sich bemühen, sich ihren Unmut nicht anmerken zu lassen. Diese Frau ließ wenig Zweifel daran, dass ihr Sitte und Anstand keinen Groschen wert waren und dass sie lebte und sich kleidete, wie es ihr gerade in den Kram passte.

Ernestine dagegen hatte ihr Haar, das in einem fahleren Ton schimmerte, in einen strengen Zopf zurückgebunden, was ihr Gesicht mit den feinen Stirnfalten nackt und verletzlich wirken ließ. Die Haut um den Mund herum sah knittrig aus, wie dünnes Papier, doch die Sommersprossen auf ihrer Nase leuchteten im Aprillicht. Auch an ihrer Garderobe konnte Fanny nichts aussetzen. Das Kleid war einfach, aber ordentlich und sauber, ebenso die ledernen Schuhe, deren Spitzen zwar abgestoßen wirkten, aber offenbar einst von einem guten Schuhmacher angefertigt worden waren.

Fanny wandte sich ihr zu. «Sie wollten also mit mir über Ihren Artikel sprechen, Fräulein Hildebrand?»

Die junge Frau nickte.

«Und Sie haben sich darin, wie angekündigt, der unzureichenden Bildung von Mädchen in den unteren Ständen gewidmet? Und der dürftigen Ausstattung im Waisenhauswesen?»

Insgeheim war Fanny stolz darauf, dass sie als Mittlerin von Louise Otto wirken durfte, der sie Ernestines Artikel nach sorgfältiger Redaktion weiterleiten wollte. Bei ihrer letzten Begegnung mit der Frauenrechtlerin hatte sie sehr wohl bemerkt, dass sie einer Louise Otto in der Diskussion durchaus ebenbürtig war. Und sie freute sich bereits jetzt auf eine Vertiefung ihres theologischen Disputs zu einer anderen Gelegenheit. Denn, ach, es geschah höchst selten, dass sie in ihrem Alltag auf eine andere Frau mit einem ähnlich scharfen Verstand wie dem ihren traf. Oft genug musste Fanny sich mit dumpfen Debatten über die Reihenfolge der Fürbitten im Gottesdienst oder die Notwendigkeit der Anschaffung neuer Schuhwichse begnügen.

Ernestine nickte erneut und zog ein Stück Papier aus ihrem Umhang hervor. «Hier ist mein erster Entwurf», sagte sie. «Und da es darin um Ihr Fachgebiet geht, Fräulein Regensberg, dachte ich, Sie seien die Richtige, um ihn einmal zu lesen und auf Herz und Nieren zu prüfen.»

«Tatsächlich kann ich in aller Bescheidenheit ein gewisses Maß an Erfahrung in diesem Bereich mein Eigen nennen», sagte Fanny und griff nach dem Papierbogen. Sie schob den tintenbesudelten Brief von ihrer Unterlage und legte Ernestines Entwurf darauf. «Schließlich bemühe ich mich seit vielen Jahren um eine bessere Volksschulbildung und Zugang zu den höheren Schulen auch für Mädchen. Denn leider sehen die meisten Herren die Erfordernis dazu noch immer nicht in ausreichendem Maße.»

Rasch setzte sie ihren Zwicker auf, beugte sich über den Artikel und überflog die ersten Zeilen. Sogleich bemerkte sie, dass Ernestine Hildebrand keine geübte Schreiberin war, sowohl ihre Handschrift als auch ihr Ausdruck ließen zu wünschen übrig. Doch was sie schrieb, war geradeheraus und bewies Kennerschaft des mangelhaften Erziehungswesens für Mädchen.

Als Fanny zu der Stelle kam, an der die Verfasserin von ihrer eigenen Erfahrung als Kind berichtete, sah sie auf.

«Sie sind selbst eine Waise, Fräulein Hildebrand?»

Über die Wangen der jungen Frau flog ein rötlicher Schatten. «Unser Vater, ein Diener an der alten Oper, starb an Typhus. Unsere Mutter war bereits im Kindbett verschieden. So kamen mein Bruder und ich in ein Waisenhaus und später zu einer Pflegefamilie.»

Fanny nickte grimmig. Sie konnte sich, auch ohne den Artikel weiterzulesen, denken, wie es der jungen Ernestine ergangen war. Sie sah es ja jeden Tag direkt unter ihrer Nase, wenngleich sich die Zeiten seit Ernestines Kindheit geändert hatten. Doch noch immer kämpften die Waisenhausschwestern und Fanny gegen dieselben Feindgebilde – auf der einen Seite gegen die Armut, auf der anderen gegen die Unwissenheit und die Ignoranz, die alle Mächtigen in dem Moment, da sie ihre Herrschaft antraten, ohne Ausnahme wie eine Seuche zu befallen schienen.

«Sie können sich glücklich schätzen, dass Sie überhaupt Lesen und Schreiben lernten», sagte sie und berührte mit der Hand die Perlen ihres Rosenkranzes. «Und Sie haben heute sogar eine feste Anstellung, richtig? Darauf können Sie wahrlich stolz sein.»

«Ja», sagte Ernestine, «ich arbeite als Requisitenbesorgerin am Königlichen Theater.»

«Und Ihr Bruder?», fragte Fanny. «Lebt er noch?»

«Christian ist Theatermaler», sagte Ernestine, und Fanny konnte ihr den Stolz auf die so ungewöhnliche Karriere des Bruders ansehen. «Er ist ein großes Talent, vielleicht sogar ein Genie.»

Clementine Fuchs, die bis jetzt still dagesessen und das Gespräch mit angehört hatte, räusperte sich. «Du hast doch auch viele Talente, Stine», sagte sie und griff nach Ernestines Hand.

Fanny war bei dem vertraulichen Kosenamen zusammengezuckt. Sie blickte zwischen den beiden Frauen hin und her. Waren sie etwa enge Freundinnen? Dabei wirkten sie so unterschiedlich wie Tag und Nacht – die patente, fleißige, bescheidene Ernestine Hildebrand und der seltsame Paradiesvogel Clementine Fuchs, deren Leben in der Vergangenheit sicher alles andere als rechtschaffen und geradlinig gewesen war. Was verband die beiden? Etwa nur die Sache der Frauen, für die sie offensichtlich gemeinsam kämpften? Oder war da noch etwas anderes? Eine Art Seelenverwandtschaft vielleicht, wie sie manchmal auch zwischen Menschen ganz unterschiedlicher Herkunft entstehen konnte? So musste es sein, sagte sich Fanny und spürte doch ein gewisses Unbehagen.

Sie runzelte die Stirn und räusperte sich vernehmlich. «Der Artikel ist so weit ganz gut gelungen, Fräulein Hildebrand. Wenn es Ihnen recht ist, würde ich ihn ein wenig redigieren und Ihren Ausdruck an den richtigen Stellen noch etwas schleifen und polieren. Vielleicht auch noch einige Details zur Lage der Mädchenbildung in Dresden hinzufügen, die mir vorliegen. Und dann lasse ich alles Louise Otto für die nächste Ausgabe zukommen. Ist das in Ihrem Sinne?»

«Sehr gern», sagte Ernestine, «ich danke Ihnen, Fräulein Regensberg. Sie haben mehr Erfahrung mit dem geschriebenen Wort als ich. Es –»

«Ist das alles?», fragte da Clementine mitten in ihr Gespräch.

Fanny sah überrascht auf. «Wie meinen Sie das?»

«Ist das alles, was Sie und die anderen Frauen tun wollen, um für Gerechtigkeit zu kämpfen?» Clementine blickte

Fanny – herausfordernd, wie es ihr schien – aus ihrem vernarbten Gesicht an. «Journalartikel schreiben, meine ich?»

Noch immer hielt sie, bemerkte Fanny jetzt, Ernestines Hand in der ihren.

«Was schlagen Sie denn stattdessen vor?», fragte Fanny mit mühsamer Beherrschung.

«Wir sollten endlich aufhören, uns wie Frauen zu verhalten, und uns ein Beispiel an den Männern nehmen.» Clementine schüttelte ihr auffallendes Haar nach hinten. «Glauben Sie mir, zu mir kommen alle möglichen Menschen. Und sie sehen in mir wohl so etwas wie einen Beichtvater. Oder eine Hohepriesterin?» Sie hob die Augenbrauen. «Ich weiß jedenfalls immer als Erste, was in der Stadt geschieht. Und mir ist zu Ohren gekommen, dass sich immer mehr Männer auf einen Kampf vorbereiten. Sie besorgen Waffen, sie üben heimlich das Kämpfen in leeren Scheunen, sie sprechen mit erfahrenen Bauherren darüber, wie man am besten Barrikaden in den Straßen errichten kann.»

«Barrikaden?», fragte Fanny. Für einen Moment vergaß sie, dass sie der Frau nicht traute, doch ihre Neugier war geweckt. «Wird es etwa einen Aufstand geben?»

«Noch weiß das niemand», sagte Clementine, «aber die Gefahr war nie größer. Spüren Sie nicht das Brodeln in der Luft? Meine Karten zeigen seit Tagen nur Feuer und Schwert.»

Fanny verzog spöttisch den Mund. «Ihre Karten? Das sind also Ihre Quellen?»

«Glauben Sie daran, oder lassen Sie es bleiben», erwiderte Clementine von oben herab. Und Fanny bemerkte, dass Ernestine der Wahrsagerin einen zustimmenden Blick zuwarf. «Aber Sie müssen sich nicht auf die Karten verlassen, wenn

Sie nicht wollen. Reden Sie einfach mit den Bäckergesellen oder den Schustern der Stadt, mit den Maschinenbauern vom Theater, mit jedem dahergelaufenen Studenten oder sogar mit den großen Künstlern. Jeder wird Ihnen dasselbe sagen.» Sie beugte sich vor. «Übrigens auch die Frauen – selbst die große Sängerin Wilhelmine Schröder-Devrient ist auf der Seite der Republik! Und sie alle sind bereit, Blut zu vergießen, wenn es sein muss. Etwas liegt in der Luft, man kann den Brandgeruch darin schon schmecken.»

Fanny stand auf. Unruhig ging sie zum Fenster und öffnete es, streckte das Gesicht in den Wind und atmete durch, als wollte sie Clementines Worte überprüfen. Doch es roch nicht nach Feuer, sondern nur nach Regen, nassem Flieder und aufgewühlter Erde. Vom Hof drangen Kinderstimmen zu ihr herauf – Schwester Beate führte dort unten auf Fannys Anweisungen hin die tägliche Gymnastik mit den Mädchen durch.

Sie drehte sich zu den beiden Besucherinnen um. «Aber wie können wir Frauen etwas bewirken, wenn nicht mit List und Worten?», fragte sie. Wieder ließ sie die Perlen ihres Rosenkranzes durch die Finger gleiten und fand Trost in der vertrauten Berührung mit dem glatten Holzschmuck. «Das ist nun einmal Teil unserer Natur, nicht der offene Kampf um Blut und Tod.»

«Das mag vielen so erscheinen», sagte Clementine ruhig. «Aber ich habe anderes erfahren in meinem Leben. Vor vielen Jahren brannten französische Truppen mein Heimatdorf nieder, sie meuchelten meine ganze Familie und alle Nachbarn. Nur ich überlebte durch einen Zufall. Niemand beschützte mich, nicht einmal die Männer meiner Familie konnten es. Mein älterer Bruder fiel auf den Schlachtfeldern vor Leipzig. Seitdem glaube ich, dass wir Frauen uns ebenso wehren müssen wie die Männer, wenn wir überleben wollen. Und dass wir Gewalt von oben mit Gewalt von unten beantworten müssen.»

Sie erhob sich, und die Falten ihres nachtblauen Samtumhangs bauschten sich auf. Nun wirkte sie wie die Statue eine Rachegöttin.

Ernestine stand ebenfalls auf, sie nickte heftig.

«Du hast recht», sagte sie zu Clementine, «was haben wir denn zu verlieren?»

Fanny ging auf die beiden Frauen zu. Noch immer fühlte sie Skepsis bei Clementines Anblick. Gleichzeitig wunderte sie sich, welche Wirkung die leidenschaftlich vorgetragenen Worte auf sie hatten. Und auf einmal schien ihr Clementines Gesicht nicht mehr gar so abschreckend wie zuvor. Ihre wachen Augen leuchteten, ihre Rede hatte etwas Mitreißendes.

Fanny war dennoch aufgestört.

«Was wir zu verlieren haben, meine Damen?», rief sie heiser. «Das Leben! Das ist doch nicht nichts!»

«Wenn ich mein Leben für eine gute Sache geben kann, dann tut es mir nicht leid», sagte Clementine kämpferisch. «Wir sind alle Spielbälle des Schicksals. Aber vielleicht können wir einmal im Leben etwas Gutes bewirken, ehe die Ewigkeit uns verschlingt.»

Fanny wollte den Kopf schütteln über so viel Pathos. Indes rührte ein Blick in Ernestines bewegtes Gesicht auch in ihr etwas an. Die junge Frau glaubte wirklich an die Sache der Frauen und den Kampf der Menschen um Freiheit und Gerechtigkeit. Und Fanny kam nicht umhin, diesen Glauben zu bewundern, ja zu beneiden.

Sie selbst hatte in den langen Jahren ihres Lebens erfahren, wie es einen zermürbte, immer wieder an die Grenzen des eigenen Strebens und Tuns zu stoßen. Immer wieder helfen zu wollen und es nicht zu können, Türen aufreißen zu wollen und doch wieder nur vergeblich mit den Fäusten dagegenzutrommeln, während sie verschlossen blieben. Fanny bemühte sich seit jeher, ein gottgefälliges Leben zu führen, aber immer öfter kam ihr der Gedanke, dass sie keine Ahnung hatte, was Gott überhaupt wirklich gefiel. Die Worte der Bibel, die ihr früher aufrecht und unumstößlich vorgekommen waren, verdrehten sich immer öfter vor ihren Augen, schienen hierhin und dorthin zu streben und auf so viele verschiedene Arten deutbar zu sein, dass Fanny schwindlig wurde.

Diese beiden Frauen hier vor ihr aber waren sich ihrer Sache vollkommen sicher. Und Fanny musste zugeben, dass dies eine große Anziehung auf sie ausübte.

«Bitte, setzen Sie sich lieber wieder hin», sagte sie und sah zur Tür. Ihr Gespräch war zu laut geworden, und sie verspürte keine Lust, gleich eine verschreckte Schwester Eusebia davon abhalten zu müssen, zur Äbtissin zu laufen und sie anzuschwärzen, weil sie in ihrem Dienstzimmer revolutionäre Reden schwang. «Trinken Sie erst einmal einen Tee mit mir.» Sie ging zu einem zierlichen geschnitzten Tischchen, auf dem ein Tablett mit Tassen und einer Kanne auf einem Stövchen stand. «Er wird uns einen klaren Kopf bescheren.» Sie goss das dampfende Getränk großzügig ein und gab Ernestine und Clementine je eine Tasse. Die dritte führte sie selbst vorsichtig zum Mund. Anschließend setzte sie sich wieder hinter ihren Schreibtisch. «Und dann lassen Sie uns beratschlagen, was wir tun können, wenn es wirklich zu einem Aufstand kommt. Ich denke da an die Versorgung der Verwundeten. Oder wären Sie etwa bereit, selbst eine Waffe in die Hand zu nehmen?»

Wie auf Kommando fegte ein plötzlicher Windstoß das noch immer halb offen stehende Fenster weiter auf, sodass die Scheiben klirrten. Die drei Frauen fuhren zusammen.

Eine kleine Vase aus mundgeblasenem Glas, in dem etwas Löwenzahn auf dem Fensterbrett geblüht hatte, wurde umgerissen und zerbrach mit leisem Scheppern auf dem Fußboden. Das Wasser spritzte, und die dottergelben Blüten lagen zerknickt in der Pfütze.

## 27.

*Dresdner Anzeiger und Tageblatt*
*28. April 1849*
*Verfasser: Gustav Magnus, Student*

### Die Ablehnung der Kaiserkrone

*Uns erreichte die Nachricht, der König von Preußen habe der Nationalversammlung endgültig eine Absage erteilt – er werde die Kaiserkrone, welche die Abgeordneten ihm antrugen, nicht annehmen. Damit haben sich die Hoffnungen des Paulskirchenparlaments, es könne die demokratischen Reformen durch die Garantie eines neuen Kaisertums festigen und sichern, zerschlagen.*
*Was aber sagen wir, die Studenten und Republikaner dazu? Nun: Recht hatte Friedrich Wilhelm IV., sagen wir, diesen Kuhhandel vom Tisch zu fegen! Und mag das Parlament auch noch so vielen anderen deutschen Fürsten die zerbeulte Krone hinterherschleppen – sie alle werden es dem Preußen gleichtun. Von Anfang an waren die Zugeständnisse der Verfassungsarbeit viel zu gemäßigt, nahezu zahnlos. Und sie wurden auch der Kraft der Revolution von 1848 nicht gerecht. Nur das Notwendigste wagten die Herren Abgeordneten durchzusetzen, und mancherorts nicht einmal dies.*
*Die Freiheiten einer demokratischen Verfassung aber vertragen sich nicht mit dem monarchischen Prinzip. Eine Vermengung dieser beiden kann niemals mehr sein als bloßes Flickwerk. Ergo muss das deutsche Volk entweder das erneute Erbkaisertum kü-*

*ren oder endgültig die Monarchie zerschlagen und vernichten. Wähle nun, Deutschland – hast du Mut oder bleibst du allezeit ein Volk von Narren?*

# 28.

*Dresden, Samstag, 28. April 1849, abends*

In einer Feuerschale glimmten Kohlen, deren Schein immer wieder in der heranziehenden Dunkelheit aufflammte. Fünf Männer drängten sich in einem Halbkreis um das kleine Feuer, wärmten sich die ausgestreckten Hände daran und sprachen halblaut miteinander.

Christian hielt sich etwas abseits, er fühlte sich nicht zugehörig zu den Anwesenden. Denn obwohl er es gewohnt war, dass sich seine Kumpane aus dem Theater die Köpfe heißredeten und über Pistolen und Barrikadenbau fachsimpelten, verschloss ihm hier der Respekt vor den anderen den Mund. Sie alle waren ihm in ihrer gesellschaftlichen Stellung weit überlegen. So lauschte er nur stumm ihren aufgebrachten Stimmen und dachte sich seinen Teil.

Nachdem ihn Arrigoni kürzlich zu der Zusammenkunft im *Russischen Hotel* im Coselpalais mitgenommen hatte, war Christian von Richard Wagner nun persönlich in dessen Garten im Palais Brühl-Marcolini eingeladen worden – als «Stimme des Volkes», wie der Kapellmeister gesagt hatte. Er hatte ihm an jenem zurückliegenden Abend zwischen Sauerbraten und Aprikosenknödel ein Kompliment zu einer Kulisse für die Oper gemacht. Und in dem darauffolgenden Wortwechsel hatte er wohl bemerkt, dass der junge Maler sich für die Politik ereiferte. Arrigoni hatte nur die Stirn gerunzelt – er war kein überzeugter Republikaner – und hatte, als das Tischgespräch unter den Speisenden immer feuriger und die Forderungen nach einem Umsturz immer radikaler wurden, das Weite gesucht. Doch Christian war geblieben. Mit glühendem Gesicht hatte er den Reden von Richard Wagner und Gottfried Semper gelauscht, und am Ende, als die Versammlung am Tisch immer feuchtfröhlicher wurde, hatten sie sogar Bruderschaft getrunken.

Es war kaum zu fassen, dachte Christian und sah sich scheu zwischen den Gesichtern um. Ein kleiner Niemand wie er – als Bruder im Geiste mit dem großen Richard Wagner? Ganz zu schweigen von Gottfried Semper, dem Erbauer des Königlichen Theaters, sowie dem Komponisten und Dirigenten August Röckel und dem geheimnisvollen Fremden mit den dunklen Locken, dem er heute zum ersten Mal begegnet war. Was wollten diese klugen Männer nur von ihm?

«Dieser elende Preuße wagt es, die Kaiserkrone abzulehnen», schimpfte der Fremde, der ihm als Dr. Schwarz vorgestellt worden war.

Er hatte eine melodische Stimme, und seine Aussprache verriet, dass er russische Vorfahren haben musste. Christian musterte ihn unauffällig. Der Mann besaß eine starke Stirn, über die er sich seine schwarzen Locken zurückgekämmt hatte, und einen gewichsten Schnurrbart. Jetzt ballte er die Fäuste.

«Was für eine Impertinenz dieses preußische Fürstlein doch hat», fuhr er fort, «gemeinsam mit seinen Kumpanen in Hannover, Württemberg und hier in Sachsen. Weiß er nicht, dass es eine Ehre für ihn wäre, den Kaiser für die Nationalversammlung zu mimen?»

«Wohl kaum», widersprach Wagner und schob sich die Brille hoch, die auf seiner schmalen Nase ins Rutschen gekommen war. «Im Gegenteil, er weiß, dass die Demokraten ihn nur benutzen wollten. Sie glaubten eben, eine Strohpuppe für ihre Verfassung zu brauchen, die sich die Krone aufsetzt, Unterschriften leistet und ansonsten stillschweigt. Aber so dumm ist Friedrich Wilhelm IV. nicht. Und auch, wenn ich kein Königsfreund bin – in diesem Punkt gebe ich ihm recht.»

«Er soll sich zum Teufel scheren», erwiderte Dr. Schwarz. «Er und alle Monarchen in Deutschland gleich mit. Wir müssen in letzter Konsequenz die gesamte Monarchie vernichten, die Fürsten verjagen und endlich Ernst mit der Republik machen.»

«Hört, hört», sagte Röckel, der am dichtesten an der glimmenden Feuerschale stand. «Nichts anderes schreibe ich seit Monaten in den *Volksblättern*. Sogar meine Anstellung am Theater habe ich deshalb verloren, Lüttichau hat mich achtkantig rausgeworfen. Aber bisher ist nichts weiter passiert, und die vermeintlichen Republikaner drehen genüsslich Däumchen, während Leute wie ich den Kopf hinhalten.»

«Aber das kann sich jetzt ändern», sagte Dr. Schwarz, «die Wut ist in der Bevölkerung deutlich spürbar. Wir haben viele auf unserer Seite – die Studenten, die Burschenschaften, große Teile der Logen. Die Arbeiter, die Bauern, auch einige Bürgerliche.»

«Und die Juden», ergänzte Christian. Mit leiser Stimme fügte er hinzu: «Mein Freund Bernhard Hirschel sagt, viele in seiner Gemeinde würden sich uns anschließen. Sie hoffen wie wir auf eine freiere Gesellschaft und auf Gleichberechtigung.»

Wagner lachte bitter auf. «Die Juden sind nichts als Nutznießer unserer Sache», knurrte er. «Ihr wisst, dass ich viele

Judenfreunde habe und auch keinen Groll gegen Hirschel hege, der mir sympathisch ist. Aber dennoch kann ich mein Misstrauen nicht verhehlen. Der Einzelne mag wertvoll sein, aber das jüdische Volk an sich ist ein fremdes, hat nichts vom deutschen Charakter und kann niemals Teil einer deutschen Nation sein.»

Christian hatte das Gefühl, gemaßregelt worden zu sein, und presste die Lippen aufeinander. Warum nur hatte er sein Schweigen gebrochen? Er hatte doch hier ohnehin nichts zu sagen, konnte froh sein, wenn man ihn duldete. Gleichzeitig begehrte etwas in ihm gegen die Worte des großen Kapellmeisters auf. Was hatte der Mann nur gegen die Juden? Und wie konnte er von der Gleichheit der Menschen predigen und dann einzelne Völker ausschließen, die seit Jahrhunderten unter ihnen lebten?

«Bleiben wir bei der Sache, Freunde», sagte Röckel energisch, «die Judenfrage muss man an einem anderen Tag lösen. Genauso wie die Sache mit den Weibern, die nun auf einmal auch nach Gerechtigkeit krähen.» Er strich sich das lange helle Haar zurück, das ihm in die Stirn gefallen war. «Tatsache ist, dass nie ein besserer Zeitpunkt für uns kommen wird als jetzt, um in den Kampf zu ziehen. Wenn die Kunde von der Ablehnung der Krone beim sächsischen Landtag und bei König Friedrich August II. endgültig eingesickert ist, wird das Erste, was passiert, eine Rücknahme bisheriger Zugeständnisse sein. Sobald die Nationalversammlung in Frankfurt schwächelt, knicken auch die hohen Herren hier in Sachsen ein und fallen um wie die Kegel. Wir müssen ihnen zuvorkommen und sie rechtzeitig zwingen, die Reichsverfassung zu bestätigen, anstatt sie gleich wieder zurückzunehmen.»

«Das wird nur mit Gewalt gehen», sagte Dr. Schwarz und zwirbelte sich mit wilden Gesten seine Schnurrbartenden. «Wir müssen Taten sprechen lassen! Es wird Blut fließen. Und dann werden wir eine Notfallregierung brauchen, wenn die jetzige endgültig zusammenbricht.»

«Was sagen Sie dazu?», fragte Wagner und stieß Christian in die Seite. «Was erstrebt man denn so in den Reihen der Arbeiter? Wollt ihr in den bewaffneten Kampf ziehen?»

Christian zögerte. Ihn beschlich plötzlich das unangenehme Gefühl, dass man ihn aushorchen wollte. Doch war es andererseits nicht an der Zeit, den Graben zwischen Arbeitern und Bürgerlichen zuzuschütten? War er nicht auch deshalb heute Abend hergekommen?

«Reden Sie schon, Hildebrand», zischte Wagner. «Neulich im Coselpalais waren Sie doch auch nicht schüchtern! Was wir heute Abend hier besprechen, bleibt unter uns.»

Dr. Schwarz schnaubte. «Ich verstehe nicht, was der Mann überhaupt hier will, Richard. Er ist keiner von uns.»

«Ich habe ihn eingeladen», sagte Wagner trotzig, «wir brauchen frische Köpfe und eine Verbindung zu den unteren Ständen.»

«Und er glaubt an die Demokratie, oder?», fragte Semper und sah Christian an.

Christian nickte zögernd. «Hohe Herren», begann er schließlich, «wir sind von verschiedenem Stand, aber wir wollen dennoch alle dasselbe. Sie sagten es selbst, auch die Studenten, die Gesellen und Arbeiter sind unzufrieden und trachten nach einem Umsturz. Ich treffe mich oft mit meinen Freunden, den Maschinenbauern am Theater, und wir reden.»

«Reden?», fragte Röckel und lachte spöttisch. «Mehr nicht?»

Hilflos zuckte Christian mit den Schultern. Er hätte gern erwidert, dass auch die edlen Männer hier an der Feuerschale bisher nicht viel mehr taten, doch er schluckte die Worte hinunter.

«Meine Freunde sagen, wir sollen uns bewaffnen», erwiderte er stattdessen leise. «Einer hatte sogar die Idee, das Zeughaus zu stürmen und sich kurzerhand dort Gewehre und Kanonen zu besorgen.»

Die Männer starrten ihn an.

«Frech kommt weiter», brummte Röckel, doch in seiner Stimme schwang eine leise Bewunderung mit.

Die anderen lachten, gleichwohl klang es nicht mehr so spöttisch wie zuvor.

«Das ist gar kein so übler Einfall», sagte Semper und legte Christian eine Hand auf die Schulter. «Und Sie und Ihre Freunde wären bereit, in den Kampf zu ziehen?»

Christian überlegte. «Ja, schon», sagte er zögernd, «wenn es sein muss. Wir alle wollen, dass es vorangeht mit der Welt.»

«Siehst du», sagte Semper und stieß den Mann mit den schwarzen Locken an. «Dieser Neue in unserem Kreis hat doch etwas beizutragen. Denkst du nicht, Bakunin?»

Bei der Erwähnung des Namens sogen die anderen Männer scharf die Luft ein.

«Halt dich zurück, Gottfried», warnte Röckel und deutete vielsagend auf Christian. «Wir benutzen diesen Namen nicht, das weißt du. Und zwar aus gutem Grund. Wenn die Behörden vom Aufenthalt unseres Freundes hier in Dresden Wind bekommen, ergeht es ihm schlecht.»

Christian traute seinen Ohren nicht, er musterte den vermeintlichen Dr. Schwarz verstohlen aus den Augenwinkeln. Dieser noch recht junge, wütende Mann, dessen Umhang nach muffiger Wolle roch, war also der berühmte Revolutionär Michail Bakunin? Der Mann wurde in ganz Europa gesucht, auch in seiner Heimat Russland, wegen der Teilnahme an verschiedensten Umsturzversuchen und dem Veröffentlichen von gesetzeswidrigen Schriften. Und nun stand er hier neben ihm im Garten von Richard Wagner, als sei dies ganz selbstverständlich?

Wagner seufzte und warf Christian einen warnenden Blick zu. Dann stieß er Semper in die Seite. «Was sagst du, mein Freund, zu dem Plan eines bewaffneten Kampfes? Du bist immer der Besonnenste unter uns.»

Semper wiegte den Kopf hin und her und starrte in die Glut. «Ich denke, unser junger Gast hat recht», sagte er endlich. «Es geht nur mit Gewalt, und wir brauchen jemand Neues an der Spitze, der das Ruder übernimmt. Jemand, der die Geschicke des Landes mit Herz, Verstand und ruhiger Hand lenkt, wenn der König und seine treuen Minister nicht mehr sind. Ich würde mich ja zur Verfügung stellen, aber das kann ich nicht mit meinem Königseid vereinbaren.»

Erneut schnaubte Bakunin verächtlich. «Entscheiden Sie sich, Mann!», zischte er. «Königsjüngling oder Republikaner? Beides geht nicht.»

«In Ihrem Kopf vielleicht nicht», sagte Semper ruhig, «Sie waren immer schon ein Anarchist.»

Bakunin brummte etwas Unverständliches.

«In der Volksbewaffnung liegt unsere Chance», sagte Wagner und packte Bakunin an der Schulter. «Du hast gehört, was unser junger Freund Christian sagt. Alle werden mitmachen. Wir müssen einfach jeden Mann in der Stadt, der auf unserer Seite ist, mit einer Waffe ausstatten.» Er deutete in den dunklen Garten, der in ihrem Rücken zu schlafen schien. «Dort hinten, neben dem Gewächshaus, lagern genug Handgranaten für einen ersten Angriff. Aber dann brauchen wir Nachschub.»

Bakunin lachte jauchzend auf. «*Drug*, mein Freund!», rief er. «Du züchtest Granaten im Garten wie andere Leute Kürbisse? Du bist endlich für alles bereit! So lob ich es mir.»

«Psst», machte Wagner und sah zum Haus hinüber. «Minna hat einen leichten Schlaf.»

«Ach, die Truppen des Königs schrecken dich nicht, aber der Zorn deiner Frau?», fragte Bakunin hämisch, doch er dämpfte seine Stimme.

«Gegen die Soldaten können wir uns immerhin wappnen ...», erwiderte Wagner, dann fuhr er ernsthaft fort: «Es ist essenziell, dass wir eine Strategie für die Kampfhandlungen entwickeln.»

«Also meinst du es wirklich ernst?», fragte Semper und legte Wagner einen Arm um die Schultern. «Du willst alle Brücken hinter dir abbrechen, Richard? Was ist mit dem Theater, mit deiner Kunst?»

«Meine Kunst kann nur gedeihen, wenn wir alles Alte hinwegfegen und eine Bresche schlagen für das Neue», sagte Wagner leidenschaftlich. «Ich habe es mir lange nicht eingestanden, aber Michail hat mir in den letzten Tagen die Augen geöffnet. Die Kunst und die Revolution sind Schwestern, Gottfried. Die eine braucht die andere, sie leben voneinander. Wenn wir die alten Systeme zerbrechen und zur Hölle schicken, können wir auch im Theater, in der Kunst eine neue Zeit ausrufen. Es widerstrebt mir schon lange, wie eitel die Oper geworden ist, wie seicht und albern die Stoffe. Man will das Volk unterhalten und einlullen, aber ich will es mit meiner Kunst aufwecken, verstehst du?»

Semper nickte. Und auch in Christian löste Wagners Rede einen seltsamen Widerhall aus. Er hatte, wenn auch nicht in so geschliffenen Worten wie der Komponist, oft Ähnliches gedacht. Auch die Malerei musste frei sein von den Zwängen der reinen Unterhaltung, vor allem von denen des finanziellen Erfolgs. Nur dann konnte sie atmen, sich entwickeln, voranschreiten.

«So gilt es also», sagte Semper. «Wir treffen übermorgen wieder hier zusammen. Bis dahin nutzt ein jeder von uns die Zeit, um mit so vielen Mitstreitern zu sprechen wie möglich. Wir sollten auch Hilfe von den Bürgerwehren rund um Dresden anfordern. Ich werde gleich Briefe schreiben.»

«Und ich suche die Anführer der Turnerbewegung auf», sagte Röckel. «Mein Neffe geht dort ein und aus. Wir brauchen jeden kampfbereiten Mann. Zudem spielt uns in die Hände, dass große Teile der sächsischen Armee nach der schleswig-holsteinischen Erhebung in Schleswig feststecken», ergänzte er. «Hier in der Stadt dürften nicht einmal mehr zweitausend Mann bereitstehen.»

Christian spürte, wie ihm ein Schauder über den Rücken lief. So viele Jahre hatten er und seine Freunde darüber gesprochen, dass sich etwas verändern musste, und sich danach gesehnt, dass etwas geschah. Und so manches Mal hatte ihn das Feuer für die Veränderung über seine unglückliche Liebe hinweggetröstet, hatte ihn auf andere Gedanken gebracht. Und nun würde wirklich etwas passieren? Ein Aufstand, eine richtige Revolution womöglich, der er beiwohnen würde? War endlich der Moment gekommen, das Alte hinwegzufegen und zu kämpfen – nicht nur für einen besseren Staat, sondern auch für das Recht jedes Einzelnen? Das Recht auf Freiheit, Entfaltung ... Liebe?

Eine Mischung aus Furcht und Erregung erfasste ihn.

«Ich spreche mit meinen Freunden im Theater», sagte er heiser. «Einer der Arbeiter kann wohl einen Lageplan des Zeughauses beschaffen.»

«Gut», sagte Semper. «Und ich suche mir ein paar Handwerksburschen, die Barrikaden bauen können, und leite sie so an, dass die Straßensperren für die Truppen des Königs ein hartes Brot werden, an dem sie sich die Zähne ausbeißen.»

Die Glut in der Feuerschale fiel endgültig in sich zusammen, nur noch ein zartes rotgoldenes Glimmen ging von ihr aus. Jetzt lag der Garten fast vollkommen in der Schwärze der Nacht.

Die Männer reichten sich die Hände.

«Stillschweigen und Freundschaft», sagte Semper.

«Freundschaft», erwiderten alle im Chor. Es war ein knappes, aber bewegendes Versprechen.

Dann verließen Röckel und Semper den Garten. Wagner und Bakunin verschwanden im Haus.

Christian stand noch einen Moment im Dunkeln und lauschte dem Schrei eines Waldkauzes, der kurz darauf mit ausgebreiteten Schwingen dicht über seinen Kopf hinwegflog. Sein Herz klopfte wild. Auf leisen Sohlen verließ auch er den Garten des Palais.

# 29.

*Dresden, Samstag, 28. April 1849, zur gleichen Zeit*

Ein Käuzchen schrie sehnsüchtig durch die Nacht, und Elise, die sich eben auf eine steinerne Bank am Rande des Katholischen Friedhofs niedergelassen hatte, fuhr erschrocken auf. Ihr Herz klopfte, und sie erinnerte sich an die Schauermärchen ihrer Gouvernante Fräulein Drosselmeir, als sie ein Kind gewesen war. Die Frau hatte stets gruselige Geschichten erzählt – genau solche, mit denen heute die Köchin ihre Tochter Netty unterhielt.

Als Kinder hatten sie der Gouvernante damals halb fasziniert, halb furchtsam gelauscht, und mit einem Mal hatte Elise wieder deutlich ihre näselnde Stimme im Ohr. *Wenn ein Waldkauz ruft, dann stirbt jemand.*

Ein bitteres Lächeln stahl sich auf Elises Lippen, sie setzte sich wieder auf die Bank. Nun, das Schlimmste war bereits eingetroffen – der Ruf des Nachtvogels war nicht länger prophetisch.

Heute Morgen hatten sie Amalie Spielmann hier auf dem Friedhof beerdigt. Die Hofkirche am Theaterplatz, wo das Hochamt gefeiert worden war, war aus allen Nähten geplatzt, weil so viele Menschen aus Dresden, Weißenfels und Umgebung der Mutter die letzte Ehre erweisen wollten. Die Familie Spielmann und mehr noch die der von Brühls gehörten zu den wichtigsten und ältesten der Gegend, und die musikalischen Salons bei der stattlichen Amalie Spielmann hatten alle Dresdner geliebt.

Der anschließende Zug mit dem Sarg an der Spitze entlang der Elbe nach Westen und dann durch Dresdens Mitte hatte die halbe Stadt lahmgelegt. Auch auf der einzigen Brücke der Weißeritz war kein Durchkommen gewesen, bis die Trauergemeinschaft endlich zu Fuß auf dem Katholischen Friedhof angekommen war. Eine Blaskapelle war vorangeschritten und hatte einen Trauermarsch nach dem anderen gespielt, die Trommler lenkten mit dumpfen Schlägen die schweren Schritte der Trauernden. Der Superior persönlich feierte die Messe und hielt die Predigt, und als die Gemeinde am Grab aus voller Kehle das Kirchenlied *Großer Gott, wir loben dich* sang, war die Stimmkraft so gewaltig, dass sie den ganzen Friedhof erfüllte.

Elise auf ihrem Steinbänkchen schlang jetzt die Arme um sich. Es war ein strahlender Tag gewesen, als wollte selbst die Sonne Amalie Spielmann persönlich von dieser Welt verabschieden. Doch nun, da der Abend gekommen war, wurde es empfindlich kühl. Zumal Elise vorhin kopflos das Haus verlassen hatte, ohne sich einen Umhang oder ein warmes Tuch mitzunehmen. Ihr einziger Gedanke war gewesen, dass sie fortwollte, fort von Adam und seinen kalten Augen, die sie seit Tagen verfolgten. Fort von den Erinnerungen an die erniedrigende Begegnung mit ihm am Sterbeabend der Mutter. Fort von ihren eigenen Gedanken, die sie marterten. Aber natürlich konnte sie ihnen nicht entgehen, niemand konnte vor sich selbst und den eigenen Schatten davonlaufen.

Elise hatte gehofft, dass es sie trösten würde, noch einmal ans Grab der Mutter zu gehen, allein diesmal, und deren Nähe auf irgendeine Weise zu spüren. Doch seitdem sie hier saß, im Dunkeln zwischen Grabsteinen, modernden Blumenkränzen und Marmorengeln, auf deren Flügeln längst Moos wuchs, hatte sie sich eingestehen müssen, dass sie auch hier nichts von Amalie spürte. Ihre Mutter war fort, und kein Ort, kein Stein, kein Kranz konnten daran etwas ändern.

Die Michaelskapelle ragte hell im Mondschein auf. Nicht weit von der Stelle, an der Elise saß, befand sich das Grab Carl Maria von Webers, einer der wichtigsten Männer der Dresdner Musikwelt. Erst vor einigen Jahren hatte man seinen Leichnam hierher überführt, und kein Geringerer als Gottfried Semper hatte das prächtige Grabmal entworfen, das nun durch die Nacht zu ihr herüberschimmerte. Doch das alles bedeutete Elise nichts. Immer wieder musste Elise an die Worte der Inschrift denken, die der Steinmetz auf die Grabplatte gravieren würde, ehe sie Amalies letzte Ruhestätte endgültig verschloss.

*Herr, wenn ich nur dich habe, so frage ich nicht nach Himmel und Erde.*

Es waren die Worte eines Psalms, den Amalie schon lange vor ihrem Tod für diesen Zweck bestimmt hatte und der wohl tröstlich sein sollte, doch Elise konnte wenig damit anfangen. Im Gegenteil, immer, wenn sie an den Sinn hinter den Worten dachte, begehrte sie dagegen auf. Die Hingabe an Gott und der Verzicht auf irdisches Glück für den rechten Glauben, die damit gefordert wurden, schienen ihr fragwürdig, ja unterwürfig. Sollten nicht vielmehr alle Menschen, Männer und Frauen, danach streben, hier unten auf Erden das Glück zu finden, ehe sie sich der Ewigkeit anheimgaben?

Beim Gedanken daran, was Adam zu diesen Überlegungen sagen würde, fröstelte sie und strich sich über den dünnen Ärmelstoff ihres schwarzen Trauerkleids. Nein, ihr Ehemann würde nicht zustimmen, sondern ihr Aufbegehren wieder einmal als ein Zeichen deuten, dass Elise unreif und undankbar war und den Anforderungen an das Leben einer dienenden Frau nicht gerecht wurde.

Entschlossen erhob sie sich und wanderte zwischen den Reihen der Gräber hindurch, ziellos, ruhelos. Noch vor Kurzem hätte sie es niemals gewagt, das Haus so spät abends und noch dazu allein zu verlassen und durch die Stadt zu strolchen, als wäre sie ein Mann, der sich frei bewegen durfte, und nicht eine verheiratete, ehrbare Frau. Doch seit Adam ihr derart übel mitgespielt hatte, war der letzte Rest Respekt für ihn von ihr abgefallen. Er verdiente keine brave Frau, die sich tugendhaft verhielt. Und was könnte er ihr noch Schlimmeres antun als das, was er sich ohnehin schon herausnahm? Elise gedachte nicht länger, Gehorsam zu heucheln, sondern ab sofort das zu tun, was ihr beliebte – mit allen Folgen, die sich daraus zweifellos für sie ergeben würden.

Kurz dachte sie an Netty, und da schlich sich dann doch eine leise Furcht in ihre Brust. Das Mädchen war ihre verwundbare Stelle. Wenn Adam so grausam wäre, Netty als Faustpfand zu benutzen, um Elise gefügig zu machen, konnte sie dem nichts entgegensetzen. Bisher hatte er allerdings kaum Interesse an der Erziehung des Mädchens gezeigt und Elise den Großteil der Entscheidungen, was Netty betraf, zugestanden. Sie musste einfach hoffen, dass dies so bliebe, wenn auch nur aus Gründen von Adams Bequemlichkeit.

Mit einem letzten Blick zurück verließ sie den Friedhof durch das Tor in der Steinmauer und trat auf die Friedrichstraße. Gegenüber erhob sich das prächtige Palais

Brühl-Marcolini, das einst den Vorfahren ihrer Mutter gehört hatte. Heute beherbergte es mehrere Mietwohnungen, und Georg hatte Elise einmal erzählt, dass kürzlich der Kapellmeister Richard Wagner, der wegen seiner Geldprobleme ständig umzog, hier mit seiner Frau Quartier gefunden hatte. Wenn Elise nicht alles täuschte, waren er und Gottfried Semper heute früh bei der Beerdigung dabei gewesen. Gleichwohl waren die vielen Hundert Gesichter wie Schatten an ihr vorbeigezogen, sie hatte kaum eines wahrgenommen.

Unschlüssig schritt sie ein wenig auf und ab. Mit etwas Glück hatte niemand ihr Fehlen bemerkt, und wenn doch, so würde man einer trauernden Tochter eine kleine Verrücktheit wie einen nächtlichen Abschied auf dem Friedhof zugestehen. Aber nichts zog sie zurück in die Neustadt, und wenn sie nicht so gefroren hätte, wäre sie am liebsten die ganze Nacht allein umhergewandert, ohne Ziel und ohne dass einer Forderungen an sie stellte. In vermeintlicher Freiheit, ehe sie wieder in das Gefängnis ihrer Ehe, ja ihres ganzen Lebens zurückkehren musste.

Plötzlich hörte sie hinter sich Schritte, und wieder begann ihr Herz schneller zu pochen. Auf einmal wurde sie sich ihrer Verwundbarkeit bewusst – eine Frau in einem zu dünnen Kleid spätabends ganz allein unterwegs war nicht sicher.

Elise hoffte, dass es ein harmloser Spaziergänger war, der nun hinter ihr seine Schritte beschleunigte und ihr immer näher kam. Auch sie ging nun schneller, bemühte sich gleichzeitig, nicht zu rennen, um ihre Angst nicht zu zeigen. Da hörte sie, wie der Unbekannte halblaut ihren Namen rief.

«Elise? Warte doch, Elise!»

Ihr Herz zog sich zusammen, und sie blieb wie angewurzelt stehen. Unter Tausenden hätte sie seine Stimme erkannt, die sie noch immer in ihrer Erinnerung und manchmal in ihren Träumen hörte.

Sie drehte sich um. «Christian?», fragte sie unnötigerweise, denn natürlich war er es. Das Licht eines Kandelabers erhellte sein Gesicht, sein helles Haar leuchtete unter dem Schlapphut in der Dunkelheit weißlich hervor. «Was machst du hier?»

«Das sollte ich wohl besser dich fragen.» Prüfend sah er sie an. «Dir muss doch kalt sein.»

Ohne ein weiteres Wort zog er seine Jacke aus und trat auf sie zu.

Instinktiv wich sie zurück, doch er lachte.

«Sei nicht albern», sagte er und legte ihr mit selbstverständlicher Geste die Jacke um die Schultern.

Wärme und sein vertrauter Duft hüllten sie ein. Er schien seine abweisende Haltung ihr gegenüber für den Moment vergessen zu haben, dachte Elise verwirrt. Oder hatte sie sich das alles nur eingebildet? Eine winzige Hoffnung stieg in ihr auf, doch sie wollte sich keine Blöße geben.

«Also, was tust du hier?», fragte sie herausfordernd. «Du zuerst.»

«Ich habe mich mit ein paar Freunden getroffen», sagte er. «Mitstreiter, wenn du so willst.»

«Und wofür streitet ihr?»

«Für die Republik.» Er sah sie durchdringend an. «Für eine gerechtere, freiere Gesellschaft, wie sie längst hätte entstehen müssen.»

Elise war erstaunt. Sie hatte nicht gewusst, dass Christian

ein so glühender Republikaner war. Und doch hätte sie es ahnen müssen, dachte sie. Er war klug und schon als jüngerer Mann belesen gewesen, trotz seiner geringen Schulbildung, und er hatte das Herz am rechten Fleck.

«Ich bin auch für die Demokratie», sagte sie. «Obwohl wir Frauen nicht wirklich gefragt werden, was wir davon halten.»

Er lächelte. «Du solltest mal meine Schwester Ernestine hören», sagte er spöttisch, «dann würdest du nicht denken, die Politik ginge Frauen nichts an. Im Gegenteil, es gibt auch Frauen, die unsere Sache unterstützen und sich sogar öffentlich zu Wort melden.»

«Du scheinst in letzter Zeit häufiger mit Frauen zu reden», sagte Elise, die an ihre letzte Begegnung im Großen Garten dachte, und biss sich sofort auf die Zunge. Hatte er die Bitterkeit in ihren Worten gehört?

Christian stutzte kurz, dann lächelte er wieder. Wie sie dieses Lächeln liebte! «Bist du eifersüchtig, Elise?»

«Wie kommst du darauf?», murmelte sie. «Ich verlange sicher nicht, dass du wie ein Mönch lebst.»

«Dann ist es ja gut», sagte er leichthin. «Gleiches Recht für alle!» Er zögerte. «Aber du musst wissen, dass keine der anderen Frauen, mit denen ich ... *rede* ... mir besonders viel bedeutet.»

Obwohl sie wusste, dass es albern war, und sie sich deswegen schämte, spürte Elise eine ungeheure Erleichterung in sich aufsteigen. Bei ihren letzten Begegnungen war er ihr so fern vorgekommen, beinahe kalt. Sollte er aber am Ende doch dasselbe für sie empfinden wie sie für ihn? Sie wagte es kaum zu hoffen, aber sie spürte, wie sich ihr Puls beschleunigte.

«Es gibt also weibliche Revolutionäre?», fragte sie.

Er nickte. «So wie übrigens auch deine Schwester. Sie heißt Barbara, oder?»

Elise sah ihn erstaunt an. Doch ehe sie antworten konnte, winkte Christian ab.

«Das ist jetzt aber eigentlich nicht wichtig», fuhr er fort. «Ich will erst einmal wissen, warum du hier bist! Was hast du hier um Himmels willen allein zu suchen, um diese Zeit? Weißt du nicht, dass es gefährlich ist, nachts herumzustromern?» Er räusperte sich. «Und was sagt überhaupt dein Mann dazu?»

Elise überlegte, ob sie ihm eine Lüge von einem Abendspaziergang oder einem Besuch bei einer Verwandten auftischen sollte, doch auf einmal wusste sie nicht, weshalb eigentlich.

«Ich war auf dem Friedhof», sagte sie schließlich.

«So spät?» Er sah sie entgeistert an.

Elise hob die Schultern, die Stimme wollte ihr auf einmal nicht mehr gehorchen. «Meine Mutter ist am Dienstag gestorben», brachte sie endlich heraus. «Heute Morgen war die Beerdigung.»

Christian wirkte erschrocken. Er trat ganz nah an sie heran, legte einen Arm um ihre Schultern und zog sie dicht zu sich. «Oh, Elise», sagte er. «Es tut mir sehr leid.»

Sie lehnte sich an ihn, barg das Gesicht an seiner Brust und spürte die Wärme seines Körpers. Obwohl sie fühlte, wie ihr die Tränen in die Augen schossen, war sie doch gleichzeitig so froh wie lange nicht mehr. Widerstreitende Gefühle tobten in ihr – Trauer, Sehnsucht, Glück. Dabei stand sie nur mit Christian auf einer menschenleeren Straße, dachte sie verwundert, hob das Gesicht und sah ihn vorsichtig an, während sie sich rasch eine Träne von der Wange wischte. Wieso hatte er, nach all der Zeit, noch immer eine solche Wirkung auf sie?

Auch sein Puls schien sich beschleunigt zu haben. Sie standen weiterhin so dicht voreinander, dass Elise jeden seiner Herzschläge fühlen konnte.

Seine Hände hatte Christian nun an ihre Schultern gelegt, sein Gesicht war ganz nah an ihrem, sodass sich ihre Nasenspitzen fast berührten.

«Aber warum bist du nachts zurückgekommen und wandelst allein zwischen den Gräbern herum?», fragte er, und ein hilfloses Lachen spielte in seiner Stimme. «So verrückt kannst nur du sein, Elise.»

Es war schön, sich daran zu erinnern, wie gut er sie kannte, trotz allem. Vor Jahren schon war ihr Verhalten verrückt gewesen. *Wahnsinn* hatten sie ihre heimlichen Treffen genannt – und waren dann doch wieder unvorsichtig gewesen, um beieinander sein zu können. Bis es nicht mehr ging.

«Ich wollte einfach weg», brach es aus ihr heraus. «Ich musste allein sein. Und ich hoffte, Trost zu finden, wenn ich noch einmal in Frieden am Grab meiner Mutter stehen könnte.»

«Und?», fragte er leise und sah sie prüfend an. Das Lachen war verschwunden, seine Augen blickten ernst. «Hast du Trost gefunden?»

«Nicht auf dem Friedhof», flüsterte sie.

«Wo dann?» Seine Hände packten sie fester.

Elise schauderte, doch nicht vor Kälte.

«Hier. Bei dir», murmelte sie.

Wer wen zuerst geküsst hatte, konnte Elise danach nicht mehr sagen. Offenbar hatten sie beide gleichzeitig nach den Lippen des anderen gesucht, und ihre Münder waren zu einem Kuss verschmolzen. Sie versanken gemeinsam darin, die Zeit schien stillzustehen, und alle Gefühle von damals kamen wieder hoch, als hätte jemand die Jahre des Verzichts, der Sehnsucht mit unsichtbarer Hand weggewischt.

Irgendwann bellte in der Ferne ein Hund, und sie lösten sich widerstrebend voneinander. Der Nachtwind fegte ein paar Blüten durch die schlafende Straße, die sich an ihre Knöchel schmiegten. Christian hielt Elise ein Stück weit von sich weg. Er sah sie fragend an, und sie wusste, wie die stumme Frage lautete, und nickte.

«Komm», flüsterte er da und legte erneut einen Arm um ihre Schulter.

Schon fielen sie in Laufschritt, dann begannen sie zu rennen. Sie hasteten durch die dunkle Friedrichstraße, überquerten die Weißeritz auf der Friedrichsbrücke und tauchten schließlich in die Dresdner Altstadt ein, die um diese späte Stunde still dalag. Nur zweimal kamen ihnen Passanten entgegen, und jedes Mal zog Christian Elise rasch in einen Hauseingang, wo sie sich verbargen, bis die Luft wieder rein war. Niemand hatte sie gesehen. Unbehelligt gelangten sie in die Ostra-Allee, die Elise gut kannte. Sie führte zum Zwinger und zum Theaterplatz, hier standen so imposante Gebäude wie der *Silberhammer*, wo Münzen geprägt wurden, und das Königliche Waschhaus. Vor allem aber gab es hier einige Gasthäuser und kleinere Wohnhäuser, in denen viele Angestellte der Semper'schen Oper und des Schauspielhauses lebten.

Elise war niemals in Christians Unterkunft gewesen, doch jetzt ließ sie sich von ihm mitziehen. Sie wollte nichts lieber, als endlich allein mit ihm zu sein, ohne Angst, entdeckt zu werden. Und dies war der einzige Ort, der infrage kam.

Christian blieb vor einem niedrigen Gebäude stehen, ein einfaches Gasthaus mit Holzbalken über dem Eingang, und sah sie wieder fragend an. Erneut nickte Elise, ohne zu zögern. Die Zeit, da sie sich gefürchtet hatte, war vorbei, auch wenn sie selbst davon überrascht war, wie wagemutig sie sich auf einmal fühlte. Ob dies mit dem Tod der Mutter zu tun hatte und mit der Gewissheit, Amalie keinen Kummer mehr bereiten zu können? Oder mit Adams Grobheit, die ihr das Gefühl gab, ihm nichts schuldig zu sein?

Sie wusste es nicht. Doch sie war sicher, dass sie mit Christian gehen wollte.

Mit pochenden Herzen schlichen sie die knarrenden Stufen hinauf. Christian schloss eine kleine Holztür auf und hielt sie offen, bis Elise hindurchgeschlüpft war. Er folgte ihr, schloss die Tür lautlos hinter sich und schob den Riegel vor.

Elise sah sich um. Durch das Fenster schien das fahle Licht eines Straßenkandelabers herein und beleuchtete die Kammer schwach: ein schmales Holzbett mit einer einfachen Matratze und einer Wolldecke, ein Schemel, ein Waschgeschirr und eine Truhe, die offen stand, sodass sie Christians Kleider hervorquellen sah. Auf einer Staffelei stand ein angefangenes Bild, am Boden lag eine hölzerne Farbpalette, und es roch dezent nach Ölfarbe.

Elise musste lächeln. Sein Zuhause war sehr schlicht, ja ärmlich, doch es machte ihr nichts aus. Es war Christians Anwesenheit, die sie hier spürte und die das Zimmerchen vertraut wirken ließ.

Er griff nach ihrer Hand, zog sie wieder eng an sich und küsste sie erneut. Kurz zuckte Elise zurück, als er ihr seine Jacke von den Schultern streifte, den Kragen ihres Kleids auseinanderzog und begann, die Schnüre ihres Mieders zu lösen. Sofort hörte er auf und wartete, bis sie zustimmend nickte, ehe er fortfuhr, sie auszuziehen. Er tat es langsam, zärtlich, hielt immer wieder inne und sah sie an, als warte er auf ihr Einverständnis, das sie ihm stets stumm lächelnd gab.

Der Gedanke an Adams Übergriff, der Elise jäh durchfahren hatte, verblasste. Das hier war etwas ganz anderes. Nie zuvor hatte sie sich so sicher und gleichzeitig so in Aufruhr gefühlt wie in diesem Moment.

Als das letzte Stück Stoff zu Boden fiel und auch Christian sich seines Hemds und der Hose entledigte und mit ihr im Arm aufs Bett sank, umschlang sie fest seinen Hals, schloss die Augen und ließ sich fallen.

## 30.

*Dresden, Sonntag, 29. April 1849*

Als Elise erwachte, kroch die graue Morgendämmerung gerade über das Fensterbrett in Christians Kammer hinein. Erstaunt betrachtete sie sein schlafendes Gesicht, strich mit dem Finger zart über seine bloße Schulter und schmiegte sich noch ein bisschen tiefer in seine Arme.

Er hatte sie die ganze Nacht nicht losgelassen, eng umschlungen hatten sie geschlafen, und Elise wunderte sich, dass sie trotz der Enge in seinem schmalen Bett kein einziges Mal erwacht war, sondern sich frisch und ausgeruht fühlte.

Als sie ihn vorsichtig küsste, regte er sich langsam und öffnete die Augen. Bei ihrem Anblick lächelte er verschlafen, strich sich durch die weißblonden Haare und richtete sich ein wenig auf. Doch sie schüttelte den Kopf und hielt ihn zurück. Als sie ihn küsste, wandte sich sein Körper ihr selbstverständlich zu und erwiderte ihre Zärtlichkeit. Erneut wurden sie eins.

Anders als in der gestrigen Nacht, als die Dunkelheit und die Erregung des Augenblicks Elise überwältigt hatten, fühlte sie sich heute Morgen Herrin der Lage, und sie beschloss, so viel von dieser seltenen Nähe zu Christian auszukosten, wie sie bekommen konnte.

Endlich ließen sie erschöpft und glücklich voneinander ab. Das Morgenlicht war heller geworden, es füllte die Kammer jetzt in Gänze, und Elise wusste, dass es höchste Zeit war zu gehen.

Widerstrebend stand sie auf, schlüpfte in ihr Hemd, schnürte sich mit geübten Fingern das Korsett darüber und stieg in ihr Kleid. Sie betrachtete dabei das angefangene Bild auf der Staffelei, das sie jetzt, im Licht des frühen Morgens, richtig erkennen konnte. Es zeigte das Porträt eines jungen Schiffers an der Elbe, der sich mit dem Stecken auf dem Wasser abstieß. Sein Gesicht war vom Betrachter abgewandt, er blickte ins dunstige Elbtal, seinem Abenteuer entgegen, während die frühe Morgensonne flirrend mit seinem Haar und den kleinen Wasserspritzern in der Luft spielte. Alles daran war Aufbruch, Veränderung, Erwachen.

«Das ist sehr gut», sagte Elise bewundernd. «Du bist ein Künstler, Christian!»

Er lag noch immer auf dem Bett und beobachtete sie mit einem Gesichtsausdruck, der seltsam entrückt schien.

«Und du bist wunderschön», sagte er heiser. «Die letzte Nacht war das Wunderbarste, was ich je erlebt habe.»

«Ja», sagte sie, «bis jetzt.» Lächelnd trat sie zu ihm und küsste ihn. «Ich hoffe, dass es nicht unsere letzte gemeinsame Nacht war.»

«Aber wie?», fragte er zweifelnd und stützte den Kopf in eine Hand. «Du bist immer noch verheiratet, oder nicht?»

«Ja», sagte sie wieder, und zum ersten Mal meldete sich ein leiser Zweifel in ihr. Er hatte recht, es hatte sich nichts verändert – und doch alles. «Ich habe keine Antwort, Christian, noch nicht. Aber eins weiß ich – ohne dich will ich nicht mehr sein.»

«Und ich nicht ohne dich», antwortete er ernst und stand auf. Auch er legte seine Kleider an und nahm sie dann fest in die Arme. «Nie wieder, Elise. Die letzten Jahre waren zu schwer.»

«Dann müssen wir dafür sorgen, dass uns nichts mehr trennt», sagte sie, doch sie hörte selbst, wie viel weniger entschlossen es klang als beabsichtigt.

Bei diesen Worten meldete sich außerdem ihr Gewissen, weil sie an Netty dachte. Mit etwas Glück schlief das Kind noch, immerhin war heute ein Sonntag. Sie, Elise, war in letzter Zeit keine gute Mutter gewesen, dachte sie zerknirscht, sie war zu beschäftigt mit den Stürmen, die ihr Inneres durcheinanderbrachten. Und ein Vorbild war sie wohl schon gar nicht – erst recht nicht nach der letzten Nacht. Sie spürte, wie ihre Zuversicht, die sie beim Erwachen noch so beflügelt hatte, immer mehr schwand.

«Elise ...», sagte Christian, der ihre Unsicherheit zu bemerken schien, und nahm ihr Gesicht in seine Hände. «Ich muss dir noch etwas sagen. Es wird etwas geschehen, die nächsten Tage werden ereignisreich, vielleicht gefährlich werden.»

«Was meinst du damit?», Ihr Herz pochte noch schmerzhafter als zuvor.

«Alle Zeichen deuten auf einen Aufstand», sagte Christian. «Es kann sein, dass es zu Kämpfen in der Stadt kommen wird. Sei vorsichtig, hörst du?»

«Das sollte ich wohl eher dir sagen ...» Sie lächelte zaghaft. Eine ungeahnte Sorge um ihn und dieses herrliche, fiebrige Glücksgefühl, das noch nicht verschwinden wollte, kämpften in ihr miteinander. «Ich vertraue dir, dass du das Richtige tust», flüstert sie schließlich. «Schreibst du mir? Wie früher?»

«Ja», versprach er und küsste sie ein letztes Mal. Er schien ihre Hand nicht loslassen zu wollen. Doch sie entwand sie ihm sanft, öffnete vorsichtig die Tür und lauschte ins Treppenhaus.

Als alles still blieb, huschte sie hinaus.

Die Straße war noch immer leer, nur ein gähnender Bäckergeselle trottete mit einem Mehlsack auf dem Rücken vorbei, und zwei Saufkumpane kauerten an der Straßenecke, wo sie offenbar eine bierselige Nacht verbracht hatten. Die Männer grölten Elise etwas hinterher, was sie nicht verstand. Sie eilte über den Theaterplatz und über die Augustusbrücke in den Nordteil der Stadt, und wie durch ein Wunder erreichte sie das Stadtpalais, ohne einem Bekannten zu begegnen.

Sie öffnete die Eingangstür. Und nun pochte ihr Herz wild, weil sie sich des Risikos, das sie eingegangen war, erst so recht bewusst wurde. Einen Moment lehnte sie sich schwer atmend im Korridor gegen die Wand.

Als sie sich gefasst hatte, schlich sie durch die stille Wohnung in ihr Schlafzimmer, stellte sich vor den Spiegel, der über dem Waschtisch hing, und betrachtete ihr Gesicht wie das einer Fremden. Ihre Wangen waren gerötet, das hellbraune Haar zerzaust, die Lippen sahen wund geküsst aus, und die Augen glänzten. Diese Frau da, die sie aufmerksam betrachtete, wirkte um Jahre jünger. Hastig wusch sich Elise, glättete ihr Haar mit der Bürste und drehte die Locken darin ordentlich auf. Dann zog sie ein frisch gebügeltes schwarzes Kleid an, das im Schrank hing, und trat erneut vor den Spiegel. Nun zeigte er wieder das Bild einer wohlerzogenen Dame, einer angesehenen Hausfrau und trauernden Tochter, die bereit war, mit ihrer Familie in die Kirche zu gehen.

Sie trat auf den Flur und wollte gerade zu Netty, als Merle aus dem Kinderzimmer kam.

«Gnädige Frau», sagte die Bedienstete, «die Kleine schläft

noch, ich war gerade bei ihr. Ruhen Sie sich heute Morgen doch aus, ich bringe Netty dann später eine heiße Schokolade und mache sie für den Kirchgang fertig.»

Elise sah das Dienstmädchen in der Spitzenschürze erstaunt an. «Das ist sehr freundlich, Merle», sagte sie. «Womit habe ich denn eine solche Bevorzugung verdient?»

Merles Lippen verzogen sich zu einem winzigen, kameradschaftlichen Lächeln. «Sie haben gerade viel um die Ohren, Gnädigste», sagte sie, knickste und verschwand lautlos in Richtung Küche.

Elise blickte der weißen, wippenden Schleife auf dem Rücken der Bediensteten nach und bemerkte, dass ihr der Mund einen Spalt offen stand. Was meinte Merle? Hatte sie von Amalies Tod gesprochen, oder hatte sie Elises nächtliches Fehlen bemerkt? Elise schickte ein Stoßgebet zur Decke, dass Merle in jedem Fall so loyal bliebe, wie sie war. Sie würde eine Verbündete im Haus brauchen.

Unschlüssig trat sie ins Esszimmer, wo Rosel bereits dampfenden Kaffee und ein wenig Grütze bereitgestellt hatte. Elise trat an den Tisch, füllte sich eine Tasse ein und trank das heiße schwarze Getränk in kleinen Schlucken, das Frühstück jedoch rührte sie nicht an. Zu ihrer Erleichterung ließ sich Adam nicht blicken. Sie fühlte sich seltsam leicht im Kopf, und ihr war ein wenig schwindlig – gleichzeitig schien ihr an diesem Morgen alles klar und frisch.

Sie wanderte im Zimmer umher und ging schließlich nach nebenan in den Musiksalon. Als sie ihre Geige im aufgeklappten Kasten sah, hatte sie plötzlich Lust zu spielen. Der Salon lag weit entfernt von den Schlafzimmern, und Elise nahm keine Rücksicht, sondern strich den Bogen voller Kraft über die Saiten. Sie spielte die Sonate, die sie zuletzt geübt hatte, und dann, wie aus dem Nichts, fiel ihr das kurze Stück des Italieners Albinoni ein, das sie als junge Frau so gern gespielt hatte. Die Töne kamen von selbst zu ihr, voller Tiefe und Gefühl, und sie spielte mit geschlossenen Augen.

Ihr kamen neue, unbekannte Tonfolgen in den Sinn, die eine innige, lebhafte Melodie ergaben. Rasch legte sie die Geige fort, griff nach dem Notenpapier und notierte sie auf den Zeilen. Wieder spielte sie dieses neue Stückchen und hörte, wie gut es war, eine harmonische Impression voller Gefühl und Leben, wie sie ihr lange nicht gelungen war.

Während des weiteren Spiels ging sie immer wieder im Salon auf und ab und sah zu dem kleinen Bild hinüber, das sie mit Netty bei dem Straßenmaler gekauft hatte. Das Dach der Oper darauf glitzerte golden, die Elbe schimmerte blaugrün, und eine große Sommersonne loderte über den Weinhängen im Hintergrund. Elises Blick wanderte weiter durchs Zimmer – und blieb an der alten Papierlaterne hängen, die ihr Vater ihr einst zur Geburt geschenkt hatte. Seit langer Zeit wusste sie, dass Christian sie als Kind aus Papierresten gefertigt hatte, es war ihr wichtigster Besitz. Darauf abgebildet war eine Szene der berühmten Oper *Fidelio*: wie Florestan seiner Leonore die Fesseln abnahm.

«Was soll denn dieser Lärm?», hörte Elise eine schnarrende Stimme von der Tür her. Sie drehte sich erschrocken um.

Theresia stand im Rahmen, das eisgraue Haar im vertrauten festen Knoten im Nacken, die krumme Gestalt auf einen Stock gestützt. «Ist dir nicht einmal die Sonntagsruhe heilig, Elise Jacobi? Du wirst uns noch ins Grab bringen mit deiner ungehörigen Musik.»

Elise nahm den Bogen von den Saiten. Das goldene Licht, das sie um sich herum gespürt hatte, erlosch mit einem Mal.

Ihr lag auf den Lippen, dass es, wenn es nach ihr ginge, gar nicht schnell genug mit der Grabesruhe für Theresia gehen könnte, doch sie biss sich rechtzeitig auf die Zunge und schämte sich für diesen boshaften Gedanken. Aber das verhärmte Gesicht ihrer Schwägerin und die Tatsache, dass sie Elise in ihrem eigenen Haus maßregelte, in dem Theresia doch nur wegen der Mildtätigkeit ihres Bruders lebte, stachelte sie auf.

«Wenn es dich stört, werte Schwägerin», sagte sie mit mühsam unterdrückter Wut, «dann bleib doch lieber in deinen Gemächern, wo du deine Ruhe hast.» Sie trat einen Schritt auf Theresia zu. «Ist es nicht eigentlich bald Zeit für deinen jährlichen Aufenthalt zur Erholung im Kloster?», fragte sie. «Wann wirst du ihn dieses Jahr antreten?»

Theresia richtete sich an ihrem Stock auf. «Heute Abend noch fahre ich», sagte sie und funkelte Elise misstrauisch durch ihren Zwicker an. «Obwohl ich nicht sicher bin, ob es nicht doch ratsam wäre, in der Nähe zu bleiben», fügte sie zischend hinzu, und Elise wusste nicht, ob sie in der rauen Stimme der alten Frau tatsächlich eine Drohung mitschwingen hörte oder sich das nur einbildete.

«Hier geht nicht alles mit rechten Dingen zu», fuhr Theresia fort, «das ist sonnenklar. Ich höre besser, als du denkst, vor allem, wer das Haus verlässt und erst frühmorgens heimkehrt.» Ihr Blick wanderte zu den beschriebenen Notenblättern, die noch auf dem zugeklappten Flügel lagen. «Und ich weiß auch, was du hier treibst, wenn Adam denkt, du übst Geige. Denk nicht, dass ich das nicht merke.»

Elise starrte Theresia sprachlos an. Dann legte sie stumm ihre Geige ab, räumte hastig die Blätter zusammen und stopfte den kleinen Stapel unter einen schweren Folianten auf dem Fensterbrett. Während sie noch nach einer passenden Erwiderung suchte, erschien Adam hinter seiner Schwester in der Tür. Er sah überrascht zwischen Theresia und Elise hin und her, deren Zweisamkeit selten war.

«Was ist denn hier für eine Verschwörung im Gange?», brummte er.

«Ich sagte nur, dass ich deiner Frau zur Vorsicht rate», bemerkte Theresia mit einem scheinheiligen Glitzern in den Augen. «Sie neigt, wie du weißt, zur Leidenschaft, die du ihr nie austreiben konntest.»

«Wovon sprichst du?», fragte Adam und runzelte die Brauen. Er hatte, wie Elise jetzt erst bemerkte, eine ungesunde bleiche Gesichtsfarbe und tiefe Schatten unter den Augen. War er krank? Hatte ihn ein Gichtanfall heute Nacht nicht schlafen lassen? Während sie ... Elises Gedanken schweiften ab, wanderten in die Ostra-Allee, in eine kleine Kammer unter dem Dach ...

Immerhin, dachte Elise erleichtert, ließ Adam mit keinem Wort erkennen, dass er ihre Abwesenheit bemerkt hatte.

«Elise weiß, was ich meine», sagte Theresia hoheitsvoll, «und mehr ist vorerst nicht nötig.»

Mit diesen Worten stützte sie sich erneut schwer auf ihren Stock und ging aus dem Zimmer. Noch lange hörte man das rhythmische Klopfen des Stockendes auf den Dielenboden.

Adam und Elise sahen einander an, das Schweigen schwoll in dem kleinen Salon immer mehr an.

«Ich werde schon noch herausfinden, was meine Schwester meint», sagte er endlich. «Verlass dich drauf.» Er machte einen Schritt auf Elise zu und baute sich vor ihr auf. «Bedenke stets», mahnte er, «dass du in meiner Hand bist. Daran wird sich nichts ändern. Im Gegenteil. Denn das Band, das dich an die Familie Spielmann bindet, wird dünner, ist nach dem Tod deiner Mutter fast schon ganz zerrissen. Ich, und nur ich, bin deine Gegenwart. Und deine einzige Zukunft, Elise, vergiss das nicht.»

Elise wusste nicht, was sie darauf antworten sollte. Ihr Blick irrte in dem geschmackvoll eingerichteten Raum herum. In der Mitte stand der schwarze Flügel, den Adam erst kürzlich bei der *Carl Rönisch Pianomanufaktur* gekauft hatte, einem aufstrebenden Klavierbauer in Dresden. Das Instrument hatte viel Geld gekostet, ebenso wie die kostbaren Vasen, in denen langstielige Rosen dufteten, die seidenbestickten Kissen und der handgewebte azurblaue Teppich, der den glänzenden Holzboden halb bedeckte. Durch die Fenster fiel das weiche Vormittagslicht des Frühlingsmorgens zu ihnen hinein, weit ging der Blick durch die Fensterflügel über die Stadt. Doch Elise hatte auf einmal die deutliche Vision einer hübschen Nachtigall vor Augen, die in einem goldenen Käfig eingesperrt war wie in einer der düsteren Geschichten, die Fräulein Drosselmeir ihr und ihren Schwestern früher erzählt hatte. War sie diese Nachtigall? Würde auch ihre Stimme einst versiegen, ehe sie rechtzeitig befreit wurde?

Wieder sah sie zu der kleinen fadenscheinigen Papierlaterne hinüber, und zu ihrem Entsetzen spürte sie, wie sich ihre Augen mit Tränen füllten.

Adams Blick war ihrem gefolgt. Als er das Objekt ihrer Aufmerksamkeit erkannte, verzerrte sich sein erschöpftes Gesicht plötzlich vor Wut, und mit zwei schwerfälligen Schritten war er bei dem alten papiernen Machwerk. Er riss es vom Haken, umklammerte das brüchige Papier mit grobem Griff, und ehe Elise protestieren konnte, hinkte er damit aus dem Zimmer.

«Adam!», rief sie, und ihr Herz zog sich zusammen vor Angst. «Was hast du vor?»

Er hörte nicht auf sie, hastete nur weiter durch den Korridor und Richtung Küche. Sie folgte ihm bang.

«Warte!», rief sie und griff nach seinem Arm, doch er schüttelte sie ab wie eine lästige Fliege und stieß die Küchentür auf.

Rosel, die gerade über den Arbeitstisch gebückt den Sonntagsbraten spickte, sprang erschrocken zur Seite, als Adam an ihr vorbeistürmte. Er schob den Deckel über dem Feuerloch des eisernen Herds zur Seite und warf die Laterne mit einem einzigen Stoß in die Flammen.

Ein Schrei hallte durch die Küche. Erst nach einem Schreckmoment erkannte Elise, dass sie es war, die geschrien hatte. Sie stürzte zum Herd, stieß Adam fort und sah in die tanzenden Flammen des Herdfeuers. Darin krümmte sich das alte Papier ihrer Laterne und wurde innerhalb weniger Augenblicke zu Asche. Schon konnte man die Figuren darauf nicht mehr erkennen, Florestan und Leonore, die beiden Liebenden, wurden von den Flammen verzehrt.

Kopflos griff Elise nach dem Schürhaken und schob ihn durch das Loch in dem verzweifelten Versuch, etwas zu retten, doch vergeblich. Unter ihren hastigen Bewegungen mit der eisernen Stange loderte das Papier noch einmal jäh auf und zerfiel dann für immer zu Asche und einigen verkohlten Pappresten. Nur der Draht, der die Laterne eingefasst hatte, verbrannte nicht, sondern glühte weiß im Feuerschein.

«Gnädige Frau», sagte Rosel bestürzt und trat vorsichtig näher, «lassen Sie das lieber los.» Sie entwand Elise den Schürhaken so sanft, als wäre diese ein Kind, und legte ihn behutsam auf die eiserne Platte des Ofens außer Reichweite. Dann blieb sie etwas entfernt stehen und sah ihre Herrin an, als fürchte sie einen erneuten Ausbruch.

Elise drehte sich zu Adam um.

Er stand neben dem Herd, im Gesicht Wut, aber auch Triumph. «Es wurde Zeit, dass dieses verhexte Ding endlich in Flammen aufgeht», sagte er zwischen zusammengebissenen Zähnen. «Es hat unser Zuhause lange genug beschmutzt und vergiftet.»

Ohne ein weiteres Wort hinkte er aus der Küche.

Elise schlug eine Hand vor die Augen, tastete sich blind durch die Küche zu einem Schemel und sank darauf nieder.

Rosel folgte ihr vorsichtig, stützte die schwieligen Hände am Tisch ab und betrachtete Elise wie eine Kranke.

«Aber, aber, liebe gnädige Frau», murmelte sie und schob sich die weiße Mütze aus der breiten Stirn, «morgen geht die Sonne trotzdem wieder auf, nu?»

Elise nahm die Hand von den Augen und zog geräuschvoll die Nase hoch. Im Raum roch es nach verkohltem Papier, doch sie zwang sich, nicht noch einmal zum Herd zu sehen. Was auch immer darin war, es war für sie verloren.

«Ja», sagte sie, «danke, Rosel.»

Sie nickte der Köchin zu und stand auf.

Merkwürdigerweise fühlte sie sich von den einfachen Worten getröstet. Rosel hatte ja recht! Immer ging die Sonne wieder auf über Dresden, jeder Tag brachte eine neue Gelegenheit für die Menschen in der Stadt, sich zu behaupten. Und Elise hatte heute Nacht in der Kammer in der Ostra-Allee eine unsichtbare Kette zerrissen, die sie an ihr altes

Leben, ihre alten Gewohnheiten und Pflichten fesselte. Adam wiederum hatte den Riss heute Morgen unwissentlich besiegelt, indem er den geliebten Gegenstand in seiner blinden Wut zerstört hatte – was es Elise leichter machte, ihren Mann noch mehr zu verabscheuen. Das Gesetz mochte sie weiterhin an ihn binden, doch ihre Loyalität war endgültig erloschen. Sie war *nicht* die Nachtigall! Auch wenn sie noch nicht wusste, wie – sie würde die goldenen Gitterstäbe zerbrechen, hinter denen sie viel zu lange ein Leben in Wohlstand und Lethargie geführt hatte. Sie würde am Ende hinausfliegen. Und die Sonne, die heute aufgegangen war, beschien bereits den ersten Tag in Elises neuem Leben.

«Danke, Rosel», sagte sie erneut und wischte sich die Tränenspuren aus dem Gesicht. «Sie sind sehr gut zu mir.»

Kurz umarmte sie die verdutzte Köchin und ging dann hinaus, um endlich nach Netty zu sehen.

## 31.

*Dresden, Mittwoch, 2. Mai 1849*

«Elise!», rief Christian und lief ihr nach. Er sah ihre goldbraunen Locken in voller Pracht und Länge über ihren Rücken fallen, sie wippten bei jedem ihrer Schritte auf und ab, doch sie drehte sich nicht um. Ihr schwarzes Seidenkleid schimmerte im Licht wie das Gefieder eines Raben.

«Warte doch», rief er und versuchte, schneller zu laufen, indes seine Beine waren seltsam schwer, jeder Schritt eine ungeheure Anstrengung. Als er auf seine Füße sah, bemerkte er, dass die Straße mit Pech bestrichen war und er mit den Sohlen daran kleben blieb. Elise dagegen schien die zähe Masse nichts anhaben zu können, sie lief bereits leichtfüßig über die grüne Elbaue weiter in Richtung Wasser. Blaugolden leuchtete der Fluss, aber für Christian war er unerreichbar.

Keuchend blieb er stehen und beschirmte die Hand mit den Augen. «Elise!», rief er ein letztes Mal, und da, endlich, hielt sie inne und sah sich nach ihm um. Er breitete die Arme aus, fuhr jedoch sogleich erschrocken zurück. Ihr Antlitz war nicht das seiner Geliebten, sondern das grobporige Gesicht von Carl.

Sie öffnete die Lippen …

«Du träumst, Christian», sagte sie mit dieser tiefen Männerstimme, die aus ihrem Mund grotesk klang. «Wach endlich auf.»

Erneut wandte sie sich ab und stürzte sich, mit wehendem Haar und vollständig bekleidet, in das blau schimmernde Wasser wie eine Seejungfrau.

Christian schrie auf.

Da rüttelte ihn jemand an seiner Schulter. Mühsam öffnete er die verklebten Lider. Jetzt erst bemerkte er, dass er auf seiner Matratze lag. Helles Morgenlicht schien durchs Fenster herein, und neben ihm stand eine Gestalt und schüttelte ihn.

«Wach auf, Chrischan», beschwor Carl ihn erneut.

Mit einer Mischung aus Erleichterung, weil Elise nicht in den Fluten der Elbe trieb, und Enttäuschung, weil er das schöne Bild ihres Anblicks loslassen musste, richtete Christian sich auf.

Carl betrachtete ihn aus zusammengekniffenen Augen. «Muss Liebe schön sein», brummte er und grinste von einem Ohr zum anderen. «Obwohl, nach einem besonders feinen Traum sah das ja nicht gerade aus. Du solltest dankbar sein, dass ich dich geweckt habe.»

Christian schwang die Beine aus dem Bett und rieb sich mit beiden Händen das Gesicht. Er trug lange Unterhosen und ein Hemd, das am Kragen zusammengebunden war. Die grobe Wolldecke, mit der er sich nachts zudeckte, war zu Boden gefallen.

«Wie spät ist es?», murmelte er. «Die Sonne ist doch gerade erst aufgegangen, oder?» Er runzelte die Stirn. «Und was machst du überhaupt hier, Carl?»

«Du solltest deine Tür verriegeln, mein Freund», sagte Carl anstelle einer Antwort. «Ich konnte einfach hier reinspazieren und hätte dir die Bude leer räumen können.»

Christian lachte leise und deutete auf das karge Durcheinander. «Hier ist nicht viel zu holen, wie du siehst.»

Was er nicht sagte, war, dass er seit drei Tagen die Tür nicht abschloss, weil er die heimliche Hoffnung hegte, Elise könnte sich nachts noch einmal hierher verirren, könnte unangekündigt vor seiner Tür stehen. Aber Christian hatte einen festen Schlaf. Was also, wenn er ihr Klopfen nicht hörte und sie unverrichteter Dinge wieder ginge? Das wollte er nicht riskieren, darum hatte er den Riegel zurückgeschoben, sodass sie jederzeit eintreten konnte.

Natürlich wusste er, wie unwahrscheinlich es war, dass sie einfach so wiederkommen würde. Schon kam ihm die Nacht mit ihr immer mehr vor wie ein Traum. Ein schönerer zwar als der, aus dem ihn Carl zuvor gerissen hatte, aber doch seltsam unwirklich und nur seiner wilden Phantasie entsprungen.

Jahrelang waren sie umeinander herumgeschlichen, hatten sich nur aus der Entfernung beobachtet, hatten ihre Leben gelebt, die kaum weiter voneinander entfernt sein könnten. Und dann war Elise einfach so in sein Leben zurückgekehrt, war ihm voller Vertrauen und ohne Angst in seine ärmliche Unterkunft gefolgt und hatte die Nacht mit ihm verbracht. Er wusste nicht, was sie damit gemeint hatte, dass sich jetzt alles ändern würde, aber er vertraute ihr. Sicher würde sie nicht einfach ihren wohlhabenden Mann verlassen und mit einem wie ihm durchbrennen, so verrückt war er nicht, das zu glauben. Aber zumindest wollte sie ihn wiedersehen. Und nun kam es darauf an, dass er Geduld bewies, einen kühlen Kopf bewahrte und abwartete. Auch, wenn ihm selten etwas so schwergefallen war.

«Hallo?» Carl klopfte ihm mit einem Fingerknöchel gegen den Kopf. «Jemand zu Hause da oben?»

Christian musste lachen. «Gib mir einen Moment», sagte er benommen. Dann stand er auf, fuhr in seine Hosen, wechselte das Hemd und suchte seine Strümpfe, die er schließlich inmitten der anderen getragenen Kleider in der Truhe fand. Er musste dringend die Pensionswirtin bitten, einmal wieder seine Sachen zu waschen, was sie für ein paar Groschen immer bereitwillig tat.

«Kaffee», murmelte er. «Die Wirtin unten macht für Hausgäste immer schon früh auf. Kommst du mit? Dann kannst du mir erzählen, was du willst.»

«Auf jeden Fall», sagte Carl.

Sie gingen die Treppe hinunter und traten in den Gastraum. Tatsächlich duftete es hier bereits vielversprechend, und als sie sich an einen Tisch setzten, kam die Wirtin, goss ungefragt dampfenden Kaffee in die Tassen und knallte jedem von ihnen noch eine Schale Haferbrei hin.

«Morgenstund hat Gold im Mund», brummte sie. «Das macht einen Taler, die Herren.»

Christian bezahlte für sie beide. Das mit der Wäsche hatte Zeit, erst einmal wollte er wissen, wieso Carl gekommen war.

Er schlürfte einen Schluck aus der randvollen Tasse ab und verzog den Mund. Der Kaffee war wie gewöhnlich mit Zichorie versetzt und erinnerte nur schwach an die Köstlichkeit, deren Duft man erschnupperte, wenn man an den eleganteren Kaffeehäusern der Stadt vorbeikam. Aber er machte dennoch wach, und das war die Hauptsache. Auch der Frühstücksbrei schmeckte eher fad, man speiste in dem kleinen Gasthaus nicht gerade fürstlich.

Einen Moment fragte sich Christian, was Elise zu diesem Frühstück sagen würde, und ein Lächeln flog über sein Gesicht. Doch gleich wurde er wieder ernst.

Da müsste erst die Hölle gefrieren, dachte er, ehe er mit einer Frau wie Elise öffentlich in einem Gasthaus einkehren konnte. Heimlich, wie zwei Diebe in der Nacht, mussten sie sich treffen. Alles andere war Tagträumerei. Aber da dies bereits mehr war, als er je zu hoffen gewagt hatte, wollte er sich die Freude über ihr neu geknüpftes Band nicht nehmen lassen.

Carl rührte lustlos in seinem Haferbrei und hielt sich auch eher an den Kaffee, den er schlürfend trank.

«Hör zu», raunte er und sah sich um, doch sie waren um diese frühe Zeit die einzigen Gäste. Die Wirtin zählte das Geld vom Vortag am Tresen und würdigte sie keines Blickes. «Es ist etwas im Gange. Mein Vetter aus Connewitz hat geschrieben, überall in Sachsen sind Kuriere unterwegs und verbreiten die Kunde, dass es in Dresden zum Aufstand kommen wird.» Er trank einen weiteren Schluck Kaffee und schüttelte sich unmerklich. «Im ganzen Land machen sich junge Männer bereit, sie wollen herkommen und uns unterstützen. Es werden Tausende erwartet, Chrischan. Und sie kommen bewaffnet!»

Christian nickte. «Ich weiß», murmelte er und schielte zur Wirtin hinüber, die halblaut vor sich hin zählte. «Ich habe gestern mit Fritz gesprochen. Ihm endlich auch von meinem Treffen mit Richard Wagner erzählt, und er sagte, dass die Männer vom Turnverein sich schon bereithalten.»

«Aber das Wichtigste weißt du noch nicht», sagte Carl, «du hast nämlich die Abendzeitung verschlafen.» Er beugte sich vor. «Der König hat den Landtag aufgelöst.»

«Was?», entfuhr es Christian. Er lehnte sich näher zu seinem Freund. «Wie kann er es wagen?»

Carl zuckte die Schultern. «Fürstentum von Gottes Gnaden», sagte er spöttisch, «da darf man sich offenbar alles erlauben. Das Parlament hat einstimmig für eine Bestätigung der deutschen Reichsverfassung votiert, trotz der Ablehnung der Krone durch den preußischen König, und das hat Friedrich August II. nicht gepasst. Da hat er alle Volksvertreter entlassen.»

«Aber sie sind vom Volk gewählt», ereiferte sich Christian. «Nicht von dir und mir zwar, aber von allen wahlberechtigten Sachsen.»

«Das interessiert Seine Majestät nicht!» Carl rührte so wütend in seinem Brei, dass es nur so spritzte. «Friedrich August war schon lange kein Reformer mehr, jetzt entwickelt er sich immer mehr zum Tyrannen. Wir haben aber jetzt auch keinen regierungsfähigen Landtag mehr in Sachsen.»

«Das wird die Wut der Dresdner vollends überkochen lassen», flüsterte Christian. «Jetzt ist es so weit.» Aufgeregt trank er von seinem Kaffee und verschüttete ein bisschen davon, sodass brauner Sud auf die Tischplatte tropfte. Er wischte die kleine Pfütze achtlos mit dem Ärmel fort. «Wir müssen uns bereit machen. Und ich muss nachforschen, was Richard Wagner und Gottfried Semper mit diesen Neuigkeiten anfangen.»

Carl starrte ihn an, dann lachte er leise auf. «Du bist und bleibst ein Träumer», ätzte er, «deine bürgerlichen Freunde werden sich kaum gemeinsam mit uns armen Schluckern ins Truppenfeuer werfen.»

«Doch, das werden sie», widersprach Christian. «Sie sind auf unserer Seite, Carl, glaub mir.»

«Arbeiter und Bürgerliche können nicht auf einer Seite sein», erwiderte Carl dumpf. «Deine Herren schwingen in ihrem Palaisgarten meinetwegen große Reden, aber am

Ende stellen sie sich bestimmt nicht vor die Öffnung eines Kanonenrohrs.»

«Aber du schon?», fragte Christian herausfordernd.

Carl erwiderte seinen Blick, ohne eine Miene zu verziehen. «Natürlich», sagte er ruhig. «Etwas muss geschehen, und wenn wir jetzt nichts tun, wird alles so weitergehen. Ich habe es satt, immer nur zu reden, ich will handeln. Ich will kämpfen!» Er reckte das Kinn. «Morgen soll die Kommunalgarde hier in der Stadt eine große Parade für die Reichsverfassung abhalten, es wird sicher ein riesiges Spektakel. Wer weiß, vielleicht ist das unsere Chance? Alle werden auf den Beinen sein und Stimmung für die Demokratie machen.» Carl holte tief Luft und sah Christian angriffsbereit an. «Und du?», fragte er aufgeregt. «Bist du auch dabei, Chrischan?»

Christian schluckte. «Natürlich», sagte er und hoffte, dass es überzeugend genug klang. In Wahrheit war er nicht ganz sicher, wie seine Antwort auf Carls Frage ausfallen würde, sollte es tatsächlich zum Äußersten kommen.

Ja, er wollte ebenso wie die Freunde, dass sich etwas änderte, er glaubte an die Demokratie, an den Landtag, an Reformen und, wenn nötig, an eine Revolution. Aber kämpfen und womöglich sterben, sterben für ein besseres Land? Das wollte er nicht – auch wenn es ihm schwerfiel, sich das einzugestehen.

Vor ein paar Wochen hätte die Antwort vielleicht noch anders gelautet, aber jetzt? Elises Gesicht stand ihm auf einmal wieder klar vor Augen, ihr Lächeln, ihr weiches Haar. Er meinte, ihren Duft zu riechen, ihre Berührung auf seiner Haut zu spüren ... Nein, er wollte nicht sterben, nicht jetzt. Ausgerechnet jetzt, da das Glück endlich zum Greifen nah war. Aber wie sollte er das den Freunden erklären? Sie zählten auf ihn, genau wie Wagner, Semper und ihresgleichen. Sie steckten alle mit drin, auch wenn Carl das nicht sehen wollte. Aber es gab kein friedliches Erwachen aus ihrem gemeinsamen Traum.

Entschlossen streckte Christian seine Hand über den Tisch und drückte die des Freundes.

«Es gilt», sagte er entschieden. «Wir halten zusammen.»

Carls finstere Miene hellte sich ein wenig auf. «Das höre ich gern», sagte er. «Du wirst sehen, wir werden in die Geschichte eingehen. Wir werden die Weltordnung auf den Kopf stellen!» Etwas wie ein Lächeln zog über sein Gesicht, und er lehnte sich auf dem harten Stuhl zurück und trank mit neuem Genuss seinen Kaffee aus. «Und jetzt zu den schönen Dingen des Lebens», fuhr er fort. «Wovon handelte denn eigentlich dein Traum vorhin? Etwa von der Wirtstochter aus dem *Goldenen Fass*?»

«Von wem?», fragte Christian verwirrt, ehe ihm einfiel, von wem Carl sprach. «Oh», sagte er, «Line! Die habe ich glatt vergessen.»

Carl schnalzte gespielt vorwurfsvoll mit der Zunge. «Das dachte ich mir schon», knurrte er, «das Mädel weint sich nämlich die Augen nach dir aus und klagt uns allen ihr Leid, dass du sie verschmähst.»

«Ist das wahr?», fragte Christian erschrocken. Der Gedanke an seine lose Liason mit Line war in den vergangenen Tagen vollkommen überstrahlt worden von seinem Glückstaumel wegen Elise. «Ich muss mit ihr reden.»

«Tu das», sagte Carl und hob streng den Zeigefinger. «Denn weißt du ... wenn du sie nicht willst, gibt es sicher andere Anwärter.»

«Zum Beispiel dich?» Christian zwinkerte dem Freund zu. «Viel Glück!»

«Ich brauche kein Glück», sagte Carl hochmütig, «ich habe andere Qualitäten.» Er machte eine unflätige Geste, die auch die Wirtin am Tresen nicht ignorieren konnte.

«Macht, dass ihr rauskommt, ihr Mannsleute», rief sie und stemmte empört die Hände in die Seiten. «Das hier ist ein anständiges Haus.» Sie schüttelte betrübt den Kopf. «Herr Hildebrand, ich hätte mehr von Ihnen erwartet.»

«Ich muss mich für meinen Freund hier entschuldigen», sagte Christian und warf Carl einen bösen Blick zu. «Wir sind schon weg!»

Damit zerrte er Carl am Ärmel hoch, und sie verließen die Gaststube.

Draußen war die Stadt erwacht, es duftete nach frischem Brot, eine Kirchenglocke läutete hell, und Christian spürte, wie es in seinem Leib vor Aufregung kribbelte. Etwas stand bevor, etwas würde passieren. Niemand wusste, was, aber vielleicht würden sie wirklich eine neue Zeitrechnung einläuten, wie Carl gesagt hatte.

## 32.

*Dresden, 2. Mai 1849*

*Liebster,*

*ich schreibe diese Zeilen in Hast, Du weißt, warum. Aber ich bin so glücklich, wieder einmal einen Brief an Dich zu schreiben, es fühlt sich so vertraut an nach all den Jahren, in denen ich nur in Gedanken meine Worte an Dich richtete. Nun können wir endlich fortführen, was wir als junge Leute begonnen hatten. Und doch ist seitdem alles anders, wir sind nicht mehr dieselben wie damals, sind erwachsen, gereift, haben den Kokon der Jugend abgeworfen. Das, was jetzt zwischen uns geschehen ist, war keine Kinderei, kein Strohfeuer, das war ernst. Es macht mir Angst, so ernst, und trotzdem will ich keine Sekunde davon missen.*

*Hier im Haus steht leider alles zum Schlechteren. Mein Ehemann hegt aus vielerlei Gründen einen Groll gegen mich, er wirft mir vor, dass meine Schwester uns mit ihrem Kampfgeist in den Abgrund ziehen will, dass ich meine Mutterpflichten vernachlässige, und er ahnt wohl, dass etwas zwischen uns, Dir und mir, geschehen ist. Zwar kennt er nicht Deinen Namen (und wird ihn mir auch nicht abpressen, komme, was wolle), aber er spürt, wie weit entfernt ich von ihm bin, spürt wohl auch mein Glück, das mit ihm nichts zu tun hat. Auch meine Schwägerin, die mir ohnehin nie gewogen war, ist misstrauisch und belauscht mich, sodass ich vorsichtiger sein muss denn je.*

*Liebster, ich habe keine Pläne, kein wirkliches Ziel, aber mit*

*jedem Tag, der vergeht, weiß ich klarer, was ich mir wünsche. Ich will nicht so fortleben, will das Leben, das uns der Schöpfer geschenkt hat, nicht vergeuden an lieblose Jahre. Ich will bei Dir sein, mit Dir, und ich weiß – nein, hoffe! –, Du willst das auch. Gleichwohl ist es mir noch unmöglich, alle Brücken abzubrechen, doch es ist einzig das Wohl meiner Tochter, das mich zurückhält. Nachts liege ich wach und spinne Fäden zusammen, wie alles gehen kann, drehe und wende die Tatsachen hin und her und zerbreche mir den Kopf. Irgendwann wird mir ein Ausweg einfallen, das verspreche ich.*
*Behalte mich nur solange lieb und vergiss nicht, was Du mir versprochen hast – dass Du auf Dich achtgibst, egal, was passiert! Die Zeiten sind unruhig, und ich bange um Deine Sicherheit, aber ich muss darauf vertrauen, dass Du weißt, was Du tust.*

*Ich küsse Dich tausendmal. Deine E.*

## 33.

*Dresden, Donnerstag, 3. Mai 1849*

«Vivat!», riefen die vielen Schaulustigen, die sich in den Straßen rund um das Schloss, entlang der Schlossstraße, der Auguststraße und am Jüdenhof versammelt hatten. «Vivat, vivat!» Sie schwenkten ihre Taschentücher, hielten Fahnen in die Luft und schnippten mit den Fingern den mitreißenden Takt der Marschkapelle, die vom Neumarkt kommend laut aufspielte. Die Männer der Kommunalgarde marschierten in Reih und Glied, in dunklem Rock und mit wehender Feder auf dem Helm.

Heute sollte die Dresdner Bürgerwehr auf die Reichsverfassung eingeschworen werden, und zu diesem Zweck sollten die Dokumente als Zeugnisse des demokratischen Wandels in verzierten Kisten durch die Stadt getragen werden. Doch es war fraglich, dachte Christian unbehaglich, ob dies nun wirklich geschehen würde. Schließlich war der Landtag überraschend aufgelöst worden. Die Dresdner hielten aber offenbar an dem Feiertag fest, dicht an dicht drängten sich die Menschen und warteten auf den Festakt.

Christian stand mit Carl, Fritz und den Freunden am Straßenrand in der Mittagssonne. Ein paar Meter weiter entdeckte er Bernhard Hirschel mit ein paar anderen Kippaträgern, die sich aufgeregt unterhielten. Der Arzt sah auf und grüßte Christian, kam nach einem vielsagenden Blick zu Carl jedoch nicht zu ihnen herüber.

«Wann geht es denn endlich los?», fragte ein Kind, das zusammen mit seiner Mutter neben Christian stand.

Christian schaute lächelnd zu ihm hinunter. Der Knabe war vielleicht fünf Jahre alt und hielt einen Zinnsoldaten fest in seiner Faust umklammert, der in seiner Phantasie wahrscheinlich ebenso ein Held der Garde war wie die schmucken jungen Männer in ihren Uniformen. Mit der anderen Hand zupfte er am Rock der Mutter.

«Geduld, Hänschen», flüsterte die Frau und strich ihrem Sohn über den Scheitel, «gleich kommen die Träger mit den Kisten, in denen die wichtigen Papiere mit den Gesetzen liegen.»

Sie sah sich suchend um, beschirmte die Augen mit der Hand gegen die Sonne, und auch Christian versuchte, etwas zu erkennen. Doch die Straßen waren dermaßen verstopft mit Menschen, Fahnen, Pferden und Uniformen, dass man noch nichts sehen konnte. Das blecherne Scheppern der Kapelle wurde lauter und dringlicher.

Erst jetzt fiel Christian auf, wie viele Soldaten zwischen den Schaulustigen unterwegs waren. Nicht Männer der Bürgerwehr, sondern königliches Militär. Ihm war heiß, er krempelte die Ärmel seines Hemds auf und wischte sich über die Stirn. Dann wechselte er einen sorgenvollen Blick mit Carl.

«Was wollen die Soldaten hier?», fragte er und deutete auf ein paar Kürassiere, die mit Brustpanzer und Gewehren bereitstanden. Eine weitere Gruppe kam dazu, drohend bauten sie sich in nächster Nähe zu Christian und seinen Freunden auf. Am anderen Ende der Straße, nur wenige Meter entfernt, patrouillierten Dragoner hoch zu Ross. Christian hörte über das Jubeln der Menge hinweg das Schnauben und Wiehern der Pferde und das laute Knallen der Hufeisen auf dem Pflaster.

«Gute Frage», ergänzte Fritz und strich sich durchs störrische Blondhaar. «Ich dachte, die stehen alle in der Schlacht gegen Dänemark im Norden?»

«Sechstausend Mann sind in Schleswig», sagte Carl grimmig, «aber ein paar hat der König eben hierbehalten. Hat wohl kommen sehen, dass er sie brauchen würde.»

Die Leute ringsum wurden unruhig.

«Wo ist die Reichsverfassung?», rief ein Mann und warf eine Faust in die Luft. «Wollt ihr uns für dumm verkaufen?»

«Die kommen nicht», maulte der kleine Junge neben ihnen und stampfte enttäuscht mit dem Fuß auf. «Mutter, es passiert ja gar nichts. Wann beginnt endlich das große Fest, das du mir versprochen hast? Wann schwören die Männer ihren Eid?»

Ja, wann?, dachte Christian und sah sich um.

Die Bürgerwehr hatte aufgehört zu marschieren, die Männer trugen finstere Gesichter zur Schau. Und nun unterbrach auch die Kapelle mitten in einem Marschtakt ihr Spiel, die Trompeten und Trommeln erstarben. Ein Raunen ging durch die Menge, dann wurde es unheimlich still.

«Man hat uns reingelegt», rief der Mann, der sich schon zuvor geäußert hatte. «Hier wird heute keiner eingeschworen, der König hat die Verfassung ohnehin längst abgelehnt.»

Buhrufe wurden laut, die Menschen ringsum begannen zu maulen, zu schimpfen und erregt mit dem Nebenmann zu diskutieren, ob das wahr sein konnte, was der Mann gesagt hatte.

Der Wortführer bestieg eine Kiste, die am Straßenrand stand, sodass ihn alle sehen konnten. «Wir müssen zur Hofdruckerei, die Verfassung selbst holen», rief er. «Sie dürfen sie uns nicht vorenthalten, es sind die Gesetze des Volkes! Unsere Gesetze, Männer! Wir haben sie gemeinsam erstritten, mit Schweiß und mit Blut. Robert Blum ist dafür gestorben, habt ihr das vergessen?»

«Nein!», schrien die Menschen. «Niemals vergessen! Robert Blum, Ro-bert Blum!» Sie begannen, den Namen des Revolutionärs zu skandieren, der im vergangenen Jahr standrechtlich erschossen worden war.

«Nieder mit dem König», hörte Christian jetzt einige Stimmen. «Freiheit!», schrien andere im Chor. Er spürte, wie ihm ein Rinnsal Schweiß unter dem Hemd den Rücken hinunterrann.

Da geriet die Menge in Bewegung, alles schob und drängte in verschiedene Richtungen. Einige wollten zum Schloss, verlangten lauthals, den König zu sehen, der sich am Fenster zeigen sollte. Andere lenkten die Schritte Richtung Neumarkt. Obwohl keine volle Stunde war, begannen plötzlich die Glocken der Frauenkirche wild zu läuten, und die Umstehenden sahen sich aufgescheucht an. Wer war dort oben in den Turm eingedrungen und zog so stürmisch an den Glockenseilen?

Das Geläut wirkte wie ein Aufruf zum Kampf und ließ die Menschen noch wütender werden. Immer mehr Fäuste wurden in die Luft gereckt, immer lauter wurden die Schreie einzelner Agitatoren.

Christian beobachtete gebannt, wie ein paar Männer der Bürgerwehr ihre Bajonette fester griffen und auf die Kürassiere zustürmten, die sich am Straßenrand zusammengerottet hatten.

Dann fielen Schüsse. Sie peitschten durch die Luft, ließen alle den Atem anhalten. Noch eine Salve erklang, und ungläubig sah Christian, wie mehrere Menschen zu Boden gingen. Waren sie getroffen?

Die Soldaten zielten in die Menge, die kopflos begann, in alle Richtungen zu fliehen.

«Sie schießen auf uns!», brüllte der Mann, der noch immer auf der Kiste stand. «Diese Hunde ermorden Dresdner Bürger. Auf sie, Männer!» Mit einem gewaltigen Satz sprang er herunter und warf sich den Soldaten entgegen. Mit ihm stürzten sich auch andere ins Getümmel. Sie griffen nach Steinen, herumliegenden Ziegeln, Stöcken, einige hatten auf einmal Gewehre, und innerhalb weniger Sekunden war eine regelrechte Straßenschlacht im Gange.

Christian starrte in das angstverzerrte Gesicht der Frau, die noch immer neben ihm stand, ihren Sohn schützend auf dem Arm, der seinen Kopf an ihrer Brust vergraben hatte.

Weitere Schüsse peitschten durch die Luft. Der Zinnsoldat fiel Hänschen vor Schreck aus den kleinen Händen und lag nun im Rinnstein.

«Lauf!», rief Christian der Frau zu. «Nimm dein Kind und lauf nach Hause.»

Sie nickte, packte den Jungen fester und zerrte ihn durch die Straße, fort von den Soldaten und der rasenden Menge. Kurz darauf waren sie in einer Gasse verschwunden.

Carl und Fritz drängten sich an Christian.

«Es geht los!» Carls Augen leuchteten. Er sah über die Schulter. Die Schlacht mit den Soldaten verlagerte sich immer weiter Richtung Schloss. «Hier gibt es für uns nichts zu tun. Wir haben einen anderen Plan.»

«Das Zeughaus …», flüsterte Christian heiser. Jetzt schien auf einmal ihre Chance gekommen, dieser Idee, über die sie so viel gesprochen hatten, Taten folgen zu lassen.

Fritz nickte. «Kommt, Freunde», raunte er.

Schon hetzten sie Richtung Neumarkt. Weitere Menschen folgten ihnen, die offenbar denselben Plan hatten. Die ganze Straße war auf einmal voller junger Männer – Bäckergesellen, die noch ihre weißen Hauben trugen, Fleischerjungen mit langen Messern in den Händen, Steinmetze, die allerlei Werkzeug zur Verteidigung mit sich herumschleppten. Auch viele Studenten mit ihren Mützen entdeckte Christian.

Weitere Glocken in der ganzen Stadt gesellten sich zum Sturmgeläut der Frauenkirche dazu, die wilden Schläge dröhnten durch Christians Kopf. Überall sah er schreiende Mütter und Kinder fliehen, doch einige Frauen hatten sich auch bewaffnet wie die Männer und drängten rufend durch die Straßenflucht zum Zeughaus. Die meisten von ihnen trugen einfache Baumwollkleider und Schürzen, aber auch der ein oder andere seidene Rock fegte über das Pflaster. Die Sorge um Elise legte sich kalt auf sein Herz, und er hoffte, dass sie heute nicht in die Altstadt gekommen war, um den Festzug anzusehen, sondern dass sie in Sicherheit drüben auf der anderen Seite der Elbe war. Doch schon wurden seine Gedanken an sie verscheucht von dem Anblick, der sich ihm bot, als er aus einer Gasse um die Ecke bog und sich der Neumarkt vor ihm eröffnete.

Der ganze Platz war angefüllt mit Menschen, die brüllten, die Fäuste schwangen und Parolen riefen. Christian und seine Freunde drängten sich hindurch, an der Frauenkirche vorbei bis auf die gegenüberliegende Seite des weitläufigen Geländes. Hier stürmten die Massen bereits die Treppen des Zeughauses, in dem sich das Waffenarsenal der sächsischen Truppen befand. Ein paar Soldaten, offenbar überrascht von der Wucht des Angriffs, hielten noch die Stellung, vereinzelt fielen Schüsse, doch sie waren dem Ansturm nicht gewachsen. Die Türen wurden aufgerissen, und immer mehr Menschen drängten an den hilflosen Bewachern vorbei ins Innere des großen Gebäudes.

Auch Christian, Fritz und Carl stürmten durch den Eingang zwischen den Säulen hindurch, hetzten durch die Flure, stürmten blindlings in eine Waffenkammer und griffen zu.

Christian spürte den kühlen Lauf einer Pistole in seinen Fingern und wusste kaum, wie die Waffe dorthin gekommen war, als Carl ihn schon weiterzog.

«Wir brauchen Patronen», keuchte er und drückte Christian zwei Schachteln in die Hände. Dann stopfte er sich selbst die tiefen Hosentaschen voll, hängte sich noch ein Gewehr um und trieb seine Freunde wieder Richtung Ausgang.

Christian steckte die Patronen ein und schob sich die Pistole hinten in den Hosenbund.

«Wir haben nicht viel Zeit», knurrte Fritz, der ein erbeutetes Bajonett trug. «Einer da drinnen meinte, der König hat bereits Verstärkung angefordert. Preußische Truppen sollen ihm Beistand leisten.»

«Was für ein Feigling!», höhnte Carl im Rennen. «Der König holt sich Verstärkung gegen sein eigenes Volk. Preußische Soldaten sollen also auf königliches Geheiß sächsische Bürger abschlachten? Das ist würdelos.»

Christian schauderte, doch auch er rannte weiter, ließ sich mitziehen. Sie stürmten hinaus ins Sonnenlicht, auf dem Neumarkt herrschte noch immer heilloses Chaos.

«Was jetzt?», rief Christian gegen das Sturmgeläut an. Der Höllenlärm machte ihm das Denken schwer, ihm wurde flau im Magen.

«Wir bleiben hier!», rief Carl und deutete auf die vielen

Männer und auch einige Frauen, die begonnen hatten, allen erdenklichen Plunder aus den Häusern ringsum zu zerren und über das Pflaster zu schleppen. Einige Fuhrwerke lagen bereits umgekippt an den Straßenecken zum Markt, auf die jetzt Tische, Stühle und ausgehängte Türen geschichtet wurden. Allerlei Balken und Stangen dienten als Befestigung. «Wir müssen helfen, Barrikaden zu bauen, und uns dahinter verschanzen.»

Er zog Christian und Fritz in Richtung des prächtigen *Hôtel de Saxe*. Daneben lag eine Bäckerei, und der Konditormeister, ein rundlicher Mann mit gestreiften Hosen und Zwirbelbart, hatte zahlreiche Bleche mit Kuchen, Brezeln und Strudeln vor seinem Geschäft gestapelt und ermunterte die Vorbeilaufenden zuzugreifen. «Stärkt euch», rief er, «heute ist alles umsonst. Revolutionäre müssen essen!»

Christian ließ sich das nicht zweimal sagen und griff zu. Nach zwei großen Stücken Butterkuchen fühlte er sich wieder etwas mehr Herr der Lage und machte Platz für die anderen Hungrigen. Die Menschen in Dresdens Straßen schienen zusammenzuhalten.

Unweit des Hotels, am Ende der kleinen Moritzstraße, wurde soeben eine weitere Barrikade aufgebaut. Christian und seine Kumpane gesellten sich dazu. Schnell waren sie eingewiesen und schleppten Balken von einer nahe gelegenen Baustelle herbei.

Immer höher wuchs die Straßensperre. Christian lief der Schweiß mittlerweile übers ganze Gesicht, aber eine nie gekannte Erregung pochte in ihm und trieb ihn an.

Es geschah wirklich, dachte er, eine neue Revolution hatte begonnen. Mit vereinten Kräften wurde gekämpft, um die Verfassung und die Anerkennung der Bürgerrechte, die ihnen schon wieder ein König nehmen wollte. Friedrich August II. glaubte wohl, dass seine Untertanen alle solche kleinen Zinnsoldaten wären wie das Spielzeug des Jungen vorhin am Jüdenhof. Blecherne Figurinen, die er hierhin und dorthin schieben konnte, wie es ihm gefiel. Nein, jetzt war Schluss damit, sie würden sich wehren. Die Bürger Dresdens würden ihr Schicksal ergreifen und eine neue, bessere Welt erbauen. Mit ihren eigenen Händen.

Christian warf Carl eine Eisenstange zu, die dieser geschickt in den Boden rammte und damit die hölzerne Barrikade abstützte. Drei Schritte weiter riss Fritz gemeinsam mit ein paar Bergleuten, die schon gestern in die Stadt gekommen waren, Gehwegplatten aus dem Boden des Neumarkts und stützte damit ebenfalls die Barrikade.

Immer wieder aber ging Christians Blick während der schweißtreibenden Arbeit über den Platz. Die Soldaten hatten sich erst einmal zurückgezogen und warteten offenbar auf Verstärkung, er konnte jedenfalls keine Uniform mehr entdecken. Neben der Frauenkirche lagen mehrere reglose Gestalten zusammengekrümmt am Boden. Zwei Frauen bemühten sich um einen verwundeten Mann, sie hielten seinen Kopf, flößten ihm Wasser ein, redeten ihm gut zu. Doch die anderen Körper lagen einfach nur da, still und wie erstarrt in der hellen Nachmittagssonne, deren kräftige Strahlen mit der Kuppel der Kirche spielten.

Christian schluckte. Diese Menschen waren tot. Sie waren während des Sturms auf das Zeughaus erschossen worden, und ihr Blut lief langsam als Rinnsal über den Platz und sickerte zwischen die Pflastersteine.

«He, träumst du wieder?» Carls Stimme riss ihn aus seinen düsteren Gedanken.

Schon kamen Leute gelaufen und begannen, die Leichen vom Platz fortzutragen, die Toten würden später beerdigt werden. Christian zwang sich, seinen Blick abzuwenden. Diese Ärmsten hatten ihr Leben heute ausgehaucht, doch seines und das der Freunde war noch nicht am Ende. Entschlossen ging er zu Fritz hinüber, griff mit bloßen Händen nach einer Steinplatte, die bereits ein wenig lose im Erdreich lag, riss sie mit aller Kraft heraus und eilte damit zur Barrikade zurück.

# 34.

*Brief der Königin Maria Anna Leopoldine von Sachsen an Gräfin Ida Hahn-Hahn*
*Festung Königstein, Freitag, 4. Mai 1849, am Morgen*

*Teure Gräfin und liebe Freundin,*

*ich schreibe Ihnen heute nicht aus Dresden, wo Sie mich vielleicht wie sonst im Schlosse wähnten, sondern von der Festung Königstein im Elbsandsteingebirge aus, wohin mein Gemahl, der König, die Minister von Beust und Rabenhorst und ich heute Nacht überstürzt entfliehen mussten. Ja, stellen Sie sich vor, liebe Gräfin, wir haben unserer Residenz den Rücken gekehrt und sind wie Diebe in der Dunkelheit entkommen!*
*In unserer schönen Stadt brachen am gestrigen Tage abscheuliche Kämpfe aus, und die versprochene Verstärkung traf nicht rechtzeitig ein. Da entschieden die königlichen Berater, dass die Bedrohung für uns zu groß sei und wir unseren Aufenthalt hier oben auf dem Berge nehmen müssten, wo wir in Sicherheit sind, bis der ruchlose Aufstand gegen uns niedergeschlagen ist. Was, wie ich inständig hoffe, in wenigen Tagen der Fall sein wird.*
*Ich kann Ihnen gar nicht beschreiben, in welch würdeloser Manier – geradezu wie in einem Schurkenstück auf einer zwielichtigen Bühne! – wir uns im Morgengrauen zu Fuß aus dem Schlosse und hinunter zur Elbe schleichen mussten! Morgens um nicht ganz halb fünf! Immerhin spielte uns der starke Nebel zu, der unseren Aufbruch verbarg, bis wir wohlbehalten auf Schleichwegen entlang des Flusses zum Coselschen Garten*

*gelangten, wo zwei Dampfschiffe auf uns warteten. Die einzige, armselige Laterne in der Hand unseres Dieners zitterte, und der Nebel wallte in Schwaden um uns. Wäre es nicht so nervenaufreibend gewesen, hätte ein romantisches Gemüt durchaus Gefallen an der Szene finden können. Indes, die Menge an Proviant, die wir auf Geheiß des Königs auf den Kähnen mitführten, lässt mich daran zweifeln, dass wir allzu bald nach Hause zurückkehren werden, denn es reicht für Wochen. So fehlt es uns hier oben immerhin an nichts, und wir könnten Bankette mit Wild, Fisch und erlesenen Weinen abhalten, wenn wir nicht Verfemte wären, die vom eigenen Volk zum Teufel gejagt wurden.*

*Wir sind also wohlauf, wie ich Ihnen versichern kann, teure Gräfin, nur der König ist ungehalten, weil sein Kämmerer nicht alle Pinsel und Farben eingepackt hat, und auch nicht genug Bücher, in die er sich versenken kann. Er sitzt seit heute früh an seinem Lieblingsplatz mit Blick über das sonnenbeschienene Tal und malt unermüdlich. Das Wetter ist herrlich frisch und klar. Ich vertreibe mir die Zeit in dieser Einöde mit Spazierengehen und erledige meine Korrespondenz, die in den vergangenen Wochen wegen der ganzen Aufregung um die Nationalversammlung und die Reichsverfassungskampagne leider zu oft liegen blieb. Wenn ich ins blühende Tal hinabschaue, kann ich kaum glauben, dass die Politik uns alle derart in ihren Klauen hält und unser Leben so bestimmt. Dann denke ich an meine Kindheit in Bayern, die herrlichen, unbeschwerten Sommer mit meinen lieben Schwestern, als ich nur «die Marie» war und nicht die Königin von Sachsen. Ach, die Spiele mit Ludovika und meinem Zwilling Sophie vermisse ich bis heute, und ich habe mir immer gewünscht, einst selbst ein kleines Mädchen zu haben, mit dem ich spielen kann und das mich, an Tagen wie heute, mit leuchtenden Äuglein und treuen*

*Küssen von meinen trüben Gedanken ablenkt. Aber es war mir nicht vergönnt, und nun ist die Zeit dafür endgültig vorbei. Bitte, liebe Freundin, schreiben Sie mir bald, um mich aufzuheitern und zu zerstreuen. Diese ganze Revolte ist grässlich und hängt mir so zum Halse heraus. Die Leute sind wütend und hungrig. Doch eine demokratische Verfassung kann man nicht essen, und die Idee des Sozialismus vertreibt nicht den Hunger, nicht wahr? Ich bin weiterhin der Meinung, dass wir für die Sache der Frauen einstehen sollten und ihre Lage verbessern müssen. Aber dafür muss man sich doch nicht die Köpfe einschlagen, oder? Die Frauenvereinsanstalt bleibt meine Herzenssache, und ich bin zuversichtlich, weil ich weiß, dass ich in Ihnen, liebe Gräfin, eine Mitstreiterin habe. Unsere Herkunft und unser Geschlecht verbinden uns seit jeher, auch wenn Ihre Ansichten mir manchmal allzu wild und aufrührerisch erscheinen, liebe Freundin. Aber so ist es nun einmal, ich bin Königin und trage eine andere Verantwortung als Sie, die sich freier äußern können und unabhängiger denken dürfen. Bald werden wir uns erneut darüber beraten, was zu tun ist. Nun muss aber wieder Ruhe im Land einkehren, ehe wir uns erneut diesen Dingen widmen können.*
*Auf mich wartet erst einmal ein Gang mit dem Hündchen und eine Tasse Kaffee. Wie glücklich wäre ich, Sie in Bälde wiederzusehen, Teuerste, indessen umarme ich Sie noch in Gedanken. Behalten Sie ein wenig lieb –*

*Ihre*
*Sie herzlich liebende*
*Marie*

# 35.

*Dresden, Freitag, 4. Mai 1849, zur gleichen Zeit*

Mama? Bist du wach, Mama?»

Nettys aufgeregte Stimme klang durch die geschlossene Tür ins Schlafgemach und bis in Elises Traum. Mühsam öffnete Elise die Augen und fand sich nicht gleich in der Wirklichkeit zurecht. Sie hatte die halbe Nacht wach gelegen und auf die beunruhigenden Geräusche draußen in der Stadt gelauscht – waren das Schüsse, die durchs Dunkel peitschten? Im Halbschlaf hatte sie nicht gewusst, was wirklich und was Nachtmär war. Endlich, in den frühen Morgenstunden, musste sie dann doch eingeschlafen sein. Sie hatte geträumt, sie könne fliegen. Es war ein Traum, den sie aus frühester Kindheit kannte und der seither immer wieder zu ihr zurückkehrte. Darin breitete sie die Arme aus, erhob sich in die Luft, schwebte über der Elbe. Sie konnte sich in die Luftmassen legen wie in ein Bett, den Wind durch ihre Finger brausen lassen wie durch Federn und über der Stadt treiben. Frei von allen Zwängen, die sie dort unten festhalten wollten, frei auch von ihrem Körper, der nicht länger eine Bürde war oder etwas, was man gegen drohende Gefahren schützen musste, sondern ein Werkzeug, das ihr Macht verlieh und Auftrieb.

Elise liebte diesen wiederkehrenden Traum. Lange hatte sie ihn entbehrt und schon gefürchtet, sie sei ihm entwachsen und habe ihn verloren. Doch heute Nacht hatte er sie wiedergefunden.

Jetzt schüttelte sie das Gefühl vom Fliegenkönnen nur

widerwillig ab und stand aus dem Bett auf. Ihre Füße kamen auf dem festen Boden zum Stehen, mit ihrem Körper wurde sie erneut an die Erde gefesselt.

Draußen trommelte ihre Tochter noch immer an die Tür, eindringlicher inzwischen.

«Mama?»

«Ich komme gleich, Netty», rief Elise halblaut und griff nach dem seidenen Morgenmantel, der auf einer Stuhllehne bereitlag. Kühl fuhr der Stoff über ihre Haut. Elise warf einen Blick in den Spiegel über dem Waschtisch, sah ihre rosigen Wangen, ihr zerzaustes Haar, das sich im Schlaf aus der Flechtfrisur gelöst hatte. Müde rieb sie sich die Stirn und griff nach der Bürste.

Doch da hielt Netty es draußen offenbar nicht mehr aus. Die Tür flog auf, und in der nächsten Sekunde umschlangen Elise die Arme ihrer Tochter.

«Oh, Mama!», rief sie. «Du hast viel zu lange geschlafen. Merle ist fort, sie hat mir Lebewohl gesagt. Draußen in der Stadt passiert etwas Gewaltiges, aber Papa will nicht darüber sprechen. Rosel meint, die Leute proben den Aufstand und –» Sie hielt inne, nur ihre goldenen Wimpern bebten. «Was ist das, ein *Aufstand*? Ist das wie ein Krieg?»

«Langsam, Netty», beruhigte Elise ihre Tochter, während sie spürte, wie sich ihr eigener Puls beschleunigte. War das der Aufstand, von dem Christian gesprochen hatte? Sie hätte es nicht für möglich gehalten, dass es in der Stadt erneut dazu kommen würde. Zugegeben, in den vergangenen Tagen waren die Dresdner nach der Auflösung des Landtags beunruhigt gewesen – Elise hatte es wohl bemerkt. Etwas hatte plötzlich auf dem Neustädter Markt, in den Gassen und Geschäften gebrodelt, wie in einem Kessel, der sich stark erhitzte. Doch Elise hatte nicht glauben können, dass sich der Unmut der Bürger wirklich auf gewaltsame Art entladen würde.

«Merle ist fort, sagst du?» Sorgenvoll betrachtete sie ihre Tochter. Netty war wie sie noch im Nachthemd, ihr schwarzes, lockiges Haar fiel in weichen Wellen über ihren Rücken, und sie war barfuß.

Elise trat zur Zimmertür, die weit offen stand, und sah suchend den Flur hinunter.

«Merle hat dir ein Briefchen hinterlassen», sprudelte Netty drauflos, «aber ich konnte es nicht lesen. Hier», sie streckte Elise ein Stück Papier entgegen.

Elise nahm es und las entgeistert die wenigen Worte in holpriger Schrift, die das Dienstmädchen daraufgeschrieben hatte.

*Ich bin in der Stadt, um mit den Meinen zu kämpfen für Gerechtigkeit und Freiheit. Behüt Sie Gott, gnädige Frau Jacobi. Sie waren gut zu mir, und ich weiß, dass auch Sie von der Freiheit träumen.*
*Immer die Ihrige, Merle*

Elise ließ die Nachricht sinken und runzelte die Stirn. Was sollte das bedeuten? Würde Merle, eine junge Frau, sich wirklich den Aufständischen anschließen? Und wie genau stellten sie und *die Ihren*, wer auch immer das war, sich diese Kämpfe überhaupt vor? Zum ersten Mal wurde Elise bewusst, dass Merle – und womöglich auch Christian! – vielleicht wirklich in Gefahr waren.

Und was meinte Merle damit, dass Elise von der Freiheit träume? Das tat sie zwar tatsächlich, aber wie kam das

Dienstmädchen dazu, so etwas gegenüber ihrer Herrin zu äußern? Was wusste sie davon? Und schließlich – was würde Adam zu diesem seltsamen Satz sagen, denn er hatte das Briefchen sicher bereits gelesen?

«Komm», sagte Elise kopfschüttelnd zu Netty und ging mit ihrer Tochter Hand in Hand aus dem Zimmer. Auf einmal schien es ihr unwichtig, dass sie beide nur Nachtkleider trugen und ihr Haar nicht gekämmt und frisiert war. Heute war ein ganz und gar verrückter Morgen, der alle Regeln außer Kraft zu setzen schien.

Im Esszimmer war der Frühstückstisch gedeckt worden, eine Kanne mit dampfendem Kaffee stand bereit. Adam saß wie immer an seinem Platz am Kopfende der Tafel, neben seiner Tasse ein Glas Rotwein, und las die Zeitung. Sein Gesicht war ganz darin vergraben. Er wirkte vollkommen ruhig, doch Elise sah, wie die Blätter in seinen Händen bebten.

Bei ihrem Morgengruß warf er die Seiten unvermittelt auf den Tisch, beinahe angeekelt. Über seiner Nase stand eine tiefe Zornesfurche. Dann wurde er Elises und Nettys Aufzug gewahr, und seine Miene verfinsterte sich noch weiter.

«Was hat das zu bedeuten?», fragte er grollend. «Seid ihr von allen guten Geistern verlassen, so im Esszimmer zu erscheinen? Was, wenn unangekündigt Besuch kommt?»

«Netty sagt, Merle sei fort?», fragte Elise, ohne darauf einzugehen. «Und es gibt einen Aufstand in der Stadt? Mir war heute Nacht, als hätte ich Schüsse gehört. Was ist los, Adam?»

Er trank einen großen Schluck Wein. «Diese Wahnsinnigen, diese Republikaner haben gestern das Zeughaus gestürmt!» Er hieb mit der Faust auf den Tisch. «Was für eine

Impertinenz, die Waffenkammern der königlichen Truppen plündern zu wollen. Sie bestehlen den König. Wollten sich einfach die Gewehre und Pistolen nehmen, die das Land Sachsen finanziert hat!»

«Und, haben sie es geschafft?», fragte Elise.

Adams Blick richtete sich auf sie, er zog die Augenbrauen hoch. «Wenn man dich hört, könnte man fast meinen, du heißt gut, was diese sozialistischen Halunken treiben», polterte er. «Nun, das ist ja auch kein Wunder, bei deiner Verwandtschaft! Wahrscheinlich zieht deine feine Schwester jetzt gerade entblößt und mit einer Fahne in der Hand durch die Straßen und feiert den Ungehorsam. Findest du das alles heldenhaft, Elise? Bewunderst du solche Taten?»

«Das habe ich nicht gesagt», erwiderte sie ruhig, «und ich bitte dich, keinen Streit vom Zaun zu brechen.» Sie warf einen vielsagenden Blick zu Netty, die auf einen Stuhl am anderen Ende des Esstisches gerutscht war und sich ein Brötchen genommen hatte. Kauend verfolgte sie aufmerksam jedes Wort, das ihre Eltern sprachen.

«Ich wollte nur wissen, wie es jetzt weitergeht», ergänzte Elise.

«Wenn ich das wüsste!», knurrte Adam und deutete achselzuckend auf die zerknüllte Zeitung neben seiner Kaffeetasse. «Ein Bote von Minister von Zedern kam heute Morgen und berichtete von unhaltbaren Zuständen. Offenbar haben die Aufständischen Straßensperren an der Wilsdruffer Gasse errichtet, ebenso rund um den Neumarkt und auch an anderen Stellen der Stadt. Die Soldaten, die sich in dem engen Gassengewirr nicht auskennen, kommen nicht durch. Es scheint außerdem zu brennen.» Er blickte durchs Fenster, und tatsächlich sah nun auch Elise, dass die Luft grau und verraucht wirkte und sich der Himmel über der Stadt verdüstert hatte. Flackerten dort drüben am Theaterplatz nicht kleine Flammen?

«Ich muss hinaus», sagte Elise entschlossen, «ich will hören, was die Leute sagen.»

Adam starrte sie an, als wäre sie übergeschnappt. «Du tust keinen Schritt vor die Tür, hörst du?», sagte er scharf. «Ich verbiete es dir! Es ist viel zu gefährlich.»

«Aber wir müssen doch wissen, was in unserer Stadt passiert», erwiderte Elise aufgebracht. «Willst du denn nicht auch Klarheit? Sollen wir hier einfach hocken bleiben und darauf hoffen, dass die Zeitungen in ein paar Tagen wieder etwas berichten?»

Adam schüttelte den Kopf. «Sollen sie sich doch da draußen die Köpfe einschlagen», sagte er mürrisch und leerte sein Weinglas. «Wir bleiben hier, in Sicherheit, bis die königliche Armee die Situation wieder unter Kontrolle hat.»

Er sah zu Netty hinüber, die mit gutem Appetit das zweite Brötchen aß und den Kakao trank, den Rosel ihr hingestellt hatte.

«Du, Tochter, gehst mit deiner Mutter jetzt auf der Stelle ins Zimmer. Kleidet euch an, wie es sich gehört. Heute gibt es keine Schule, du bleibst in deiner Kammer und übst Schönschrift auf der Schiefertafel.» Er verzog streng das Gesicht. «Und dass ich dich nicht wieder erwische, wie du mit Rosel in der Küche Zeit totschlägst», sagte er. «Wer weiß, welcher Schaden bereits aus dem Umgang mit dem Dienstmädchen erwachsen ist? Nachher läuft auch noch unsere Köchin zu den Aufständischen über, weil sie meint, sie hätte Besseres verdient als eine Anstellung bei uns.»

«Aber ... Rosel ist meine Freundin», sagte Netty und funkelte Adam mit ihren schwarzen Augen an. «Sie würde mich nicht verlassen.»

«Sei dir da nicht so sicher», knurrte Adam, goss sich das Weinglas erneut voll und nahm die Zeitung wieder auf, zum Zeichen, dass die Unterredung beendet war. «Der niedere Stand kennt keine Treue, wenn es hart auf hart kommt. Das hat man ja an unserem Dienstmädchen gesehen.» Er blitzte Elise über die Druckerschwärze hinweg an. «Oder vielleicht irre ich mich ...», murmelte er. «Vielleicht ist es nicht der Stand, der treulos ist, sondern das wankelmütige Geschlecht von euch Frauen.»

Damit vergrub er sich endgültig hinter seiner Zeitung.

Elise stand einen Moment sprachlos da. Adams Worte waren voller Groll, aber sie hatten, wie Elise stumm zugeben musste, einen wahren Kern. Nicht, was alle Frauen betraf, sondern was sie, Elise, und ihre eheliche Treue anging. Doch das Thema würde sie jetzt tunlichst vermeiden.

«Komm, Netty», sagte sie hastig, «ich helfe dir beim Ankleiden.»

Im Kinderzimmer sorgte sie dafür, dass ihre Tochter ein sauberes kariertes Baumwollkleid anzog, und gab sich große Mühe, aus den schwarzen Kinderlocken eine ansehnliche Flechtfrisur zu zaubern. Sie steckte die einzelnen Zöpfe mit Nadeln an Nettys Hinterkopf fest, wie sie es bei Merle so oft beobachtet hatte, und war am Ende ganz zufrieden mit dem Ergebnis. Anschließend gab sie Netty die kleine Schiefertafel und trug ihr ein paar Schreibübungen auf. Später sollte sie dann noch in der Fibel lesen.

«Ich sehe gleich noch mal nach dir», sagte Elise, küsste Nettys Scheitel und verließ das Zimmer. Sie wusste, dass ihre Tochter nach wenigen Minuten in ihrem Tun nachlassen und stattdessen vor den großen Spiegel treten würde, den sie sich vor einigen Monaten ausbedungen hatte. Netty übte, wann immer es ging, davor ihre Tanzschritte, und niemand würde sie davon abhalten können.

Es war Zeit, dachte Elise, während sie in ihr Gemach hinüberging, dass das Kind endlich Tanzunterricht bekäme. Sobald Ruhe in der Stadt eingekehrt war, würde sie sich darum kümmern und nicht länger auf Adams Einwände hören. Doch heute wagte sie nicht, sich ihm offen entgegenzustellen. Und sie würde auch nicht einfach gegen seinen Willen hinausgehen, sondern wohl oder übel in der Wohnung ausharren, wie vermutlich die meisten Bürgerfrauen Dresdens am heutigen Tag.

Mit zitternden Fingern zerrte Elise sich die Korsage um den Leib, stieg in zwei Unterröcke, warf sich ihr schwarzes Kleid über und knöpfte es zu. Ihre Frisur war noch immer zerzaust, doch mit etwas Mühe bändigte sie ihr Haar und flocht es zu einem schweren Zopf. Dann ging sie in Richtung Küche, um endlich ein Frühstück zu sich zu nehmen.

Rosel sang lauthals in der Vorratskammer. «*Die Gedanken sind frei, wer kann sie erraten?*»

Elise stutzte.

«*Sie fliegen vorbei wie nächtliche Schatten*», sang die Köchin weiter, und Elises Herz pochte plötzlich schneller. Sie kannte die Melodie und die Worte des Dichters Hoffmann von Fallersleben, sie hatte sie selbst oft vor sich hin gesungen, wenn sie wieder einmal niedergedrückt gewesen war. Doch jetzt, an diesem Tag und aus Rosels Mund, klangen die Zeilen fast aufrührerisch.

Rosels Singstimme, die durch die angelehnte Kammertür in die Küche drang, war ein wenig rau, doch sie schmetterte die Strophen voller Inbrunst, während sie geschäftig Päckchen und Einmachgläser hin und her schob. «*Und sperrt man mich ein im finsteren Kerker, das alles sind rein vergebliche Werke.*»

Elise blieb stehen, sie lehnte ihre Stirn an die Tür und schloss die Augen. Unwillkürlich musste sie an ihre Schwester denken, die vielleicht wirklich dort draußen in Gefahr war und ihren Gedanken und Wünschen die Fesseln abgenommen hatte. Und auch an Christian dachte Elise, an seine Berührungen, seine Hände und Blicke und daran, dass auch sie sich nicht länger in den Kerker sperren lassen wollte.

«*Denn meine Gedanken*», hörte sie weiter gedämpft die letzten Verse von Rosel aus der Kammer dringen, «*zerreißen die Schranken und Mauern entzwei. Die Gedanken sind frei!*»

## 36.

*Schreiben an die deutsche Nationalversammlung zu Frankfurt am Main, am 4. Mai 1849*
*überall in der Stadt Dresden zu plakatieren*

*Die sächsische Nation hat gestern in entschiedener Weise durch Abgeordnete aus allen Teilen des Landes die Anerkennung der Reichsverfassung vom Könige verlangt, derselbige hat alle Bitten des Volkes zurückgewiesen.*
*Nachdem gestern ernste revolutionäre Auftritte hier in Dresden stattgefunden, ist der König heute Morgen mit seinen Ministern aus Dresden geflüchtet.*
*Für Abwehr der Anarchie sowie zur Aufrechterhaltung der vom deutschen Volke anerkannten deutschen Reichsverfassung ist eine provisorische Regierung in den Personen der Unterzeichneten eingesetzt worden.*
*Der deutschen Nationalversammlung zeigen wir dies hiermit an und stellen unser Wirken der provisorischen Regierung unter deren Schutz.*

*Die provisorische Regierung von Sachsen.*
*Tzschirner. Heubner. Todt.*

---

Aus: Carl Krause. Der Dresdner Maiaufstand vom 3. bis 9. Mai 1849. Dresden 2015, Nachdruck von 1849

## 37.

*Dresden, Sonntag, 6. Mai 1849*

Ich muss etwas tun …», murmelte Elise und ging nervös in ihrem Zimmer auf und ab. «Ich muss etwas tun, ehe es zu spät ist.»

Seit drei Tagen saßen sie hier nun schon fest, während draußen die Welt unterzugehen drohte, und Elise wurde langsam wahnsinnig über dem endlosen Warten. Adam hatte verfügt, dass niemand von ihnen die Wohnung verlassen dürfe, und sich dann in seinem Arbeitszimmer vergraben, wo er wichtige Briefe schrieb, die niemand zur Post zu bringen wagte. Doch eben hatte ein aufgelöst wirkender Postmeister bei ihnen geklopft, Elise einen Umschlag in die Hand gedrückt und widerwillig und nur gegen einen horrenden Aufpreis Adams Briefbündel mitgenommen.

Draußen vor ihrem Fenster senkte sich die Dämmerung über die Stadt. Elise strich über den Brief mit dem aufgebrochenen Siegel ihres Vaters und las die mit zittriger Handschrift geschriebenen Zeilen jetzt schon zum dritten Mal. Sie war äußerst besorgt. Seit dem Tod der Mutter wirkte Georg niedergedrückt und verschlossen, und nun konnte sie nicht einmal nach ihm sehen, weil die Stadt voller Barrikaden war und noch immer geschossen wurde. Wenigstens hatte sie nun ein Lebenszeichen von ihm – doch es war alles andere als geeignet, um sie zu beruhigen.

Erneut überflog sie Georgs Brief.

*Teure Tochter,*
*Deine Schwester wird vermisst. Seit zwei Nächten ist Barbara nicht nach Hause gekommen!*
*Und nun fand sich in den Laken ihres Bettes ein Briefchen, das Alberta entdeckte. Darin bittet eine gewisse Clementine Deine Schwester an einen Treffpunkt am Altmarkt, in die Wilsdruffer Gasse – nur wenige Schritte von hier. Ich bin in größter Sorge, dass sich das Mädchen durch die Hirngespinste dieser Frauenrechtlerinnen zum Kämpfen in der Revolution berufen sieht und sich womöglich in die Barrikadenschlachten gestürzt hat. Ich habe den Kutscher und einen Knecht auf die Suche geschickt und harre bangend aus, bis Barbara sicher zu uns heimkehrt.*
*Daher, Elise, beschwöre ich Dich, bleib Du daheim, bleib in Sicherheit, lass Deinen Mann Dich schützen und behüten, bis alles vorüber ist. Dorothea, die noch immer hier ist, weil die Fahrt zurück nach Leipzig in ihrem Zustand zu gefährlich wäre, regt sich sehr auf. Ich versuche mit allen Mitteln, sie zu beruhigen, damit sie und das Kindlein nicht bedroht sind, denn das würde mir Deine Mutter nie verzeihen …*

Elise fühlte sich nach dem Lesen der Zeilen noch aufgewühlter, als sie es seit dem Streit mit Adam ohnehin schon war. Und ihr Bedürfnis, sich von ihm, der ihr weiterhin feindselig begegnete, *schützen und behüten* zu lassen, war ohnehin gering. Sie beide hatten seit Freitag, als der Aufstand ausgebrochen war, kaum noch ein Wort gewechselt, hatten einander umkreist wie misstrauische Katzen und nur das Nötigste miteinander gesprochen. Keiner von ihnen hatte außerdem die unschöne Szene vor einer Woche erwähnt, als Adam der Geduldsfaden gerissen war und er Elises alte Papierlaterne den Flammen anheimgegeben hatte. Immer, wenn Elise am Musikzimmer vorbeikam und den leeren Platz sah, an dem das kleine Kunstwerk gestanden hatte, war ihr die Erkenntnis wie ein Messer in den Leib gefahren, dass es mutwillig zerstört worden war. Gleichwohl hatte sie sich jedes Mal an die Stunden in Christians Armen erinnert und sich gesagt, dass ein Stück Papier nichts war gegen die Liebe, die sie für ihn empfand – und er für sie. Dieses Glück konnte ihr niemand nehmen, diese Erinnerung würde sie in sich bewahren wie einen Schatz, und kein Feuer der Welt konnte sie auslöschen.

Doch Elises Unruhe war von Stunde zu Stunde angewachsen. Das Knallen der Schüsse, das nach wie vor über die Elbe zu ihr ins Zimmer drang, war zu einem pulsierenden Rhythmus geworden, der ihr schmerzhaft das Blut durch die Adern trieb. Verzweifelt schüttelte sie den Kopf und biss an ihren Fingernägeln, während sie sich vorstellte, wie es in der Altstadt jetzt aussehen mochte. Sie wagte sich einfach nicht aus dem Haus, auch, weil Adams Anweisung unmissverständlich gewesen war. Trotzdem wurde ihr der Zustand des Wartens immer unerträglicher. Wie konnte sie hier herumhocken, Netty Kreuzstich beibringen, den sie selbst nicht allzu gut beherrschte, und Däumchen drehen, während die Stadt dort draußen ein Schlachtfeld war? Ein Schlachtfeld, auf dem offenbar ihre Schwester Barbara den Kopf hinhielt. Und angeblich sogar auch Gottfried Semper, wenn man den Worten des Postmeisters Glauben schenken konnte. Der berühmte Baumeister des Opernhauses hatte wohl persönlich dafür gesorgt, dass die zunächst dilettantisch aufgebauten Barrikaden in der Altstadt die Stabilität und Uneinnehmbarkeit erreichten, die nur ein begnadeter Statiker wie er verantworten konnte. Und er selbst stand offensichtlich ganz vorn, um die Stadt gegen die Leipziger Füsiliere mit einem Gewehr zu verteidigen.

Elise schwindelte es bei dem Gedanken, dass auch Barbara südlich der Elbe im Gewehrfeuer hinter einer Barrikade lag, womöglich sogar ihrerseits auf die Männer des Königs schoss. Es war erstaunlich, dass sie es der jüngeren Schwester durchaus zutraute. Aber schon immer war Barbara ein Querkopf gewesen, hatte vor nichts und niemandem Angst gehabt, und heute, als erwachsene Frau, stand sie zu ihren Überzeugungen und ihren Gesinnungsgenossinnen. Sollte da Elise nicht ebenfalls zu ihrer Schwester stehen und sie, wenn möglich, beschützen?

«Aber wie?», murmelte Elise verzweifelt und nahm ihren herumtigernden Gang zwischen Sekretär und Fensterbank wieder auf. «Was kann ich denn ausrichten?»

Es klopfte an die Tür.

«Herein», rief Elise und sah nervös zu, wie sich die Tür ein Stück öffnete.

Rosel steckte ihr rotwangiges Gesicht durch den Spalt.

«Gnädige Frau, möchten Sie Ihr Abendbrot heute im Salon einnehmen oder hier im Zimmer? Fräulein Netty hat vor dem Schlafengehen ja bereits bei mir in der Küche gegessen, und der Herr Hofkompositeur hat sich zurückgezogen.» Sie versuchte, zaghaft zu lächeln. «Ich habe Tee gekocht, das beruhigt die Nerven.»

«Tee?», fragte Elise verwirrt. Sie bemerkte plötzlich, dass ihr Magen knurrte. Seit zwei Tagen hatte sie nur unregelmäßig gegessen, sie verspürte einfach keinen rechten Appetit. Alles an ihr fühlte sich fiebrig und fahrig an, und in ihrem Magen drückte es schmerzhaft. Eigentlich hielt dieser Zustand schon an, seitdem sie bei Christian in der Kammer gewesen war, dachte Elise mit einem leichten Anflug von Schuldbewusstsein. Ihre leidenschaftliche Begegnung und das, was sie miteinander geteilt hatten, waren Grund genug für ihren nervösen Zustand, der sie zittrig machte und ihr die Kehle zudrückte. Eine Mischung aus Glücksgefühl, körperlichem Verlangen und der Angst, mit ihren ungeheuren Taten aufzufliegen, dazu seit Freitag die Furcht, Christian könne etwas zustoßen – das alles war zu viel für ihr Gemüt.

Doch auf einmal spürte sie, dass sie Hunger hatte.

«Bringen Sie den Tee, Rosel», sagte sie freundlich, «und auch ein wenig Brot und Butter, bitte.»

Rosel knickste und zog sich zurück. Gleich darauf kam sie mit einem Tablett wieder. Sie stellte es so schwungvoll auf die ausgeklappte Schreibunterlage des Sekretärs, dass die Tasse klirrte.

Elise legte den Brief ihres Vaters aufs Bett, griff nach einem Butterbrot und biss hinein.

«Rosel», sagte sie kauend, «haben Sie heute schon etwas aus der Stadt gehört?»

«Gewiss», sagte die Köchin, «ich musste ja das Brot holen. Und auch Tabak für den gnädigen Herrn.»

«Und was erzählt man sich?», fragte Elise. «Dauern die Kämpfe noch immer an?»

Wie als Antwort war in dem Moment eine gedämpfte Gewehrsalve von fern zu hören.

«Nun, hier oberhalb der Elbe kämpft ja niemand», sagte Rosel und knetete ihre Schürze, «aber von der Altstadt her donnert es gehörig. Wenn man näher kommt, wird einem von dem ganzen Schießen und Knattern richtig bange.» Sie flüsterte jetzt. «Hoffentlich geschieht Merle nichts.»

«Das hoffe ich auch.» Elise seufzte. Sie dachte dabei aber

nicht so sehr an Merle, sondern vor allem an Christian und Barbara. Wieder knabberte sie lustlos an ihrem Butterbrot. «Und was erzählt man sich beim Bäcker?», fragte sie begierig.

«Seit dem Morgengrauen wird wieder geschossen», berichtete Rosel. «Der Waffenstillstand, den die Herren von der Notregierung ausgehandelt hatten, wurde von den Soldaten gebrochen. Seither herrscht Chaos, sagen die Leute. Ich habe gehört, dass die Minister von Beust und Rabenhorst längst vom Königstein nach Dresden ins Kriegsministerium zurückgekehrt seien und den Gegenschlag vorbereiten.» Sie räusperte sich. «Seitdem die Leipziger Verstärkung da ist, sind die Aufständischen in der Unterzahl, hat der Bäckergeselle behauptet, aber ich weiß nicht, ob das stimmt. Alle warten auf die Preußen, die bald kommen sollen. Einige hoffen, dass sie Ordnung bringen, andere sagen, das sei unser aller Untergang.» Rosel schlug sich plötzlich mit einem Aufschluchzen die Schürze vors Gesicht. «Oh, gnädige Frau, vor den Preußen habe ich solche Angst. Das sind Menschenschlächter, sagt meine Cousine.»

Elise schauderte, doch sie ließ sich nichts anmerken. Behutsam zog sie Rosel die Schürze vom verweinten Gesicht. «Na, na», sagte sie, «eine Sächsin zittert nicht vor den Preußen. Wir sind ein ebenso starkes Volk wie sie, wenn nicht stärker.»

«Wenn Sie meinen ...», schniefte Rosel und wischte sich die Tränen von den rundlichen Wangen. «Aber ich verstehe es trotzdem nicht – wie kann der König das nur zulassen? Wie kann er preußische Soldaten auf sächsische Bürger schießen lassen?»

Auch Elise schien dieses Vorgehen hinterhältig und eines

sächsischen Königs nicht würdig. «Friedrich August würde wohl alles tun, um seine Macht zu erhalten», sagte sie unschlüssig. «Er kümmert sich nicht darum, was sein Volk wünscht.»

Rosel schnäuzte sich mit einem Trompetenton in ein kariertes Taschentuch. «Ich muss immerzu an Merle denken. Und an Ihre teure Schwester, Gnädigste, seit Sie mir den Brief gezeigt haben. Beten wir, dass es ihnen gut geht.» Dann klatschte sie erschrocken in die Hände. «Ach, herrje», rief sie, «ich habe ja noch einen Kuchen für morgen im Rohr.»

Sie verschwand eilig Richtung Küche, doch Elise gingen Rosels Worte weiter im Kopf herum. Ihre Liebsten waren dort draußen in dieser Unsicherheit, und Elise saß hier und vermochte nichts zu tun, als zu beten, obgleich ihr das noch nie viel Trost beschert hatte. Wie konnte sie nur tatenlos dabei zusehen, dass andere sich in Gefahr brachten?

Georg fiel ihr ein, und bei dem Gedanken, was aus ihrem Vater würde, wenn auch noch der jüngsten Tochter etwas zustieße, traf sie eine Entscheidung.

Sie stürzte den mittlerweile lauwarmen Tee hinunter. Dann trat sie zur Truhe und nahm ein einfaches braunes Wollkleid heraus. Sie tauschte es gegen ihr seidenes Hausgewand, schlang sich ein graues Tuch um den Kopf und band es unterm Haarknoten im Nacken fest.

Die Dämmerung vorm Fenster hatte sich in Dunkelheit verwandelt, die Nacht stand über dem Fluss. Elise schlich in den Flur, lauschte kurz an der angelehnten Tür zum Kinderzimmer auf Nettys ruhige Atemzüge, und widerstand dem Impuls, einzutreten und die Tochter zu küssen, sie wollte sie auf keinen Fall aufwecken. Und sie hatte dem Mädchen, wie jeden Abend, bereits nach dem Nachtgebet zugeflüstert, dass sie es lieb hatte.

Leise schlich sie durch den dunklen Flur zur Tür und über die marmornen Stufen hinab, die Hand am polierten Nussbaumgeländer. Unten drückte sie die schwere Haustür auf und stand schon auf der abendlichen Straße. Niemand war zu sehen. Es duftete nach den Holunderdolden, die entlang des Mäuerchens wuchsen. Von fern hörte Elise noch immer das Dröhnen der Schüsse.

Sie begann zu rennen.

# 38.

*Dresden, Sonntagnacht, 6. Mai 1849*

Wie ein Schatten huschte Elise durch die Straße und lief hinunter ans Wasser. Sie eilte am Blockhaus vorbei, der ehemaligen Neustädter Wache, in der sich inzwischen die Wohnung des Kriegsministers befand, und drückte sich dabei in die Dunkelheit jenseits der Lichtkreise, die die Laternen am Brückenkopf aufs Pflaster warfen.

Vor den Torbögen tummelten sich Soldaten. Einige hielten Wache, andere gingen auf und ab, rauchten und unterhielten sich, während ihnen die Gewehre von den Schultern baumelten. Im oberen Stockwerk waren ein paar Fenster hell erleuchtet, und Elise sah dort im Vorüberlaufen dunkle Gestalten erregt miteinander gestikulieren. Ob die konservativen Minister des Königs dort bereits Pläne schmiedeten, wie sie den Aufstand schnellstmöglich niederschlagen konnten?

Elise hastete weiter. Außer ihr waren noch andere Menschen unterwegs, die meisten unauffällig gekleidet wie sie selbst, mit Kapuzen und Hüten, die sie sich tief ins Gesicht gezogen hatten.

Sie eilte auf die Augustusbrücke zu.

Eine Kutsche sprengte an ihr vorüber, Elise roch die schweißnassen Pferde und horchte dem hohlen Klappern der Eisen auf der Brücke nach. Links und rechts von ihr floss blauschwarz wie geschmolzenes Erz das Wasser des Flusses, und sie spürte, wie ihre Knie ärgerlicherweise zitterten, doch sie ging weiter, die Hand fest am rauen Sandsteingeländer der Brücke.

Endlich gelangte sie zum anderen Ufer. Dunkel ragten der Turm der Hofkirche und das Theater auf, dahinter lagen der Zwinger und das Schloss. Hie und da stiegen Rauchsäulen in den Himmel, von den Feuern, die überall brannten. Immerhin war das Donnern der Geschütze für den Augenblick verstummt. Es schien, als zögen sich die Kämpfer für die Nacht zurück und sammelten Kräfte, um am nächsten Tag weitermachen zu können. Oder täuschte die Ruhe, würde sogleich der Lärm erneut losbrechen?

Elise huschte über den menschenleeren Theaterplatz. Nirgendwo brannte Licht in den Fenstern der Oper, der Betrieb war offensichtlich eingestellt. Die Menschen hatten sich in ihre Behausungen zurückgezogen, ähnlich wie die Jacobis, und harrten aus, bis der Spuk vorüber war.

Wie weiter?, überlegte sie. Sollte sie über den Altmarkt gehen? Dies wäre der direkte Weg zur Wilsdruffer Gasse, wo sie Barbara vermutete, doch sie ahnte, dass es dort zu gefährlich war, weil man sie leichter entdecken könnte. Klüger schien es ihr, sich von der anderen Seite in die Gasse einzufädeln.

Sie schlich weiter, hielt immer wieder inne, lauschte auf Schritte und mied dabei die Hauptwache, wo sicher viele Gendarmen unterwegs sein würden. Eng drückte sie sich an den Mauern der Sophienkirche entlang und gelangte zur Großen Brüdergasse. Schemenhaft erkannte sie im Dunkeln, dass Barrikaden aus Möbeln, Brettern und großen Steinen errichtet worden waren. Kurzerhand schlüpfte sie in einen schmalen Hauseingang und kam auf der anderen Seite wieder heraus. Sie kletterte über das Mäuerchen eines kleinen Gartens und gelangte auf diese Weise unbehelligt zur Wilsdruffer Gasse. Adam hatte gesagt, dass die Soldaten diese Schleichwege nicht kannten, doch wer schon sein Leben lang in Dresden lebte wie Elise, kam trotz der Straßensperren voran.

Plötzlich hörte sie Stimmen und sah das schummrige Licht einer kleinen Laterne. Vorsichtig schlich sie näher, bis jemand bellte: «Stehen bleiben und Hände hoch!»

Elises Herz klopfte so sehr, dass sie meinte, ihre Brust zerspränge gleich. Sie riss die Hände hoch. «Ich bin nur eine Frau und habe keine Waffe», sagte sie und bemühte sich, ihre Worte entschieden klingen zu lassen, doch sie hörte selbst, wie sehr ihre Stimme bebte.

Das Licht der Laterne blendete sie, dann wurde es fortgenommen und beschien nun einen jungen Mann in der Uniform der Kommunalgarde. Er ließ seine Waffe sinken.

«Was wollen Sie hier?», fragte er ungehalten.

«Ich suche meine Schwester», sagte Elise. Noch immer hatte sie ihre Stimme nicht ganz in der Gewalt. «Sie heißt Barbara Spielmann. Kennen Sie sie?»

Der Mann schüttelte den Kopf. Ein zweiter Uniformierter trat aus den Schatten zu ihnen und stellte sich neben den Gardisten.

«Hier sind keine Frauen», sagte er und verzog verächtlich das Gesicht, Elise sah es im flackernden Schein der Leuchte. «Die haben bei Kämpfen nichts zu suchen, bringen nur alles durcheinander.»

«Meine Schwester sollte hier jemanden treffen, eine gewisse Clementine», sagte Elise, ohne auf ihn einzugehen.

Jetzt riss der Laternenträger die Augen auf. «Die *Füchsin*?», fragte er, und eine sanfte Ehrfurcht klang in seiner Stimme. «Clementine Fuchs, die Wahrsagerin?»

In Elise regte sich eine Erinnerung. *Das* war Clementine, Barbaras Freundin? Vor Jahren war Elise einmal im Wagen der Wahrsagerin auf dem Altmarkt gewesen, sie erinnerte sich an das vernarbte Gesicht und die klugen Worte der Frau, die ihr damals die Karten gelegt hatte.

Zaghaft nickte sie. «Ich vermute, das ist sie», sagte sie. «Haben Sie sie gesehen?»

Der zweite Mann lachte. «Und ob», sagte er. «Clementine Fuchs ist nicht wie die anderen Frauenzimmer, die kann kämpfen! Eine echte Kriegsbraut ist das! Aber sie ist schon wieder weitergezogen.»

«Und wohin?», fragte Elise.

Die beiden sahen einander an und zuckten die Achseln. «Woher sollen wir das wissen?», brummte der erste mit dem Gewehr.

Elise schluckte, das Herz wurde ihr schwer. Wie sollte sie jetzt nur Barbara finden? Die Schwester konnte überall in Dresden sein.

«Die ganze Stadt ist voller Leute», fügte der zweite Mann hinzu, der ihr die Enttäuschung wohl ansah, «und voller Barrikaden sowieso.»

«Aber unsere ist die stabilste!» Sein Kompagnon lachte zufrieden. «Die Handwerker von Gottfried Semper persönlich haben sie gebaut, die ist uneinnehmbar.» Er deutete die Straße entlang, die zum Altmarkt führte, doch Elise sah nichts als Schwärze. Bei dem Namen des Baumeisters aber spürte sie, wie ein leises Prickeln über ihren Nacken lief.

«Semper?», fragte sie. «Sind hier etwa noch mehr Leute vom Königlichen Theater?»

Die beiden nickten. «Die halbe Belegschaft ist dabei», sagte der Mann mit der Laterne. «Instrumententräger, Kassenwarte, Maschinenbauer. Und sogar Kapellmeister Wagner war vorhin hier. Doch der hat sich auf den Turm der Frauenkirche zurückgezogen, um alles beobachten zu können. Wenn es morgen früh beim ersten Tageslicht weitergeht, gibt er von dort oben Befehle.»

«Und was ist mit dem Kulissenmaler?», fragte Elise atemlos.

Die Uniformierten tauschten einen vielsagenden Blick. Ein süffisantes Grinsen ging über ihre Gesichter.

«Daher weht der Wind», sagte der erste. «Von wegen Schwester!»

Sie lachten spöttisch, doch Elise unterdrückte ihre Verlegenheit. Im Dunkeln konnten die beiden ihre brennenden Wangen nicht sehen, und sie war froh darüber.

«He, Hildebrand!», rief der eine über seine Schulter, während der andere auf zwei Fingern pfiff.

Elise hörte erst nichts, es dauerte eine Weile, bis sich Schritte näherten. Ihr Herz pochte wieder so stark wie zuvor, nein, stärker. Dann trat Christians vertraute Gestalt in den zitternden Lichtkegel des Talglichts, das der eine der beiden Kommunalgardisten noch immer hochhielt.

«Was ist?», fragte er gedämpft. «Gibt es –» Er stockte und blieb wie angewurzelt stehen, als er Elise erkannte. Mit zwei Schritten war er bei ihr und packte sie an den Schultern.

«Jetzt bist du wirklich von allen guten Geistern verlassen», murmelte er. Dann sah er sich nach den beiden Uniformierten um, die sich feixend in die Seiten stießen. «Lasst ihr uns einen Moment allein?», bat er.

Elise hörte in seiner Stimme eine Festigkeit, die ihr imponierte. Und obwohl die beiden noch immer grinsten, respektierten sie Christian offenbar, denn sie trollten sich mit ihrer Laterne. Sogleich versank die Gasse, in der Christian und Elise standen, wieder in vollkommener Schwärze.

Eben noch hatte Elise Furcht, ja Verzweiflung verspürt, weil sie nicht wusste, wo Barbara steckte. Aber jetzt nahm sie nichts mehr wahr als Christians Nähe. Er zog sie im Schutz der Dunkelheit in seine Arme, seine Wärme drang durch das Hemd, das er trug, und sein vertrauter Duft hüllte sie ein. Ohne nachzudenken, küsste sie ihn, und er erwiderte den Kuss, umschlang sie noch fester, drückte sie eng an sich.

Als sie sich schließlich voneinander lösten, fühlte Elise sich getröstet und so geborgen wie lange nicht mehr. Die Welt, wie sie sie kannte, schien unterzugehen, aber solange sie Christian hatte, so dachte Elise, konnte ihr nichts etwas anhaben.

Doch seine nächsten Worte nahmen ihr nur zu schnell wieder diese Illusion.

«Du musst sofort zurück», flüsterte er. «Was suchst du denn hier, Elise?»

«Meine Schwester», sagte sie schnell, und es war ja die Wahrheit! «Sie ist verschwunden. Mein Vater schrieb mir, sie hätte sich den Aufständischen angeschlossen.»

Christian runzelte die Stirn. «Die einzigen Frauen, die hier anzutreffen sind, versorgen die Wunden der Verletzten, bringen Essen und Verbandszeug. Ein paar haben sogar Waffen aufgetrieben. Aber ausgerechnet deine Schwester soll unter ihnen sein?»

Etwas an seinem Ton störte Elise.

«Warum nicht?», gab sie aufsässig zurück.

Trotz der Anspannung lachte er leise auf, und Elise hörte das vertraute Geräusch nur zu gern. «Ich weiß, dass ihr Spielmann-Schwestern aus hartem Holz geschnitzt seid. Aber bitte sag mir nicht, dass auch du dich jetzt bewaffnen und auf Soldaten schießen willst, Elise?»

Sie schüttelte den Kopf. «Das könnte ich nicht», murmelte sie. «Aber ich bin für eure Sache – nein, für *unsere* Sache, Christian, das weißt du. Auch ich wünsche mir Erfolg für die Republik!»

«Es wird hart», erwiderte er schlicht. «Der Tag heute war schon nicht einfach, sie sind wie die Wilden gegen unsere Barrikade gestürmt. Aber wir sind gut vorbereitet und zahlenmäßig gleichauf. Wir haben eine Chance!» Er unterbrach sich. «Hör zu, hier ist nicht der Ort, um darüber zu sprechen», sagte er und packte Elise fester. «Du musst sofort wieder nach Hause gehen. Es ist zu gefährlich für dich, länger hierzubleiben.»

«Ich muss aber Barbara finden!», rief sie aufgebracht und schlug sich dann die Hand vor den Mund, weil ihre Stimme in der dunklen Gasse laut widerhallte. «Ich kann nicht zulassen, dass ihr etwas geschieht», fügte sie leiser hinzu.

«Und ich lasse nicht zu, dass dir etwas zustößt», erwiderte Christian ruhig und strich Elise zärtlich über die Wange. Dann deutete er auf eine Pistole, die in seinem Hosenbund steckte und die Elise bisher nicht bemerkt hatte. Sie schauderte. «Meine Freunde haben mir gezeigt, wie man damit umgeht», erklärte er, «aber du, du hattest noch nie eine Waffe in der Hand. Gegen einen Soldaten bist du hilflos. Also geh, geh zurück nach Hause. Jeden Moment können die Scharmützel wieder losbrechen.» Er schwieg einen Moment. «Und wenn die Preußen in Dresden eintreffen, sind wir umzingelt, und du kannst gar nicht mehr zurück.»

«Ich will aber nicht ohne dich gehen», sagte Elise störrisch und spürte, wie erneut Verzweiflung in ihr aufstieg. Eben noch war sie in seinen Armen so glücklich gewesen – und nun sollte sie unverrichteter Dinge gehen und Barbara und Christian ihrem Schicksal überlassen?

Doch sie spürte, wie die Minuten verrannen, ihr war, als tickten unsichtbare Uhrzeiger über ihre Haut. Die Zeit drängte, er hatte recht.

Christian drückte ihre Hand. «Denk an deine Tochter», sagte er.

Elise erstarrte. Seine Worte trafen sie tief.

Netty!, dachte sie, ich kann sie nicht alleinlassen. Das kann ich ihr nicht antun.

Beim Gedanken daran, dass ihr selbst etwas zustoßen und Netty dann ein zweites Mal mutterlos zurückbleiben könnte, wurde Elise eiskalt.

Mit schwerem Herzen nickte sie. «Also gut», flüsterte sie und biss sich auf die Lippen. Sie wollte nicht weinen, sie wollte stark sein wie er. «Aber versprich mir eins, Christian.» Sie schlang die Arme um seinen Hals und zog seinen Kopf näher zu sich. «Sei kein Held.» Sie strich ihm übers Haar. «Bitte», wisperte sie und konnte nun doch nicht verhindern, dass ihr die Tränen kamen. «Flieh, wenn es nötig ist, ja? Aber bitte, bleib am Leben. Ich brauche dich.»

«Oh, Elise», sagte er, und sie hörte, wie bewegt auch er war. Er bedeckte ihren Mund, ihre Wangen, ihre Augenlider mit Küssen. «Ich verspreche es», flüsterte er heiser. «Und jetzt geh, Elise, lauf! Ehe es zu spät ist!»

Eine Welle der Erinnerung rollte durch Elise. Genau so hatte er schon einmal zu ihr gesprochen, in einer ähnlichen Nacht wie dieser vor vielen Jahren. Sie hatten auf der Brühlschen Terrasse gestanden, hatten sich geküsst, als gäbe es kein Morgen, und dann hatte Christian sie fortgeschickt, aus Angst, jemand könne sie dabei erwischen, wie sie sich heimlich trafen.

Würde es zwischen ihnen immer so sein? War jedes Wiedersehen nur der Auftakt zu einer weiteren Flucht? Doch damals war es um Elises Ruf gegangen, um ihre Ehre, ihre Zukunft. Heute ging es um Leben und Tod.

Christian küsste sie ein letztes Mal, leidenschaftlich, aber auch voller Hast. Beinahe stieß er sie dann von sich und eilte ohne ein weiteres Wort zurück in die Richtung, in der Elise die Barrikade vermutete. Sie schluchzte auf, presste sich schnell die Hände vor den Mund. Und mit beinahe unmenschlicher Willenskraft wandte sie sich ab und lief den Weg zurück, den sie gekommen war.

## 39.

*Dresden, Dienstagnacht, vom 8. auf den 9. Mai 1849*

Nachladen», zischte Carl. «Mach schneller, Chrischan!» Sie hockten hinter der Barrikade an der Stirnseite der Moritzstraße und hielten die Stellung. Einige von ihnen hatten Gewehre, in einer Kiste lag ein Häufchen Handgranaten.

Es war tiefe Nacht, und seit einer halben Stunde herrschte Feuerpause. Dennoch waren sie alarmiert, denn der Kurier, ein Junge von nicht mal fünfzehn Jahren, war gerade keuchend mit der Nachricht gekommen, dass die preußischen Truppen näher rückten. Bereits gestern hatten die Dresdner Soldaten Verstärkung aus Leipzig erhalten, und nun standen auch die Preußen in der Stadt. Die Schlinge um den Hals der Revolutionäre schien sich immer weiter zuzuziehen, doch Carl, Fritz und die anderen Männer, die hier gemeinsam ausharrten, wollten nicht klein beigeben. Sie würden vorbereitet sein, wenn die Armee käme.

Christians Finger zitterten, als er die Kugeln in den Gewehrlauf einführte. Auch nach Tagen hatte er sich noch nicht an den schrecklichen Gedanken gewöhnt, auf Menschen zu schießen, und bisher hatte er stets nur Carls Waffe nachgeladen, der damit treffsicher durch die behelfsmäßigen Scharten in der Barrikade zielte. Seine eigene erbeutete Pistole steckte dagegen weiterhin unbenutzt im Hosenbund. Er hatte sich vorgenommen, erst davon Gebrauch zu machen, wenn sein eigenes Leben davon abhinge. Doch er fürchtete, dass es bald so weit sein könnte.

Nachdem der Aufstand am Anfang so kraftvoll gewesen war, sich die Notregierung scheinbar mühelos gebildet hatte und die Revolutionäre zunächst die Oberhand gewannen, wendete sich das Blatt nun. Gegen die Wucht eines preußischen Angriffs würden sie nicht lange standhalten können, das ahnten alle hier, die mit grimmigen Gesichtern die Barrikade mit Brettern und Steinen ausbesserten, um sie noch stabiler zu machen. Unermüdlich wurden neue Kugeln aus Blei gegossen, während die Pulvervorräte der Revolutionäre immer mehr zur Neige gingen. Der Sternenhimmel war von Rauch verhangen, an vielen Stellen der Stadt schien es zu brennen, doch niemand wusste etwas Genaues.

Wenn nur die Müdigkeit nicht wäre, dachte Christian, es fiel ihm schwer, die Augen offen zu halten. Wie lange hatten sie schon nicht mehr richtig geschlafen? Immer nur kurz konnten ein paar von ihnen einnicken, während die anderen Wache hielten, doch erholsam war dieser Schlaf kaum. Dazu kam die Erschöpfung der langen Anspannung, die Christian in allen Gliedern spürte wie einen Muskelkater.

Heute früh im Morgengrauen waren er und Fritz zurück in die Moritzstraße gelaufen, nachdem ein Kurier zur Barrikade in der Wilsdruffer Gasse gekommen war und um Verstärkung gebeten hatte. Gottfried Semper hatte Christian die Hand geschüttelt und ihm viel Glück gewünscht, und Christian war stolz auf diese vertrauensvolle Geste gewesen. Doch dann hatte er an Elise denken müssen, von der er hoffte, dass sie Sonntagnacht wieder in Sicherheit auf der anderen Seite der Elbe angekommen war, und das Gefühl des Stolzes hatte sich in Sorge und Sehnsucht verwandelt.

«Achtung!», rief da einer der Männer, der auf der Barrikade gehockt und zum nächtlichen Neumarkt hin gespäht hatte. «Auf dem Platz tut sich was.»

Carl klemmte sich seinen Glimmstängel zwischen die Lippen und griff zum Gewehr, das Christian ihm hinhielt. Alle, die eine Waffe hatten, legten sie an und duckten sich noch tiefer hinter die Barrikade. Doch nichts geschah.

«Himmeldonnerwetter», knurrte Carl und paffte. «Lass mich mal sehen.» Er richtete sich auf, kletterte nach oben, schob den Kerl beiseite und lugte nun selbst über die Barrikade in die Nacht hinaus. «Wo sind sie denn nun, die Herren Preußen?», höhnte er und reckte eine Faust. «Müssen sie sich erst ausschlafen, ehe sie es mit sächsischen Männern aufzunehmen wagen?» Die Glut erleuchtete einen Moment unwirklich sein Gesicht in der Dunkelheit, und Christian packte plötzlich eine unerklärliche Angst.

«Carl!», rief er halblaut und richtete sich auf, damit der Freund ihn hörte. «Sei vorsichtig!» Doch in diesem Moment krachte auch schon eine Salve los.

Carl erstarrte in seiner Triumphgeste. Er ließ das Gewehr fallen, und der Zigarettenstummel glitt ihm aus dem Mund. Die Glut flog über die Barrikade und verlöschte. Dann sackte Carl zusammen und fiel auf das Straßenpflaster. Er landete direkt zu Christians Füßen.

Sofort kletterten die anderen Kämpfer auf die Barrikade und begannen ohne Zögern, das Feuer der Feinde auf dem Platz zu erwidern. Es krachte ohrenbetäubend, als immer mehr Schüsse auf allen Seiten fielen.

In Christians Kopf dröhnte das Geschützfeuer, und er spürte, wie sein Blut durch die Adern rauschte. Die Luft schmeckte auf einmal nach Schwarzpulver und Feuersbrunst. Er fiel auf die Knie, umschlang Carls reglosen Körper mit beiden Armen und zog ihn zu sich. Er fühlte eine klebrige, warme Nässe an seinen Händen, aber er beachtete sie nicht.

«Carl», flüsterte er, «was ist mit dir? Sag doch was!»

Ein Mädchen kam angelaufen, eine kleine, schwankende Laterne in der Hand, und leuchtete in Carls Gesicht. Es trug einen Beutel über der Schulter, in dem Verbandszeug steckte.

Carls Augen waren weit geöffnet und sahen zum verhangenen schwarzgrauen Himmel empor, sie hatten einen milde erstaunten Ausdruck. Seine Lippen bewegten sich tonlos.

«Was sagst du?», fragte Christian und legte sein Ohr an den Mund seines Freundes. «Sprich lauter.»

Endlich hörte er die gewisperten Worte. «Schade», flüsterte Carl, «so schnell geht es also zu Ende. Ich hätte gern noch länger mitgemacht.»

Christians Herz wurde eiskalt, in seinen Gliedern kribbelte es. «Du wirst noch länger mitmachen», sagte er verzweifelt. «Carl, gib jetzt nicht auf! Wir flicken dich wieder zusammen, und morgen geht es weiter.»

«Es geht weiter», hauchte Carl, «aber ohne mich. Leb wohl, mein Freund.» Sein Körper wurde mit einem Mal seltsam schwer und schlaff in Christians Armen.

«Carl!», rief Christian und schüttelte seinen Freund. «Carl, wach auf.»

«Der wacht nicht mehr auf», sagte das Mädchen tonlos. «Ich hab heute schon zu viele gesehen, denen es so ergangen ist.» Es schüttelte müde den Kopf. «Muss zum Nächsten. Vielleicht kann ich woanders noch helfen.»

Mit diesen Worten eilte es fort in die Nacht.

Noch immer dröhnten die Schüsse in Christians Ohren,

es klang wie ein Inferno, doch er rührte sich nicht und hielt Carl weiter in seinen Armen. Eben noch war das hier sein ältester Freund gewesen, mit dem er durch dick und dünn ging, und nun schien es nur noch eine Lumpenpuppe zu sein. Ein Leben war ausgelöscht worden. Es war nicht zu begreifen, und Christian spürte, wie ihm eine Träne übers Gesicht lief. Salzig rann sie in seinen Mundwinkel, und er leckte sie rasch fort, doch schon kam die nächste. Er ließ sie einfach weiterfließen, es war ihm egal.

Endlich erstarben die Schüsse, offenbar zogen sich die Angreifer wieder zurück.

Fritz kam herbeigekrochen und hockte sich neben Christian. «Diese Mörder», flüsterte er heiser und schloss mit unbeholfener Geste Carls offen stehende Augen. «Das waren keine Preußen, sondern eindeutig Soldaten aus Sachsen, ich habe ihre Uniformen gesehen. Sie meucheln ihr eigenes Volk!» Er spuckte aus und hieb Christian mit der flachen Hand auf den Rücken. «Lass ihn», sagte er dumpf, nickte zu Carls Leichnam hinunter und fuhr sich hart über die Augen. «Du kannst ihm nicht mehr helfen.»

Christian gehorchte tränenblind und ließ Carls Körper sanft auf die Steine gleiten. Er bekreuzigte sich, und Fritz tat es ihm nach.

«Jetzt sind es nur noch wir zwei», murmelte der Freund und drückte kurz Christians Hand. «Wir halten zusammen, Chrischan.»

Mit weichen Knien huschten sie im Schutz der Barrikade nach hinten zu den anderen. Hier gab es etwas Proviant, aber Christian wusste, dass er nichts hinunterkriegen würde. Er sah sich um, während Fritz mechanisch zulangte und sich notdürftig stärkte. Ein paar Schritte weiter verband das

Mädchen mit der Laterne gerade einem anderen Kämpfer eine Stirnwunde, ihn schien eine Kugel gestreift, aber zum Glück nicht getroffen zu haben. Ein anderer saß stöhnend daneben und hielt sich das Bein.

«Wir brauchen einen Arzt», sagte das Mädchen zu Christian, als dieser näher herantrat. «Das endet hier sonst böse. Ich bekomme die Kugel nicht allein heraus.»

«Ich kann Hilfe holen», erbot sich Christian. Er wischte sich die Hände, an denen noch das Blut des Freundes klebte, an seiner Hose ab.

«Gut», sagte das Mädchen, «ich habe gehört, dass ein Arzt drüben in der Großen Frauengasse Verwundeten hilft. Lauf schnell hinüber, solange die Soldaten ihre Pistolen polieren. Und sei bereit, das Ding da zu benutzen.» Es deutete auf den Revolver in Christians Hosenbund. «Sie haben es nicht anders verdient.»

Mit noch immer zitternden Knien lief Christian von der Barrikade fort, schlüpfte durch Hofeingänge, sprang über zwei Mauern und gelangte von hinten in die Frauengasse. Dunkel ragte der Gasthof *Zum Kranich* auf, daneben lag das Wohnhaus der Familie Spielmann. Christian schluckte. Hier unter den großen Stein mit der Blumenschale hatte er früher heimliche Briefe voller Liebesschwüre gelegt, damit Elise sie fände. Und erst gestern hatte er einen Brief von ihr auf sein Gasthauszimmer erhalten. Kurz dachte er an den Abend mit Elise in seiner Kammer, und er spürte wieder ihre Hand in seiner und die hastigen, verzweifelten Küsse auf seinen Lippen. Doch das Bild ging in Rauch auf – und verband sich mit dem der brennenden Stadt, den brüllenden Schüssen und dem düsteren, verqualmten Himmel über ihm.

Christian lief weiter. Er konnte sich jetzt nicht von den Gedanken an Elise aufhalten lassen.

Am vorderen Ende der Gasse, die genau wie die Moritzstraße zum Neumarkt ging, war ebenfalls eine Barrikade errichtet worden. Christian sah den Feuerschein der Kugelgießer von Weitem und hörte Stimmengewirr. Eine Frau rief etwas, sie klang voller Angst. Heftige Gewehrsalven, die plötzlich vom Platz her zu vernehmen waren, ließen Christian erneut zusammenzucken, die Soldaten schienen wieder erbitterter zu schießen. Außerdem hörte er jetzt auch etwas entfernter Kanonenfeuer. Das wiederum musste bedeuten, dass die preußische Armee tatsächlich in Dresden einmarschiert war. Die Barrikaden rings um die Frauenkirche würden von nun an mit schwerem Geschütz beschossen.

Eilig lief er weiter, näherte sich seinem Ziel in der Großen Frauengasse – und prallte schmerzhaft mit jemandem zusammen. Ungläubig starrte er der Frau ins Gesicht.

«Ernestine?», rief er halblaut und rieb sich die Stirn, die sogleich eine Beule zieren würde. «Was tust du hier? Warum bist du nicht daheim?»

Seine Schwester lebte bei einer Familie in der Pirnaischen Vorstadt, wo Christian sie in den vergangenen Tagen in Sicherheit gewähnt hatte. Aber offenbar war das ein Trugschluss gewesen. Er musste gegen seinen Willen lächeln. Er hätte es wissen müssen, schließlich kannte er Ernestines Unerschrockenheit.

Doch jetzt wirkte auch sie in Aufruhr. «Oh, Bruder», rief sie mit erstickter Stimme und warf sich in seine Arme. Ein Gewehrkolben schlug ihm gegen den Arm, Ernestine trug die Waffe an einem Gurt über der Schulter. «Wie gut, dass du da bist. Schnell, du musst mitkommen. Ich versuche schon die ganze Zeit, es den Leuten hier begreiflich zu machen – wir müssen fort, und zwar alle. So schnell wie möglich!»

«Was sagst du da?», fragte Christian.

«Die Barrikaden drüben an der Rampischen Straße und am Jüdenhof sind längst gefallen», erklärte sie. «Die Preußen sind da. Sie stehen am Schlossplatz und am Postplatz ebenfalls, auch die große Barrikade bei *Engels Wirtschaft* ist bereits hin. Gegen diese Übermacht können wir nichts ausrichten.» Sie lauschte auf das Kanonenfeuer, das jetzt näher zu kommen schien. «Sie werden uns alle niedermetzeln oder gefangen nehmen, wenn wir hierbleiben. Das hilft unserer Sache aber nicht.»

Fragend sah er sie an.

«Vertrau mir», sagte Ernestine eindringlich. «Hab ich nicht immer gut auf uns geachtet? Dieser Aufstand ist richtig, wir müssen uns wehren oder es zumindest versuchen. Aber niemandem ist geholfen, wenn wir uns jetzt alle opfern wie Lämmer. Wir müssen fort, auf der Stelle. Ein anderer Tag wird kommen, an dem wir weiterkämpfen können.»

«Aber ...» Christian zögerte. «Ich suche einen Arzt. Drüben an der Barrikade ... Es gibt Verwundete und ...»

Ernestine drehte sich um. Sie pfiff auf zwei Fingern, und sofort kam ein kleiner Junge angelaufen.

«Jobst», sagte Ernestine und legte ihm eine Hand auf die Schulter, «du bist die ganze Nacht für uns als Kurier zwischen den Scharmützeln hin- und hergelaufen wie ein echter Held. Jetzt müssen wir uns aber alle in Sicherheit bringen, verstehst du?»

Der Junge sah sie mit aufgerissenen, aber vertrauensvollen Augen an.

«Was soll ich machen, Ernestine?», fragte er und wischte sich die laufende Nase am Ärmel ab.

«Es sind längst Kuriere zu den Kämpfern an den Barrikaden, die noch stehen, geschickt worden», sagte sie. «Die Parole lautet: *Sofortiger Rückzug!* Für alle, hörst du?» Sie drückte seine schmale Schulter. «Also lauf jetzt schnell über die Brücke zum Waisenhaus in der Äußeren Neustadt und sag den Schwestern dort, sie müssen sich um die Verwundeten kümmern. Sag, Ernestine bittet Fanny erneut um Hilfe.»

«Warte», murmelte Christian. Er kramte in seiner Hosentasche und beförderte einen stumpfen Bleistiftstummel und ein Stück Papier hervor. Hastig hielt er das Papier gegen eine Hausmauer, kritzelte wenige Worte darauf, kniffte das Briefchen, ohne es noch einmal durchzulesen, und drückte es Jobst in die Hand. Er flüsterte ihm etwas ins Ohr, und der Kleine nickte ernst.

Ernestine nahm kaum Notiz davon, sie sah sich gehetzt um, als das Geschützfeuer wieder anschwoll. «Beeil dich, dann kannst du es schaffen, ehe die Preußen hier alles überrennen. Niemand achtet auf ein Kind wie dich.» Sie beugte sich noch tiefer zu ihm herunter und blickte ihm in das kleine, ausgemergelte Gesicht. «Verschwinde, Kleiner! Versteck dich im Waisenhaus bei Fanny Regensberg, bis alles vorüber ist. Dort wirst du in Sicherheit sein.»

Sie gab ihm einen freundschaftlichen Stupser, und der Kleine nickte wieder auf seine ernsthafte Art und rannte los, so schnell ihn seine Beine trugen.

«Und was ist mit Fritz?», fragte Christian, der den Bleistift wieder in seine Tasche steckte. «Er ist noch drüben in der Moritzstraße. Ich kann ihn nicht einfach im Stich lassen.»

«Fritz weiß sich schon zu helfen», zischte Ernestine, «so

wie alle anderen auch. Du hast es doch gehört, die Kunde geht längst um, dass wir für heute am Ende sind und alle verschwinden sollen. Wir müssen fort, Christian, schnell!» Sie kam mit ihrem Gesicht ganz nah an seines heran. «Ich habe einen Soldaten getötet», wisperte sie dicht an seinem Ohr. «Man wird mich dafür bestrafen. Und weißt du, was sie mit aufrührerischen Frauen machen? Sie tun ihnen Unaussprechliches an. Auf keinen Fall kann ich länger in Dresden bleiben.»

«Aber warum hast du ihn erschossen?», fragte Christian.

«Er hat eine Freundin von mir angegriffen», sagte sie und reckte das Kinn. Schwacher Fackelschein fiel auf ihre zarten Gesichtszüge, die Christian jetzt seltsam verhärmt vorkamen. «Ich musste Clementine beschützen, sie ist mir lieb und teuer. Wir ...» Kurz schien Ernestine zu zögern. «Ach, du würdest es nicht verstehen», murmelte sie, «aber es ist, wie es ist.»

«Und wo ist sie jetzt?», fragte Christian besorgt, ohne auf die seltsamen Äußerungen seiner Schwester einzugehen.

«Ich habe sie mit einer Kutsche ebenfalls ins Waisenhaus bringen lassen», sagte Ernestine. «Der Kutscher schuldete mir noch einen Gefallen. Sie blutete und brauchte Hilfe, und ich hoffe inständig, dass sie dort ankam und in aller Heimlichkeit aufgenommen wurde. Später werde ich ihr schreiben, aber jetzt müssen wir uns erst einmal selbst in Sicherheit bringen. Oder willst du im Kerker verrecken?»

«Nein», sagte Christian entschieden. Er dachte an Elise, an das Versprechen, das er ihr zwei Nächte zuvor in der Wilsdruffer Gasse gegeben hatte. Er wollte leben, unbedingt leben und Elise wiedersehen. Doch das schien tatsächlich erst einmal zu bedeuten, dass er fliehen musste, Ernestine hatte recht.

Entschlossen griff er nach seiner Pistole und packte seine Schwester mit der anderen Hand am Arm.

«Komm», sagte er und zog sie mit sich. Gemeinsam liefen sie los.

Sie erreichten die Wilsdruffer Gasse, wo es einzelne Scharmützel gab, doch sie hetzten durch leer stehende Häuser mit deutlichen Einschusslöchern, sprangen über halb zerbrochene Mauern, rannten durch zerwühlte Gärten und düstere Hinterhöfe und eilten lautlos durch die Nacht, immer weiter die zunehmend einsameren Straßen und Wege entlang. Das Dröhnen der Kanonen wurde leiser, Christians Herzschlag beruhigte sich etwas. Sie würden es schaffen, sie würden rechtzeitig aus der Stadt hinausgelangen.

«Wohin sollen wir eigentlich?», keuchte er und blieb kurz stehen, um zu verschnaufen.

«Wir müssen über den Dippoldiswalder Platz Richtung Freiberg, ins Gebirge.» Auch von Ernestine schien die größte Angst abgefallen zu sein. Sie deutete nach Westen. «Dort finden sie uns nicht so schnell, jedenfalls nicht, solange es noch dunkel ist.»

Seine Schwester war wie eine Katze, erkannte Christian, wie eine Katze mit vielen Leben, die allen Unbill, der ihr widerfuhr, wie Tropfen aus ihrem Fell schüttelte.

«Es ist aber schon beinahe Morgen.» Er nickte zum Himmel hinauf, wo sich zwischen den Rauchwolken das erste schwache Licht zeigte.

«Dann nichts wie los!» Ernestine setzte sich wieder in Bewegung.

«Und wohin gehen wir dann von Freiberg aus?», fragte Christian.

Ernestine lachte bitter. «Ganz egal», sagte sie. «Nur immer noch weiter fort von hier. Weit weg von Dresden, wo sie uns gezeigt haben, was sie von uns halten!»

Ein letztes Mal drehte sich Christian zur Stadt um. Irgendwo dort hinter dem Gewimmel der Häuser und dem flackernden Feuerschein lag unsichtbar die Oper, der er jetzt den Rücken zukehren musste. Sah er dort zwischen den Mauern und Dächern helle Flammen vom Zwinger her aufleuchten? Er war sich nicht sicher. Sicher war nur, dass er das alles heute hinter sich lassen musste. Diese Stadt, dieses Opernhaus, an dem er sich trotz allem heimisch gefühlt hatte, an dem er eine Chance erhalten hatte, wie nur wenige seines Standes sie bekamen.

Doch nun war seine Zeit dort zu Ende. Wer wusste auch, was aus dem Theater werden würde, da einzelne Teile der Stadt in Schutt und Asche lagen? Da fremde Truppen in Dresdens Straßen standen und Männer wie Gottfried Semper und Richard Wagner sich mit den Revolutionären gemeingemacht hatten? Sie würden ebenso dafür büßen müssen wie die einfachen Leute, erkannte Christian. Die Oper in Dresden würde nicht mehr dieselbe sein.

Und doch wusste er, dass er eines Tages zurückkehren würde. Er würde sich nicht für immer von dem Platz vertreiben lassen, der ihm gehörte. Dumpf meinte er, die Stimme des alten Arrigoni zu vernehmen. *Man braucht einen neuen Hauptdarsteller im Malersaal.*

«Träum nicht, Chrischan», hörte er Ernestines warme Stimme im Zwielicht. Entschlossen wandte er sich ab und folgte seiner Schwester.

# 40.

*Dresden, Donnerstag, 10. Mai 1849*

Im Kerker?», fragte Adam ungläubig. Er stützte sich schwer auf dem Tisch ab und sah Elise misstrauisch an, die händeringend vor ihm stand. «Das ist ja unerhört! Wie ist sie denn da nur hineingeraten?»

«Ich weiß es nicht», flüsterte Elise kopfschüttelnd. Lauter fuhr sie fort: «Aber ich bin ganz sicher, dass sie Barbara verhaftet haben. Hier, mein Vater hat mir erneut geschrieben.» Sie zog einen Brief aus ihrer Tasche und hielt ihn Adam mit zitternden Fingern hin. «Er ist am Boden zerstört. Bitte, Adam!» Sie machte einen Schritt auf ihn zu, wandte alle Selbstbeherrschung auf, derer sie fähig war, und streckte die Hand nach ihm aus. «Ich brauche dich. Du warst mir immer ein guter Ehemann.» Bei diesen Worten blieb ihr kurz die Luft weg, doch sie hatte sich schnell wieder in der Gewalt. «Hilf mir», bat sie erneut, ehe ihre Stimme brach.

«Das sieht dir ähnlich», knurrte Adam und schob Elises Hand fort, als sei sie ihm lästig. «Seit Jahren meinst du, allein zurechtzukommen, und nun soll ich in dieser kompromittierenden Situation meinen Kopf hinhalten?»

«Nur du kannst helfen!» Elise ließ nicht locker, auch wenn sie jetzt mit den Tränen kämpfte. «Du kennst all die wichtigen Leute. Den Minister, den Polizeipräsidenten. Leute mit Einfluss, Adam, die verhindern können, dass auf den Namen deiner Frau ... und damit auch auf deinen Namen ein Schatten fällt.»

Dieses Argument schien Adam offenbar zu überzeugen. Er ließ sie noch einen Moment schmoren, dann sagte er tonlos: «Das ist das letzte Mal, dass ich dir helfe, Elise. Einmal noch, und auch nur, um uns vor größerem Schaden zu bewahren, lass dir das gesagt sein.» Dann drehte er ihr den Rücken zu, ging hinaus und rief brummend nach dem Kutscher. Er hieß ihn, zwei Pferde einspannen zu lassen, damit er zum Justizminister fahren konnte.

Drei Stunden später saß Elise noch immer wie auf glühenden Kohlen und wartete auf Adams Rückkehr.

«Wann kommt Papa nur endlich wieder?», fragte Netty und drehte auf Strümpfen eine Pirouette durch den Salon.

«Ich weiß es nicht», sagte Elise. Sie hockte auf dem zierlichen Sofa mit den geschnitzten Lehnen, die wie Löwenpranken geformt waren, und sah mit Herzklopfen aus dem Fenster. «Wir müssen abwarten.»

«Und bringt er dann Tante Barbara mit?», fragte Netty weiter und hüpfte wie ein Gummiball auf und ab, wodurch die Holzdielen unter dem schweren Teppich laut ächzten und knackten. Elises Kopf schmerzte.

«Jetzt reicht es aber!», fuhr sie ihre Tochter an, die erstaunt innehielt und gekränkt den Kopf schief legte.

«Aber Mama», erwiderte sie leicht tadelnd. «Contenance ist die höchste Tugend einer Dame. Sagt Tantchen Theresia.»

Elise musste sich trotz ihrer Anspannung ein Lächeln verbeißen. «Ich stimme deiner Tante darin nicht zu», sagte sie. «Viel eher sind Klugheit, Witz und Mitgefühl wichtige Tugenden, merk dir das.» Sie atmete tief ein. «Aber es tut mir leid, dass ich dich angefahren habe. Ich bin einfach schrecklich nervös wegen Barbara, und ich hoffe, dass dein Vater etwas ausrichten kann.»

Netty nickte so heftig, dass ihre schwarzen Korkenzieherlocken tanzten, und fuhr dann ungerührt fort, elegante Drehungen durch das Zimmer zu vollführen. Elise ließ sie gewähren. Der junge Körper ihrer Tochter war ein einziger Ausdruck von Biegsamkeit und Lebensfreude, und Elise gönnte es ihr trotz ihrer eigenen schweren Gedanken von Herzen.

Die Zeiger der großen Standuhr schienen immer wieder stehen zu bleiben, mehrmals stand Elise sogar auf und überprüfte, ob der Mechanismus womöglich kaputt war. Aber die Uhr lief tadellos. Irgendwann gab Elise es auf, nach der Zeit zu sehen, sie starrte nur noch blicklos aus dem Fenster. In einer Bekanntmachung am gestrigen Tag hatte gestanden, dass der *ruchlose Aufstand gegen Seine Majestät* erfolgreich zerschlagen worden war. *Seit halb zehn Uhr morgens*, stand dort, *schweigt das Feuern. Die ganze Altstadt ist wieder in der Gewalt der Truppen. Die Rebellen fliehen nach allen Seiten.*

Elise hoffte mit jeder Faser ihres Herzens, dass unter diesen fliehenden Rebellen auch Christian sein möge. Es schnürte ihr den Atem ab, wenn sie sich vorstellte, ihn auf einer der Todeslisten zu finden, die bereits kursierten. Doch immer, wenn sie an diesen Punkt kam, zwang sie sich, ihren Gedankenstrom zu unterbrechen. Es hatte keinen Sinn, sich so zu martern, sie musste einfach Vertrauen in ihn und seine Fähigkeiten haben, auf sich achtzugeben.

Als es an die Vordertür klopfte, sprang Elise auf und eilte in den Flur, Netty raste hinterher. Sie stießen beinahe mit Rosel zusammen, die ebenfalls aus der Küche gerannt kam. Die Köchin riss die Tür auf, doch davor standen nicht

Adam und Barbara, wie Elise inständig gehoffte hatte, sondern es wartete ein Bote. Er war aus der Puste, zog wortlos ein schmales, zerknittertes Briefchen aus seiner Tasche und hielt die Hand auf, bis Elise mit bebenden Fingern zwei Groschen aus ihrer Geldbörse gefischt und ihm gegeben hatte, dann hastete er schon wieder die Treppe hinunter. Er hatte heute wohl viele Botengänge zu erledigen, nach den Wirren der letzten Tage dürstete die ganze Stadt nach Neuigkeiten.

Netty trollte sich, als sie sah, dass weder ihr Vater noch ihre geliebte junge Tante kommen würden.

Elise drehte das Briefchen in den Händen. Es trug keinen Absender und kein Siegel, war nur notdürftig zusammengefaltet, doch als Elise es jetzt öffnete, erkannte sie die etwas unbeholfene Handschrift sofort. Tränen traten ihr in die Augen. Gleichzeitig stieg so etwas wie Empörung in ihr auf. Wie konnte Christian so unvorsichtig sein, ihr einen Brief in die Neustädter Wohnung zu schicken? Zugegeben, sie selbst hatte ihren letzten Brief an ihn an das Gasthaus geschickt, in dem er lebte, aber er war ja auch nicht verheiratet, und niemand würde misstrauisch werden. Sie dagegen …

Da Elise Rosels neugierigen Blick auf sich spürte, verbarg sie das Briefchen im Ausschnitt und ging auf weichen Knien zurück durch den Flur. Ihr Herz klopfte wild. Sie hörte Netty in ihrem Zimmer ein schiefes Liedchen pfeifen und lachen. Die Tochter hatte die Angewohnheit, in selbstvergessene Spiele zu verfallen und stundenlang im Reich der Phantasie umherzuschweben, ein Ort, der für Netty wohl oft wirklicher war als die Realität.

Elise trat in den Salon, um ungestört zu sein, und öffnete erneut, diesmal voller Hast, den Brief. Ihre jäh aufgeflammte Empörung über Christians Unvorsichtigkeit erlosch beim Anblick der vertrauten Schrift sofort. Nur wenige Zeilen waren es, die Christian offensichtlich in Eile geschrieben hatte.

*Liebste, ich bin am Leben und bete, dass Du es auch bist. Meine Schwester und ich sind auf der Flucht, wir müssen versuchen, irgendwie aus der Stadt zu gelangen. Doch der Ausgang ist ungewiss, überall sind Soldaten, und halb Dresden scheint in Flammen zu stehen. Ich schreibe Dir erneut, wenn ich kann, und ich halte Dich in Gedanken in meinen Armen, immer und ewig. Vergiss mich nicht, bis wir uns wiedersehen. Dein C.*

Elise schluchzte auf – vor Erleichterung, wenigstens ein paar Worte von Christian zu lesen, aber auch vor Sorge um ihn und vor Sehnsucht danach, ihn in ihre Arme zu schließen. Sie ahnte, dass diese Trennung lange dauern konnte, schrecklich lange. Wer wusste schon, was mit den Dresdner Rebellen geschehen würde? Wie rachsüchtig die Truppen und der König nach dem Aufstand gegen die Krone wären? Niemand konnte sicher sagen, ob die Geflüchteten überhaupt jemals zurückkehren durften – wenn sie denn überhaupt sicher aus Dresden hinausgelangen konnten.

Doch das war zweitrangig, sagte Elise sich und presste das Briefchen an ihr Herz. Christian lebte, und er dachte an sie. Nichts hatte sich geändert über die Jahre. Und doch war alles anders, von Grund auf erneuert, seitdem sie diese eine Nacht zusammen verbracht hatten. Sie rief sich sein Gesicht ins Gedächtnis, seine warme, dunkle Stimme und die Berührung seiner Hände. Die Erinnerung ließ sie erschaudern. Furcht und Glück kämpften in ihr, doch für einen kurzen Moment überwog das Glück. Sie trat ans Fenster und gab sich ganz den Bildern hin, die in ihr aufstiegen. Die Hand mit dem Briefchen sank auf die Fensterbank. Elise konnte sich seiner Liebe sicher sein, konnte sich von dieser Liebe zu ihr einhüllen lassen wie von einer wärmenden Decke und ausharren. Bis – ja, bis sie sich endlich wiedersehen würden, wie er geschrieben hatte.

Plötzlich hörte Elise Stimmen und hastende Schritte auf dem Flur, und sie erwachte wie aus einem Traum.

Adams tiefer Bass dröhnte durchs Haus, gefolgt von einer vertrauten helleren Stimme – Barbara! Sie war da, Adam hatte sie befreien können! Wie auch immer er es angestellt hatte, dass man Barbara aus dem Gefängnis freigelassen hatte, es war ihm gelungen.

Kopflos lief Elise ihnen aus dem Salon entgegen. Und schon im Flur fiel ihr Barbara in die Arme und umschlang ihren Hals, als hätte sie Angst zu ertrinken.

«Oh, Elise!», weinte sie. «Ich danke dir. Du und dein Mann, ihr habt mich gerettet. Ohne ihn …» Sie brach ab, Schluchzer schüttelten ihren Körper, und Elises Hals wurde nass. Sie hielt die Schwester ganz fest, sog den Duft ihrer Locken ein. Gleichwohl stieg von Barbaras Kleidern ein ungewohnter, scharfer Geruch auf, nach Qualm und Rauch, nach ungewaschenen Körpern, nach … Blut?

Elise packte die Schwester bei den Schultern und sah ihr ins Gesicht. Barbaras Stirn zierte eine lange, blutige Schramme, ihr linkes Auge war bläulich verfärbt und zugeschwollen. Das Kleid hatte, wie Elise erst jetzt bemerkte, mehrere große Risse, sodass die Seide an einigen Stellen in Fetzen hing, und den Saum zierten kleine Erdklumpen.

«Barbara!», rief Elise erschrocken. «Du bist verletzt.»

«Es ist nichts weiter», wehrte die Schwester ab und mied Elises Blick.

Rosel kam herbei. «Ich habe warmes Wasser in der Küche», sagte sie, «wenn die gnädigen Damen mitkommen würden? Ich säubere Fräulein Spielmanns Wunden.»

Adam ging, wie immer leicht hinkend, an ihnen vorbei, er wirkte noch grimmiger als zuvor, und sein Gesicht war aschfahl, als habe er eine ungeheure Anstrengung hinter sich. «Wir unterhalten uns später», knurrte er. «Nach diesem schmachvollen Erlebnis brauche ich erst einmal etwas zu trinken.»

Er ließ sie stehen, und Elise zuckte die Achseln. Gemeinsam mit Rosel brachte sie Barbara in die Küche. Netty kam angeflogen, sie wollte der Tante um den Hals fallen, doch Rosel hielt sie streng am Arm fest.

«Hiergeblieben, Fräuleinchen», sagte die Köchin resolut. «Deine Tante braucht jetzt Ruhe.»

Erstaunlich folgsam hockte Netty sich also an den großen Küchentisch und verfolgte die Geschehnisse mit dunkel glänzenden Augen. Rosel zog Barbara einen Stuhl heran, auf den diese langsam und mit schmerzverzerrtem Gesicht niedersank. Elise nahm ihr gegenüber Platz und betrachtete sie besorgt, während Rosel flink eine Emailleschüssel mit warmem Wasser herbeitrug. Die ältere Frau nahm ein sauberes Küchentuch und begann vorsichtig, Barbaras Kratzer auf der Stirn zu reinigen.

«Was hast du dir nur dabei gedacht?», fragte Elise. «Wir waren verrückt vor Sorge!»

Barbaras Tränen waren zwar versiegt, aber jetzt starrte sie mit leerem Blick vor sich hin.

«Was haben sie dir angetan?» Elise war alarmiert. Derart

verstört, ja gebrochen hatte sie ihre sonst so kraftvolle und oft genug rebellische Schwester noch nie erlebt. Barbaras unverletztes Auge wirkte stumpf, ihre Wangen waren bleich. Der linke Ärmel ihres Kleides war unterhalb der Schulter halb abgerissen, und auf der weichen, hellen Haut zeichneten sich wie rote Male die Abdrücke von zupackenden Fingern ab.

Bei diesem Anblick sog Elise erschrocken die Luft ein, doch Rosel warf ihr einen warnenden Blick zu. *Nicht vor dem Kind*, sagten ihre Augen, und sie deutete auf Netty, die auf der Stuhlkante wippte und noch immer alles mit aufgerissenen Augen verfolgte.

Elise schloss den Mund. Ihr kamen die Tränen, wie schon so oft in den vergangenen Tagen, und sie versuchte erfolglos, sie hinter einer Hand zu verbergen. Mit einem Mal verblasste ihr eigenes Leid, ihre Sorge um Christian und ihre Tagträume von der Liebe zu ihm vor dem Unglück ihrer Schwester. Mochte Barbara auch leichtsinnig gewesen sein, sich in die Kämpfe hineinziehen zu lassen, mochte es auch eine unerhörte Sache sein, dass man eine Tochter der Spielmanns verhaftet hatte – wenn der Verdacht, der sich Elise immer mehr aufdrängte, stimmte, so hatte ihre jüngste Schwester mehr als dreifach für ihren Leichtsinn gebüßt. Ein solches Schicksal verdiente niemand. Doch natürlich wusste Elise, dass wütende Soldaten nicht zimperlich gegenüber Frauen waren. Und mit einem Schaudern dachte sie, dass Barbara sich wohl noch glücklich schätzen konnte, am Leben zu sein. In der Stadt hatte längst die Runde gemacht, dass der König selbst die Parole ausgegeben hatte, bei der Niederschlagung des Aufstands so wenige Gefangene wie möglich zu machen. Rosel war heute früh mit der geflüsterten Schreckensnachricht nach Hause gekommen, dass in der Elbe so viele Leichen in der Strömung trieben wie Schwemmholz. Preußische Soldaten hätten die Gefangenen vom Brückengeländer hinuntergestoßen, um sich ihrer zu entledigen, und die meisten Unglücklichen seien dabei wie junge Hunde ertrunken.

Wut stieg in Elise auf. Wie lange noch würde das sächsische Volk derart unter der königlichen Willkür leiden? Was mussten sie sich noch alles gefallen lassen?

Wieder streifte ihr Blick Barbaras geschundenes Gesicht, das zugeschwollene Auge und die zitternde Unterlippe. Die Schwester schien am Ende ihrer Selbstbeherrschung.

Entschlossen stand Elise auf.

«Netty», sagte sie, «geh bitte in dein Zimmer. Ich hole dich später.»

Die Tochter öffnete den Mund, um zu protestieren, doch beim Blick ins Gesicht ihrer Mutter klappte sie ihn wieder zu und gehorchte lieber.

«Und du, Rosel», sagte Elise zur Köchin, als Netty fort war, «lauf rasch runter auf die Straße und suche einen Boten. Wir müssen meinen Vater benachrichtigen, dass Barbara ... am Leben ist.» Sie hatte *wohlauf* sagen wollen, doch das Wort kam ihr nicht über die Lippen. «Wenn du keinen findest, lauf selbst in die Große Frauengasse. Beeil dich!»

Rosel legte das Küchentuch fort, stand auf, nickte gehorsam und verschwand.

Als niemand sonst mehr in der Küche war, trat Elise zu ihrer Schwester. Sie ging vor ihr in die Knie und umfasste sie mit beiden Armen. Barbaras letzter Rest von Zurückhaltung schwand, sie brach schluchzend in Elises Armen zusammen. Auch Elise weinte, sie hielt Barbara fest, wiegte sie hin und her und strich ihr immer wieder über die blonden, verfilzten Locken. Ihre Gedanken jagten einander.

Die Revolution in Dresden mochte vorerst zu Ende sein, dachte sie in einem kurzen, seltsam klaren Moment, doch der Kampf der Frauen, der hatte eben erst begonnen.

«Komm», flüsterte sie Barbara zu, «ich bereite dir ein warmes Bad. Danach wirst du dich besser fühlen.»

Die Schwester nickte stumm und wischte sich die Tränen aus dem verletzten Gesicht. An Elises Seite schlich sie ins Schlafgemach und sank aufs Bett.

«Am liebsten will ich nur schlafen», murmelte sie, und ihre Lider flatterten. «Ich bin todmüde.»

«Ruh dich aus. Ich komme später wieder», sagte Elise sanft. «Ich werde Adam nachher bitten, mir mit dem Badewasser zu helfen.» Allein, ohne Rosel oder Merle, von der sie weiterhin keine Nachricht hatten, konnte sie das Wasser für das Bad nicht erwärmen und zur Wanne schleppen.

Barbara nickte dankbar und vergrub ihr Gesicht in den Kissen. Schon rührte sie sich nicht mehr, und Elise hoffte, dass die Schwester tatsächlich vor lauter Erschöpfung ein wenig einnicken würde.

Leise ging sie durch den Flur zum Salon, wo sie ihren Mann vermutete.

«Adam», rief sie, «ich brauche deine Hilfe.» Sie trat ein.

Er stand in seinem taubenblauen Rock am Fenster und sah hinaus. Etwas an der Art, wie er die Schultern hochzog, irritierte Elise. Dann erst sah sie, dass er etwas in den Händen hielt – und ein eiskalter Schreck durchfuhr sie. Sie hatte das Briefchen von Christian liegen lassen, als sie, überrascht von Barbaras Ankunft, hinausgestürzt war! Wie konnte sie nur so dumm sein?

«Adam ...», sagte sie, doch ihre Stimme erstarb, als er sich langsam zu ihr umdrehte.

Das kleine Papier zitterte in seinen Händen, dann fiel es ihm herunter. Wie eine Kriegserklärung segelte es auf die Dielen und blieb vor Elises Schuhspitzen liegen, mit der beschriebenen Seite nach oben. Christians zärtliche Worte leuchteten sanft, silbrig auf Weiß.

Elise erschrak erneut, als sie jetzt in Adams Gesicht sah. Das Gesicht ihres Mannes war kalkweiß, seine langen Finger bebten und tasteten nach seiner Brust unter dem blauen Rock. Mit blutleeren Lippen starrte er sie an.

«Dass du es wagst», flüsterte er, «dass du imstande bist ...!»

Weiter kam er nicht. Seine Knie gaben plötzlich nach, er schwankte einen Moment, griff haltsuchend ins Leere – und stürzte.

Elise sprang zu ihm, versuchte, ihn zu halten, aber er war zu schwer für sie. Gemeinsam krachten sie zu Boden. Elises Knöchel durchfuhr ein stechender Schmerz, doch sie achtete nicht darauf, setzte sich auf und zog Adams Kopf in ihren Schoß.

Adam rang nach Luft, seine Hände umklammerten jetzt wie Klauen seine Brust, und Schweiß stand auf seiner Stirn. «Du bist ... eine Verräterin», krächzte er, «nichts weiter, Elise. Ich habe dich ernährt, gefördert und beschützt – und das ist dein Dank?»

«Nicht sprechen», bat sie ihn, «wir können später über all das reden.» Verzweifelt überlegte sie, was zu tun wäre. Niemand außer der schlafenden Barbara und Netty befand sich im Haus, ihre Schwägerin war zur Kur gefahren und weilte in Radebeul. Aber jemand musste einen Arzt holen, denn auch, wenn sich zwischen ihr und Adam alles zum Schlechtesten wendete, war sie es ihm schuldig, dass sie versuchte, sein Leben zu retten.

«Netty!», rief sie, und kurz darauf stand ihre Tochter in der Tür, die Augen vor Schreck aufgerissen, als sie das Bild erblickte, das sich ihr bot.

Ihre arme kleine Tochter musste heute vieles mitansehen, das nicht für Kinderaugen bestimmt war, doch Elise konnte es nicht ändern, dass alles in ihrem Leben gerade verrücktspielte.

«Hör zu, mein Liebling», sagte sie hastig, «Papa ist krank, und ich habe mir den Knöchel verletzt. Du musst schnell runter auf die Straße laufen und Hilfe holen. Schaffst du das?»

«Aber natürlich, Mama», sagte Netty. Neben der Furcht um ihren Vater blitzte Stolz in ihren schwarzen Augen auf. «Ich weiß, wo der Doktor wohnt. Du kannst dich auf mich verlassen!»

Elise glaubte Netty aufs Wort, das Mädchen war ein Wunder an Stärke und Mut. Was für ein Glück, dass sie mit einer solchen Tochter gesegnet war! Amalie hatte recht gehabt, als sie kurz vor ihrem Tod etwas Ähnliches zu Elise gesagt hatte.

«Beeil dich», bat sie.

Netty warf ihr eine Kusshand zu, drehte sich um und sprang davon. Nur einen Augenblick später fiel die Tür scheppernd ins Schloss. Dann war im Salon nichts mehr zu hören als Adams krampfhafte, hastige Atemzüge und das leise Ticken der Uhr mit den vergoldeten Zeigern.

## 41.

*Brief von Louise Otto an August Peters*
*Meißen, den 12. Mai 1849*

*Lieber August,*

*ich bin in größter Sorge, wo Sie stecken und wie es Ihnen ergeht, und ich bange und bete, dass Sie außer Gefahr sind. Die Zeitungen hier sind voll davon, dass der Aufstand in Dresden von preußischen Soldaten niedergeschlagen wurde. Blutig niedergeschlagen! So steht es in allen Blättern, und ich zittere bei dem Gedanken daran, was das heißen mag. Voller Angst frage ich mich auch, was es für die Sache der Frauen, für unsere Zeitung bedeuten wird, wenn jetzt überall so eine staatliche Willkür herrscht. Denn wir Frauen sind ja stets die Ersten, die wieder in Ketten gelegt werden, wenn die Feinde der Freiheit durchs Land ziehen. Ständig muss ich an die Worte von Johanna von Orléans denken, die ich so bewundere: «Und ich bin nichts als ein gefesselt Weib», soll sie gerufen haben, als man sie abführte. So steht es jedenfalls bei Schiller. Und dieser Satz lässt mich nicht los, wird mich nicht loslassen, solange ich lebe.*
*Überall in der Stadt, auf dem Markt und beim Buchhändler, tuschelt man über mich, weil vermutet wird, ich steckte mit den Aufständischen unter einer Decke. Es gibt böse Verleumdungen, ich sei mit einer schwarz-rot-goldenen Fahne in der Hand auf einer Barrikade gesehen worden, was nicht der Wahrheit entspricht. Auch über andere Frauen, die sich unserer Sache angeschlossen haben, wird derart schlecht gesprochen. Wilhelmine Schröder-*

*Devrient soll verhaftet worden sein, weil sie aus dem Fenster ihres Hauses in Dresden eine Rede für die Revolution gehalten hat. Und ein armes Mädchen namens Pauline Wunderlich liegt im Kerker, weil es den Kampf ihres Liebsten fortführen wollte, den eine Gewehrsalve in Stücke riss. Man erzählt sich ihre Geschichte überall, und auch auf mich übt sie eine starke Sogkraft aus.*
*Mir wurde von engen Freunden hier in Meißen geraten, ich solle nun erst einmal die Füße still halten und keine Aufmerksamkeit auf mich ziehen. Nicht einmal Licht sollte ich nach Einbruch der Dunkelheit im Haus machen, damit niemand von den Nachbarn denkt, ich hielte verschwörerische Treffen im Haus ab. Man munkelt, dass bald Soldaten bei uns einquartiert werden. Die preußische Armee steht in Sachsen und will versorgt und verköstigt werden.*
*Mir graut davor, fremde, uniformierte Männer im Haus zu haben, denn was, wenn sie erfahren, unter wessen Dach sie schlafen? Die Adresse einer Louise Otto ist heutzutage verfemt und verdächtig, und die Preußen werden mich nicht gerade lobpreisen, wenn sie eine Ausgabe der Frauenzeitung in die Hände bekommen. Mein liebes Tantchen sagt, ich habe mir dies selbst zuzuschreiben, ich solle nur achtgeben, dass ich nicht auch sie und meine Schwester mit in den Abgrund reiße.*
*Aber was, lieber August, hätte ich anderes tun können? Wer nichts wagt, gewinnt auch nichts. Und wer ewig den Mund hält, verdient auch keine Besserung seines Zustandes.*
*Gleichwohl erwarte ich jeden Moment, dass es an die Tür hämmert und ich zum Verhör abgeführt werde, wie so viele dieser Tage. Doch bis jetzt blieb es still, und ich kann vorerst noch hier oben am Sekretär sitzen und schreiben. Und vor allem kann ich nachdenken, was der nächste Schritt sein muss. Fest steht, dass ich eine zweite Ausgabe meiner Zeitung plane, jetzt erst recht!*

*Sie, lieber Freund, vor allen Menschen werden das verstehen. Sie werden wissen, warum ich jetzt nicht aufgeben kann. Jemand muss über die Geschehnisse berichten, wie sie wirklich waren.*
*Wir Frauen müssen weiter unsere Stimme in der Debatte um Freiheit und Demokratie erheben. Ja, das Thema der nächsten Ausgabe wird die Revolte in Dresden sein, davon lasse ich mich nicht abbringen. Meine Schwestern im Geiste und ich spitzen wieder unsere Federn. Auch, wenn ich jetzt schon weiß, wie viel Ungemach und Gefahr ich damit über mich und die Meinen bringe. Aber ein freies Leben erfordert Opfer, und ich bitte Sie, für mich zu beten, dass ich diese Opfer zu bringen wage.*
*Achten Sie auf sich und seien Sie furchtlos, aber nicht leichtsinnig, bis wir uns wiedersehen.*

*Immer Ihre*
*Louise*

# 42.

*Dresden, 28. August 1849 (dreieinhalb Monate später)*

Die kleinen Laternen, die an einer aufgespannten Leine zwischen dem Dachfirst der Schänke und einem Apfelbaum hingen, schaukelten sanft im warmen Abendwind. Sie verbreiteten ein heimeliges Licht. Es legte sich auf die fröhlichen, trunkenen Gesichter der Gäste, die draußen im Garten an der langen Holztafel auf Schemeln saßen, und ließ das tiefe Grün der Elbhänge unwirklich aufleuchten.

Viele Gläser, ja ganze Weinflaschen und ein großes Bierfass waren heute geleert worden. Der Tisch bog sich unter der Last. Doch noch immer zog es die Menschen, die hier nach Feierabend eingekehrt waren, nicht nach Hause. Die Luft war so mild und süßlich, wie sie nur an einem Augustabend an der Elbe sein konnte, nachdem die Tageshitze das Gras, das Holz der Stühle und die Herzen zum Glühen gebracht hatte und nun ganz langsam nachließ.

Bertha nippte an ihrem Weinglas. Sie hatte schon viel mehr getrunken, als sie es eigentlich gewohnt war, doch heute Abend ließ sie fünfe gerade sein. Es war vielleicht die letzte Gelegenheit, um noch einmal so herrlich draußen am Wasser zu sitzen und das Leben zu genießen. Und sie hatte sich vorgenommen, vor dem düsteren Herbst und Winter noch jeden Sonnenstrahl in ihren alten Gliedern zu speichern, dessen sie habhaft werden konnte. Das war sie ihrem guten Franz und auch sich selbst schuldig.

An ihrer Seite zur Rechten saß der Theaterdiener Ehregott Wagner, wie immer in seinem strengen schwarzen Anzug. Zumindest hatte er nach dem dritten Schnaps den steifen Kragen aufgeknöpft, was dem Mann ein fast verwegenes Aussehen verlieh.

Links von ihr hockte eine kichernde Schauspielerin, ein junges Ding, das sich über einen zotigen Witz des Kassenwärters neben ihr amüsierte und sich munter Wein nachschenken ließ. Na, Bertha wusste, wohin das an einem solchen Abend voll süßer Schwere führen würde, aber es sollte nicht ihre Sorge sein.

Kurz bedauerte sie, dass es nicht Ernestine war, die jetzt hier neben ihr saß, so wie es eigentlich richtig gewesen wäre. Doch die junge Frau war auf und davon, und niemand hatte seit der Mairevolution etwas von ihr gehört. Immerhin schien sie nicht, wie so viele andere, eingekerkert worden zu sein. Und auch ihr Bruder, der aufstrebende Theatermaler Christian, war seit jenen Tage verschwunden. Bertha hoffte, dass die beiden beisammen waren und es ihnen, wo immer sie sich versteckt hielten, gut ging. Zwar hatte sie nichts übrig für hitzköpfige Aufrührer und Gewalt, aber heimlich bewunderte sie die jungen Leute dennoch dafür, dass sie ihr Schicksal so mutig in die Hand genommen hatten. Die Geschwister hatten einen hohen Einsatz auf den Tisch gelegt und, jedenfalls in der ersten Runde, haushoch verloren. Doch wer wusste schon, wie es weitergehen würde?

Die Narben in der Stadt, die vielen Einschusslöcher, die eingestürzten Mauern und nicht zuletzt die Brandspuren am Zwinger waren noch immer weithin sichtbar. Dresden leckte seine Wunden, und das würde noch eine Weile so bleiben.

Das Königliche Hoftheater hingegen war wie durch ein Wunder verschont geblieben, es stand unversehrt und in seiner ganzen Pracht auf dem Opernplatz.

«Eine letzte Lage für alle», rief Georg Spielmann und schwenkte seinen Zylinder in Richtung der Bedienung. Dann wandte er sich wieder an seine Gäste an dem langen Tisch. «Haben Sie Dank, dass Sie heute alle hier sind, um mit mir zu feiern!» Er sah mit feuchten Augen in die Runde. «Sie wissen, wie sehr mich der Verlust meiner Gattin Amalie nach wie vor grämt. Dennoch bin ich glücklich, denn meine Tochter Dorothea hat am heutigen Tage ein gesundes Kind zur Welt gebracht. Und die Geburt meiner ersten Enkeltochter soll trotz aller Traurigkeit, die in der Welt ist, ein Freudentag sein, der gefeiert werden muss.»

«Hört, hört», riefen die Gäste, griffen nach allem, was an Trinkbarem in Reichweite war, und prosteten dem Kollegen zu. Währenddessen schleppte die Bedienung bereits neue Weingläser und Schnapskrüge herbei, auch das Bier floss in Strömen.

«Auf die kleine Amalie!», erklangen die Glückwunschrufe, einige schon etwas lallend. «Möge das Kindlein mit Schönheit und Anmut gesegnet sein!»

«Und mit Klugheit ...», murmelte Bertha. «Ein scharfer Verstand ist auch für ein Mädchen eine Zierde.» Sie wechselte einen verständnisvollen Blick mit Elisabeth Wächter. Die Sängerin saß ihr gegenüber und nickte grimmig.

Wagner zu ihrer Rechten hatte sie ebenfalls gehört.

«Madame Heise», sagte er und kippte ein weiteres Glas Schnaps hinunter, «ist an Ihnen etwa neuerdings eine Emancipatrice verloren gegangen?»

Bertha schüttelte entrüstet den Kopf. «Wo denken Sie

hin, Wagner», sagte sie, «für solche Verrücktheiten bin ich viel zu alt.»

«Sie werden nie alt sein, Madame», brummte er und strich sich über die stoppelige Wange. «Und mich führen Sie nicht an der Nase herum! Mögen Sie auch noch so streng und beherrscht wirken – Sie sind im Herzen doch eine Kämpferin.»

Bertha spürte, wie sie rot wurde. Hastig nahm sie noch einen Schluck Wein und sah hinaus aufs Wasser. Die Farben des Tages wichen langsam einem bläulich grauen Dunst, der sich auf Elbe, Wiesen und Berge gelegt hatte, doch immer noch stand die Abendsonne knapp hinter den Baumwipfeln im Westen, wie ein feuriger Saum. Sie drehte den Kopf und blickte zum Königlichen Theater. Die Ornamente und Verzierungen an den Mauern leuchteten golden im Sonnenuntergang.

«Unsere liebe Oper», sagte Wagner, der ihrem Blick gefolgt war. «Was wären wir ohne sie?»

«Ein seltsamer Haufen», sagte Bertha und schaute sich um. Am Kopf der Tafel saß Direktor Lüttichau, neben ihm der Kapellmeister Carl Gottlieb Reißiger, der seit Richard Wagners unrühmlichem Abgang im Mai den Posten allein ausfüllte. Kapellmeister Wagner wurde noch immer steckbrieflich gesucht, einige behaupteten, er sei in die Schweiz entkommen, andere sprachen von Paris. Fest stand, dass er, genau wie sein Freund Gottfried Semper, keinen Fuß mehr auf sächsischen Boden setzen durfte, wenn er nicht ein ähnliches Schicksal wie sein früherer Kollege Röckel erdulden wollte. Der saß, wie Bertha wusste, auf der Festung Königstein hinter Gittern, und seine arme Frau und die Kinder darbten ohne ihren Ernährer in Weimar.

«Nu», erwiderte Wagner, «Sie sagen es, Madame Heise. Wir wären ein Haufen merkwürdiger Gestalten, die singend und summend durchs Land ziehen würden und keinen Ort für ihre gemeinsame Leidenschaft hätten.» Er wackelte betrübt mit dem Kopf. «Wie gut, dass wir wissen, wohin wir gehören, nicht wahr?»

Bertha spürte, wie ihr ein Tränchen der Rührung kam. Der Alte hatte recht, dachte sie und zwinkerte ihre Ergriffenheit weg. Sie war dankbar für den Platz, den der liebe Gott ihr zugestanden hatte. Und doch spürte sie, dass es in ihr arbeitete und gärte, seit der Aufstand im Mai so grausam niedergeschlagen worden war. Sie hatte all die Leichen gesehen, die unter der Augustusbrücke entlangtrieben, all die Schreie der jungen Frauen an den Barrikaden vernommen, die von den anrückenden Truppen – ob fälschlich oder nicht – für Aufrührerinnen gehalten und zur Strafe von den wütenden, rachsüchtigen Soldaten überfallen worden waren. Bertha wusste, dass es nicht gerecht zuging in der Welt und dass sich etwas ändern musste. Doch welche Macht hatte sie, Bertha Heise, eine einfache Schneiderin und Garderobiere, denn schon? Gar keine. Ihr blieb nichts übrig, als an ihrem angestammten Platz zu bleiben, das Beste aus ihrem Leben zu machen, schiefe Nähte zu begradigen und jedem, der sie brauchte, eine Schulter zum Ausweinen zu bieten.

«Ein herrlicher Abend», sagte Wagner in ihre Gedanken und sah hinauf in den Himmel, der sich weiter verdunkelte. «Aber es wird noch Regen geben.»

«Woher wissen Sie das?», fragte Bertha erstaunt. Es war keine Wolke zu sehen, nur das immer tiefer werdende Abendrot, das wie schmelzender Zuckerguss über die Stadt tropfte. *Die Engel backen Brot*, hatte Großmutter Malchen in dem kleinen schlesischen Dorf immer gesagt, in dem Bertha groß geworden war, wenn ein solcher Himmel über dem Kirchturm hing. Und Bertha hatte diese Vorstellung schon damals herrlich gefunden.

«Erfahrung, werte Frau Heise», brummte Wagner. «Auf Sonne folgt Regen, und umgekehrt.» Er deutete auf Georg Spielmann, der mit einem Hornisten und einem Oboenspieler links und rechts in den Armen leicht schwankend neben der Tafel stand und jetzt beseelt ein Liedchen anstimmte. «Nehmen wir unseren *Spielmann* dort. Hat in einem Jahr erst die Frau verloren und dann auch noch mitansehen müssen, wie sich seine jüngste Tochter mit Halunken einlässt, Bleikugeln gießt und Flinten lädt, anstatt Taschentücher für ihre Aussteuer zu säumen.» Wieder wiegte er den Kopf scheinbar bedauernd hin und her, doch in seinen schönen, klaren Augen stand der Schalk. «Und dann wird er kurz darauf befördert, weil der gute Konzertmeister Schubert abdankt – Gott sei seiner Seele gnädig.»

Bertha bekreuzigte sich.

Der Theaterdiener fuhr fort: «Und dann wird er auch noch im privaten Leben gleich doppelt gesegnet. Ein Enkelchen von Stand und Rang wird ihm geboren, das er nach seiner lieben Frau benennen darf. Ei, und wie man hört, wird ein weiterer Sprössling alsbald nachfolgen.»

«Ach?», fragte Bertha überrascht. «Bekommt sein Sohn Eduard denn schon ein zweites Kindchen?»

«Nein, das nicht», gab Wagner zurück, «aber der gute Spielmann hat ja noch andere Abkömmlinge, nicht wahr? Eine anständig verheiratete Tochter in unserem schönen Dresden zum Beispiel: die ehrenwerte Madame Jacobi drüben in der Neustadt.» Er nickte über das Ufer hinweg Richtung Stadtpalais, dessen Fenster am anderen Ende der Augustusbrücke rötlich schimmerten.

Bertha riss die Augen auf. «Elise Jacobi erwartet ein Kind?», fragte sie und richtete sich auf. «Nach all den Jahren?»

Wagners Augen sprühten jetzt Funken. Er beugt sich näher zu Bertha. «Immer für eine Überraschung gut, diese Frau», wisperte er. «Erst diese seltsame Geschichte damals, als ihr Bildnis in der Oper auftauchte, gemalt wohl von einem glühenden Verehrer, und das noch vor ihrer Verehelichung ... Später die unerwartete Adoption des Kindleins von unserer armen Mademoiselle Koch, das sie jetzt, wie man hört, zu einer Tänzerin heranziehen will. Von dieser Annette Jacobi wird man noch hören, das Mädchen soll ein echter Tausendsassa sein!» Sein Gesicht leuchtete. «Und dann das: Elise Jacobi, schwanger im achten Jahr ihrer Ehe! Wie ich hörte, ist der Herr Hofkompositeur nach seinem mysteriösen Krampfanfall zwar bedauerlicherweise leidend und vorerst weiter bettlägerig, Mutter und Kind sind jedoch wohlauf. Das blühende Leben!»

«Erstaunlich», sagte Bertha, «wirklich erstaunlich. Glück muss man haben!»

«Ja.» Wagner schmunzelte. «Glück!» Er legte Bertha ganz leicht seine schmale, runzlige Hand an die Schulter. «Das haben wir alle verdient, Werteste.»

Schweigend sahen sie aufs Wasser. Immer dunkler wurde es ringsum, die Nacht brach nun wirklich herein, und der Ofen der Engel oben am Himmel verlöschte.

Nach und nach leerte sich auch die Tafel. Die meisten Gäste gingen nach Hause, andere zogen Arm in Arm und singend weiter in Richtung Innenstadt, um eine der zahlreichen Schankstuben aufzusuchen, in denen es später am Abend lustiger zuging als hier in der kleinen Wirtschaft am Wasser. Doch Bertha und der Theaterdiener blieben noch ein wenig sitzen und tranken ihre Gläser aus. Die junge Sängerin zu ihrer Linken hing inzwischen in den Armen des Kassierers und küsste den Mann voller Inbrunst. Selbst Berthas entrüstetes Räuspern störte die beiden nicht in ihrem Tun.

«Seien Sie nicht zu streng», brummte Wagner, «ein wenig Leidenschaft gehört dazu, finden Sie nicht?»

«Zumal an der Oper ...», erwiderte Bertha kokett. Der Wein hatte es wirklich in sich.

Wagner lachte wiehernd. «Wie recht Sie haben», sagte er, «es heißt ja schließlich nicht umsonst schon bei Mozart: *Così fan tutte*. So machen es alle.»

Bertha stimmte in sein Lachen ein – als sie plötzlich einen Tropfen auf ihrem Kopf spürte. Ein zweiter fiel auf ihre Wange, und mit einem Mal öffneten sich am dunklen Himmel die Schleusen. Der Regen brach mit Macht daraus hervor und überflutete in Sekundenschnelle alles: die kreischenden letzten Gäste, die versuchten, sich vor der Nässe in Sicherheit zu bringen, die kleinen Laternen zwischen den Apfelbäumen, Berthas Bluse, Wagners Hut. Und die Pflastersteine, die im Licht der Kandelaber auf dem nächtlichen Opernplatz glänzten.

# Epilog

*Dresden, 2. Februar 1850 (fünf Monate später)*

Elise strich mit der Hand über den geflochtenen Korbrand der Wiege, die neben ihrem Bett stand, und konnte der Versuchung nicht widerstehen, erneut einen raschen Blick hinter den gerüschten Stoff zu werfen, der das Kopfteil beschattete. Ihr neugeborenes Söhnchen schlief, die Wangen rund und rosig nach der Milchmahlzeit, die er soeben von der Amme bekommen hatte, die Fäustchen bequem über den Kopf gereckt. Er sah aus wie hingegossen, wie gemalt, und Elises Herz zog sich bei dem Anblick vor Glück zusammen. Mit einem versonnenen Lächeln betrachtete sie den weichen Flaum, der unter dem weißen Babymützchen hervorlugte – rötlich blond und seidig wie Kükenfedern.

Nun, dachte sie, viele Kinder hatten bei der Geburt helles Haar, und niemand wusste, welche Farbschattierung es in späteren Jahren annehmen würde. Die Welt würde nicht argwöhnen, noch nicht. Nur sie selbst wusste bereits jetzt Bescheid, und das war genug.

Erschöpft ließ sie sich zurück in die Kissen sinken, die ihr Merle aufgeschüttelt und sorgfältig in den Rücken geschoben hatte. Das Mädchen war wieder bei ihnen im Haushalt, war einige Tage nach der Revolte im Mai letzten Jahres in die Neustädter Wohnung zurückgekehrt und hatte um Wiederaufnahme gebeten, und Elise hatte ohne Zögern zugestimmt. Seither hatten sie kein Wort über die Ereignisse verloren. Doch Elise hatte ungefragt Merles und auch Rosels Lohn erhöht und beiden Frauen einen freien Tag in der Woche mehr zugestanden, damit sie ihre Familien besuchen oder sich ausruhen konnten.

Dies alles war nur möglich, weil Adam seit seinem Zusammenbruch vor Monaten noch immer bettlägerig war. Er konnte nicht aufstehen, das Reden fiel ihm schwer, und Elise hatte das Zepter im Hause Jacobi vollends übernommen. Theresia fügte sich zähneknirschend in dieses Arrangement, wohl wissend, dass sie nun von Elises gutem Willen abhing, und seitdem mied sie den gemeinsamen Salon.

Elise und Adam hatten also nicht über jenen dunklen Tag im Mai 1849 sprechen können, an dem er ihre Schwester zurückgebracht und Christians Brief gefunden hatte. Es galt abzuwarten, ob er nach dem schweren Anfall je wieder zu allen Sinnen kommen würde. Die Ärzte waren nicht sehr optimistisch, und Elise bemühte sich, das heimliche Gefühl von Erleichterung darüber, dass sie sich Adams Wut vorerst nicht stellen musste, zu unterdrücken. Es war, wie sie fand, ihrer nicht würdig.

Stattdessen hatte sie sich in den vergangenen Monaten in Geschäftigkeit gestürzt. Sie hatte einen neuen Diener eingestellt, einen zupackenden Kerl, der Adam pflegte und sich um alle praktischen Belange des Haushalts kümmerte. Des Weiteren hatte sie ihren Vater gebeten, ihr dabei zu helfen, die finanziellen Dinge zu ordnen. Dabei war herausgekommen, dass Adam, ungeachtet seiner ständigen Unkerei, über ein bescheidenes Vermögen verfügte. Aber da er derzeit nicht in der Lage war, sich um das Einkommen der Familie zu kümmern, verwaltete Elise das Geld zwischenzeitlich – zum Wohle und Unterhalt von Annette sowie mittlerweile auch des neuen Stammhalters in seiner Wiege.

Elise nippte an der Tasse mit heißer Schokolade, die Rosel ihr gebracht hatte, und sah wieder zu ihrem schlafenden Kind hinüber. Die Geburt war zu ihrer Überraschung nicht allzu schwer gewesen, sie hatte Glück gehabt. Und der kleine Junge gedieh vom ersten Tage an wie eine Winterblume. Er war mit einer Glückshaube zur Welt gekommen, ein gutes Zeichen, wie die Hebamme ihr versichert hatte, und der ganze Haushalt, insbesondere Netty, war vom ersten Augenblick an vernarrt in den kleinen Familienzuwachs gewesen. Sie wich ihrem Brüderchen nicht von der Seite, sang für ihn und küsste ihn, tanzte ihm die zierlichen Schritte vor, die sie neuerdings in den Ballettstunden lernte, und machte ein solches Tohuwabohu, dass Elise erleichtert war, wenn das Mädchen tagsüber in der Volksschule war. Doch immer, wenn sie ihre beiden prächtigen Kinder beobachtete, glaubte sie, vor Stolz platzen zu müssen.

Dann wieder legte sich ein Schatten über ihr kleines Glück, wenn ihr einfiel, dass sie seit Monaten keine Nachricht von Christian hatte.

In den Wochen nach den Aufständen war sie durch die ganze Stadt gelaufen und hatte überall nach ihm gefragt und dabei alle frühere Vorsicht fallen gelassen. Doch niemand hatte etwas von dem jungen Maler gehört. Nicht im Königlichen Theater, nicht in den Spitälern, nicht im Gefängnis, und er tauchte auch auf keiner der Listen der Getöteten auf. Christian schien in der letzten Nacht der Dresdner Revolution einfach vom Erdboden verschluckt worden zu sein. Die einzige Hoffnung, die Elise hatte, war, dass ihm in dieser schrecklichen Nacht tatsächlich der Weg aus der Stadt geglückt war.

Es klopfte zart an die Tür, und Merle steckte die Nasenspitze herein. «Madame», flüsterte sie, «Sie haben Besuch. Ihr Vater wartet im Salon.»

«Führ ihn herein», bat Elise und versuchte, ihre Sorge um Christian zu unterdrücken und sich nichts anmerken zu lassen.

Kurz darauf schob sich Georgs hohe Gestalt ins Zimmer. Er nickte seiner Tochter zu, trat an ihr Bett und küsste ihre Hand. Dann beugte er sich über die Wiege.

«Da liegt ja unser Engel», murmelte er. «Wie herrlich muss es sein, so schlafen zu können!»

«Schlafen Sie noch immer nicht gut, Vater?», fragte Elise teilnahmsvoll.

Georg schüttelte knapp den Kopf und zog sich leise einen Lehnstuhl heran, auf den er sich sinken ließ. Sogleich kam Merle herein und stellte eine dampfende Kaffeetasse auf das Tischchen, auf dem auch schon Elises Schokolade stand, knickste und verschwand wieder.

«Wenn erst der Frühling kommt, wird alles leichter», sagte Georg leise und deutete zum Fenster, wo hinter den halb zugezogenen Vorhängen Schnee fiel. Dann griff er nach der Tasse und schlürfte einen Schluck, das heiße Getränk schien seine Lebensgeister langsam zu wecken.

«Wie geht es deinem Mann?», fragte er beiläufig.

«Unverändert», sagte Elise. Sie spielte mit den Fransen der Tagesdecke, die über ihre Knie gebreitet war. «Wir müssen Geduld haben, sagt der Arzt.»

«Du scheinst gut zurechtzukommen», sagte Georg, und Elise freut sich über den anerkennenden Unterton in seiner Stimme, als wäre es ein offenes Lob gewesen.

Ihr Vater trank noch zwei Schlucke Kaffee und stellte die Tasse ab. Als er zur Wiege sah, hellte sich seine Miene noch weiter auf. «Wie soll das Prinzchen denn nun heißen?», fragte er. «Habt ihr euch entschieden? Ihr dürft nicht zu lange mit der Taufe warten, hörst du, Elise?»

«Am kommenden Sonntag soll es so weit sein», beruhigte sie ihn. «Sie können meinen Geschwistern Bescheid sagen, Vater, damit alle dabei sind. Und einen Namen haben wir bereits.» Sie lächelte und sah zu ihrem schlafenden Kind hinüber. «Er wird Julius heißen.»

Georg sah sie überrascht an und runzelte leicht die Stirn. «Das ist ein ungewöhnlicher Name, meine liebe Tochter», sagte er, «und ein heidnischer noch dazu.»

Elise verkniff sich ein Lachen. Sie hatte gewusst, dass diese Wahl für ihn unerwartet sein würde, doch ihr gefiel der Name außerordentlich. «Es bedeutet *dem Jupiter geweiht*», sagte sie. «Aber keine Sorge, das Kind hat auch noch zwei christliche Namen.»

«So?»

«Julius Georg Christian», sagte Elise.

Rührung stand in Georgs Augen. «Oh», sagte er leise, «Georg ... das ist schön, Elise. Aber was hat es mit Christian auf sich? Wäre nicht eher Adam ...»

Doch ehe er den Satz beenden konnte, wurde die Tür aufgestoßen, und Netty schoss herein. Sie war noch im rosafarbenen Ballettkleid.

Elise legte warnend einen Finger auf die Lippen, aber ihre Tochter kümmerte sich nicht darum. Nach einem flüchtigen Kuss für Elise umschlang sie begeistert Georgs Hals und küsste ihren Großvater ohne Scheu auf beide Wangen, dann streckte sie ihren Kopf wie eine Giraffe in die Wiege und liebkoste auch Julius, als wären sie tagelang voneinander getrennt gewesen und nicht nur ein paar Stunden. Doch der

Kleine ließ sich davon nicht aus der Ruhe bringen, sondern schlief einfach weiter.

Er hatte, dachte Elise amüsiert, bereits jetzt die richtige Einstellung zu seinem Wirbelwind von Schwester, der man nur mit vollkommener Gelassenheit begegnen konnte.

«Ich habe Hunger», sagte Netty schließlich und ließ von dem Säugling ab. «Ihr findet mich bei Rosel in der Küche.» Damit tänzelte sie aus dem Zimmer.

Georg erhob sich. «Gut, gut. Ich wollte nur kurz nach euch sehen», sagte er, «gleich muss ich Barbara von ihrem Frauentreffen abholen.» Er lächelte ein wenig säuerlich, doch Elise konnte sehen, dass er sich darauf freute, seiner Jüngsten Geleit zu geben. «Ich habe ihr versprochen, sie heute Abend noch in die Oper auszuführen. Man spielt *Fidelio*, mit einem Ersatz für meine Wenigkeit, denn ich habe frei.»

Der Gedanke an das Königliche Theater und alles, was damit verbunden war, versetzte Elise einen Stich, doch wieder bemühte sie sich nach Kräften, es ihrem Vater nicht zu zeigen.

«Ich höre, es gibt viele neue Stellenbesetzungen am Theater?», fragte sie vage.

«Ja», sagte Georg. «Kapellmeister Krebs hat die Nachfolge von Richard Wagner angetreten. Es wird sich zeigen, ob er in dessen Fußstapfen passt.»

Elise konnte ihrem Vater ansehen, dass er nicht der Meinung war, der neue künstlerische Leiter des Orchesters sei seinem berühmten Vorgänger gewachsen, doch Georgs Loyalität fürs Theater verhinderte, dies allzu deutlich kundzutun.

«Tja, und der alte Arrigoni kann seit einem Sturz vorerst nicht arbeiten. Ein neuer Dekorationsmaler übernimmt die Leitung im Malersaal.»

«So?» Elise beobachtete konzentriert die Schneeflocken, die weiter vor dem Fenster herabsanken. Angestachelt von einem kleinen frechen Wind wirbelten sie in einem fröhlichen Tanz gegen die vielen kleinen Butzenscheiben.

Ihr Herz schlug beinahe schmerzhaft unter dem Nachthemd gegen ihre Rippen, während sie wartete, dass ihr Vater weitersprach.

«Der König selbst hat diesen neuen Maler beordert», sagte Georg, «denn wie man hört, ist der frühere Dekorationsmaler – Arrigonis rechte Hand – nach den Maiaufständen auf und davon.» Georg seufzte. «Dresden hat viele große Künstler verloren durch diese ärgerliche Geschichte», fuhr er fort. «Wir sind regelrecht ausgeblutet. Allerdings hat Minister Beust auch dafür gesorgt, dass niemand so rasch begnadigt wird, er herrscht mit noch härterer Hand als zuvor.» Betrübt schüttelte er den Kopf. «Andere Länder und Städte triumphieren jetzt, weil sie den Verbannten eine neue Wirkungsstätte bieten können. Auch Arrigonis ehemaliger Helfer soll sich Richard Wagner im Exil angeschlossen haben, hat mir der alte Theaterdiener erzählt.»

Elises Herz raste jetzt dermaßen, dass ihr die Luft wegblieb, ihr war schwindlig. «Tatsächlich?», brachte sie hervor und strich mechanisch das Betttuch glatt. «Wie hieß er noch?»

«Christian Hildebrand.» Georg war schon an der Tür, als er sich umdrehte und ein Lächeln in seinem Gesicht aufschien. «Sieh an, noch ein Christian», sagte er arglos. «Ja, bei Lichte betrachtet ein wirklich schöner Name.»

Er ging hinaus.

Elise unterdrückte ein erleichtertes Schluchzen, das aus ihrer Kehle aufsteigen wollte, und sah schnell zu ihrem schlafenden Söhnchen hinüber, dessen Gesicht ihr seit seiner Geburt wie ein Talisman gegen die dunklen Gedanken vorkam. Sorge, Sehnsucht, Zärtlichkeit und Glück tobten in ihr. Die Nachricht, die ihr Vater ihr soeben unwissentlich überbracht hatte, war immerhin ein Lebenszeichen. Christian lebte!

Für den Moment konnte sie nicht mehr erhoffen, sie wusste, dass die Zensurbehörde in Sachsen unter dem strengen Minister Beust Briefe an den Grenzen abfing und dass die Revolutionäre weiterhin überall steckbrieflich gesucht wurden. Es gab nichts, was sie tun konnte, keinen Weg, mit Christian in Kontakt zu treten. Alles, was ihr blieb, war, sich um ihre Kinder zu kümmern, sich an ihnen zu erfreuen und abzuwarten, was die ungewisse Zukunft ihr bringen würde.

Doch ein Fünkchen Hoffnung war in ihr erwacht, zum ersten Mal seit langer Zeit. Denn wenn die Ereignisse des vergangenen Jahres sie eines gelehrt hatten, dann, dass das Leben nicht geradlinig verlief, sondern eher wie eins der hübschen *Capriccios*, die sie so gern auf der Geige spielte. Mit schnellen Läufen, unerwarteten Wendungen und quirliger Melodie, die die Menschen vor sich hertrieb wie ein nimmermüder Puls.

# Nachwort

*«Wohl auf denn, meine Schwestern, vereinigt Euch mit mir, damit wir nicht zurückbleiben, wo Alle und Alles um uns und neben uns vorwärts drängt und kämpft. Wir wollen auch unser Theil fordern und verdienen an der großen Welt-Erlösung, welche der ganzen Menschheit, deren eine Hälfte wir sind, endlich werden muss.»*

Diese Zeilen schrieb Louise Otto in der ersten Ausgabe ihrer Frauenzeitung, die im Frühjahr 1849 erschien – wenige Tage vor dem Ausbruch der Maiaufstände in Dresden, bei denen bürgerliche und proletarische Männer und Frauen gemeinsam für die Beibehaltung der gerade erst errungenen Verfassung kämpften. Bereits nach dem Erscheinen der zweiten Ausgabe im Juni 1849 kam es zu Durchsuchungen in Louise Ottos Haus, sie wurde verhört, und die Dienstboten- und Arbeiterinnenvereine, die sie mitbegründet hatte, wurden aufgelöst. 1850 erließen die Behörden ein neues Gesetz, das *Lex Otto*. Sie benannten es nach der bekannten Frauenrechtlerin und schrieben darin fest, dass Frauen die Herausgabe von Zeitungen ab sofort in ganz Sachsen verboten war.

Zuvor hatte sich die Frauenbewegung nicht nur in Sachsen, sondern in allen deutschen Ländern ausgebreitet. Sie war durch die *Erklärung der Rechte der Frau und Bürgerin* (1791) durch Olympe de Gouges in Paris (die kurz danach für ihren Kampf um Frauenrechte guillotiniert wurde) europaweit, ja global entzündet worden.

In Deutschland war die Frauenbewegung durch die

Bildung von Frauenvereinen vor allem seit dem Wiener Kongress 1815 erstarkt und immer weiter angewachsen. Zunächst dienten die Vereine, in denen sich Frauen engagierten, vor allem dem Sammeln von Geld für Bedürftige und der Versorgung von Verletzten und versehrten Soldaten in den Krankenhäusern.

Daraus entwickelte sich jedoch eine Bewegung, die zunehmend die Rechte der Frauen in den Blick nahm und diese zu ihrem wichtigsten Anliegen machte. Frauen politisierten sich, schrieben sich als Autorinnen, als Lehrerinnen, Journalistinnen und Reformerinnen in die Geschichte der Männer ein. Und forderten immer lauter ihren Anteil an der generellen Politisierung der Gesellschaft des Vormärz. Zentral war dabei von Anfang an die Intersektionalität der stark bürgerlich geprägten Bewegung, die Arbeiterinnen nicht nur als Objekte und Empfängerinnen von Wohltätigkeit begriff, sondern die sich vielmehr zum Ziel setzte, Frauen aus allen Schichten in die Vereine zu integrieren.

Schließlich war die «Frauenfrage» Ende der 1840er-Jahre überall in den deutschen Staaten ein Thema geworden, das in aller Munde war. Auch in anderen Ländern wurde heftig über die Frauenemanzipation diskutiert, was den in Paris lebenden Dichter Heinrich Heine veranlasste, in seinen *Lutetia*-Schriften zu behaupten, von der Lösung der «großen Frauenfrage» hinge «das ganze gesellschaftliche Leben Frankreichs» ab (Heinrich Heine: Lutetia XX, 1.10.1840).

Ob Fanny Lewald, Ida Hahn-Hahn und Louise Aston in Berlin, Kathinka Zitz in Mainz, Amalie Struve in Baden oder Louise Otto in Sachsen – sie alle forderten weibliche Teilhabe und das Recht auf Selbstbestimmung. Einige riefen nach einem Wahlrecht für Frauen und forderten die freie

Berufswahl. Und sie alle sahen sich in ihrem Engagement schärfsten Repressionen gegenüber, denn die männlichen Zeitgenossen fühlten sich von den weiblichen Forderungen bedroht. Frauen wurden aus ihrer Heimat ausgewiesen (so zum Beispiel Louise Aston, nachdem sie in Berlin in Männerkleidung aufgetreten war), ihre Vereine wurden aufgelöst und verboten, ihre Zeitungen und Bücher eingestampft, wenn sie den Zensurbehörden als zu radikal erschienen. Viele weibliche Schriftstellerinnen waren gezwungen, unter männlichem Pseudonym zu veröffentlichen – das bekannteste Beispiel hierfür ist die Französin Amantine Aurore Lucile Dupin de Francueil, die unter dem Pseudonym George Sand schrieb. Aber auch Louise Otto aus Meißen veröffentlichte ihre gesellschaftskritischen Artikel zunächst unter dem Namen Otto Stern, ehe sie es wagte, für spätere Schriften ihren weiblichen Klarnamen zu verwenden.

Die Revolution 1848/49 ist, wie viele andere Revolutionen, als ein männliches Narrativ in die Geschichte eingegangen. Neben dem Ruf nach Liberalisierung und Einigkeit wohnte der von Anfang an nationalistisch geprägten Bewegung immer auch ein männlich konnotiertes Element inne, wie die (stark alkoholisierten) Rituale der Burschenschaften und die teilweise gewaltverherrlichenden Texte der Lieder zeigen, die zum Beispiel auf dem Wartburgfest gesungen wurden. Dabei darf nicht vergessen werden, dass die Demokratiebestrebungen des Vormärz ohnehin immer auch exklusiv waren und Schattenseiten wie Antisemitismus, Rassismus, Frankophobie und Misogynie in sich trugen, welche im 20. Jahrhundert erst so richtig ihre zerstörerische Wirkung entfalteten. Die Frauenfeindlichkeit, die viele Vordenker der Zeit antrieb, ist ein Grund dafür, dass weibliche

Revolutionäre grundsätzlich erst einmal von der Bewegung ausgeschlossen wurden.

Doch es gibt sehr viele Quellen, die zeigen, wie hoch trotzdem der Anteil der Frauen an den Kämpfen um Verfassung und Demokratie war. Wobei es sich nicht immer um aktive Einbindung in Kampfhandlungen handelt, hier waren die Frauen tatsächlich eine Minderheit. Doch sie beteiligten sich an den gesellschaftlichen Umbrüchen durch die explosionsartig gestiegene Anzahl von herausgegebenen Zeitungen, durch ihr Engagement in Vereinen und in der «sozialen Frage», und sie nahmen Einfluss in unzähligen Briefen und einer neuen Selbstbehauptung im öffentlichen Raum.

Heute weiß man auch, dass Frauen 1848 auf den Barrikaden in Berlin mitkämpften – unter den Märzgefallenen findet man elf verbürgte Frauennamen. Ähnliches ist für die Aufstände in Frankfurt, Trier und Wien festzustellen. Auch in Dresden gibt es viele Beispiele von weiblichen Aufständischen, die 1849 beim Barrikadenbau und in den Kämpfen gegen die Obrigkeit und das sächsische sowie preußische Militär mitwirkten. Der damals berühmten Opernsängerin Wilhelmine Schröder-Devrient wurde beispielsweise Unterstützung der republikanischen Aufstände im Mai 1849 vorgeworfen, und man inhaftierte sie zeitweilig in Dresden trotz ihrer außerordentlichen Beliebtheit. Trotzdem erfuhr sie eine vergleichsweise milde Behandlung. Denn insgesamt waren die Strafen, die gerade Frauen nach dem Zerschlagen der Revolution trafen, extrem hart – sie wurden nicht «nur» eingesperrt und verbannt wie ihre männlichen Mitstreiter, sondern während oder unmittelbar nach den Kampfhandlungen von den Soldaten mit erschreckender Brutalität «gezüchtigt», vergewaltigt und verfolgt. Eine revolutionär gesinnte Frau wurde offenbar als «unnatürlich» und deshalb besonders gefährlich für die Mächtigen wahrgenommen – eine historische Linie, die sich bis in die Genderdebatten unserer Zeit zieht.

Revolutionen und gesellschaftliche Umbrüche sind immer auch Katalysatoren für die Ausweitung von Rechten der bisher Rechtlosen – von Minderheiten, wie damals in Sachsen zum Beispiel jüdische Menschen, die auf Gleichstellung hofften, und eben von Frauen. Indem Mächtige entthront, alte Seilschaften zerschlagen und Gesellschaften erneuert werden, tun sich immer auch Handlungsspielräume für die Unterdrückten, am Rand lebenden Menschen auf. Restaurationsbestrebungen und Reaktion wiederum richten sich immer mit ganzer Härte erneut gegen ebendiese Errungenschaften – daher ist es kein Wunder, dass die Frauen nach der 1848er-Revolution so starken Einschränkungen und Dämonisierungen ausgesetzt waren wie nie zuvor. Doch sie gaben nicht auf. Sie hatten gelernt, ihre Stimmen zu erheben, und beharrten auf ihren Forderungen.

Louise Otto heiratete 1858 den Schriftsteller August Peters, mit dem sie zuvor eine langjährige Freundschaft verband. 1865 gründete sie in Leipzig den *Allgemeinen deutschen Frauenverein* mit, der erste Frauenverein, der sich über alle deutschen Regionalgrenzen hinweg organisierte. Auch der *Leipziger Schriftstellerinnenverein*, der 1890 entstand, geht auf ihre Initiative zurück. Ihre geistigen Nachfolgerinnen – wie zum Beispiel Helene Lange, Clara Zetkin, die Suffragetten und viele andere – führten den Kampf um Frauenrechte auf der ganzen Welt ins 20. Jahrhundert hinüber. Die Frauenbewegung, die wir heute kennen und die bis in die Gegenwart hineinreicht, hat also ihren Ursprung in den mutigen Frauen des langen 19. Jahrhunderts, seit den Tagen der Französischen Revolution.

Und die Semperoper? Ihr Schicksal verknüpfte sich in den Revolutionsjahren 1848/49 noch enger mit dem der Revolutionäre. Der so geniale wie exzentrische Kapellmeister Richard Wagner floh aus Dresden und fand schließlich in Bayreuth eine neue künstlerische Heimat. Und der Erbauer der Oper, Gottfried Semper, musste nach den Aufständen im Mai 1849 wegen seiner Hilfe beim Barrikadenbau ebenfalls aus Dresden fliehen. Er kehrte nie wieder in die Stadt zurück. Die steckbriefliche Suche, die nach ihm eingeleitet wurde, brandmarkte ihn als «Demokraten I. Klasse» – damals ein Schimpfwort – und als «Haupträdelsführer». Semper gelang die Flucht über Pirna, Zwickau und Würzburg. Später ging er nach Paris und London, schließlich nach Zürich und Wien. Noch viele Jahre lang wurde er auch an seinen neuen Wirkungsorten von der sächsischen Polizei bespitzelt. Doch die Dresdner Bevölkerung gab «ihren» begabten und außerordentlich beliebten Architekten nicht auf. Die Menschen vergaßen nicht, dass er ihnen ein Haus gebaut hatte, das durch seine moderne, ans griechische Theater angelegte Form ein Ort für alle Menschen sein sollte. Und sie sorgten 1869/70 dafür, dass Gottfried Semper ihnen erneut einen Ort für die Musik schenken konnte, als von dem alten Opernhaus nur noch rauchende Trümmer übrig geblieben waren. Diese Geschichte werde ich im dritten Band des Dresden-Epos erzählen.

Anne Stern, im Frühjahr 2024

# Dank

Ich danke sehr herzlich allen Menschen, die zur Entstehung meines zweiten Romans rund um die Familie Spielmann und die Dresdner Semperoper beigetragen haben. Ganz besonders danke ich Julia Eichhorn, Ditta Friedrich, Katharina Dornhöfer, Anne-Claire Kühne, dem ganzen Team vom Rowohlt Verlag, Paula Döring, Janine Schütz, Marcus Wenske, Patrizia Di Stefano, den Buchblogger:innen und Rezensent:innen, meiner Mutter Dorothea, meinem Mann und meinen Kindern.

# FRÄULEIN GOLD

## Die Hebamme von Berlin

Eine historische Romanreihe voller Spannung und Atmosphäre im Berlin der 1920er-Jahre: farbenprächtig, packend und bewegend.

Die Berliner Hebamme Hulda Gold ist beliebt, klug und unerschrocken. Und sie neigt dazu, sich selbst in Schwierigkeiten zu bringen. Denn bei ihrer Arbeit begegnet sie nicht nur dem neuen Leben, sondern sie spürt auch düsteren Geheimnissen hinterher. Hulda Gold ist eine Figur, die niemand so schnell vergisst. Man feiert mit ihr, leidet und liebt mit ihr. Immer nah am Abgrund. In einer Metropole, in der Schatten und Licht dicht beieinanderliegen.

«Tolle Frau plus Krimi plus Zeitgeist der Zwanziger – das ergibt einen spannenden Mix.» *Freundin*

«Huldas Geschichte steht beispielhaft für das Leben in den gar nicht so goldenen Zwanzigern. Eine spannende Zeitreise, fesselnd bis zur letzten Seite.» *Ruhr Nachrichten*

Jeder Band ein *Spiegel*-Bestseller:

**Weitere Titel von Anne Stern:**

Meine Freundin Lotte

*Die Hebamme von Berlin*
Fräulein Gold: Schatten und Licht
Fräulein Gold: Scheunenkinder
Fräulein Gold: Der Himmel über der Stadt
Fräulein Gold: Die Stunde der Frauen
Fräulein Gold: Die Rote Insel
Fräulein Gold: Die Lichter der Stadt

*Die Lichterfelde-Reihe*
Die Frauen vom Karlsplatz: Auguste
Die Frauen vom Karlsplatz: Henny
Die Frauen vom Karlsplatz: Vera
Die Frauen vom Karlsplatz: Maria

*Die Dresden-Reihe*
Das Opernhaus: Goldhell die Melodie
Das Opernhaus: Rot das Feuer